LIS
JACKS

Smaragd und Seide

Roman

Ins Deutsche übertragen
von Elke Iheukumere

BLANVALET

Die Originalausgabe erschien unter dem Titel
»Dark Emerald« bei Dutton Plume,
a division of Penguin Putnam Inc., New York.

Umwelthinweis:
Alle bedruckten Materialien dieses Taschenbuches
sind chlorfrei und umweltschonend.
Das Papier enthält Recycling-Anteile.

Blanvalet Taschenbücher erscheinen im Goldmann-Verlag,
einem Unternehmen der Verlagsgruppe Bertelsmann

Deutsche Erstveröffentlichung Dezember 2000

Umschlaggestaltung: Design Team München
Umschlagillustration: Case / Schlück, Garbsen
Satz: DTP Service Apel, Hannover
Druck: Elsnerdruck, Berlin
Verlagsnummer: 35325
Lektorat: SK
Redaktion: Petra Zimmermann
Herstellung: Heidrun Nawrot
Made in Germany
ISBN 3-442-35325-4
www.blanvalet-verlag.de

1 3 5 7 9 10 8 6 4 2

Dieses Buch ist meinen Eltern Jack und Betty Pederson in Liebe gewidmet. Sie schenkten mir eine glückliche Kindheit und lehrten mich durch ihr Vorbild den Wert von Familienleben, Loyalität und Lachen. Nie zweifelten sie daran, dass ich schaffen würde, was immer ich mir vornahm, und ich verdanke ihnen den Mut, Experimente zu wagen. Tausend Dank, Mom und Dad. Ihr seid die Besten!

Prolog

Wales

Gaeaf-Wald

Winter 1271

Lodema hatte eine Gänsehaut, obwohl sie sich am Feuer wärmte. Etwas stimmte nicht. Sie fühlte es in ihren Knochen, und die kalte Winterluft unterstrich diese Ahnung noch.

Der Wind war so eisig wie der Atem eines Dämonen, er pfiff durch das morsche Strohdach ihrer kleinen Hütte, und das Wissen, dass in dem Wald der Tod lauerte, klammerte sich an sie wie Blutegel an einen nackten Mann. Es war ein Gefühl, das sie nicht ignorieren konnte, ein Gefühl, das sich wieder und wieder als Warnung für schlechte Zeiten, die vor ihr lagen, herausgestellt hatte.

Sie benutzte den zerkratzten Holzlöffel und rührte damit in dem Hammelstew, das in dem geschwärzten Topf über den glühenden Kohlen kochte. Ihre junge Katze, ein gesprenkeltes Tier mit glasklaren Augen, hockte auf dem Regal, auf dem sie ihre Kräuter, Kerzen und ein Stück Schnur aufbewahrte. »Du fühlst es auch, nicht wahr, Luna? Es wird Schwierigkeiten geben, und sie kommen in unsere Richtung.«

Luna hob eine Pfote; mit Hilfe ihrer langen Zunge wusch sie sich das Gesicht.

Irgendwo in der Nähe weinte ein Baby. Leise und gedämpft war das Geräusch.

Lodema erstarrte.

Die Katze hielt mitten in der Bewegung inne.

Nein. Das konnte nicht sein. Kein Baby würde in einer so kalten und so dunklen Nacht wie dieser draußen sein.

Dennoch hörte sie es noch einmal. Es war ein klägliches, einsames Weinen.

»Bei allen Heiligen.«

Lodema ließ den Löffel fallen. Dort draußen war kein Baby. Es konnte nicht sein. Nicht so tief im Wald, im kältesten Winter seit Jahren. Es war ihr erschöpfter Verstand, der ihr einen Streich spielte. So musste es sein.

Wieder hörte sie das unterdrückte Weinen. Über dem Heulen des Windes, der durch das Dach fuhr, konnte man es nur mühsam hören. Lodema lauschte angestrengt und vernahm dann das Geräusch von Hufen und das Knarren von Wagenrädern.

Bei der Liebe von Cerridwen, wer kann mitten in der Nacht dort draußen sein?

Luna machte den Rücken krumm, sie fauchte, als wäre derjenige, der dort draußen war, etwas Böses. Wie der Blitz sprang sie zu Boden und floh in ihr Versteck, in den Schatten des Feuerholzes, das neben der Feuerstelle aufgestapelt war. Schritte knirschten im Schnee vor der Tür.

»Der Herr sei uns gnädig«, flüsterte Lodema vor sich hin, doch sie vertraute noch mehr dem winzigen Messer, das in ihrer Tasche steckte, als dem Schutz des christlichen Gottes. Sie bereitete sich vor. Nur Dummköpfe und Teufel waren mitten in der Nacht unterwegs.

Bum! Bum! Bum! Eine Faust klopfte gegen die Tür. Mit einer Hand suchte sie nach dem Messer, mit der anderen zog sie den Ausschnitt ihrer Tunika näher an den Hals.

»Lodema!«, rief eine Männerstimme, und vage Erinnerungen stiegen in ihrem Kopf auf. »Hier ist Simon.«

»Simon?«, flüsterte sie ungläubig. Konnte das sein – nach so vielen Jahren? Ihr Hals wurde eng, und das alte Herz schlug laut in ihrer Brust, als sie den Riegel zurückschob und die schwere Tür öffnete. Ein Schwall eisiger Luft hüllte sie ein, wehte in die Hütte und ließ das Feuer auflodern.

Und dort stand er.

So groß wie immer. Stolz und mit kerzengeradem Rücken.

Simon war Priester, schon viele Jahre lang, er trug feine Roben, sein Gesicht hatte einen harten Ausdruck angenommen. Lodema nahm an, dass er viel zu selten lächelte. In einem Arm trug er einen stabilen Korb, mit Decken umhüllt. »Simon …?« Wie lange war es schon her? Zehn Jahre? Zwanzig? Der Wind heulte im Wald, er rüttelte an den trockenen, kahlen Ästen und fuhr durch Lodemas braune Locken. »Heilige Mutter Gottes, was führt dich in einer solchen Nacht hierher?« Erinnerungen an einen viel jüngeren Mann, an heimliche Stunden der Leidenschaft, wie sie sie seither nie wieder erlebt hatte, stiegen verlockend in ihrer Erinnerung auf.

»Es ist besser, wenn du keine Fragen stellst.« Seine Augen ruhten nur einen kurzen Moment auf ihr, und sie stellte fest, dass sie noch immer voller Schuldgefühle waren.

»Ich … das tue ich nie.«

»Aye, deshalb bin ich auch zu dir gekommen.«

»Wirklich?«, neckte sie ihn, und er presste die Lippen aufeinander. Sie betrachtete den Mann, den sie in ihrer Jugend angebetet hatte, einen Mann, der Gott mehr geliebt hatte als ein niedriges Bauernmädchen, einen Mann, der sie verführt hatte und wieder und wieder bei ihr gelegen hatte, nur um sie dann für seine Arbeit in der Kirche zu verlassen. Selbst jetzt noch schmerzte ihr Herz bei dem Gedanken, wie naiv sie gewesen war.

»Ich will deine scharfe Zunge nicht hören, Frau. Ich bringe dir einen Segen.« Er hob den kleinen Korb höher, und wieder hörte sie das Mitleid erregende, jammernde Weinen.

»Ein Baby?« Ihr Hals wurde eng.

»Aye.«

»Komm rein, komm rein, es ist eiskalt.« Sie trat zur Seite

und sah jetzt zum ersten Mal auch Simons Wagen, nicht mehr als ein Karren, der von einer wunderschönen braunen Stute gezogen wurde. Ein Junge saß auf dem Kutschbock, er konnte nicht viel älter als acht Jahre sein. Der Junge hatte sich zusammengekauert, seine Finger steckten in zerrissenen Handschuhen, über den Kopf hatte er die Kapuze seines Umhangs gezogen, das Gesicht hatte er abgewandt. »Bring den Jungen mit herein, um …«

»Nein, dazu ist keine Zeit.« Simon schob sich an ihr vorbei, und sie entdeckte die Blutspritzer auf seinem wollenen Mantel, die Sorge, mit der er die Stirn runzelte, die quälende Verzweiflung in seinem Blick. Er war ein schlanker Mann, größer als die meisten anderen, mit grauen Strähnen im Haar, das ihm bis auf die Schultern hing. Er stellte den Korb auf den einzigen, zerkratzten Tisch und faltete die Schafwolldecke auseinander. Unter der weichen Decke lag ein neugeborenes Baby, mit dunklem Haar und einem roten Gesicht. Es blinzelte in dem plötzlichen Licht. Die winzigen Händchen ballten sich zu Fäusten und bewegten sich unkontrolliert.

»Wessen Kind ist das?«

»Sie gehört jetzt dir.«

Lodemas Herz setzte einen Schlag lang aus. Sie zog scharf den Atem ein und glaubte ihm kein Wort. *Ein Kind? Für sie?* Oh, bei allen Heiligen, wie sehr wünschte sie sich ein Neugeborenes. Aber sie wagte es nicht. Aus den Augenwinkeln entdeckte sie Luna, die sich hinter dem Holzstapel versteckte. Sie starrte Simon an, als wäre er eine Gestalt aus der Hölle. »Sicher hat dieses Baby eine Mutter … oder einen Vater.«

»Niemand, der für es sorgen kann.«

Irgendwo in seinen Worten verbarg er eine Lüge.

»Es gibt viele Menschen, die sich ein Kind wünschen.« Lodema war vorsichtig, denn sie ahnte eine Falle – aber oh, eine so wundervolle Falle. »Viele Menschen, die ein solches Kind eher verdient hätten.«

»Schon möglich, aber ich biete es dir, Lodema.«

»Im Austausch gegen was?«

»Gegen dein Schweigen.«

Sie musterte das Kind, das sie aus großen Augen anblinzelte. Dunkle Locken kräuselten sich auf dem Kopf des Kindes, lange schwarze Wimpern lagen auf den rosigen Wangen, und die kleinen Lippen bewegten sich leicht, als wolle es saugen. Das Eis um Lodemas hartes Herz bekam einen Sprung und begann zu schmelzen. »Du und ich, Simon, wir waren uns nicht immer einig.«

Er sah sie an, dann wandte er den Blick schnell wieder ab, als würde er sich an die verlorene Unschuld ihrer Jugend erinnern.

»Das ist wahr, aber ich verzeihe dir«, sagte er und wärmte sich die Hände am Feuer.

»Du bist wirklich zu freundlich«, antwortete sie sarkastisch, unfähig, ihren Worten den harten Unterton zu nehmen.

»Deshalb bin ich zu dir gekommen, Lodema. Es gibt Menschen, die dich schon vor langer Zeit als Hexe gehängt hätten, hätte ich mich nicht für dich eingesetzt. Es ist überall bekannt, dass du die dunklen Künste ausübst.«

»Nein …«

»Still, Frau«, fuhr er sie an und wandte sich schnell ab, seine Augen waren plötzlich so eisig wie der Winterwind, der durch die kahlen Äste der Bäume fuhr und im Kamin heulte. »Ich habe ihre Stimmen zum Schweigen gebracht, indem ich sie daran erinnert habe, dass du bei der Geburt vieler Kinder geholfen hast und dass du dich um die Kranken gekümmert hast, wenn Ärzte, Apotheker und auch Beten nicht mehr geholfen haben.« Er räusperte sich. »Ich war mit deiner Art nicht einverstanden, aber du hast eine ehrliche Seele, Lodema. Ich weiß das, auch wenn es oft so scheint, als würdest du irre geleitet.«

Sie antwortete ihm nicht. Oh, wie sehr wünschte sie sich

dieses Kind. Aber mit dem Baby würden Schwierigkeiten kommen, das fühlte sie tief in ihrem Inneren.

»Ich biete dir die Möglichkeit, Mutter zu sein, eine wirkliche Frau. Alles, um was ich dich bitte, ist, dass du sie als Christin großziehst, dass du ihr die dunklen Künste nicht beibringst – dass du sie nicht lehrst, Zaubersprüche anzuwenden, den Wind anzurufen, mit den Tieren zu sprechen oder in die Zukunft zu schauen. Du musst einverstanden sein, niemandem zu verraten, dass du sie nicht geboren hast. Du lebst sehr abgeschieden, und du bist noch immer jung genug, um ein Kind zur Welt zu bringen. Manchmal siehst du Wochen oder Monate keinen anderen Menschen. Kaum jemand würde sich wundern, wenn du im nächsten Frühjahr mit einem Kind und doch ohne Mann erscheinst. Oh, einige würden sich wohl das Maul zerreißen, natürlich, aber das hat nichts zu bedeuten. Du hast dich nie um das gekümmert, was die anderen sagen.«

Das Baby wimmerte leise.

»Sie ist hungrig«, sagte Lodema.

»Aye.« Der Blick des Priesters hielt ihre Augen gefangen. »Jetzt liegt es bei dir.« Langsam zog er seinen Handschuh aus und enthüllte lange, weiche Finger – Finger, die sie einst vor so vielen Jahren gestreichelt hatten, die eine lüsterne Magie in ihr geweckt hatten, die sogar jetzt noch, in der Erinnerung, ihr Blut erhitzten und eine lang vergessene Sehnsucht tief in ihr weckten.

»Ich weiß, ich kann dir vertrauen, Lodema«, sagte er leise, und seine Stimme war wie eine Feder auf ihrer Haut. So, wie es immer gewesen war.

»Aye, Simon, das kannst du.«

Mit der Hand in dem Handschuh zog er einen Ring von seinem Finger, ein goldenes Band mit einem dunklen Stein, der waldgrün im Schein des Feuers aufleuchtete. »Er wird dir gehören. Als Bezahlung.«

»Ich brauche keine …«

»Natürlich tust du das.« Die harten Linien seines Gesichtes wurden ein wenig sanfter, er sah wieder aus wie der Junge, den sie in ihrer Jugend gekannt hatte, der Junge, den sie mit ihrem ganzen dummen Herzen geliebt hatte. Er legte den Ring auf den Tisch, neben den Korb, dann steckte er die Hand in die Tasche seines Mantels. Er holte einen kleinen Lederbeutel daraus hervor, zog einige Münzen heraus und legte diese neben den Ring.

Das Baby begann zu weinen, und Simon seufzte tief auf. Sein hochmütiges Benehmen verschwand, und eine Sekunde lang glaubte Lodema, er würde die Arme um sie legen und sie küssen, so wie er es getan hatte, als sie noch jung waren. Stattdessen aber zog er langsam den Handschuh wieder an und schob die Finger in das weiche Rehleder.

»Simon«, sagte sie und sprach ihn so an, wie sie es vor vielen Jahren getan hatte. »Wem gehört dieses Mädchen?«

»Das wirst du schon noch erfahren, und dann wirst du auch wissen, warum du ihre Identität für dich behalten musst. Es geht um deine Sicherheit und auch um die ihre.« Seine Augen bekamen plötzlich einen vorsichtigen Ausdruck. »Bitte, Lodema, gib mir dein Wort.«

»Das hast du«, sagte sie ohne nachzudenken, und er lächelte, die Sorgenfalten verschwanden von seiner Stirn.

»Wer weiß sonst noch davon?«

»Niemand.«

»Du hast einen Kutscher mitgebracht.«

Simon strich sich nachdenklich über die Stirn. »Es ist noch ein Junge, und er wird dafür bezahlt, dass er das, was er gesehen hat, für sich behält.«

»Dann weiß er also Bescheid?«

»Er weiß nur, dass ich ein Waisenkind einer Frau bringe, die seine Mutter sein wird.« Er dachte kurz nach. »Mach dir seinetwegen keine Sorgen, Lodema.«

»Wie ist sein Name?«

Simon seufzte. »Er heißt Henry. Er ist nur ein Stalljunge. Er arbeitet für mich, weil man ihn beim Stehlen erwischt hat, und ich habe ihm eine Möglichkeit geboten, sich zu bewähren, indem er für mich arbeitet, anstatt dass man ihn in den Kerker wirft und er dort seine Seele verliert.« Simon zog die Kapuze über den Kopf. »Er wird mich nicht betrügen, Lodema.«

»Ich auch nicht«, versicherte sie ihm.

»Das weiß ich.« Sanft berührte er mit der Hand ihre Wange, und sie, die so viele eine vertrocknete alte Frau nannten, verspürte den Wunsch, zu weinen, um eine Liebe, die vor so langer Zeit gestorben war.

»Ich wusste, dass ich dir vertrauen kann«, flüsterte er.

Oh, Morrigu, rette mich.

»Immer.« Ein dicker Kloß saß in ihrem Hals.

Seine Augen wurden traurig.

»Simon …«

»Sag kein Wort mehr, süße Lodema.« Und dann, als hätte er schon viel zu viel verraten, wandte er sich so schnell ab, dass sein Mantel hinter ihm herflatterte. Er ging zur Tür, bekreuzigte sich an der Schwelle noch einmal und verschwand dann in der Nacht. Die Tür fiel mit einem lauten Knall ins Schloss.

Lodema stand noch immer an derselben Stelle, an der sie gestanden hatte, als er sie berührt hatte. Sie hörte den lauten Knall einer Peitsche und dann das Knarren der Räder, als der Wagen davonfuhr.

Das Baby krähte hell auf.

Lodema kam mit einem Ruck in die Wirklichkeit zurück. »Psst. Alles wird gut, mein Kleines«, murmelte sie, hob das warme Bündel schnell auf und wünschte, sie könnte ihren eigenen Worten glauben. Das Baby brauchte eine Mutter, aye, und oh, bei den Göttern, wie sehr brauchte Lodema ein kleines Kind. Doch irgendwie schien das alles nicht richtig zu sein. Es war falsch. Sie wiegte das Kind sanft in ihren Armen, sie drückte es an sich und gab ihm einen Kuss auf seine weichen Locken.

Sie betrachtete den Smaragdring auf dem Tisch, sein Stein war dunkel und kalt. Das Licht des Feuers spiegelte sich in seinen Facetten, doch der Smaragd funkelte nicht.

Sie steckte das Schmuckstück in die Tasche und musterte das perfekte Gesicht des kleinen Kindes. »Er wird dir gehören, Kind, und von jetzt an wirst du Tara sein, Tochter von Lodema. Ich werde dich als mein eigenes Kind großziehen.« Aye, als eine Christin, aber eine, die auch die alten Götter kennt, ein Mädchen, das Luft, Wasser und Feuer liebt, genauso wie den Vater, den Sohn und den Heiligen Geist.

Sie drückte ihre Lippen auf die samtene Stirn des Kindes und hoffte, dass sie nicht sie beide verflucht hatte.

1

WALES

Gaeaf-Wald

Winter 1290

»Der Teufel hole dich, Abelard!«

Von seinem Pferd, das er vor noch nicht einmal zwei Tagen gestohlen hatte, blickte Rhys, bekannt als der Bastard Bandit, zum Himmel, der nichts Gutes ahnen ließ. Seine Laune war genauso finster wie die Wolken, die über den Himmel zogen, seine Haut war eiskalt von dem scharfen Wind. Selbst der herrliche graue Hengst bewegte sich unruhig unter ihm und brachte ihm an diesem trüben Nachmittag keine Freude. Obwohl der Wald normalerweise ein Ort der Ruhe war, schien er heute Böses vorzuhaben. Der Wind, der durch die Bäume fuhr, heulte unheimlich. Nebel waberte über den Boden, und die kahlen Bäume hoben ihre knorrigen Äste in den grauen Himmel, das ständige Tropfen der Feuchtigkeit machte ihn nervös.

Rhys riss an den Zügeln und ließ seinen Blick aufmerksam umherwandern.

Bei den Göttern, wo war Abelard?

Das hochgezüchtete Ross tänzelte missmutig, und Rhys Nerven waren so angespannt wie die Sehne eines Bogens.

Abelard, der Schuft, hatte versprochen, sich hier mit ihm zu treffen, in dieser schmalen Bergschlucht, zwischen den mit Moos bewachsenen Felsen, die von kahlen Eichen geschützt wurden. Doch er war nicht aufgetaucht. Gryffyn kaute auf der Gebissstange und schüttelte den großen Kopf, seine schwarze

Mähne war feucht, das Zaumzeug klirrte. »Der Hundesohn.« Rhys versuchte, durch den Nebel etwas zu erkennen, jeden Teil der Schlucht betrachtete er ganz genau.

Verflucht sei Abelards elende Gestalt. Er hatte diesen Ort für ihr Treffen ausgewählt. Er hatte darauf bestanden, dass sie sich außerhalb der Mauern von Broodmore trafen, er hatte angedeutet, dass es Geheimnisse gab, die er mit Rhys teilen wollte – Geheimnisse, bei denen es um Twyll ging und die die anderen auf keinen Fall hören sollten. Bei dem Gedanken an die Festung, aus der er geworfen worden war – Twyll, ein wildes Schloss hoch oben auf einer Klippe –, wurde Rhys' Herz kälter als dieser Wald, in dem er sich momentan befand. Ungerechtigkeit ließ sein Herz zu Eis erstarren.

Die Rachegelüste, die ständig irgendwo im Schatten seiner Seele lauerten, gaben keine Ruhe. Daher rührte auch seine Bindung zu Abelard – dem Dieb, Lügner und Spion. Zu dem Mann, dem er sein Leben verdankte.

Wo also war er?

Lieber Himmel, dieser Mann war ein Dorn in seinem Fleisch!

Verärgert musterte Rhys die Schatten, dann stieß er einen leisen Eulenruf aus, das Signal, auf das er und Abelard sich verständigt hatten. Er lauschte, wartete und bemühte sich, das Echo zu hören ... doch außer dem stetigen Tropfen von den kahlen Ästen und dem Plätschern des Baches, der sich durch die Schlucht wand, hörte er nichts. Der Wind war stärker geworden, er fühlte ihn in seinem Rücken, und er erinnerte ihn daran, dass irgendwo in der großen Halle von Twyll ein Feuer knisterte und knackte, dass Kerzen brannten mit einem warmen, seelendurchdringenden Licht, dass Fleisch brutzelte und einen herrlich würzigen Duft von sich gab, wenn es zur Tafel des Lords gebracht wurde, an der sein Halbbruder, der Baron von ganz Twyll, Lord Tremayne, sein Festmahl hielt.

Zehn Jahre waren vergangen, seit Rhys zum letzten Mal ein

freier Mann in den Mauern von Twyll gewesen war, ein Jahrzehnt, seit sein Halbbruder ihm das Gesicht aufgeschnitten und ihm die Nase gebrochen hatte. Doch der Schmerz brannte nach wie vor heftig, auch wenn er mit den Jahren ein wenig abgestumpft war. Und Abelard hatte ihm heute Morgen Neuigkeiten versprochen – Neuigkeiten aus Twyll.

Der verfluchte Abelard mit seiner schwarzen Seele. Rhys biss die Zähne zusammen und trieb Gryffyn an.

An einer Gabelung des Weges hielt er das Pferd noch einmal an. Ein neues Geräusch übertönte das Rauschen des Wassers – die Stimme einer Frau. Sanft und leise flüsterte es durch die kahlen Bäume und den Adlerfarn. Instinktiv hielt er sein Pferd zurück und wandte sich in Richtung der Stimme. Er schob einen Ast beiseite, der ihm die Sicht auf den Bach und die Frau verwehrte, die an seinem Ufer kniete.

Beim ersten Blick glaubte er, sie sei ein altes Weib, das an dem Bach angehalten hatte, um etwas zu trinken. Sie hatte ihm den Rücken zugewandt, ihr zerfetzter Umhang hing um einen schlanken Körper, als sie die Hände in den Bach hielt. Über dem Gurgeln des Wassers klang ihre Stimme gedämpft, aber rhythmisch, während sie einen Singsang oder ein Gebet vor sich hinmurmelte. Rhys interessierte es nicht so sehr, welches von beiden sie tat. Gott hörte sowieso nicht länger auf die Menschen. Vielleicht hatte Er das nie getan. Diese Frau war ein Dummkopf.

Behutsam drängte er sein Pferd weiter vor, und Gryffyn bewegte sich geräuschlos durch die tropfenden Farne und das Unterholz. Der Nebel war hier sehr dicht, er stieg aus dem Wald wie die Geister, von denen einige behaupteten, dass sie hier in diesem Loch lebten. Es waren die Geister derjenigen, die ihr Leben gelassen hatten bei der Verteidigung von Schloss Twyll. Geister, die Rhys unbeabsichtigt in ihr frühes Grab geführt hatte.

Rhys biss die Zähne zusammen. Er umklammerte fest die Zügel und schob die blutigen Erinnerungen beiseite.

»Cerridwen und Morrigu ...«, murmelte die Frau.

Sie war also eine Hexe. Sie rief die heidnischen Götter an.

»... beschützt mich in meinen Bemühungen ...«

Er verzog verächtlich den Mund. Die arme alte Hexe. Sie glaubte noch immer an die Magie der alten Götter. Er zog die Zügel an, entschlossen, das alte Weib in Ruhe zu lassen, als er sah, wie sie die Hand in die Tasche steckte und ihren Schatz daraus hervorzog – einen goldenen Ring, der an einer langen, silbernen Kette hing. Rhys zog scharf den Atem ein. Mitten in dem Ring befand sich ein großer grüner Stein, so dunkel und geheimnisvoll wie dieser Wald, ein Juwel, das in den schwachen Strahlen der Sonne, die durch diesen widerlichen Nebel fielen, aufblitzte, ein Stein wie kein anderer. Gott im Himmel, es war der dunkle Smaragd von Twyll – der seit beinahe zwei Jahrzehnten vermisst wurde. Er war ein Vermögen wert. Man sagte, dass er eine Kraft besaß, die die des Menschen bei weitem überstieg.

Rhys' diebische Finger juckten. Im Bruchteil einer Sekunde sah er einen neuen Weg nach Hause, eine Spur, erhellt vom Licht des Juwels in der Hand dieser Frau.

Das alte Weib hielt die Kette mit dem Ring hoch, als ein Windstoß durch das Dickicht fuhr, der die kahlen Äste der Bäume tanzen ließ und an ihrem Umhang zerrte. Die Kapuze wurde von ihrem Kopf geweht und enthüllte eine Masse schwarzer Locken, die vom Sturm zerzaust wurden und im dichten Nebel glänzten.

Rhys' Körper zog sich zusammen, ihm stockte der Atem. Diese Hexe war alles andere als alt.

Gryffyn tänzelte nervös hin und her, er warf den großen Kopf zurück, unter seinem mit Lehm bespritzten Fell zitterten seine Muskeln, und das Zaumzeug klirrte leise.

Sie schien es nicht zu hören.

»… sei mit mir.« Langsam stand sie auf, als wäre es ein Teil ihres Rituals, dann machte sie mehrere Knoten in die Kette. In einer schnellen Bewegung zog sie den schweren wollenen Umhang aus und legte ihn über die Wurzeln eines Weidenbaumes. Eine Sekunde lang stand sie in ihrer rostfarbenen Tunika vor ihm, dann zog sie auch diese aus und warf sie zu dem Umhang.

Rhys' Hals wurde trocken.

Beinahe nackt stand sie stolz vor ihm, ihr Rücken war kerzengerade, sie zitterte im schwachen Licht des Nachmittages.

Er sollte verschwinden. Etwas stimmte hier nicht, überhaupt nicht. Es könnte sein Tod sein. Er roch die Falle, als wäre es ein Kadaver, der in der Sonne verrottet, und dennoch wurde er zu ihr hingezogen und war unfähig, sich zu bewegen.

Eine Gänsehaut überzog ihren Körper. Nur mit dem dünnen Hemd als Schutz gegen die feuchte Kälte, wandte sie das Gesicht zum Himmel.

Rhys' Hals wurde eng, als sie die Arme über den Kopf streckte und der Saum ihres Hemdes sich hob und ihm weiße, wohl geformte Beine enthüllte, an denen sie abgetragene Lederstiefel trug. In einer hoch erhobenen Faust hielt sie die verknotete Kette mit dem glänzenden Stein, der in einem dunklen, verführerischen Grün aufleuchtete. Mit der anderen kleinen Hand umfasste sie einen Dolch – winzig und so böse wie der Tod.

Alles in Rhys zog sich zusammen. Der Ring. Der Stein. Die Gerüchte. Er blinzelte und versuchte sich einzureden, dass er ein Idiot war.

»Bitte, Mutter, sei mit mir.« Ernst beugte sie den Kopf und löste jeden kleinen Knoten in der Kette, dann zog sie vorsichtig die Kette über den Kopf.

Sie verschränkte die Arme vor ihrer Brust, nahm den Saum ihres Hemdes in die Finger und zog es aus. Es landete neben dem Rest ihrer Kleidung, und bis auf ihre Stiefel und die Kette stand sie jetzt nackt am Ufer des Baches. Auf ihrer Haut sammelte sich der Nebel zu Tropfen, Tropfen glänzten auch in ihrem ebenholzschwarzen Haar, das ihr in ungebändigten Locken über den Rücken fiel.

Bei den Göttern, sie war wunderschön. Ihr Körper war schlank und jung, die Muskeln ihres Rückens bewegten sich unter ihrer zarten Haut, das Grübchen am Ende ihrer Wirbelsäule lockte ihn. Sie reckte die Arme hoch empor, als wolle sie den ganzen Himmel umarmen.

Und um ihren zarten Hals trug sie den Ring. Mit dem verfluchten, aber doch legendären Stein.

Gryffyn schnaubte und warf den Kopf zurück, das Zaumzeug klirrte laut.

Sie erstarrte. »Nein«, flüsterte sie mit einer Stimme, die über dem Rauschen des Windes und dem Gurgeln des Baches kaum zu hören war. Sie wirbelte herum, senkte hastig die Hände, um ihre Nacktheit zu bedecken. Ihr Blick traf sich mit dem von Rhys. »Süßer Jesus, nein.« Alle Farbe wich aus ihrem Gesicht. »Bastard«, flüsterte sie kaum hörbar, und er zuckte innerlich zusammen. »Verschwindet!« Mit weit aufgerissenen tiefgrünen Augen blitzte sie ihn an. »Wer zum Teufel …? Oh, bei den Heiligen …«

Die Magie war gebrochen. Der Ring, der an der Kette hing, glänzte zwischen ihren Brüsten, die so herrlich waren, wie er sie kaum je gesehen hatte – klein, hoch, perfekt gerundet, mit rosigen Spitzen, die sich in der eisigen Dezemberluft aufgerichtet hatten.

Innerlich stöhnte Rhys auf. Es war schon lange her, seit er eine Frau so gesehen hatte – und eine solche war ihm noch nie vor die Augen gekommen. Und noch nie war er einer Frau begegnet, die den dunklen Smaragd von Twyll trug …

Sie griff verzweifelt nach ihren Kleidungsstücken, dabei versuchte sie, mit einem Arm ihre Nacktheit zu verbergen, während sie die andere Hand nach ihrer Tunika ausstreckte. Dabei warf sie ihm hasserfüllte Blicke zu. »Ihr habt genug gesehen!«

Heiße Röte stieg in ihre Wangen. »Wer seid Ihr, dass Ihr Euch wie eine Schlange durch den Wald schleicht und Leuten nachspioniert, die – oh, verflucht und verdammt, verschwindet!« Eine rosige Brustspitze lugte zwischen ihren Fingern hervor. Sein Blick wanderte tiefer, über ihren flachen Bauch und den Nabel zu dem Nest dunkler Locken, die nur zum Teil von ihrer anderen Hand verdeckt wurden, als sie sich vorbeugte, um endlich ihr Hemd und ihre Tunika vom Boden aufzuheben.

»Ihr ... Ihr habt kein Recht, mich anzusehen!«, schimpfte sie, als sie den groben Stoff über ihre Nacktheit zog. Sie warf ihm noch einen Blick lodernden Hasses zu. »Kein Recht. Wenn Baron Tremayne wüsste ...«

Jeder Muskel in seinem Körper verspannte sich. Trotz ihrer Wut lenkte er das Pferd an den wenigen kahlen Bäumen vorbei, die sie voneinander trennten. »Was würde der Baron tun?«, forderte er sie heraus und war insgeheim wütend auf sich selbst, dass er nicht den Edelmut besaß, die Zügel in die Hand zu nehmen und wegzureiten. Oder wenigstens den Stein zu stehlen, der zwischen ihren verlockenden Brüsten hing.

»Er würde Euch hängen! Oder ... oder er würde Euch foltern und vierteilen lassen! Dann würde er Euch die Innereien aus dem Leib reißen und seine Schweine damit füttern lassen.« Sie zog ihr Haar durch den Ausschnitt ihrer Tunika und sah ihn aufgebracht an. Sie gab nicht nach, ihr kleines Kinn reckte sich voll selbstgerechter Wut vor, und ihre Wangen brannten rot. »Oder vielleicht würde er Euch die Kleider zerfetzen, Euch Euer schönes Schwert nehmen und Euch dann auspeitschen lassen, bis Ihr beinahe tot seid, und dann auf Eure Wunden spucken und Euch über die Klippen in den Tod stürzen lassen.«

Bei dieser Vorstellung begann eine Wut, die seit über einem Jahrzehnt in den dunkelsten Winkeln seines Herzens geschlummert hatte, erneut zu glühen. »Und was würde er Euch antun, wenn er herausfände, dass Ihr in seinen Wäldern die dunklen Künste ausübt?«

»Ich habe niemandem etwas angetan …«

Er zog spöttisch eine Augenbraue hoch. »Die Priester in Twyll würden da wohl anderer Meinung sein. Sie sind ein ehrfürchtiger und arroganter Haufen.«

Sie schluckte hart. Nervös leckte sie sich über die Lippen, und ihre Augenbrauen zogen sich zusammen. »Sprecht Ihr von Vater Simon?«

Der Alte. Woher kannte sie den Alten? Was wollte eine Hexe von einem Mann Gottes? »Und von Vater Alden.«

»Ihr seid Vater Simon begegnet?«, wollte sie wissen, und ein Teil ihres Zorns schien sich zu legen. Sie musterte ihn nun argwöhnisch.

»Hat denn nicht jeder von dem schweigenden Priester von Twyll gehört?«

»Aye, aye, aber Ihr habt mit ihm gesprochen?«

»Vor langer Zeit.« Als er seine Sünden noch gebeichtet hatte.

»Aber er ist doch noch in Twyll, nicht wahr?«

»Aye.« Wenigstens hatte Abelard das behauptet.

Jetzt war sie ängstlich, ihr Gesicht kreidebleich, ihr Verlegenheit hatte sie vergessen. Sie schaute zur anderen Seite des Baches, wo ihr Pferd, eine braune Stute, an einem jungen Baum angebunden war. Die Stute hatte die Ohren gespitzt und nach vorn gerichtet, eines der Hinterbeine hatte sie eingeknickt. »Er spricht nicht?«

»Kaum ein Wort.«

Sie biss sich auf die Unterlippe, als sei sie besorgt oder enttäuscht, dann murmelte sie etwas vor sich hin, über einen Schuft, der in Rätseln sprach, gleichzeitig griff sie nach ihrem Umhang.

»Ihr kennt den Baron?«, fragte er.

Ihr Kopf fuhr hoch, mit diesen verflixten Augen funkelte sie ihn an. Nur eine Sekunde lang zögerte sie, er sah, wie sie schluckte. »Aye.« Sie nickte heftig, als wolle sie sich selbst überzeugen. »Und ... und er ist der Teufel persönlich.«

»Ist er das?«

»So bösartig wie ein verwundeter Bär. Er hat seinen eigenen Bruder verbannt.« Sie schnippte mit den Fingern. »Einfach so.«

»Warum?«, fragte er, und seine Neugier war größer als sein Verstand. Sie war eine Lügnerin. Eine wunderschöne Lügnerin. Sie kannte Tremayne nicht, und dennoch war sie entschlossen, das Gegenteil zu behaupten. Sie verbarg etwas vor ihm. Obwohl Rhys wusste, dass er sie in Ruhe lassen sollte, dass er verschwinden sollte, ehe er so nahe vor den Toren von Twyll entdeckt werden würde, konnte er doch nicht einfach davonreiten. »Warum sollte ein Bruder sein eigenes Fleisch und Blut verbannen?«

»Wisst Ihr das denn nicht?«, fragte sie und wurde plötzlich wieder vorsichtig. »Und Ihr wollt mit Vater Simon gesprochen haben? Habt Ihr denn nicht von dem Bastard Rhys gehört?«

»Ein- oder zweimal«, antwortete er eilig und starrte auf ihre rabenschwarzen Locken. Wer war diese Frau, die wie eine Hexe ihre Zaubersprüche murmelte, die eine Zunge hatte so scharf wie die Klinge eines Jägers und die schöner war als jede Frau, die er je gesehen hatte?

»Dann wisst Ihr auch, dass Rhys jetzt ein Ausgestoßener ist. Ein mörderischer, diebischer Räuber, der ...« Sie hielt inne und musterte ihn genauer, sie betrachtete seine abgetragene Tunika und die Hose, die löchrigen Stiefel und sein bedrohliches Aussehen.

»Dieser Ausgestoßene ...«

»Rhys«, flüsterte sie und schluckte.

»Ja, Rhys. Seid Ihr ihm begegnet?«

Sie zögerte kurz, doch dann schüttelte sie den Kopf, und Furcht lag in ihrem Blick.

»Ihr fürchtet Euch vor ihm.«

»Ich fürchte mich vor niemandem«, behauptete sie.

»Seid Ihr im Schloss seines Bruders gewesen?«, bohrte er weiter und sah, wie sie nervös von einem Fuß auf den anderen trat. Als sie schwieg, stieg er von seinem Pferd.

»Wer seid Ihr?«, wollte sie wissen und weigerte sich, auch nur einen Schritt vor ihm zurückzuweichen.

»Das ist genau die Frage, die ich Euch stellen wollte.« Er deutete auf ihren Umhang, der noch immer auf der Wurzel des Baumes lag. »Und warum ruft Ihr die Geister an?«

»Ich habe nicht ...« Sie schloss den Mund, und er verfluchte sich insgeheim dafür, dass ihn ihr unschuldiges Gesicht so faszinierte. Obwohl sie die Hexe spielte, war sie jung und, wie er annahm, bei weitem nicht weltklug. Ein Hauch von Sommersprossen lag auf ihrer geraden Nase, und lange dunkle Wimpern beschatteten ihre neugierigen, intelligenten Augen. Ein listiger Ausdruck huschte über ihr Gesicht, und ein wenig atemlos sagte sie: »Aye, Sir, Ihr habt mich erwischt. Ich habe in diesem Wald die Geister angerufen. Und wenn Ihr nicht vorsichtig seid, dann könnten sie aufstehen und Euch verfolgen.«

»Wirklich?« Er konnte nicht anders, er war belustigt, auch wenn Gryffyn nervös wurde, die Ohren spitzte und schnaubte, als fühle er einen Eindringling. »Es ist zu spät, um noch etwas dagegen zu tun, Hexe. Bei den Göttern, es gibt Dämonen, die plagen mich, als wären sie meine Schatten.« Er fühlte, wie ein verächtliches Lächeln um seine Lippen spielte. »Also, stimmt ruhig Eure Zaubersprüche an, wenn Ihr das müsst. Sagt Euren Geistern, dass sie aufsteigen und mich bedrängen sollen.« Er lehnte sich näher zu ihr, so nahe, dass er sah, wie sich das Grün ihrer Augen veränderte. »Wer seid Ihr?«

Tara erstarrte und biss sich auf die Zunge. Sie konnte diesem Mann nicht trauen, der so eine eigenartige Mischung zwischen einem Ritter und einem Schuft zu sein schien. Seine Kleidung war einmal sehr vornehm gewesen, Leder, verarbeitet mit der besten schwarzen Wolle, sein hochgezüchtetes Pferd war wohl genährt und gepflegt und schien sehr schnell zu sein, und in seinem früher einmal gut aussehenden Gesicht, das seinen Anteil an Schwerthieben reichlich abbekommen zu haben schien, lag eine Mischung aus Arroganz und Zorn. Eine schmale weiße Narbe lief von seiner Schläfe bis zu seinem Kinn und verschwand dort unter tagealten Bartstoppeln. Seine Nase war zerschlagen und krumm, eine Augenbraue war zerschlagen und krumm, eine Augenbraue war gespalten, und die Augen, mit denen er sie ansah, hatten die Farbe von Stahl und blitzten eisig.

»Sicher habt Ihr doch einen Namen?«, fragte er noch einmal.

»Einige … einige nennen mich Morgan Le Fay.« Das war keine Lüge. Nicht wirklich. Diejenigen, die sie fürchteten, nannten oft die Namen der alten Göttin, wenn sie von ihr sprachen.

»Morgan Le Fay? Die Todesgöttin? So weit von Glamorgan entfernt?« Sein Lachen klang so unheimlich wie der Wind, der durch den Abgrund der Schlucht heulte. Mit wenigen Schritten überbrückte er den Abstand zwischen ihnen und stand jetzt so nahe vor ihr, dass sie den Geruch nach Rauch und Pferd riechen konnte, der von ihm ausging. »Diejenige, die einen Mann mit einem vernichtenden Fluch belegen kann?« Weiß leuchteten die Zähne in seinem dunklen Gesicht. »Also sollte ich wohl Euch für all mein Unglück verantwortlich machen?«

»Aye«, antwortete sie und verdammte insgeheim ihre schnelle und oft viel zu scharfe Zunge. »Und wer seid Ihr?« Sie hatte keine Anzeichen seiner Zugehörigkeit gesehen. Er trug keine Farben, keinen Schild, auf dem ein Wappen zu erkennen war.

Seine silbernen Augen zwinkerten schelmisch. »Wenn Ihr Morgan Le Fay seid«, sagte er so langsam, dass ihr Blick unwillkürlich zu seinem Mund ging, »dann …« Wie dumm von ihr, dass ihr Herz laut zu schlagen begann und sie wieder einmal daran dachte, dass dieser Mann sie ohne ein einziges Kleidungsstück gesehen hatte. »Dann muss ich wohl Rhys sein, der verbannte Ausgestoßene von Twyll.«

Dummkopf! Dachte er etwa, dass sie ihm glaubte? Wut stieg in ihr auf. Also neckte er sie. Dieser arrogante, spionierende Hund! Kein ehrenhafter Mann hätte ihr zugesehen, wie sie sich auszog, so wie er das getan hatte, doch dieser Mann besaß nicht einmal einen Anflug von Ehre. »Ich denke, dass Ihr vielleicht ein Bastard seid, Sir, schlicht und einfach.«

Wieder bedachte er sie mit diesem amüsierten Grinsen, dann lachte er laut auf. »Aye, Hexe, ein Bastard. Aber nicht so schlicht.« In dem schwachen Licht leuchteten seine Augen. »Und niemals einfach.«

Er spielte mit ihr, er, der sie nackt im Wald gesehen hatte, als sie ihre Zaubersprüche anstimmte und jeden Gott, der ihrer Bitte lauschte, um Hilfe bat. Eine heiße Röte stieg in ihre Wangen. »Dann verfluche ich Euch, Bandit.«

»Ah, Lady, ich denke, das habt Ihr bereits getan.« In diesem Moment wusste sie, dass er sie küssen würde. Seine silbernen Augen blitzten, und noch ehe sie ausweichen konnte, legte er bereits die Arme um sie, und sie war gefangen. Er zog sie eng an sich. Sie keuchte auf, und sein Mund legte sich auf ihren. Ihre Lippen öffneten sich, und obwohl sie ein leises »Nein« hauchen wollte, so kam doch kein Ton aus ihrem Mund. »Ahh, Hexe«, seufzte er, dann pressten sich seine Lippen auf ihre. Hart, heiß, verlangend. Sie wusste, dass sie sich von ihm zurückziehen musste, dass sie ihm das Knie in den Leib stoßen sollte, sich aus seinen Armen befreien musste – doch das Wunder dieses Kusses, die reine Macht seiner Lippen, die auf ihren lagen, machten sie hilflos.

Heilige Maria! So war das also, wenn sich ein Mann und eine Frau vereinten? Ihr Blut rauschte in ihren Ohren, und eine

Sehnsucht, die sie noch nie zuvor gefühlt hatte, erwachte tief in ihrem Inneren.

Das Herz raste in ihrer Brust. *Nein, nein, nein!* schrie sie stumm, während ihr Körper nachgiebig wurde, als seine Zunge sich zwischen ihre Zähne schob. Sein Bart kitzelte ihre Haut. Gefühle, die so fremd und doch gleichzeitig so vertraut waren, ließen ihre Haut prickeln und erhitzten ihr Blut. Die mit Efeu bewachsenen Zweige der Bäume verschwammen vor ihrem Blick, und sie schloss die Augen und verlor sich ganz in diesem herrlichen Gefühl.

Ihre Knie wurden weich. Unbewusst klammerte sie sich an ihn.

Er stöhnte auf, und als Antwort kam ein leises Seufzen über ihre Lippen. Ihre Brüste drängten sich an seinen Oberkörper, und all die Gründe, ihn nicht zu küssen, flatterten mit dem Wind davon.

Sie erwiderte seinen Kuss, sie war nicht in der Lage, sich ihm zu widersetzen. Sie wollte mehr.

Irgendwo in der Entfernung rief eine Eule. Einmal.

Er hob den Kopf, der Anflug eines Lächelns huschte um seinen Mund. »Endlich. Er kommt.«

Die Eule rief noch einmal, lauter diesmal.

Der Bandit erstarrte. »Verdammt«, flüsterte er.

Wieder rief eine Eule. Laut. Ganz nahe.

»Verdammter Mist«, brummte er in ihr Ohr. »Drei Eulenrufe. Bei allen Heiligen!«

»Was ist?«

»Psst!« Er hielt sie noch immer fest und sah sich hastig in dem mit Nebel verhangenen Wald um. Seine Augen suchten die Wände der Schlucht ab, als würde dort ein verborgener Feind lauern. »Sagt kein Wort«, flüsterte er in ihr Ohr, sein Atem strich über ihre Haut, sein Bart kratzte sie.

»Aber …«

»Das war eine Warnung.« Er hob einen Finger und sah sie

mit einer so wilden Überzeugung an, dass ihr die Frage auf den Lippen erstarb und sie sich auf die Zunge biss.

»Geht«, raunte er. »Schnell.«

Irgendwo in der Nähe knackte ein Zweig. Er wirbelte herum und gab sie frei, seine Hand lag auf dem Knauf seines Schwertes. Sie wartete keine Sekunde länger. Die Entschlossenheit, mit der er die Zähne zusammenbiss, das Gefühl, dass er bereit war zu kämpfen, trieb sie an. Sie machte einen kleinen Schritt zurück, wobei sie fast über eine hervorstehende Wurzel stolperte, dann griff sie nach dem Rest ihrer Kleidung und lief durch den Bach zu der dürren Eiche, an die sie ihre Stute gebunden hatte. Das Pferd schnaubte erschreckt, als das Geräusch von Pferdehufen näher kam. »Psst, Dobbyn!« Mit halb erfrorenen Fingern versuchte sie, den Knoten in den Zügeln zu lösen. Sie blickte über ihre Schulter, als sie hörte, wie mit einem zischenden Geräusch das Schwert aus der Scheide gezogen wurde.

Der Bandit saß auf dem Rücken seines Pferdes und drängte den Grauen durch den Bach. »Lauf!«, befahl er, und sie wusste nicht, ob er zu seinem Pferd sprach oder zu ihr. Sie schwang sich in den Sattel und gab ihrer Stute den Kopf frei. Sie beugte sich vor und grub die Fersen in die Seiten des Pferdes.

Dobbyn stieg hoch.

Aus den Augenwinkeln entdeckte sie Reiter. Unheimliche dunkle Krieger formten sich aus dem Nebel.

»Schnell, verdammt!«, flüsterte der Schuft heiser, und kräftig traten ihre Fersen erneut in die Seiten der verstörten Stute.

»Rhys von Twyll, zeigt Euch!« Die Stimme tönte laut durch den Nebel.

Rhys? Ihr Herz setzte einen Schlag lang aus. *Der Ausgestoßene?*

Klatsch! Dobbyn verdoppelte ihr Tempo, als der Mann sie auf die Hinterhand schlug. Tara umklammerte die Zügel, sie bückte sich tiefer über den Hals des Pferdes, um den Ästen und

Spinnweben auszuweichen, die sich über den schmalen Weg verteilten. Die Rufe ihrer Verfolger erreichten ihre Ohren.

»Rhys von Twyll! Halt!«

Lieber Gott, hilf mir!

Ssst! Ein Pfeil sirrte an ihrem Kopf vorbei.

Klack! Ein anderer traf einen Baum.

»Ich habe sie gesehen, so sicher wie die Hölle«, rief ein Mann, seine Stimme klang schrill und erhob sich über den Wind. »Sie waren auf der anderen Seite des Baches.«

»Sie?«

»Aye, es waren zwei.«

»Dann wollen wir sie suchen, nicht wahr?« Der Boden bebte, als die Suchmannschaft ihre Pferde antrieb. Die Hufe donnerten im Schlamm des Weges, laut platschten sie durch das Wasser.

»Hier entlang«, befahl der Bandit, als sein Pferd an ihr vorbeipreschte, dann den Weg verließ, indem er einen scharfen Haken schlug und in ein kleines Wäldchen galoppierte, das ihnen nur wenig Schutz bot. Tara zögerte. Warum hatte sie ihr Schicksal mit dem dieses Fremden vereint? Mit diesem Verbrecher? Als würde er fühlen, dass sie vielleicht stehen blieb, ritt er langsamer, griff nach hinten und packte Dobbyns Zügel. Er riss hart genug daran, um das nasse Leder aus Taras Fingern zu ziehen und die Stute zu zwingen, ihm zu folgen.

»Wartet ...«

»Psst! Wollt Ihr etwa, dass sie uns beide umbringen?«, fragte er mit leiser Stimme, und der Blick, mit dem er sie ansah, war so hart, dass er Stahl hätte biegen können.

Jeder weitere Protest erstarb auf ihren Lippen.

Hinter ihnen auf dem Weg hörte sie die kleine Armee. Zaumzeug klirrte, Männer riefen, Schwerter klirrten, und das dröhnende Hufgetrappel wurde von den Wänden der Schlucht zurückgeworfen, während die Männer ihre Pferde bergan trieben.

Rhys trieb sein graues Schlachtross erneut zur Hochleistung, während Dobbyn sich bemühte, mitzuhalten. Bäume und Adlerfarn flogen nebelhaft an Tara vorüber. Ihre Finger krallten sich in die Mähne der Stute, Angst umklammerte ihr Herz. Der Nebel setzte sich auf ihre Haut und lief in schmalen Rinnsalen ihren Hals hinunter. Die Pferde, die mittlerweile schweißbedeckt waren, jagten so schnell wie der Wind. Der Mantel des Ausgestoßenen flatterte wie ein Banner hinter ihm. Er konnte nicht wirklich Rhys von Twyll sein. Das musste ein Fehler sein. Sicher wäre das Schicksal doch nicht derart grob zu ihr. Aber während sie auf seinen Rücken und die breiten Schultern starrte und sah, wie leicht er sein Pferd lenkte, obwohl er in einer Hand die Zügel ihrer Stute hielt und sein Schwert in der anderen, wusste sie, dass er kein gewöhnlicher Mann war. Ein Geächteter? Ein Bandit? Ein Räuber? Aye, das war anzunehmen. Aber Rhys von Twyll. Nein!

Wenn er nicht Rhys war, wer war er dann? Und warum waren die Soldaten hinter ihm her? Wenn er nicht der böse Geächtete war, warum lief er dann vor ihnen davon? Und wenn er es war … Der Gedanke ließ ihr Blut gefrieren.

Ohne das Tempo zu drosseln, überquerte er noch einmal den Bach. Eiskaltes Wasser spritzte auf, als die Pferde durch einen anschließenden Tümpel galoppierten. Dann erklommen sie das gegenüberliegende Ufer über einen steilen Pfad. Ihr Lärm scheuchte einen Vogel auf. Mit wild flatternden Flügeln schoss er aus seinem Versteck hoch, erhob sich vor ihnen und verschwand krächzend im Nebel. Dobbyn versuchte auszubrechen, sie stolperte fast, doch irgendwie gelang es ihr, auf den Beinen zu bleiben.

Die Geräusche ihrer Verfolger wurden schwächer, als sie tiefer in den Wald eindrangen, und der Nebel wurde zu einem Nieselregen, der so kalt war wie der Tod. Ein aufgescheuchtes Reh sprang vor ihnen über umgefallene Baumstämme und Wurzeln, ehe es im dunklen Unterholz verschwand. Sie waren wieder allein. Irgendwo. Tara hatte die Orientierung total verloren, zumal die vom Nebel verhüllte Sonne kaum mehr Licht spendete. Sie fühlte, wie die Dunkelheit über sie hereinbrach.

Taras Zähne klapperten, ihre Finger waren erstarrt, alles verschwamm vor ihrem Blick. Zum ersten Mal seit Beginn ihrer überstürzten Flucht wunderte sie sich über ihre eigene Dummheit. Sie könnte jetzt geborgen in Lodemas warmer Hütte sitzen, Kleidung ausbessern, Kräuter trocknen, Fisch ausnehmen, Seife machen und dem Summen ihrer Mutter lauschen, die ihren täglichen Aufgaben nachging. Stattdessen fror sie, ausgelöst durch ihre verflixte Impulsivität, sie war allein im Wald mit einem Fremden, der sehr wohl der Bastard von Twyll sein konnte.

In was hatte sie sich da verstrickt?

Zuvor hatte sie keinen Gedanken an eine Flucht verschwendet, sie hatte nicht einmal über die Tatsache nachgedacht, dass sie offensichtlich eine Gefangene war. Nur weil er die Zügel ihres Pferdes in seinen Händen hielt, bedeutete das schließlich noch lange nicht, dass sie nicht alleine ihren Weg zurück nach Twyll finden konnte. Und sie würde ihn finden. Niemand – nicht die Frau, die sie großgezogen hatte, nicht die Soldaten, die sie verfolgt hatten und auch nicht dieser arrogante Bandit – würden sie aufhalten auf ihrem Weg, würden ihr Schicksal verändern.

»Wohin wollt Ihr …?«

»Psst!« Sein Befehl war scharf, und über die Schulter warf er ihr einen zornigen Blick zu.

Sie biss die Zähne aufeinander und zwang sich, zu schweigen. Sie ritten einen steilen Abhang hinauf, und die Bäume wurden spärlicher. Oben auf dem Hügel bildete der Wald eine kleine Lichtung. Er ließ die Pferde langsamer werden, lenkte sein Pferd an den Waldrand, umging die Lichtung, bis er einen breiten Pfad fand, der einmal eine Straße gewesen sein konnte. Ohne ein Worte bog er auf den steinigen, mit Unkraut überwachsenen Pfad ein, der abwärts zu einem Fluss führte. Einige wenige geschwärzte Pfeiler waren alles, was von der Brücke übrig geblieben war, die schon vor Jahren verrottet und teilweise weggeschwemmt worden war.

Er drängte sein Pferd in das Wasser. Dobbyn versuchte, stehen zu bleiben, zurückzuweichen, doch der Mann war stark, er zog heftig an den Zügeln und zwang das Tier, ihm zu folgen. »Komm schon, du verdammter Klepper«, knurrte er, während das lehmige Wasser bereits bis zu den Steigbügeln reichte.

»Seid Ihr verrückt?«, japste Tara. Der Fluss war hier schmal, aber tief, das Wasser war angestiegen und wirbelte schäumend um sie.

»Das ist schon in Ordnung.«

Sie hatte keine andere Wahl, als sich an den Sattel und an die Mähne ihres Pferdes zu klammern, während das Wasser ihre Füße benetzte, und dann ihre Unterschenkel, den Rand ihrer Stiefel. Gott im Himmel, wie war sie nur hier gelandet, mit einem vollkommen Fremden, der kein Quäntchen Verstand in seinem Kopf zu haben schien? Eiskaltes Wasser kroch über ihre Schenkel, und Dobbyn hob den Kopf angestrengt hoch.

Bei den Göttern, das arme Tier würde schwimmen müssen! Sie würden ganz sicher ertrinken! »Halt!«, kreischte sie, gerade in dem Moment, als sie sah, dass Gryffyn wieder Boden unter den Füßen hatte und aufwärts zu klettern begann. Sein graues Fell war nass und dunkel. Jetzt hatte auch Dobbyn wieder Boden unter den Füßen, und mit letzter Energie stemmte sie sich aus dem Wasser, als wäre der Teufel hinter ihr. Tara krallte sich an die Mähne des Pferdes und rang nach Atem. Erst als das rauschende Wasser schon weit hinter ihnen lag, verlangsamten die beiden Pferde ihr Tempo.

»Wohin bringt Ihr mich?«, röchelte Tara. Ihre Zähne klapperten, ihr Körper zitterte vor Kälte, sie war voller Lehm und welker Blätter. Der Mann hielt an und steckte sein Schwert in die Scheide zurück, doch Dobbyns Zügel gab er nicht frei.

»Irgendwohin, wo wir in Sicherheit sind.«

»In Sicherheit?«, echote sie. »In Sicherheit? Nichts, was Ihr bis jetzt getan habt, war sicher – der Abgrund, der Bach, der verdammte Fluss.« Sie zitterte unkontrolliert, ihre Knochen schienen aus Eis zu sein. Ihre Tunika war vollkommen durchnässt, und die arme Dobbyn schnaufte so schwer, als würde sie auf der Stelle umfallen.

»Sollte ich Euch lieber Tremaynes Männern überlassen?«

»Woher wollt Ihr wissen, dass es Soldaten von Twyll waren?«

Der Blick, mit dem er sie bedachte, war so finster wie die Nacht.

»Warum verfolgen Euch die Soldaten?«

Einer seiner Mundwinkel zog sich hoch, in einem sarkastischen und herzlosen Lächeln. »Vielleicht waren sie ja hinter Euch her, Morgan Le Fay.«

»Es war nicht mein Name, den sie gerufen haben. Ihr ... Ihr seid der Geächtete Rhys.«

Ein vergnügtes Blitzen schimmerte in seinen Augen auf. »Wie ich es Euch gesagt habe. Aber kommt jetzt ...« Er riss wieder an Dobbyns Zügeln, und Tara konnte nichts anderes tun, als ihr Schicksal anzunehmen, wenn sie nicht vom Rücken ihres Pferdes springen und ohne Pferd zurückbleiben wollte.

»Wir sind weit weg von Gaeaf«, sagte sie, als die Dunkelheit sich endgültig über den Wald senkte.

»Aye.«

»Und auch von Twyll.«

»Und von den Soldaten«, trumpfte er auf.

Für Tara war das nur ein schwacher Trost, sie fror bis auf die Knochen. Sie musterte ihre düstere Umgebung, und plötzlich sträubten sich ihre Nackenhaare. Die alten Geschichten ihrer Kindheit wallten in ihr hoch, und sie begriff, wo sie waren. Ein riesiger Baum, der von einem Blitzschlag in zwei Teile gespalten war, stand Wache neben moosbewachsenen Steinen, die so hoch waren wie ihre Stute. »Schloss Broodmore«, flüsterte sie.

»Ihr habt davon gehört?«

»Wer hat nicht davon gehört?«, fragte sie, und Angst überrollte sie, während ihr Pferd weiterging, gezogen von Rhys starkem Arm. »Es ist verflucht«, brachte sie zitternd hervor und bekreuzigte sich hastig, als sie eine letzte Biegung des Weges nahmen und das alte Schloss, das jetzt nur noch eine Ruine war, vor ihnen lag – dunkel, gefährlich und heimgesucht von den Geistern der Menschen, die vom Fieber dahingerafft worden waren und einem Feuer, das sie in den baufälligen Mauern schon vor Generationen getötet hatte.

»So sollte es auch sein.« Sie hörte den Ruf einer Grasmücke. Eine Sekunde später sprang ein schwarz gekleideter Mann aus einem Versteck direkt vor sie. »Wer ist da?«

»Ich bin es, Johnny«, sagte Rhys und seufzte. »Hast du mich oder mein Pferd denn nicht erkannt?«

Der Junge, der noch recht knabenhaft wirkte, steckte seine Waffe wieder weg, doch Tara warf er einen misstrauischen Blick zu. »Euer Pferd ist neu.«

»Aye.« Rhys grinste. »Ein Geschenk von meinem Halbbruder.«

»Und ich dachte, Ihr würdet so etwas stehlen.«

Rhys lachte und zwinkerte dem Jungen zu. »Aye, Tremayne weiß nicht, dass er es mir geschenkt hat. Er hätte es auch sicher nicht freiwillig getan.« Er klopfte dem Pferd auf den muskulösen Hals. »Ein gutes Ross ist er. Versorge ihn für mich.«

»Das werde ich tun.« Johnny nickte eifrig. »Aye, das werde ich, aber wer« – Johnny deutete mit dem Finger auf Tara – »ist sie?«

Rhys sprang von seinem Pferd und reichte dem Jungen die Zügel der beiden Pferde. »Nun, Sohn, so wie sie es behauptet, ist sie Morgan Le Fay.«

»Nein!« Selbst in dem schwachen Licht erkannte Tara, dass der Junge vor Furcht ganz blass wurde. Seine Oberlippe, auf der sich der Anflug eines roten Bartes zeigte, begann zu zittern. »Morgan Le Fay – die ... die ...«

»Und sie ist mein Gast.« Er streckte beide Hände aus, um Tara von Dobbyn zu helfen.

»Ich bin nicht ...«

»Sie wird bei mir bleiben, Johnny. Sage Täubchen und Rose, dass wir hungrig sind und frieren.«

»Nein«, erklärte Tara, und ihre Augen hielten die des Mannes gefangen, der ihr so unverschämt Befehle erteilte. Sie hatte ihre eigenen Gründe, warum sie im Wald gewesen war, und jetzt war sie weit von Twyll, weit weg von ihrem Ziel. Sie blickte zu den geschwärzten Ruinen des Schlosses. Wie war doch gleich der alte Kindervers, den sie vor vielen Jahren gehört hatte?

Broodmore, Broodmore –
Alle, die dort gelebt haben, sind tot.
Broodmore, Broodmore –
Alle Kinder haben geweint.
Broodmore, Broodmore –
Der Kuss des Todes ist dort.
Broodmore, Broodmore –
Alle Besucher habet Acht.

Sie schluckte. Sicher war das nur ein Aberglaube, doch die bedrohlichen Türme mit ihren baufälligen Brüstungen und den schartigen Wänden trugen nicht dazu bei, ihre Nerven zu beruhigen.

Sie räusperte sich und sagte sich, dass sie Mut haben musste. Nichts Böses würde ihr hier geschehen. Nichts würde sie von ihrem Ziel abbringen. Es gab nichts, vor dem sie sich fürchten musste. Überhaupt nichts.

Aber warum fühlte sie dann die Schwingungen des Schicksals in ihrem Herzen, als sie dem düster-attraktiven Mann erlaubte, seine Hände um ihre Taille zu legen und sie von ihrem Pferd zu heben?

2

»Du hast die Regeln gebrochen.« Abelard schlug mit der Faust auf den Tisch. Die Kerze wackelte. Wachs ergoss sich auf den Tisch. Aus den Bechern schwappte roter Wein, der blutrot über den Tisch rann. Zwei Männer, ein Taschendieb und ein Wilderer, die ihr Leben und ihre Geschicklichkeit Rhys versprochen hatten, verzogen sich vor der Konfrontation in angemessenem Abstand, denn Abelards Zornesausbrüche waren ihnen nur zu gut bekannt.

»Ich hatte keine andere Wahl.«

»Bah! Wir alle haben eine Wahl!«

Rhys griff nach seinem Becher und nahm einen großen Schluck von seinem Wein. Er war müde, ihm war kalt, und er hatte keine Lust auf Abelards Zorn. Er lehnte sich zurück, schloss für ein paar Sekunden die Augen und verdrängte die Schmerzen aus seinem Körper. Genau auf diesem Stuhl hatte der Lord von Broodmore gesessen, vor Jahren, noch ehe die Pest und der Tod zugeschlagen hatten. Broodmore hatte vor Geschäftigkeit gebrodelt. Es war ein Schloss gewesen voller eifriger Diener, hart arbeitender Bauern, Rittern und Mägden, traditionellem höfischem Prunk und dem Lachen der Kinder. Seit dem Feuer hatten keine Kelle eines Maurers geholfen, die Mauern wieder aufzurichten, kein Hammer eines Zimmermannes hatte neue Nägel in das morsche Holz geschlagen, kein Feuer eines Hufschmiedes hatte hell gebrannt, keine Töpferscheibe sich gedreht und kein Webstuhl geklappert. Nein, mehr als eine Generation hatte Schweigen geherrscht in diesen verrußten, brüchigen Mauern.

Jetzt war Broodmore die Unterkunft eines Geächteten. Sein Versteck. Verrottet und zugig, voller vernarbter Männer, die ihre eigenen Geheimnisse verbargen und sie mit niemandem teilten. Alles, was Rhys verlangte, war Gehorsam – unbedingt und ohne Fragen. Was ein Mann getan hatte, ehe er nach Broodmore kam, ging nur ihn selbst etwas an. Was er tat, nachdem er sein Leben den anderen versprochen hatte, wurde sorgfältig geprüft. Es gab keinen Raum für Meinungsverschiedenheiten oder irgendeine Form der Untreue. Nicht einmal von Abelard.

»Keine Besucher. Keine.« Abelard, ein imponierender Mann, der mehr als einen Meter achtzig groß war, beugte sich über den Tisch. Sein weißes Haar wallte wie eine Löwenmähne um seinen Kopf, seine bernsteinfarbenen Augen glühten vor Wut – eine Wut, gewachsen aus Ungerechtigkeit. »Es kann keine Ausnahme geben.« Er deutete mit dem Stumpf seines Zeigefingers – des Fingers, den Tremayne ihm vor Jahren abgehackt hatte – auf Rhys. »Das war dein Gesetz.«

»Ich konnte diese Frau nicht Tremaynes Männern überlassen.«

»Warum nicht?« Abelard zog beide Augenbrauen hoch. »Was hatte sie von ihnen zu befürchten?«

Rhys schwieg.

»Wenn du mich fragst, dann hast du ein hübsches Mädchen im Wald gefunden und sie hierher gebracht, damit du dich mit ihr vergnügen kannst!«

In der nächsten Sekunde schon war Rhys aufgesprungen, seine vormals gebrochene Nase war der von Abelard so nahe, dass er den Wein im Atem des Älteren roch und das Gespinst der feinen Äderchen auf den Wangen seines Gegenübers sehen konnte. Sein Becher schwankte, und beinahe wäre er zu Boden gefallen. »Es gibt Gründe …«

»Mehr Gründe als die einfache Tatsache, dass du ihr gern die Röcke heben würdest?«

Rhys packte Abelard an seiner Tunika. »Ich habe gesagt, es gibt Gründe dafür.«

Abelards Mund presste sich zu einer schmalen Linie zusammen. »Und was sind das für Gründe?«

Mit einem Blick auf die ungemütlich ausharrenden beiden Männer deutete Rhys mit dem Kinn zur Tür. »Lasst uns allein.«

Will und Benjamin, die zahnlosen Halunken, konnten es kaum erwarten, den Raum zu verlassen. Sie polterten davon, ihre abgetretenen Stiefel scharrten hastig über die kalten Steine des Bodens, ehe die Feindseligkeit, die ständig zwischen den beiden Anführern schwelte, auch auf sie übergriff.

Langsam gab Rhys sein Gegenüber wieder frei. »Wo warst du?«, verlangte er zu wissen. »Du solltest mich in der Schlucht treffen.«

Abelard zog seine muskulösen Schultern hoch. »Ich wurde aufgehalten. Tremaynes Soldaten waren überall. Hast du denn meine Warnung nicht gehört?«

»Zu spät«, gab Rhys zu und erinnerte sich an das laute Rufen der Eule, als er in die verführerische Falle gegangen war und die Hexe geküsst hatte. Selbst jetzt noch glaubte er, ihre eiskalten Lippen auf seinen zu fühlen, er spürte, wie sie bei seiner Berührung warm geworden waren, wie sie gezittert hatten.

»Weil du deine Fähigkeit verlierst, mein Freund«, fuhr Abelard ihn an. »Wegen dieser Frau.«

»Du hast uns gesehen?«

»Durch den Nebel. Nur als Schatten.« Er griff nach seinem hölzernen Becher und leerte ihn mit einem Schluck.

So war es mit Abelard, so war es immer gewesen – eine Freundschaft, die alle Schwierigkeiten gemeistert hatte, die aber oft durch ihre Meinungsverschiedenheiten und den Kampf, die vorherrschende Rolle zu spielen, auf eine harte Probe gestellt worden war. Zwei Männer, die sich die Aufgabe des Führers teilten – das war schwierig.

»Warum hast du dich nicht gezeigt?«, hakte Rhys nach.

»Wegen der Soldaten von Twyll, die Tremayne geschickt hatte. Sie sind mir vom Schloss gefolgt und haben wohl irgendwie gewusst, dass ich mich mit dir treffen würde.« Seine Stirn runzelte sich, und er knallte den leeren Becher auf den Tisch. »Jemand hat mich betrogen.«

»Weißt du, wer es war?«

»Nein ... nun ja, vielleicht der Junge.« Abelard machte ein finsteres Gesicht und schüttelte den Kopf, als würde er selbst nicht glauben, was er gesagt hatte. »Tremaynes Junge – er ist ungefähr neun, und er schleicht durch die Schatten wie eine Katze auf der Jagd, leise und schnell.«

Rhys zuckte innerlich zusammen. Der Junge, Quinn, war auch Annas Sohn. Sein Magen verknotete sich bei diesem Gedanken, und er war dankbar, dass noch ein Schluck Wein in seinem Becher war.

»Aber ... oh, verdammte Hölle, jeder könnte der Verräter sein.«

»Du verlierst deine Fähigkeiten, alter Mann«, meinte Rhys besorgt. Er strich sich das Haar aus der Stirn. »Es hat einmal eine Zeit gegeben, als du dich nach Twyll hinein- und auch wieder hinausschleichen konntest, ohne dass eine der Wachen das auch nur geahnt hätte.«

»Aye.« Abelard rieb sich verärgert das Kinn. »Tremayne wird immer vorsichtiger. Ich habe nichts herausgefunden, bis auf die Tatsache, dass eine Suchmannschaft nach dir unterwegs war. Offensichtlich ist dein Bruder nicht gerade erfreut darüber, dass du es geschafft hast, sein Lieblingspferd zu stehlen.«

Ein Mundwinkel von Rhys zuckte amüsiert, und er trank noch einen Schluck von seinem Wein. Er wärmte ihn und verursachte ein angenehmes Gefühl in seinem Bauch. »Ich betrachte ihn nicht als meinen Bruder.«

»Genauso wenig wie er das mit dir tut.«

Rhys schnaubte verächtlich. Er hatte sich Tremayne nie verbunden gefühlt. Niemals. Sie hatten denselben Vater, doch das war schon das Ende der Familienbindung. Keine Liebe. Keine Bewunderung. Keine Wärme. Nur kalter, harter Zorn und Ablehnung. Er ging hinüber zum Feuer und wärmte sich die Beine. Er wollte nicht an Tremayne denken. »Wenn du also im Wald warst und uns beobachtet hast, musst du auch den Ring gesehen haben.«

»Welchen Ring?«, fragte Abelard, doch sein Gesichtsausdruck war so ernst, dass Rhys wusste, dass er verstand.

»Den Smaragdring.«

»E-Entschuldigung, Sir«, unterbrach sie eine leise Stimme. Das Mädchen, die Tochter von Big Rosie, Peony, steckte den Kopf durch die Tür. »Meine Mum fragt, ob Ihr noch mehr Wein oder Bier haben möchtet.«

»Komm, komm«, lud Abelard sie ein, das Zimmer zu betreten. Sie war ein schüchternes Kind mit großen Augen. Ihre Weiblichkeit begann gerade erst zu erwachen. »Bring uns Wein, aber schnell, und dann verschwinde wieder.«

Sie kam in ihrem langen braunen Kleid diensteifrig ins Zimmer gelaufen, einen großen Krug mit sich schleppend. Ihre Wangen waren gerötet. Sie warf Rhys einen Blick zu, als würde sie sich vor ihm fürchten – oder noch schlimmer, als fände sie ihn faszinierend. Sie lächelte ihn schüchtern an, dann beeilte sie sich, Wein aus dem Krug in ihre Becher zu gießen und biss sich mit ihren ein wenig hervorstehenden Zähnen vor Anstrengung auf die Unterlippe.

»Sieh zu, dass die Frau versorgt wird«, befahl Rhys. »Sie wird heißes Wasser brauchen und saubere Kleidung.«

»Aye, Mylord. Äh, Sir«, sagte sie und nickte. »Meine Mum sagt, sobald sie mit der Arbeit in der Küche fertig ist, wird sie sich um die Lady kümmern.« Verlegen und unbeholfen verschwand sie wieder.

Im selben Moment, als sie das Zimmer verlassen hatte, wandte sich Abelard zu Rhys. Er trommelte mit den Fingern gegen sein Kinn. »Also, willst du mich jetzt auf den Arm nehmen?«

»Wegen des Steines? Nein.« Rhys hob abwehrend die Hände. »Ich habe ihn mit meinen eigenen Augen gesehen.«

»Der dunkle Smaragd von Twyll – das ist der Stein, den du gesehen haben willst?« In Abelards Worten lag Skepsis.

»Oder einen Stein, der ihm so ähnlich ist, dass er sein Abbild sein könnte.«

Abelard leckte sich über die Lippen. »Das ist Zauberei.«

»Das glaube ich nicht.«

»Hast du nicht gesagt, sie sei eine Hexe – die Zaubersprüche anstimmt?«

»Der Stein war echt.«

»Bah.« Und dennoch strich er mit dem rechten Daumen über seine linken Fingerspitzen, als könne er die scharfen Facetten des Steines fühlen. »Wenn du die Wahrheit sagst – und ich werde dir das Fell gerben, wenn du das nicht tust –, dann hat deine kleine Hexe den Stein entweder gestohlen oder sie hat ihn von dem wahren Herrscher von Twyll gekauft.«

»Oder sie selbst ist der wahre Herrscher über Twyll«, dachte Rhys laut nach, obwohl etwas in ihm dieses Geheimnis in seinem Herzen bewahren wollte. Abelard besaß zwar einen starken Sinn für Edelmut, doch wurde er leicht hinfällig, wenn es um Geld ging.

»Sie ist eine Frau. Das Baby war ein Junge.« Er schüttelte sein Haupt, und das weiße Haar leuchtete auf im Licht des Feuers. »Es kann nicht sein. Nein.« Er murmelte einen leisen Fluch und blickte in die Flammen, als könne er das Schicksal in den glühenden Kohlen und der heißen Asche lesen.

»Aber wer war dabei? Wer hat gesehen, wie das Baby geboren wurde?« Rhys hatte schon so viele Male über diese Fragen nachgedacht. »Alles, was wir wissen, sind die Gerüchte – Hörensagen von Menschen, die sich mitten im Krieg befanden –, einige waren Baron Gilmore treu ergeben, die anderen meinem Vater.« Er kratzte sich nachdenklich seine Bartstoppeln, dabei fuhr er mit einem Finger über die Narbe in seinem Gesicht. »Da Baron Gilmore und seine Frau getötet wurden, wer könnte da wissen, ob ihr Kind, das während des Angriffes geboren wurde, ein männliches oder weibliches Kind gewesen ist?«

»Diese Hexe ist nicht die Erbin von Twyll. Das glaube ich nicht.«

Rhys musterte ihn feixend. »Du wirst es glauben, wenn sie dir den Stein zeigt, Abelard. Wenn dieser dunkle Stein vor deinen Augen aufblitzt, wird sogar deine Skepsis verschwinden.«

»Na gut, Rhys. Ich werde warten ... aber du solltest wissen, dass ich kein sehr geduldiger Mann bin.«

»Ich auch nicht, Abelard.« Rhys kam zum Tisch zurück, griff nach seinem Becher und hob ihn mit einer spöttischen Geste. Schweigend prostete er seinem alten Freund zu, einem Mann, der ihm das Leben gerettet hatte und dem er dennoch nicht vollkommen traute. »Ich auch nicht.«

Tara konnte ihr Unglück nicht fassen. Wie hatte sie nur so unvorsichtig sein können, sich von dem Banditen gefangen nehmen zu lassen? Denn auch wenn er behauptete, sie sei sein Gast, so war das doch eine Lüge – eine Lüge vom Teufel selbst. Sie war eine Gefangene hier. Nicht mehr. Eingesperrt in einem Zimmer dieses zerfallenen Schlosses. Sie nahm an, dass dieses Zimmer früher einmal die Kapelle von Broodmore gewesen war, denn einige wenige Dinge schienen von damals zu sein, und ein Altar stand leicht erhöht auf einer Seite des Raumes. Sie rieb sich die Arme und lief unruhig vor dem Feuer auf und ab, das sie glücklicherweise herrlich erwärmte, während sie über ihre Flucht grübelte. Sie würde keine Sekunde länger als unbedingt nötig in diesem Gefängnis hier verharren. Sie wusste jedoch, nachdem sie sich sofort kundig gemacht hatte, dass eine Flucht aus Broodmore fast unmöglich sein würde.

Obwohl die Tür des Zimmers nicht verschlossen war, so stand doch eine Wache auf dem Flur, der in die große Halle führte, wo sich ständig einer oder mehrere der Verbrecher aufhielten, die dieses einst so stolze Schloss bewohnten. Vor vielen Jahren hatten die Pest und ein Feuer einen großen Teil von Broodmore zerstört und all die Menschen getötet, die früher einmal hier gelebt hatten. In diesem Zimmer gab es nur ein einziges Fensterloch. Keine Läden oder Glasscheiben schlossen die Öffnung. Von dort aus hatte man die Aussicht auf den Schlosshof, doch wenn Tara gehofft hatte, dieses Loch als Fluchtweg nutzen zu können, so wurde ihre Hoffnung auf der Stelle zunichte gemacht.

Der Wachposten, ein riesiger Kerl, stand in der Nähe des Wachhauses, und von dort aus hatte er einen ausgezeichneten Blick direkt auf ihr Zimmer. Er war ein untersetzter Mann mit dicken, fleischigen Armen, strähnigem Haar, einer flachen Nase und Zähnen, die für seinen riesigen Mund viel zu klein schienen. Seine Augen standen dicht beieinander, und sie schauten mit der Eindringlichkeit eines Adlers, der sich auf seine Beute stürzen will. Sie bewegten sich ruckartig hin und her, ständig beobachtete er die Umgebung des Schlosses, spähte in die Landschaft, und, so nahm sie an, ihm entging nichts – selbst nicht in der Dunkelheit.

Sie wusste, dass ihr Ring an ihrem Körper nicht sicher war, dass Rhys den Smaragd bereits gesehen hatte, und solange sie ihn um den Hals trug, konnte auch einer der anderen Diebe ihn entdecken. Deshalb suchte sie nach einem Versteck. Der Raum war nur spärlich eingerichtet, bis auf eine Bank, die Liege und einen Tisch, der einmal als Altar benutzt worden schien, gab es keine anderen Möbelstücke. Schnell fuhr Tara mit den Fingern um die Gegenstände, und als sie eine verborgene Stelle hinter dem Altar ertastete, an der ein kleiner Nagel herausragte, zog sie die Kette vom Hals und hängte sie dorthin. »Bitte, sorge dafür, dass sie in Sicherheit ist«, betete sie und bekreuzigte sich. Wenn Rhys nach dem Ring fragte, würde sie behaupten, dass sie ihn auf dem wilden Ritt nach Broodmore verloren hätte. Bis sie sicher war, dass er sie nicht durchsuchen und ihr den Schatz abnehmen würde, würde sie ihn versteckt halten.

Klopf, klopf, klopf! »Hier, mein Liebes«, rief eine Frau, die mit ihrem breiten Hinterteil die Tür aufschob und eine große Wanne ins Zimmer schleppte. Sie war eine riesige Frau, mit Armen, die von Jahren harter Arbeit stark geworden waren. Sie trug ein Kleid, das fleckig und schmutzig war, aber sie lächelte freundlich. Eine Schürze, die einmal weiß gewesen war, hatte sie um ihre Körpermitte gebunden, um die Stelle, die eigentlich ihre Taille hätte sein sollen.

Tara bekreuzigte sich schnell noch einmal, als hätte sie gebetet, dann betrachtete sie die Frau misstrauisch. Was konnte eine anständige Frau bei dieser verlumpten Bande von Ausgestoßenen und Halunken machen, die in den heruntergekommenen Mauern von Broodmore lebten?

»Komm schon, Täubchen, beeile dich mit den Eimern.«

Ein junges Mädchen von ungefähr zwölf Jahren betrat das Zimmer. Ihr schlanker Körper zeigte die ersten Anzeichen der Weiblichkeit, und ihr schmutziges Gesicht verlor gerade den Babyspeck. Sie würde hübsch aussehen, wenn sie ein wenig älter war, nahm Tara an. Sie schleppte zwei Holzeimer, gefüllt mit dampfend heißem Wasser.

»Ich bin Rose«, erklärte die dicke Frau und lächelte. Sommersprossen bedeckten ihr Gesicht, und borstiges rotes Haar mit grauen Strähnen lugte unter ihrem Kopftuch hervor. »Ich versorge diese elende Gesellschaft. Und dies ist meine Tochter, Peony, aber wir alle nennen sie Täubchen, nicht wahr?« Sie kniff ihre Tochter kräftig in die Wange, doch Täubchen zuckte nicht einmal. Offensichtlich war sie an die raue Zuneigung ihrer Mutter gewöhnt. »Und jetzt sei ein gutes Mädchen und gieß das heiße Wasser in die Wanne.«

Rose musterte die Wanne und schüttelte missbilligend den Kopf. »Das ist zwar nichts Vernünftiges, aber Ihr könnt Euch wenigstens ordentlich waschen, und wir werden etwas suchen, das Ihr anziehen könnt, solange Eure Kleidung trocknet.« Als wäre ihr ein plötzlicher Gedanke gekommen, meinte sie: »Sobald du hier fertig bist, Täubchen, wirst du in den alten Truhen hier nachsehen. Es könnte noch etwas von der Lady da sein, das ...« Sie hielt inne. »Wie ist Euer Name?«

Tara dachte daran zu lügen, doch dann entschied sie, dass es dafür keinen Grund gab. Niemand kannte sie. Ihr Name bedeutete nichts. »Tara.«

»Von wo?«, fragte die ältere Frau, während ihre Tochter den ersten Eimer heißes Wasser in die Holzwanne goss und danach den zweiten.

»Von Gaeaf. Ich wurde von Lodema großgezogen, der Hebamme.«

»Seid Ihr keine Lady?« Sie runzelte erstaunt die Stirn.

»Nein«, antwortete Tara und weigerte sich, noch mehr über sich selbst zu verraten. Was sie gesagt hatte, war die Wahrheit, obwohl Lodema dafür gesorgt hatte, dass sie nicht nur die dunklen Mächte kennen gelernt hatte, sondern auch die feineren Künste. Ihre Erziehung hatte sich erstreckt auf das Wissen über Kräuter – von Johanniswurzel bis Fingerhut –, auf das Zeichnen von Runen im Sand und das Anstimmen von Zaubersprüchen zur Großen Mutter, aber auch darauf, stundenlang auf den kalten Steinen der Kapelle zu knien und zu beten, Vergebung vom Gott der Christen zu erflehen. Lodema hatte ihr beigebracht, vornehm zu sprechen und sich wie eine Lady zu benehmen, aber Tara wusste auch, wie man einen Hasen häutete oder bei der Geburt eines Babys half. Aye, Lodema hatte sie viel über das Leben gelehrt, und wenn Tara an ihre

Pflegemutter dachte, sehnte sie sich nach ihr, sehnte sich nach dieser Frau, die sie ihr ganzes Leben lang wie eine Tochter behandelt hatte.

Rose machte sich zu schaffen, sie versorgte das Feuer, brummte etwas über Schmutz in den Binsen, über die Kälte und den »elenden« Haufen von diebischen Schuften, den sie zu versorgen hatte. Während sie mit der Hand die Spinnweben beseitigte, bedeutete sie Tara, sich auszuziehen. »Beeilt Euch, Ihr werdet noch erfrieren in dieser Tunika, und ich möchte nicht auch noch Euch versorgen müssen, zu all den anderen.«

»Ich brauche nicht …«

»Ach, streitet Euch nicht mit Big Rosie, Liebes. Ihr müsst die Kälte aus Euren Knochen vertreiben und den Schmutz aus Eurem Gesicht und von Euren Händen waschen. Kommt schon, beeilt Euch. Das Wasser wird kalt werden, wenn Ihr länger zögert.«

Obwohl ihr der Gedanke gar nicht gefiel, auch nur eine Sekunde unbekleidet zu sein, zog Tara ihre Tunika über den Kopf. Die nassen Stiefel und das feuchte Hemd folgten sofort und sie schnappte scharf nach Luft, als das heiße Wasser ihre Haut traf und sie in die Wanne sank. Die Wanne war zwar eng, doch das Gefühl war herrlich. Rose zauberte ein Stück Seife hervor und reichte es Tara.

Tara ignorierte die Frau, die sie neugierig betrachtete. Sie wusch sich zügig, langsam schwand die Kälte aus ihrem Körper, der Schmutz aus ihrem Haar, und auch wenn sie sich in der engen Wanne kaum bewegen konnte, so entspannten sich ihre verkrampften Muskeln. Sie seifte ihr Haar ein, spülte es aus und steckte es dann auf dem Kopf hoch. Danach rubbelte sie mit einem groben Lappen ihre Haut, bis sie zu prickeln begann und das Wasser langsam kalt wurde. Tara war erfrischt, ihr Magen knurrte, und in ihrem Kopf wirbelten die Pläne für ihre Flucht. Rose reichte Tara ein Handtuch, das auf ihrer Haut kratzte, als sie sich abtrocknete, und befahl ihrer Tochter, die nasse Tunika, den Umhang und das Hemd der »Lady« zu waschen – was Täubchen jedoch nicht hinderte, nach wie vor wie angewurzelt stehen zu bleiben.

Mit dem Handtuch um ihren Körper griff Tara in die Taschen ihres Umhanges und holte dort ihren wertvollsten Besitz heraus, einen kleinen Dolch mit einer gebogenen Klinge und einen Beutel, in dem einige Münze waren, einige getrocknete Kräuter und ein Stück Kerze. »Bitte«, sagte sie, und Täubchen verschwand durch die Tür. Noch immer hielt Tara das Handtuch vor sich, als sie sich über die Truhe beugte und die verblassten Kleidungsstücke begutachtete, die einmal sehr kostbar gewesen sein mussten – rosafarbene Seide, grauer Damast und lavendelfarbener Samt, bestickt mit silbernen Fäden. Sie holte das Samtgewand hervor. Draußen vor der Tür hörte sie Schritte.

Die Tür wurde aufgerissen.

»Hmm.« Sie erstarrte, als sie den tiefen Klang von Rhys Stimme erkannte, einen Klang, der ihr für den Rest des Lebens folgen würde.

»Ah, Sir Rhys, wir sind noch nicht fertig«, erklärte Rose und schob ihren breiten Körper vor Tara.

»Ohh. Sein Blick wanderte zu der Wanne.

Tara hielt das Kleid vor ihren nackten Körper und trat dann hinter der Frau hervor, die sich als Schild vor ihr aufgebaut hatte. Rhys hatte sie bereits ohne jegliche Kleidung gesehen, und diesmal hatte sie die Absicht, ihm die Antwort zu geben, die er verdiente.

»Gibt es etwas, das Ihr von mir wollt?«

Er musterte ihren halb nackten Körper, genau wie vor wenigen Stunden im Wald. Taras Hals wurde trocken, als seine Augen sich an ihrem nackten Hals festzusaugen schienen, um den nicht länger die Kette mit dem Ring hing. Seine silbernen Augen blitzten interessiert auf, und sie fühlte, wie eine heiße Röte in ihre Wangen stieg. Der Blick, mit dem er sie jetzt bedachte, war allerdings nicht der Blick eines Mannes, der nach einem wertvollen Stein Ausschau hält; es war der Blick eines Mannes, der sie ansah wie eine Frau – eine Frau, die er haben wollte. Die Erinnerung an seinen Kuss, die noch so frisch und atemberaubend war, ließ sie erröten, und sie leckte sich nervös über die Lippen, ehe sie sich räusperte und die Lider senkte.

»Abelard möchte mit Euch sprechen.«

»Aye, und sie wird auch gleich fertig sein. Sagt Abelard, er soll noch zwei Minuten warten.« Rose schnalzte mit der Zunge. »Immer ungeduldig, dieser Mann!« Sie drohte ihm scherzhaft mit dem Finger. »Ihr solltet ebenfalls ein wenig geduldiger sein. Die Lady wird bald kommen.«

»Die Lady?«, spottete Rhys, und er grinste sarkastisch. »Nun, *Lady*, trödelt nicht zu lange.«

»Ganz bestimmt nicht«, erklärte Tara und trat noch einen Schritt vor, trotz ihrer Nacktheit. Sie sah ihn ungerührt an, das lavendelfarbene Kleid als einzige Barriere zwischen ihnen. »Ich verspüre nicht den Wunsch, eine Sekunde länger hier zu bleiben als ich unbedingt muss. Sobald mein Pferd sich ausgeruht hat, werde ich hier verschwinden.«

»Ach, wirklich?«

Mit emporgerecktem Kinn umklammerte sie das Kleid noch fester. »Aye, Rhys von Twyll. Das ist ein Versprechen.«

»Das werden wir ja sehen.« Mit einem Blick auf Rose meinte er: »Sieh zu, dass sie sich beeilt, ja?«

Damit verließ er den Raum. Zitternd und mit tropfendem Haar, das Kleid einer toten Frau an sich gepresst, stand sie da.

»Ahh, Sir Rhys …« Rose schnalzte noch einmal mit der Zunge und schüttelte stirnrunzelnd den Kopf, als wäre das Schicksal des Banditen eine traurige Wendung des Schicksals und nicht ein Leben voller Korruption, an dem nur er selbst Schuld war. Auch Täubchen sah ihm nach, und in dem Ausdruck ihrer großen, unschuldigen Augen entdeckte Tara eine naive, bedingungslose Zuneigung. Das arme Ding.

Tara fühlte keinen Hauch von Mitleid für diesen Kerl, der sie gegen ihren Willen hierher gebracht hatte. Aye, sie kannte die Geschichte – dass Rhys aus irgendeinem Grund nackt ausgezogen worden war, ausgepeitscht wurde, bis er nicht mehr stehen konnte und dann aus Twyll verbannt worden war. Nackt, blutend und dem Tode nahe hatte man ihn liegen gelassen. Doch es gab auch Gerüchte darüber, dass er seinen Bruder betrogen hatte. Nein, jeder Schmerz, den dieser Schurke fühlte, war in Taras Augen wohl verdient.

»Es ist ein Jammer«, sagte Rose. »Aber die Liebe treibt jeden Mann in den Ruin.«

»Liebe?«, wiederholte Tara und stieg in das Kleid, fühlte, wie der weiche alte Samt ihre Haut liebkoste. Auch wenn das Kleid muffig roch, so duftete es noch immer schwach nach Lavendel und Rosen, als wäre es mit getrockneten Kräutern eingepackt gewesen.

»Aye. Wahre Liebe. Sie ist ein Segen und ein Fluch, als ob ich das nicht wüsste.« Sie warf Täubchen einen Blick zu und stieß dann einen langen Seufzer aus. »Komm, Tochter. Es ist Zeit, nach den Feuern zu sehen. Du weißt doch, was für ein Brummbär Abelard sein kann, wenn er hungrig ist und warten muss. Ein elender Mann …« Sie murmelte leise vor sich hin und schob dann das liebeskranke Täubchen aus der Tür und überließ Tara sich selbst.

Das Kleid war ein wenig zu groß, denn Tara hatte eine sehr zierliche Figur, und der Saum des Kleides fegte über den Boden, doch sie nutzte die Weite des Kleides aus. Sie holte die Kette mit dem Ring aus ihrem Versteck, zupfte sich ein loses Band aus einem anderen Kleid und schlang die Kette mit dieser Hilfe um ihre schmale Taille. Dann rückte sie das Mieder über ihre Brüste und verknüpfte das Kleid in der Taille fest mit einem weiteren Band. Zufrieden, dass ihr kostbarer Besitz so gut versteckt war, füllte sie ihre Taschen mit ihren übrigen Schätzen und endlich war ihr auch warm.

Ihr Magen knurrte vernehmlich, als der Duft des gebratenen Wilds und der köstlichen Gewürze in ihre Nase stieg und sie daran erinnerte, dass sie den ganzen Tag noch nichts gegessen hatte.

Tara verbrachte die nächsten Minuten damit, sich mit den Fingern das Haar zu kämmen und darüber nachzudenken, wie ihre Flucht vonstatten gehen könnte. Sie hatte ihre eigene Aufgabe in Twyll zu erfüllen, und sie hatte nicht die Absicht, auch nur eine Sekunde länger als unbedingt nötig in den verkohlten, höhlenartigen Verliesen von Broodmore zu verbringen.

Sie reckte sich entschlossen, bereit, dem Ausgestoßenen die Stirn zu bieten. Prüfend tastete sie noch einmal unter den Falten ihres Kleides nach dem Ring und fühlte den Stein kalt und hart auf ihrer nackten Haut. Warum sie unbedingt die Wahrheit entdecken wollte, konnte sie selbst nicht verstehen. Aber dennoch fühlte sie den unwiderstehlichen Drang, die Wahrheit über ihre Identität herauszufinden.

Also, spottete eine leise Stimme in ihrem Inneren, *was wirst du tun, wenn du herausfindest, dass du in Wahrheit das verlorene Baby von Gilmore bist? Was ist, wenn du die rechtmäßige Erbin von Twyll bist?* Sie wusste es nicht, aber seit sie von ihrem Geburtsrecht erfahren hatte, brannte in ihr das Feuer der Neugier, das sie auf der Suche nach der Wahrheit antrieb.

Tara hatte es nicht glauben wollen, als Lodema ihr das Geheimnis verraten hatte, gerade einmal vor erst zwei Tagen. Tara hatte ein Gerücht gehört, ein altes Klatschweib im Dorf, das Eier und Kräuter verkaufte, hatte erzählt, dass Lodema die Absicht hatte, ihre Tochter mit Adair zu verheiraten, einem hochmütigen Händler, der weit im Süden lebte, einem alten Mann, dessen Frau gestorben war und ihm keine Nachkommen hinterlassen hatte.

»Sage mir, Mutter, dass du mich *nicht* diesem miserablen alten Mann versprochen hast«, hatte Tara von ihr verlangt, als sie durch die Tür der kleinen Hütte stürmte, wo die Frau, die sie großgezogen hatte, gerade einer toten Henne die Federn ausrupfte. Lodemas alte Hände hatten die Federkiele aus der Haut des Huhnes gezogen, während im Herd hell das Feuer brannte. Ihre halb verkrüppelte alte Katze hatte sich in der Nähe des Feuers zusammengerollt. Als Tara ins Haus gerannt kam, hatte Luna nur müde den Kopf gehoben und gegähnt, dabei hatte sie ihre messerscharfen Zähne und ihre Zunge gezeigt und war vollkommen ungerührt gewesen von Taras lautstarker Entrüstung. »Sag es mir!«

»Oh, Kind, ich nehme an, es ist an der Zeit.« Lodemas Gesichtsausdruck war traurig, ihr normalerweise stets lächelnder Mund war unglücklich zusammengepresst, während sie weiter arbeitete und die Federn in einen Sack warf.

»Zeit wofür? Um mich loszuwerden? Mich wegzuschicken zu irgendeinem … einem alten Mann mit Leberflecken, der mich in seinem Haus und in seinem Bett haben will?«, wütete Tara und fühlte sich ganz krank. Warum sollte Mutter so etwas tun? *Warum?*

»Adair ist ein guter Mann.«

»Ich liebe ihn nicht. Ich *kenne* ihn nicht einmal. Und er ist zu alt.«

»Er ist eine gute Partie.«

»Bist du taub? Eine *gute* Partie? Mutter, hör dich doch nur einmal reden!«

Lodema reckte das Kinn, das von einigen Haaren bedeckt war, störrisch vor. »Er braucht Söhne. Und du brauchst … du brauchst einen Ehemann.«

»Nein!«

»Tara …«

»Heilige Maria, lüge mich nicht an«, flehte Tara und ging auf den Tisch zu, auf dem das halb gerupfte, kopflose Huhn lag. Ihr Herz raste, Angst beherrschte sie. Etwas stimmte nicht. Etwas war furchtbar schief gelaufen. Die alte Katze humpelte zu Tara und rieb sich an ihrem Bein, doch Tara hatte kein Auge für Lunas Zuneigung.

»Du brauchst dir keine Sorgen zu machen über …«

»Über was? Über *mein* Leben?« Ärgerlich schob Tara das tote Huhn beiseite, es landete mit einem Plumps auf dem Boden. Braune und weiße Federn segelten durch die Luft. Luna floh in die Sicherheit des Stapels mit Feuerholz. »Worum geht es hier überhaupt? Und lüg mich nicht an, Mutter – du hast mein ganzes Leben lang darauf bestanden, dass ich dir immer die Wahrheit sage, also bitte …erweise mir die gleiche Ehre.« Ihr Hals war eng, in ihren Augen brannten heiße, wütende Tränen. Nie in ihrem ganzen Leben hatte Lodema sie bewusst betrogen.

Die ältere Frau öffnete den Mund, sie starrte in das Gesicht ihrer Tochter und bückte sich dann langsam, um das Huhn vom Boden aufzuheben und es wieder auf den Tisch zu legen. Als hätte das tote Tier niemals auf dem Boden gelegen, begann sie es weiter zu rupfen. »Du musst hier weg, Tochter«, sagte sie, und ihre alte Stimme brach. »Heirate Adair und bekomme Kinder und vergiss alles andere.«

»Vergessen …?«, wiederholte Tara. »Was soll ich vergessen?«

»Dass du meine Tochter bist.«

»Nein!« Tara drängte die Tränen zurück. »Mutter – warum?« Sie streckte die Hand aus, zupfte an Lodemas zerschlissenem Ärmel und entdeckte, dass die Augen der alten Frau rot umrändert waren und verräterisch glänzten.

»Es ist das Beste so.« Lodema drehte das Huhn um und riss die Federn aus einem der beiden Flügel. »Wie ich schon gesagt habe, es ist Zeit.«

»Zeit für was?«

»Du bist über das Alter hinaus, in dem die meisten Mädchen heiraten und Babys bekommen. Ich habe dir alles beigebracht, was du wissen musst – und vielleicht noch mehr«, fügte sie hinzu und stopfte eine Hand voll gefleckter Federn in den Sack.

»Ich will keinen Ehemann.«

»Oh, Unsinn. Jedes Mädchen wünscht sich einen Ehemann.«

»Außer dir.«

Ein Schatten von Traurigkeit huschte über Lodemas Gesicht, und sie schnaubte vernehmlich. Ihre Lippen pressten sich so eng aufeinander, als würden sie von einer Kordel zusammengezogen, so wie sie es immer tat, wenn sie eine Entscheidung fällte und die Absicht hatte, auch dabei zu bleiben. »Selbst ich habe mich einmal, vor vielen Jahren, nach einem Mann gesehnt, Tara.« Sie räusperte sich und riss die letzten Federn aus dem Huhn. »Aber es sollte nicht sein.«

»Und deshalb schickst du mich jetzt weg, zu einem Fremden?« Tara sah sie fassungslos an. Schmerz erfasste ihr Herz.

»Aye.«

»Und es gibt keinen anderen Grund?«, fragte Tara.

»Nein.« Das Huhn war gerupft, Lodema ließ es auf dem Tisch liegen und ging zum Herd hinüber, in dem hell ein Feuer brannte. Dort zündete sie eine dicke Kerze an. Vorsichtig hielt sie die Kerze, damit die Flamme nicht ausging, kam an den Tisch zurück, packte das Huhn an den Beinen und hielt es geschickt über die Flamme der Kerze. Damit brannte sie die letzten Federn weg, die noch an der weißen Haut des Tieres klebten. In dem flackernden Licht sah Lodema älter aus, als sie war, ihre Haut schien faltiger, die Linien um ihre Augen und ihren Mund traten noch mehr hervor. »Du wirst den Händler heiraten, und das ist alles.«

»Lieber würde ich sterben.«

Lodema zuckte zusammen und verbrannte sich. »Verflucht!« Die Flamme zischte auf der Haut des Huhnes. »Bei den Göttern, Tara, du sollst den Teufel nicht herausfordern.«

»Irgendetwas stimmt nicht«, sagte Tara und weigerte sich, aufzugeben, auch wenn der Blick ihrer Mutter ihr sagte, dass es besser wäre, die Sache ruhen zu lassen. »Ich habe gehört, wie du gestern Abend das Haus verlassen hast und bin dir zum Fluss gefolgt.«

Lodemas Kopf zuckte hoch, und sie runzelte die Stirn. »Warum hast du das getan?«

»Weil du dir Sorgen gemacht hast.«

Lodema seufzte resigniert. Taras Zorn verschwand langsam, eine tiefe, namenlose Furcht hatte sie ergriffen.

»Du bist zum Fluss gegangen, Mutter, und dort hast du begonnen, Zaubersprüche zu singen, du hast Morrigu angerufen und die Große Mutter gebeten, über mich zu wachen und mich zu beschützen. Ich habe zugesehen, wie du Misteln, Johanniswurzel und Rosmarin über einer weißen Kerze verbrannt hast, und dann hast du die Rune für den Schutz in den Sand gemalt und einen Ring mit einem feinen dunklen Stein darüber gelegt.«

Lodema blies die Flamme aus und legte die qualmende Kerze auf den Tisch. Sie ließ das Huhn in einen Eimer mit kaltem Wasser plumpsen, setzte sich an den Tisch und stützte die Ellenbogen auf die Tischplatte. »Warum musst du mir so viele Fragen stellen?«

»Weil du mir das beigebracht hast.« Tara griff nach der Hand ihrer Mutter und verschränkte ihre Finger mit denen der alten Frau. »Du hast mich gelehrt, immer vorsichtig zu sein, aber trotzdem die Wahrheit herauszufinden und niemals eine Lüge zu akzeptieren. Und dennoch hast du das heute Abend alles vergessen. Was ist los, Mutter?« Tara umklammerte die Hand ihrer Mutter noch fester. »Was macht dir Sorgen?«

Lodema sah ihre Tochter an, und Tara erkannte die Verzweiflung in ihren Augen. Sie entzog Tara ihre Hand und wischte sie an ihrem Rock ab. »Es ist besser, wenn du es nicht weißt.«

Tara schüttelte heftig den Kopf. »Nein! Du hast mir stets beigebracht, ich solle der Wahrheit folgen – dass ich niemals lügen sollte. Und dennoch bewahrst du Geheimnisse vor mir. Was ist es, das dich so sehr quält?«

»Ahh, Kind.« Lodema schüttelte den Kopf und starrte eine Minute lang in den Eimer mit dem Huhn, dann seufzte sie. »Es ist kompliziert, fürchte ich. Und gefährlich.«

»Was denn?«

Sie hob den Blick und ein schmales, trauriges Lächeln umspielte ihre Lippen. »Wer du bist, Tara. Es ist eine Frage deines Geburtsrechtes. Vor Jahren, als du zu mir gebracht wurdest – psst, ja, du wurdest zu mir gebracht.« Sie legte ihrer Tochter beruhigend eine Hand auf die Schulter, als Tara zu protestieren versuchte. »Du wurdest in einem Korb in dieses Haus getragen, oh, der feinste Korb, den ich je gesehen habe, und du wurdest mir überreicht mit dem Befehl, zu schweigen.« Sie rang die Hände.

»Du ... du bist nicht meine Mutter?« Tara war benommen, in ihrem Kopf wirbelten die Gedanken.

Lodema schüttelte den Kopf. »Ich war eine Mutter für dich, in jeder Hinsicht, aber ich habe dich nicht unter meinem Herzen getragen, Tara.«

»Nein ...« Tausende von Erinnerungen stiegen in Tara auf. Sie wusste, dass sie keinen Vater hatte, aye, er war in einem weit entfernten Krieg ums Leben gekommen, das hatte man ihr erzählt. Aber sie war aufgewachsen in dem Glauben, dass diese Frau, die ihr beigebracht hatte, einen Saum zu nähen, einen Zauberspruch anzustimmen, einen Pfeil gerade und sicher abzuschießen und auch so vornehm zu essen wie eine Lady, ihr eigen Fleisch und Blut war. »Warum lügst du mich an?«

»Du wolltest die Wahrheit wissen«, rief ihr Lodema ins Gedächtnis. »Und jetzt hörst du sie.«

Taras Mund wurde trocken, ihr Magen verknotete sich. Niemals hatte sie diese entsetzliche, herzzerreißende Wahrheit auch nur geahnt.

»Du warst mutterlos, wurde mir gesagt, und der Mann, der

dich zu mir gebracht hat, Vater Simon von Twyll, hat mir den Schwur abgenommen, zu schweigen. Erst später habe ich den Klatsch gehört und mir die Wahrheit Stück für Stück zusammengesucht.«

»Und was ist die Wahrheit?«, fragte Tara benommen. Wie konnte das möglich sein? Lodema war nicht ihre wirkliche Mutter? Nein! Sie hatte das Gefühl, ihr Herz würde brechen.

»Ich denke, dass du die Tochter von Lord Gilmore und Lady Farren von Twyll bist.«

Taras Blut gefror zu Eis. »Gilmore? Nein – der Lord und die Lady wurden umgebracht.« Sie hatte die Geschichten gehört, die mit den Jahren ausgeschmückt worden waren, von dem Baron von Twyll und seiner jungen Braut, die böswillig von dem bösen Lord Merwynn von Gaeaf umgebracht worden waren.

Lodema nickte. »Aye. Lord Gilmore und seine Frau wurden ermordet während des Aufstandes, und es war ein sehr blutiger Aufstand.« Lodema strich eine ihrer grauen Haarsträhnen hinter ihr Ohr. »Lady Farren war damals hochschwanger, aber das Baby wurde niemals gefunden – nicht tot in ihrem Leib und auch nicht neugeboren und weinend.« Ihr weiser Blick sah den Unglauben in Taras Augen. »Von dem Kind wurde nicht die geringste Spur entdeckt.«

Eine Gänsehaut überzog Taras Körper. »Und du glaubst, dass ich dieses Kind bin?«

»Aye.« Lodema legte die Hände auf Taras Schultern. »Aber du bist mein Kind, als hätte ich dich geboren. Ich hätte dich nicht mehr lieben können. Das musst du mir glauben.«

»Ich ...das tue ich. Aber ... woher willst du wissen, dass ich nicht die Tochter einer Bauersfrau bin, die zu viele Mäuler zu füttern hatte oder ... oder ein Fehler, den ein Mädchen gemacht hat, das von einem Soldaten verführt wurde oder ...?«

»Es gibt Beweise.« Als wäre sie um hundert Jahre gealtert, schlurfte Lodema zum Kamin, kniete vor den Flammen nieder und benutzte ihr Messer, um einen Stein zu lockern. Unter dem glatten Stein hervor zog sie einen ledernen Beutel, der staubig und alt aussah. »Ich habe das hier für dich aufbewahrt«, sagte sie traurig. »Das ist alles, was ich von deinem Geburtsrecht habe.« Sie warf Tara den Beutel zu. Er klirrte, als sie ihn auffing. Schnell löste Tara die Schnur und schüttete den Inhalt auf den Tisch. Einige goldene Münzen und der Ring – ein goldenes Band mit dem glänzenden dunklen Smaragd, den sie am Abend zuvor gesehen hatte – rollten heraus.

»Was ist das?«, fragte Tara atemlos, als sie das Schmuckstück in die Hand nahm und in das Licht des Feuers hielt.

»Den habe ich zusammen mit dir bekommen, Tochter. Es war eine Bestechung, damit ich meinen Mund halte.« Lodema reckte sich, dann klopfte sie die Hände ab. »Er gehört jetzt dir.«

»Aber …«

»Nimm ihn.« Lodema war fest entschlossen. Sie würde ihre Meinung nicht ändern. Das merkte Tara, als sie den grünen Stein in der Hand hielt, der vom Licht des Feuers in seinen vielen Facetten leuchtete.

»Er ist wunderschön.«

»Und gefährlich.«

»Und du sagst, ich bin wirklich die Tochter von Gilmore?«

»Aye. Das glaube ich. Dies hier« – sie deutete mit dem Finger auf das Schmuckstück – »ist nicht der Ring eines Bauern.« Lodemas Stimme wurde ernst. »Der Grund dafür, warum ich an diesem Abend am Fluss war, warum ich mir Sorgen mache und bekümmert bin und um deine Sicherheit bete, zu jedem Gott, der mich erhört, ist der, dass Lord Tremayne, der Sohn von Merwynn, eine Suchaktion gestartet hat – nicht nur nach dem Smaragd, sondern auch nach dem Kind.«

»Aber warum? Warum gerade jetzt?«

»Einer seiner Ratgeber hat eine Vision gehabt – und Tremayne glaubt daran –, dass der wahre Herrscher von Twyll zurückkehren wird, das Schloss für sich beanspruchen und Tremayne töten wird. Er weiß nicht, wie er den Sohn Gilmores identifizieren soll, aber er bereitet sich darauf vor. Und er weiß von dem Stein – er weiß, dass er während der Schlacht verschwunden ist.« Ihre alten Augen hielten die von Tara gefangen. »Was er nicht weiß, ist, dass das Kind ein Mädchen war und dass der verfluchte dunkle Smaragd, ein Stein, von dem man behauptet, er besitze magische Kräfte, sich in ihrem Besitz befindet.«

Tara konnte kaum atmen. War das möglich?

»Lord Tremayne ist ein rücksichtsloser Mann«, sagte Lodema. »Er würde nicht zögern, dich umzubringen. Er hat seinen Halbbruder beinahe totgeschlagen, nicht, dass der Halunke das nicht verdient hätte, aber nachdem er ihn beinahe umgebracht hat, hat er ihn aus dem Schloss geworfen und verbannt.«

»Was ist mit dem Bruder geschehen?«

»Rhys? Nun, er ist ein Bandit geworden – ein Dieb, vielleicht sogar ein Mörder, ein Mann mit einem Herzen, das so schwarz ist wie die Hölle. Obwohl er nur ein Halbbruder von Tremayne ist, ist Rhys genauso hinterhältig und böse, ein übler Bandit, der seine Seele für ein Stück Gold verkaufen würde. Er ist zum schlimmsten Feind seines Halbbruders geworden.« Lodema seufzte. »Ein schlimmes Gespann sind die beiden.«

Tara rieb sich die Arme. Es war schwer zu glauben.

»Vertrau mir, Tochter. Rhys würde dir alles rauben und dann auch noch über dein Unglück lachen. Und Lord Tremayne wird nicht eher Ruhe geben, bis er weiß, das kein Mann – und auch keine Frau – ihn je davon abhalten wird, Baron von Twyll zu sein. Wenn er glaubt, dass die Gerüchte stimmen, dass das Baby von Lady Farren und Lord Gilmore noch lebt, dann wird er es gnadenlos verfolgen.« Ihre Stimme war so leise geworden, dass sie über dem Knistern des Feuers und dem

Heulen des Windes um das Häuschen nur schwer zu verstehen war. »Du bist in Gefahr, Tochter. Ich fühle es in meinen alten Knochen.«

»Also meinst du einen Weg gefunden zu haben, mich zu verstecken, indem du mich mit dem Händler verheiraten willst«, sagte Tara laut, während sie gleichzeitig darüber nachdachte, wo ihr wahres Schicksal lag. Mit neuer Überzeugung nahm sie den Ring in die Hand. Ein Plan formte sich in ihrem Kopf, ein Plan, gegen den ihre Mutter protestieren würde. »Ich kann keinen Mann heiraten, den ich nicht liebe.«

»Er ist gut und freundlich. Er hat seine Frau nie geschlagen. Er besitzt ein Haus in einem Dorf, weit weg von hier. Du würdest in Sicherheit sein.«

Und ich würde vor Langeweile sterben und ständig in Angst leben. Nein, das werde ich niemals tun. Niemals! Aber sie sprach ihre Gedanken nicht laut aus. »Mach dir keine Sorgen, Mutter«, sagte sie, als ihr Plan langsam Formen annahm. Auch wenn Lodema, die klug und schlau war, noch nicht davon überzeugt war, dass ihre Tochter ihre Meinung geändert hatte, schlief sie doch irgendwann tief und fest ein. Diesen Zeitpunkt wartete Tara geduldig ab.

Dann steckte sie den Ring ein und einige Lebensmittel und stahl sich aus dem Haus, das in den letzten neunzehn Jahren ihr Zuhause gewesen war. Zwei Goldmünzen ließ sie zurück, nahm das Pferd und war entschlossen, die Wahrheit herauszufinden.

Und was dann? fragte sie sich, als sie jetzt in der dunklen Halle von Broodmore stand. Draußen heulte der Wind gespenstisch durch die Nacht, und Tara hatte keine Antwort auf ihre Frage. Sie wusste nur, dass sie die Wahrheit herausfinden musste.

Wenn ich nicht die Tochter von Gilmore bin, warum wurde mir dann der Ring mit seinem dunklen Stein als eine Art Mitgift hinterlassen?

Lodema hatte immer behauptet, dass Taras Neugier einmal ihr Verderben sein würde. Heute Abend schien die alte Frau Recht zu haben.

3

Tremayne starrte in die Nacht. Er stand hoch oben auf seinem Wachturm und spähte über das umliegende Land. Nur einige wenige Sterne blinkten durch die dicken Wolken, aus denen es den größten Teil des Tages geregnet hatte. Es war stockdunkel, und auch wenn er sich bemühte, die Hügel und Wälder zu erkennen, die das Schloss umgaben, so sah er doch nur Schwärze. Es hatte aufgehört zu regnen, doch wenn es einen Mond am Himmel gab, so versteckte er sich heute Abend und warf keinen einzigen Strahl auf die Erde. Der Wind war jedoch noch immer heftig, er heulte durch die Schluchten, fuhr um die Türme und ließ die Standarte knattern, fegte um die Zinnen und durch die Schießscharten.

Tremayne malmte mit den Zähne, und seine Hände, die in weichen Lederhandschuhen steckten, ballten sich zu Fäusten. Es lag etwas in der Luft heute Abend, etwas Unheimliches. Er fühlte es so sicher, als hätte er gerade einen Pakt mit dem Satan persönlich geschlossen.

»Sire?«

Er zuckte zusammen, als Percival mit gebeugtem Rücken und hängenden Schultern am Treppenaufgang erschien. Der alte Mann trug einen langen Mantel mit einer Kapuze und atmete schwer von dem Aufstieg auf den Turm. Im ersten Moment war Tremayne geradezu erstaunt, dass die Anstrengung ihn nicht umbrachte, doch dann fiel ihm ein, dass Percival stabiler war, als es den Anschein hatte.

»Was ist?«

»Die Soldaten sind zurückgekehrt.«

»Mit dem Banditen?«, fragte Tremayne und wusste die Antwort schon, noch ehe der halb verkrüppelte Mann verneinte. Er hatte die Suchmannschaft entdeckt, als sie vor wenigen Minuten durch das Tor geritten war – sie hatten keinen Gefangenen bei sich gehabt.

»Nein. Der Bandit war nicht bei ihnen.«

»Die Schwachköpfe! Warum können sie nicht eine einfache Aufgabe ausführen? Ich habe ihnen befohlen, Rhys zu finden und ihn zu mir zu bringen. Wieso«, fragte er, und ein Muskel unter seinem Auge zuckte, »ist das so schwierig? Er ist doch nur ein Dieb! Ein einzelner Mann!« Er hob einen Finger hoch. »Und sie … sie sind eine ganze Armee! Meine besten Männer.« Tremayne trat nach einem Stein, der gegen die Wand flog. Immer, wenn er an seinen Halbbruder, die Schlange, dachte, begann sein Blut zu kochen. Seit Jahren hatte Rhys ihn zum Gespött gemacht, hatte ihn wie einen Idioten aussehen lassen, wo doch Tremayne ihn eigentlich vor Jahren für seinen Betrug hätte umbringen sollen. Er ging auf den gebeugten Mann zu, der der stärkste Krieger seines Vaters gewesen war, der in letzter Zeit allerdings nicht viel mehr als eine Last war für Tremayne.

»Es gibt noch mehr Neuigkeiten«, sagte Percival und hielt seine Kapuze fest, damit der Wind sie nicht wegriss und seinen kahlen Kopf enthüllte. »Ich fürchte, es sind keine guten Neuigkeiten.«

»Das sind sie doch nie.« In letzter Zeit schien es wirklich nur noch schlechte Nachrichten zu geben. »Was ist es?« Eigentlich war Tremayne gar nicht daran interessiert, zu hören, was der alte Mann zu sagen hatte. Er brachte nur ständig neuen Ärger.

»Innis von Marwood ist tot.«

Tremayne runzelte die Stirn. Diesmal hatte der alte Percival wirklich Recht. Wenn Innis von Marwood tot war, dann würde bald die Hölle losbrechen. Andererseits war das eigentlich längst geschehen. »Woher weißt du das?«

»Euer Spion hat die Neuigkeit gebracht.«

»Wo ist er jetzt?«

»Unten im Torhaus – im Quartier des Konnetabel –, zusammen mit dem Anführer der Suchmannschaft«, erklärte der alte Mann, doch da war Tremayne schon auf der Treppe. Die Flammen der Fackeln an den Wänden zuckten heftig, als Tremayne vorüberhastete, und warfen ihre unruhigen Schatten an die gegenüberliegenden Wände. Als er an der Tür des Zimmers von Konnetabel Regan stehen blieb, hörte er Schritte, die eilig vor ihm die Treppe hinuntertappten, als würde jemand weglaufen, der nicht entdeckt werden wollte. Tremaynes Haut prickelte. Hatte jemand seine Unterhaltung mit dem alten Mann belauscht – gab es einen Spion in ihrer Mitte? Rhys? Sein Mund verzog sich voller Hass auf seinen Halbbruder, den einzigen Mann, den er fürchtete. Dies war nicht das erste Mal, dass Tremayne das Gefühl hatte, unsichtbare Augen würden ihn anstarren, nicht zum ersten Mal hatte er leise Schritte gehört in den Schatten in seiner Nähe und dann niemanden entdecken können. Es machte ihn nervös.

Bah. Es war seine Einbildung, die ihm einen Streich spielte, mehr nicht. Rhys war mutig genug, sich in der Dunkelheit außerhalb des Schlosses zu verstecken, doch es war unwahrscheinlich, dass sich der Feigling durch die bewachten Tore von Twyll geschlichen hatte und dem alten Mann auf den Turm gefolgt war. *Aye, aber war dieser Bastard nicht kühn genug, sich in das Schloss zu schleichen und dir dein Pferd direkt unter deiner Nase zu stehlen? Könnte er das nicht noch einmal tun, dir diesmal aber den Hals durchschneiden?*

Ihm brach der Schweiß aus, und er sagte sich, dass er ein Dummkopf war. Rhys konnte nicht einfach die dicken Mauern überwinden, und er hätte sich auch nicht an den Wachen vorbeischleichen können, die um ihr Leben fürchteten, seit

Tremaynes bestes Pferd gestohlen worden war, falls der Bastard von einem Halbbruder noch einmal versuchen würde, ins Schloss zu dringen.

Er dachte daran, hinter demjenigen herzulaufen, der da vor ihm davonhuschte, doch gleichzeitig wusste er, dass er viel zu weit weg war. Die Schritte waren jetzt sehr leise und entfernten sich schnell. Tremayne würde die Wachen verdoppeln. Wer auch immer es war, er würde ihn schon finden.

Ohne anzuklopfen riss er die Tür zum Zimmer des Konnetabel auf und entdeckte Regan, der an einem kleinen Tisch saß, auf dem eine Kerze brannte. Regans Haar war zerzaust, sein Gesichtsausdruck missmutig, als hätte er Essig getrunken. Er war nur halb bekleidet, er trug kein Hemd zu seiner Hose. Zwei Männer standen auf der anderen Seite des Zimmers, einer mit steifem Rücken und ungeduldigem Gesicht, der andere lässig an der Wand lehnend und auf einem Strohhalm kauend. Belustigt musterte er eine halb nackte Küchenmagd, deren rotes Haar zerzaust war und die sich beeilte, ihre im Zimmer verstreut herumliegende Kleidung zu schnappen. Verlegen lief sie nun zur Tür. Sie blieb gerade lange genug stehen, um vor Tremayne zu knicksen, der in ihr eines der Mädchen wieder erkannte, die mehr als nur einmal sein Bett gewärmt hatten. »Weg mit dir, Mary«, knurrte er.

»Aye, M'lord.«

Sie war ein hübsches Ding, so verwildert und halb bekleidet wie sie momentan wirkte. Sie hatte blaue Augen, ein kecke Stupsnase und kleine Brüste, doch sie bestieg einen Mann geschickt und ritt ihn hart und fest. Sie bescherte ihm körperliche Freuden mit einer Leidenschaft, die so vielen Mädchen fehlte, die er sich in sein Bett holte. »Warte auf mich. In meinen Gemächern«, befahl er und sah sie dabei nicht an. Sein Blick traf auf die flammenden wütenden Augen von Regan. Tremayne fühlte ein paar Sekunden lang heiße Befriedigung. Er war der Lord von Twyll, und niemand konnte sich seinen Befehlen widersetzen.

Mary schluckte. »Ich …«

»In einer Stunde«, befahl er und knetete mit einer Hand ihre Schulter, die noch immer nackt war, weil ihr Kleid zu einer Seite gerutscht war. Ja, mit ihr zu schlafen würde einiges von der Anspannung in seinen Muskeln vertreiben.

»A-aye, M'lord.«

»Gut. Und jetzt weg mit dir«, schnauzte er, und als sie gehorchte, donnerte er zufrieden die Tür hinter ihr zu. Die beiden Soldaten standen stramm, als er sich ihnen nun zuwandte, und Regan, dessen Mund sich verärgert verzogen hatte, stand auf.

»Was höre ich da von Lord Innis?«

»Er ist tot, Sire«, erklärte der Soldat, der zuvor lässig an der Wand gelehnt hatte. »Ich komme von Marwood. Lord Innis ist im Schlaf gestorben, und sein Sohn, Cavan, ist jetzt der neue Baron.«

Tremayne rieb sich das Kinn. »Sonst noch etwas?«

»Aye. Der alte Mann hat Tage auf dem Totenbett gerungen, und während dieser Zeit hat er sich wieder an seine Zeit als junger Mann erinnert. Er hat seinen Sohn zu sich rufen lassen und ihm eröffnet, dass er als Baby zu ihm gebracht wurde und dass er in Wirklichkeit der Sohn von Gilmore ist, er also der wahre Herrscher von Twyll ist und nicht Ihr.«

»Und Cavan, er hat das geglaubt?«

»Von ganzem Herzen«, erklärte der Spion. »Er zieht bereits eine Armee zusammen.«

Tremaynes Kopf begann zu dröhnen. »Um sie gegen uns einzusetzen.«

»Aye.«

Tremayne schloss eine Sekunde lang die Augen, dann massierte er mit Daumen und Zeigefinger seinen Nasenrücken, während er nachdachte. »Dieser Tag musste kommen, das habe ich immer gefühlt. Ich wusste, dass früher oder später der Nachkomme von Gilmore zurückkehren und das Schloss für sich beanspruchen und es belagern würde. Es war nur eine Frage der Zeit. Also.« Er öffnete die Augen und starrte James, seinen Informanten, an, der ein anmaßender, aber talentierter Spion war. »Besitzt er den Stein?«

»Den Stein?«

»Den dunklen Smaragd von Twyll. Besitzt Cavan ihn?«

»Das weiß ich nicht.« James sah verwirrt aus. »Davon wurde überhaupt nicht gesprochen.«

»Man sagt, dass der wahre Erbe von Gilmore den Smaragd in seinem Besitz hat.«

Tremayne fühlte sich ein wenig besser, obwohl es nur von zweitrangiger Bedeutung war, ob Cavan dieses Schmuckstück besaß oder nicht. Er zog eine Armee zusammen und war bereit, vor die Tore von Twyll zu marschieren. Ein junger Kerl, voller Überheblichkeit, bereit – nein, entschlossen –, der Welt zu beweisen, dass er der Herrscher war. Tremayne hatte sich auch einmal so selbstherrlich gefühlt, hatte diesen selbstgerechten Anflug von Macht verspürt, die reine Unbesiegbarkeit, die nur die Jugend besitzt. Die im Kopf eines jungen Hüpfers herumspukt, noch ehe das erste Schwert die Haut verletzt, der erste Gegner einem das Messer an die Kehle gehalten hat oder der erste Anflug des Begreifens dämmert, dass der Tod der siegreichste Feind ist.

Doch das würde schon noch kommen, das Begreifen. Und Tremayne war geradezu erpicht darauf, Cavan auf seinem Weg zu dieser Erkenntnis weiter zu helfen.

»Was ist mit dem Banditen? Warum steht Rhys nicht vor mir, damit ich ihn verurteile, weil er mein Pferd gestohlen hat?«

»Wir konnten ihn nicht schnappen«, gestand Edwin, der mit steifem Rücken vor ihm stand. »Wir haben ihn zwischen den Bäumen entdeckt, doch wir konnten ihn nicht kriegen.«

»Er saß auf Gryffyn«, vermutete Tremayne, und seine Nasenflügel blähten sich. Sein Grauer war das schnellste und stärkste Schlachtross in seinen Ställen, vielleicht sogar im ganzen Land.

»Aye ...so schien es, und er war nicht allein. Eine Frau war bei ihm.«

»Eine Frau?«, wiederholte Tremayne, und seine Gedanken gingen blitzartig neue Wege. »Aber Rhys reitet allein. Das hat er schon immer getan.« Es hatte natürlich Gerüchte gegeben, dass Rhys eine Bande von Halunken um sich versammelt hatte, die ihm treu ergeben waren, doch noch nie war er mit anderen Männern gesehen worden, und diejenigen, die man gefangen hatte, hatten nie zugegeben, ihn zu kennen, nicht einmal unter den Schmerzen der Folter. Niemals aber wurde eine Frau erwähnt. »Seid ihr sicher, dass es Rhys war, den ihr gesehen habt?«

»Es sei denn, jemand anderer reitet Euer Ross.«

Tremayne ballte die Hände zu Fäusten, denn sonst hätte er dem vorlauten Soldaten eins um die Ohren gegeben.

»Erzählt mir von der Frau.«

»Es war dichter Nebel, man konnte kaum etwas sehen, aber es schien, als hätten sie und Rhys ... einander umarmt, ehe sie uns hörten und geflohen sind.«

Tremayne ging auf den elenden Kerl zu. »Willst du damit sagen, dass sie beide entkommen sind? Auf *meinem* Pferd?«

»Sie waren auf zwei Pferden, M'lord, aber aye, wir waren nicht in der Lage, sie zu stellen.« Edwin zuckte gelangweilt die Schultern. Da ballte Tremayne die Hände zu Fäusten und prügelte auf den Soldaten ein, sodass er torkelte. Sein Kopf krachte gegen die Wand, Blut lief ihm aus einem Mundwinkel.

»Idiot«, knirschte Tremayne und wandte sich dem kleineren, jüngeren Mann zu. »Und jetzt hört mir gut zu. Ihr werdet eine Suchmannschaft zusammenstellen, mit Hunden und mit meinen besten Jägern. Ihr werdet diesen Bastard finden, diese Frau *und* mein Pferd, dann bringt ihr alle hierher ins Schloss.

Lebend. Wenn ihr erfolgreich seid, werdet ihr angemessen belohnt werden, aber wenn ihr versagt, dann werden die Konsequenzen hart sein.« Er hielt sein Gesicht ganz nahe vor das von Edwin. »Hast du verstanden?«

»Aye, M'lord.«

»Gut.«Tremayne, dessen Kopf grauenhaft schmerzte, wirbelte herum zu dem großspurigen Hundesohn, der auf Marwood für ihn spioniert hatte. »Und was dich betrifft, du wirst Twyll noch heute Nacht verlassen und nach Marwood zurückkehren. Du nimmst jemanden mit, der mir Bericht erstattet – aye, nimm Red mit.« Obwohl Red ein widerwärtiger Kerl war, dessen Liebe zum Geld sein Verderben werden würde, so war er doch einer der besten Spione im Schloss – auch wenn er weniger vertrauenswürdig war als James oder Edwin. »Findet heraus, was Cavan vorhat, wie viele Männer er zusammengerufen hat, die ihm bei dem Angriff zur Seite stehen werden, und deckt auf, was seine Absichten sind.«

James brachte so etwas Ähnliches wie ein Lächeln zustande. »Und was springt dabei für mich heraus?«

Regan erstarrte. Edwin rieb sich das Kinn, das eine bläuliche Farbe angenommen hatte, sein Blick folgte jeder Bewegung von Tremayne. »Was für dich dabei herausspringt?«, wiederholte Tremayne. »Nun, wir wollen einmal mit dem Grundlegendsten beginnen – du wirst überleben. Wenn deine Berichte richtig sind und uns dabei helfen, Cavan abzuwehren – nein, ihn zu *besiegen* –, dann wirst du belohnt werden, vielleicht mit der kürzlich frei gewordenen Stellung von Sir Edwin hier.«

Edwin, der noch immer mit der Hand sein schmerzendes Kinn rieb, versteinerte.

»Und wenn ich nun noch mehr verlange?«, fragte James.

Tremayne biss die Zähne zusammen. »Wie viel mehr?«

James Blick ging zu Regan. »Vielleicht sollte ich Konnetabel werden.«

Regan, der in der Nähe des Tisches stand, machte einen Schritt nach vorn. »Du unverschämter, elender Dummkopf ...«

»Ruhig. Macht eure Arbeit«, meinte Tremayne. »Ihr alle.« Er bedachte jeden einzelnen Mann in dem Raum mit einem giftigen Blick – und roch Verrat. Einer dieser Männer, vielleicht sogar mehrere, betrogen ihn. Er dachte wieder an die Schritte, die er in der Ferne gehört hatte, als er die Stufen des Turmes hinuntergeeilt war. Wie viele andere wollten ihm noch an die Gurgel?

Bei allen Heiligen, es war die Hölle, Baron zu sein.

»Es ist Zeit.« Rhys stand an der Tür, und Tara, die nachdenklich aus dem Fenster sah, zuckte beim Klang seiner Stimme zusammen. Sie wandte sich um und stellte überrascht fest, dass er saubere Hosen und eine frische Tunika trug – schwarz, mit braunem Leder und Metallknöpfen besetzt. Am Hals stand die Tunika offen, die ledernen Schnüre, mit denen sie gebunden wurde, waren gelockert. Dunkles, krauses Haar lugte hervor, das die Muskeln darunter verbarg. Doch das interessierte sie sowieso nicht. Er war ein Bandit, ein Dieb, und er hielt sie gefangen. Sonst nichts. Aye, er war groß, hatte einen geraden Rücken und breite Schultern, und seine silbernen Augen musterten sie so eindringlich, dass sie das Bedürfnis hatte, Abstand zwischen sich und ihm zu bringen – Raum zum Atmen –, doch bedeuten tat er ihr nichts. Gar nichts.

Seine Augen spazierten über ihr Gesicht und ihren halb entblößten Busen.

»Heute Abend seid Ihr also eine Lady«, konstatierte er mit diesem ein wenig schiefen Lächeln, das sie so aufreizend fand. »Und vorher wart Ihr eine Hexe.«

»Ich bin keines von beiden.«

»Das behauptet Ihr.« Er kam durch das Zimmer auf sie zu und hob eine ihrer noch immer ein wenig feuchten Locken von ihrer Schulter. »Ihr tragt Euren Ring nicht und auch nicht die Kette, an dem er gehangen hat.«

»Ich habe beides verloren.«

Er lachte erheitert auf. »Das glaube ich nicht.«

»Oh, aber es ist wahr … auf dem Ritt hierher, vielleicht in dem Fluss, wo mein Pferd und ich beinahe ertrunken wären, ist die Kette gerissen. Als ich hier meine Kleidung ausgezogen habe, war die Kette nicht mehr da.«

Nicht einmal ein Anflug des Zweifels lag in seinem Blick. »Soll ich eine Suchmannschaft ausschicken?«

»Das hätte sowieso keinen Zweck. Der Ring hat wahrscheinlich schon einen langen Weg flussabwärts zurückgelegt … möglicherweise habe ich ihn aber auch schon im Wald verloren.«

Er war ihr so nahe, dass sie den Duft nach Leder roch und einige blaue Fleckchen in seinen Augen erkennen konnte. Er hielt sein Gesicht noch näher an ihres, sodass sie seinen Atem roch, und ihr Herz machte einen kleinen Hopser und schlug dann so schnell und so laut, dass sie sicher war, er würde es fühlen – er würde es hören können. Er würde sie wieder küssen. Sie wusste es. Selbst wenn sie sich dazu zwingen wollte, einen Schritt zurückzutreten, so schaffte sie es einfach nicht. Ihre Füße bewegten sich nicht, und sie wurde magisch von seinem Mund angezogen, der dem ihren so nahe war. »Verloren im Fluss? Vergessen im Wald?« Sein Blick ruhte auf ihren Lippen. »Oh, Lady, das glaube ich nicht. Ihr würdet Euren Schatz nicht so einfach aufgeben. Ich glaube eher, dass ihr den Ring versteckt habt. Irgendwo hier in diesem Zimmer.«

»Nein, ich …«

»Psst.« Er legte ihr einen warmen Finger auf die Lippen, und etwas tief in ihrem Inneren begann zu schmelzen. »Macht Euch keine Sorgen. Euer Geheimnis – es ist bei mir sicher.«

Sie glaubte ihm keine Sekunde.

Sein Blick kletterte langsam höher, dann sah er ihr tief in die Augen. Schweigend und trotzdem beredt sagte er ihr Dinge, die ungehörig und lüstern waren. Ihr stockte der Atem. Sie schluckte und starrte auf seinen Mund, den Bartstoppeln umschatteten, die er dringend abrasieren musste. Sie errötete. Ihre Haut prickelte bei dem Gedanken, dass sich seine Lippen auf ihre pressen würden.

Oh, lieber Gott, was dachte sie nur? Sie wandte den Kopf ab und schreckte zurück von dem Gedanken, dass sie ihn küssen wollte.

»Oh, Frau« flüsterte er. »Ihr quält mich.« Doch als er seine eigenen Worte hörte, versteinerte er und zog sich von ihr zurück. »Kommt. Wie ich schon sagte, es ist Zeit.«

Es gelang ihr, endlich Luft zu holen. »Für was?«

»Ihr sollt die anderen kennen lernen.«

»Ihr meint die Banditen und Halunken?«

Sein Lächeln war boshaft – weiß leuchteten die Zähne in seinem stoppelbärtigen Gesicht. »Zunächst einmal. Danach werden wir uns die Mörder und Kidnapper ansehen.«

»Ich bin doch bereits in der Gesellschaft eines Kidnappers«, fuhr sie ihn an.

Er schnalzte mit der Zunge. »Und ich erwarte Dankbarkeit dafür, dass ich Euch vor Tremaynes Männern gerettet habe.«

»Was hätte ich denn von denen zu befürchten?«, fragte sie, während er sie von Kopf bis Fuß betrachtete.

Es schien ihn zu verwirren, dass sie die elegante Kleidung einer Lady trug. »Man kann ihnen nicht trauen.«

»Und Euch ... und Euren Männern kann man trauen?«

Er lachte vergnügt auf. »Unter uns, ja.«

»Aber ich gehöre nicht zu Eurem Clan.«

»Noch nicht.« Er nahm ihren Ellbogen und zog sie zur Tür.

»Niemals.«

»Ah, aber das Ritual der Aufnahme würde Euch gefallen.«

»Ich wage gar nicht zu fragen, wie das aussieht.«

»Einfache Aufgaben«, versicherte er ihr, und sie erkannte an dem Aufblitzen seiner sonst so kalten Augen, dass er sie neckte – dass er mit ihr flirtete, dieser kühne Schuft von einem Banditen.

»Zum Beispiel?«

Sie traten in den dunklen Flur und gingen zur großen Halle, aus der Gespräche und Lachen klangen. Tara versuchte, nicht darauf zu achten, wie besitzergreifend Rhys Finger durch den Samt auf ihrer Haut wirkten. Sie versuchte sich einzureden, dass sie sich etwas einbildete. Aber als sie versuchte, ihren Arm aus seinem Griff zu lösen, schlossen sich seine Finger nur noch fester darum.

»Zum Beispiel, mir zu gefallen.«

Ihr Herz schlug heftig. »Und wie sollte ich das tun?«

»Benutzt Eurer Vorstellungsvermögen, Hexe.«

Eine heiße Röte stieg in ihre Wangen. Sie war unfähig, sie zu unterdrücken. Sie wagte nicht, in seine Richtung zu sehen, denn sie war sicher, dass er sie auslachen würde. »Ich wage nicht einmal, daran zu denken.«

»Nein?«

Er machte sich *tatsächlich* lustig über sie!

Sie versuchte, ihm ihren Ellbogen zu entziehen, denn selbst durch den Samtstoff des Kleides fühlte sie den unerbittlichen Druck seiner Finger.

»Vielleicht könntet Ihr etwas Wertvolles von Tremayne in Twyll stehlen, um ein Mitglied unserer Gruppe zu werden.«

»Oh, ja, sehr einfach«, spottete sie.

»Ihr müsst ihm nicht nur ein wertvolles Stück aus seinem Eigentum stehlen, Ihr müsst es auch hierher bringen.«

»Und warum sollte ich mein Leben aufs Spiel setzen?«

»Um unserer Gruppe beizutreten, natürlich.«

»Natürlich«, wiederholte sie sarkastisch.

Als sie die große Halle betraten, verstummten die Gespräche und das rüde Lachen sofort. Einige Männer hatten sich um zwei große Tische herum versammelt, und die Blicke, mit denen sie Tara musterten, ließen ihr das Blut in den Adern gefrieren. Einige der Männer hatten keine Zähne mehr, anderen fehlte ein Auge, und die meisten sahen aus, als hätten sie die Kleidung, die sie trugen, schon ihr ganzes Leben lang angehabt. Sie sah strähniges Haar, Bärte, die dringend gestutzt werden mussten und misstrauische Augen, die keines der Geheimnisse verrieten, die sie tief in ihren Seelen verbargen.

Rhys machte sich nicht die Mühe, ihr die Namen der Männer zu nennen, er gab nur eine allgemeine Erklärung ab. »Dies ist Lady Tara. Sie ist unser Gast, und sie wird auch dementsprechend behandelt werden.« Er hielt inne und sah jedem Mann für den Bruchteil einer Sekunde in die Augen. Damit gab er ihnen zu verstehen, dass ihnen etwas äußerst Unangenehmes zustoßen würde, wenn das nicht befolgt werden würde. Er brauchte kein weiteres Wort zu verlieren. Tara und auch die anderen hatten verstanden.

»Wird sie bei uns bleiben?«, fragte einer der Männer und schnaubte missbilligend.

»Eine Weile.«

Einige der Männer begannen miteinander zu flüstern. Andere warfen ihr Blicke zu, die die Lust nicht verhehlten. Wieder andere ignorierten sie vollkommen, und einige schienen irritiert, dass sie in ihr Versteck eingedrungen war. »Einen kleinen Moment«, meinte einer von ihnen, der besser gekleidet war als die anderen, als Rhys Tara einen Platz an einem der Tische anbot. »Ich dachte, es wäre ein Gesetz, niemand Fremden hierher zu bringen. Eines, das nicht gebrochen werden kann.«

»Die Lady hat sich noch nicht entschieden, wie lange sie bleiben wird.«

»Aber …«

»Wir werden später darüber reden«, beschied Rhys ihn knapp, und der Mann, der aufgestanden war, setzte sich abrupt wieder hin. »Und jetzt wollen wir essen.«

»Das wird aber auch Zeit«, brummte Rosie, als sie und Täubchen und ein Junge von ungefähr zehn Jahren Platten voller Essen hereintrugen. Es gab Aal, Wild und Hecht – einfach gekocht, mit hartem Brot und Bier. Die Männer aßen hungrig, gierig, als fürchteten sie, dass sie nie wieder etwas zu essen bekommen würden. Schweigend musterten sie Tara, mit Blicken, die ihr das Blut in den Adern gefrieren ließen und ein unangenehmes Prickeln auf ihrer Haut verursachten.

Sie saß zusammen mit Rhys auf einer Bank, die am Ende einer der Tische stand, während die Männer um sie herum mit den unmöglichsten Manieren zu essen begannen. Man reichte ihr eine Scheibe Brot mit einem Stück von Rosies gesalzenem Aal. »Esst auf«, befahl Rosie, dann winkte sie ihrer Tochter, damit diese die hölzernen Becher füllte. »Beeil dich mit dem Wein, und du, Junge, bring das Wild hierher.« Sie grummelte etwas vor sich hin, während Täubchen die Becher füllte und errötete, als Rhys sich bei ihr bedankte.

Das Mädchen himmelte diesen Mann an, dessen war Tara sich ganz sicher. Sie verrichtete ihre Arbeit, füllte die Becher, ehe sie ganz leer waren, doch wenn die Männer mit ihr redeten und sie neckten, bedachte sie sie nur mit einem schwachen Lächeln. Doch wenn sie glaubte, dass niemand sie beobachtete, warf sie Rhys sehnsüchtige Blick zu.

Er schien es nicht zu bemerken, offensichtlich widmete er seine volle Aufmerksamkeit seinem Stück Wild. Es wurde über geplante Raubzüge gesprochen, über Beute, die gemacht worden war und über den Klatsch, den man in den Dörfern, den Abteien und Schlössern gehört hatte. Tara fühlte, wie sich der Smaragdring in ihre Haut drückte und fragte sich, ob diese Männer ihr wohl für eine solche Beute den Hals durchschneiden würden. Nach allem, was sie hörte, war Lord Innis von Marwood gestorben, und sein einziger Sohn, Cavan, herrschte jetzt. Die allgemeine Einschätzung der Männer war, dass Innis ein guter Baron gewesen war, sein heißköpfiger Sohn sich allerdings zum blutrünstigen Tyrannen entwickeln würde.

»Das wird das Ende sein von unseren Angriffen auf die Wagen, die von und nach Marwood fahren«, erklärte ein Mann mit nur einem Auge. »Cavan wird sich das nicht bieten lassen.«

»Ach, da war sowieso nicht viel zu holen«, nuschelte ein anderer Mann mit dem Mund voller Brot. Er hatte ein rundes Gesicht und eine Knollennase. Seine kurzen Finger bewegten sich nachdrücklich, während er sprach. »In Twyll gibt es viel bessere Beute.«

»Aye, aber Tremayne ist kaum zu übertölpen.«

Rhys Haltung wurde leicht starr, doch er gab keinen Kommentar dazu ab. Da betrat ein Mann die Halle, der größer war als all die anderen. Er durchquerte mit weiten Schritten den Raum, stolperte aber fast, als er Tara entdeckte.

»Abelard«, begrüßte Rhys ihn ohne zu lächeln. »Es freut mich, dass du gekommen bist.«

»Jemand musste doch nach den Grenzen sehen. Nur Gott weiß, wer dir alles gefolgt sein kann.«

»War alles in Ordnung?« Rhys zog seine dunklen Augenbrauen hoch.

»Es scheint so.«

Rhys stand auf und deutete auf Tara. »Dies ist die Frau, von der ich dir erzählt habe. Lady Tara.«

»Ich bin keine Lady«, widersprach Tara schnell. Sie fühlte Abelards Blicke, und sie zwang sich zu einem gekünstelten Lächeln. Er war ein hoch gewachsener Mann, größer noch als Rhys, mit wildem, weißem Haar, das einen erstaunlichen Kontrast zu seinen schwarzen Augenbrauen bildete. Sein Gesicht war kantig, seine Nase edel und sein Mund gut geschnitten.

»Was seid Ihr dann?«

»Eine … Frau.«

Sie hörte leises Kichern von den Männern, die die Augen gesenkt hielten, während sie sich ihrem Essen widmeten.

»Keine Hexe? Rhys sagt, Ihr hättet am Bach Zaubersprüche gesungen.«

Er zog sich einen Stuhl heran und zwängte sich neben sie. Einer der anderen Männer, der auf der Bank gesessen hatte, rutschte wie unauffällig ein Stück weiter, um offenbar Abstand zwischen ihm und dem beeindruckenden Mann mit dem weißen Haar zu bekommen.

»Ich habe gebetet.«

»Zu wem?«

Sie schaffte es, zu lächeln. »Zu jedem, der mich erhört.«

»Nun, dann sinkt Ihr wohl besser auf die Knie und betet zur Heiligen Mutter«, sagte Rosie, die gerade durch eine Seitentür den Raum betreten hatte und ein Stück brutzelndes Fleisch auf den Tisch vor Abelard stellte. »Täubchen, beeile dich mit dem Bier«, rief sie über ihre Schulter.

»Ich bete immer zu Maria«, erklärte Tara.

»Und auch zu anderen«, bemerkte Rhys.

»Aye.«

Rosie schnalzte mit der Zunge und wischte sich die Hände an der Schürze ab, die sie vor ihren dicken Bauch gebunden hatte. »Nun, Ihr solltet daran denken, dass Gott der Herr ein eifersüchtiger Gott ist, und dass Ihr außer Ihm keine falschen Götter anbeten solltet.«

Taras Blick traf sich mit dem der älteren Frau, und sie entdeckte das Feuer der Frömmigkeit in ihren Augen. »Ich werde daran denken.«

»Wir haben niemanden hier, der die dunklen Mächte anruft, nicht wahr?«, fragte der Dieb mit den Wurstfingern. »Wir alle ... wir sind alle Christen. Richtig?«

Einige Männer nickten und musterten angelegentlich ihre Becher. »Alles Christen.«

»Dann geht ihr also in die Messe?«, fragte Tara und sah, dass einige Männer einander verlegen zublinzelten. »Und ihr glaubt an die zehn Gebote ... gibt es unter euch keinen, der stiehlt?«

Die Männer brummten vor sich hin, doch niemand antwortete ihr. Sie steckten nur ihre Nasen noch tiefer in ihre Becher.

»Aye, das habe ich denen auch schon vorgehalten«, mischte sich Rosie ein und nickte bekräftigend wie eine strenge Mutter.

»Und was würdest du tun, Big Rosie? Wenn wir nicht stehlen würden, hättest du kein Dach über dem Kopf, keinen Ort für dich und deine Kleine. Du würdest für eine Münze deine Röcke heben müssen, denke ich.«

»Das ist das Problem mit dir, Samuel, du denkst nicht«, schnaubte sie, griff nach einem Brett, auf dem noch immer ein großes Stück Aal lag, und schlug es ihm kräftig auf den Kopf. »Die Hölle wird einfrieren, ehe ich meinen Körper verkaufe.« Sie wirbelte herum und sah die Männer giftig an. »Und jeder von euch, der etwas anderes glaubt, kann mich gerne kennen lernen.« Sie stolzierte aus dem Raum, und keiner aus der Gruppe von Halunken, Dieben und Kidnappern wagte es, ein Widerwort zu geben.

In Rhys' Augen blitzte ein Lächeln auf, während er sein Mahl beendete und sich die Unterhaltung weiter um Baron Innis und seinen Tod drehte.

»Es wird Schwierigkeiten geben«, dachte Abelard laut nach. Er spießte sich ein Stück Fleisch mit seinem Messer auf und wedelte damit vor Rhys' Nase herum. »Einige behaupten, er sei der verdammte Erbe von Twyll.« Er aß das Fleisch von der Messerspitze.

»Wirklich?«, knurrte Rhys. Der Smaragd auf Taras Haut schien plötzlich zu glühen.

»Er plant, Krieg zu führen.«

»Warum glaubt er, er sei der Baron?«, fragte ein recht sauber gekleideter Dieb.

»Gute Frage, Kent.« Abelard legte sein Messer beiseite und rieb sich nachdenklich sein Kinn. »Wir alle haben das Gerücht gehört – dass Lady Farren gerade ein Baby bekam, als der Angriff auf Twyll stattfand. Irgendwie wurden sie und ihr Mann,

Lord Gilmore, von Merwynn umgebracht, der sich danach als neuer Lord ausrufen ließ.«

Die Haut über Rhys' Wangenknochen spannte sich, und seine Narbe leuchtete weiß. Abelards Augen, die im Licht des Feuers bernsteinfarben aufblitzten, richteten sich auf Tara, als würde er nur zu ihr sprechen. »Merwynn war auch Rhys' Vater, müsst Ihr wissen. Auf jeden Fall ist das Baby verschwunden. Ungeboren oder auf diese Welt gekommen, lebendig oder tot. Man sagt, dass einer der Diener mit dem Kind geflüchtet ist, und es ist es ihm außerdem gelungen, einen unverwechselbaren Smaragdring zu stehlen.«

Tara hätte am liebsten die Hand um den Stein geschlossen, der um ihre Taille gebunden war. Stattdessen hob sie das Kinn und begegnete Abelards Blick. »Und Cavan – dieser Sohn von Innis –, warum sollte er glauben, dass er der Herrscher ist?«

»Das ist ja das Interessante an der Sache. Aye, er wurde von Innis adoptiert, der keine eigenen Söhne bekam, trotz der Tatsache, dass er zwei Frauen hatte. Beide sind gestorben, noch ehe sie Innis einen Sohn schenken konnten.«

Abelard brach ein großes Stück Brot ab und hielt es in der Hand, während er weitersprach. »Der alte Innis war ein geheimnisvoller Mann. Er hat niemandem etwas von den Umständen um die Geburt des Kindes verraten. Viele haben geglaubt, dass Cavan der Sohn einer der Frauen war, die ihm sein Bett gewärmt haben. Wer weiß?« Er zuckte mit seinen breiten Schultern. »Es gibt natürlich keine Beweise, es sei denn, er besitzt den Ring, der damals zusammen mit dem Baby verschwunden ist.« Taras Herz klopfte ungestüm, und sie war sicher, dass die Schnur um ihre Taille sich in der nächsten Sekunde lösen und das Schmuckstück zu Boden fallen würde. Sie lugte nervös zu Rhys, denn er hatte den Stein gesehen, doch sein Gesicht war völlig ruhig und verriet nichts.

Erst als die anderen den Raum auf Abelards Befehl hin verlassen hatten, wandte sich der weißhaarige Mann ihr zu.

»Also, Lady Tara, ich denke, es ist an der Zeit, dass wir einander die Wahrheit sagen. Rhys hat mir von dem Smaragdring berichtet. Wenn ich mich nicht irre, ist es das Schmuckstück, das in Gilmores Schloss vermisst wurde, als er und seine Frau umgebracht wurden und ihr Baby verschwand.« Er verschränkte die Arme vor der Brust. »Wo ist es, und wie ist es in Euren Besitz gekommen?«

»Ich ... ich weiß nicht, wovon Ihr sprecht«, protestierte Tara und stand auf. »Es gibt keinen ...«

Rhys reagierte blitzschnell. Er packte sie am Arm und riss sie neben sich auf die Bank, so nahe, dass ihre Beine, nur durch den Samt voneinander getrennt, sich heiß gegeneinander pressten. Seine Finger, die ihr Handgelenk umklammert hielten, waren wie Handschellen. »Sagt es ihm, Tara«, befahl er mit einer Stimme, die keinen Widerspruch duldete. »Denn auch ich möchte gern wissen, wo der dunkle Smaragd von Twyll ist und wie Ihr ihn bekommen habt.«

4

Tara konnte die Wahrheit nicht leugnen. Rhys hatte sie mit dem Ring gesehen, als sie am Bach die Zaubersprüche angestimmt hatte. Oh, was war sie doch für ein Dummkopf gewesen, solch ein Idiot, weil sie sich von ihm hatte fangen lassen. »Meine Mutter hat ihn mir gegeben.«

»Lebt sie noch?«

»Aye.« Tara fühlte sich plötzlich sehr einsam, denn sie vermisste Lodema, mit ihrem unmusikalischen Summen, dem schlurfenden Schritt und ihrem breiten Lächeln.

»Zeigt ihn mir«, befahl Abelard.

»Den Ring?«

»Das ist es doch, worüber wir reden.«

»Oh, ich habe ihn verloren«, log sie und wusste, dass er ihr nicht glauben würde, doch sie war nicht in der Lage, ihm die Wahrheit zu sagen. »Im Fluss, als wir ihn überquert haben.«

»Das glaube ich nicht.« Abelards Gesicht hatte einen rosigen Schimmer bekommen, entweder vom Wein oder von seinem langsam aufsteigenden Zorn – vielleicht ein wenig von beidem. »Zeigt ihn mir.«

»Aber ich ...«

»Tut, was er sagt«, knurrte Rhys durch zusammengebissene Zähne. »Oder ich werde zuerst die Kleidung durchsuchen, die Ihr am Fluss getragen habt, dann das Zimmer, in dem Ihr gebadet habt und dann, wenn ich den Ring noch immer nicht gefunden habe, werde ich Euch persönlich ausziehen, Eure Kleidung durchsuchen und auch das, was darunter ist.« Sein Kinn hatte er entschlossen vorgeschoben, seine Augen blitzten drohend. »Wo ist er?«

Tara schluckte und kämpfte gegen den Wunsch an, wegzulaufen. Sie würde nur ein paar Schritte weit kommen, ehe Rhys sie einholte. Dieser verdammte Mann. Inständig verfluchte sie den Moment, in dem sie ihm begegnet war. Sie hätte weglaufen sollen, als sie zum ersten Mal das Klirren seines Zaumzeuges gehört hatte.

»Der Ring?«

Eine heiße Röte stieg von ihrem Hals an auf. Jede Menge Lügen schossen ihr durch den Kopf, doch schnell verwarf sie alle.

»Wo ist er?«

»Ich trage ihn unter meinem Kleid.«

»Gut«, sagte Abelard, und ein Teil seines Zorns schien zu verschwinden. »Lasst ihn mich sehen.«

»Aber ... aber ... ich kann mich hier nicht ausziehen ...« Ihre Wangen waren bereits hochrot, doch die Röte stieg nun bis zu den Wurzeln ihrer dunklen Haare. Auch das spöttische

Aufblitzen – die verdammte Belustigung – in Rhys' Augen war ihr nicht entgangen. Sie schürzte die Lippen, voller Stolz reckte sie das Kinn, obwohl sie innerlich vor Scham beinahe verging. Hatte er sie denn nicht bereits ohne Kleidung gesehen – nicht einmal, sondern sogar zweimal?

»Der Ring«, drängte Abelard, schnippte mit den Fingern und hielt ihr fordernd seine schwielige Hand hin.

»Aber …«

»Oh, um der Liebe des Heiligen Petrus willen …« Rhys Griff um ihr Handgelenk wurde noch fester.

»Wir werden keine Minute brauchen«, versicherte er Abelard, als er sie hochzog, mit ihr die große Halle verließ und durch den dunklen Flur eilte. Seine Beine waren lang und sein Tempo schnell. Tara musste rennen, um mit ihm Schritt zu halten.

»Halt!«, hechelte sie, und ihre Stiefel rutschten schier über den Steinboden von Broodmore. »Was tut Ihr denn da?«

Er antwortete nicht, er blieb auch nicht stehen, bis er sie in das Zimmer geschubst hatte, das einmal die Kapelle gewesen war, das Zimmer, in dem sie gebadet hatte und in dem er sie noch vor kurzer Zeit spärlich bekleidet überrascht hatte.

»Holt den verdammten Ring für Abelard«, befahl er.

»Aber …«

»Sofort!«

Er ließ sie los und blieb an der Tür stehen, die Beine gespreizt, die Arme vor seiner breiten Brust verschränkt, mit zornigem Gesicht.

»Ihr wollt mir dabei zusehen?«, fragte sie entsetzt.

»Aye. Mit Vergnügen.«

»Aber, aber …«, stotterte sie, dann fing sie sich wieder und warf ihm einen vernichtenden Blick zu. »Ihr seid ein Schurke, Rhys, der Bandit. Ein gemeiner, verfluchter Hund, der …«

»Keine weiteren Komplimente mehr!« Seine Augen sprühten Feuer, und sein Rücken war kerzengerade. Er stand an der

Tür wie ein Gefangenenwärter, der ihr den einzigen Fluchtweg versperrte. »Los, macht voran.«

Wieder hatte sie keine andere Wahl. Insgeheim schwor sie sich, einen Weg zu finden, um aus diesem Kerker hier zu entkommen, einen Weg, um zu beweisen, dass sie keinem Mann, ganz besonders keinem Verbrecher, erlauben würde, ihr zu befehlen, was sie zu tun hatte. Sie wirbelte herum, drehte ihm den Rücken zu und begann, das Mieder des Samtkleides aufzuschnüren. Kalte Luft strich über ihre Haut, als sie den Stoff hinunterschob. Sie fühlte geradezu seine Augen heiß und bohrend in ihrem Rücken. *Hilf mir*, betete sie stumm, während ihre Finger sich mit dem Band abmühten, das sie fest um ihre Taille gezurrt hatte. Während sie die dünne Lederschnur mit den Fingern einer Hand zu lösen versuchte, hielt sie mit der anderen Hand schützend das Kleid über ihre nackten Brüste.

»Oh, Himmel«, murmelte sie vor sich hin, als sich der Knoten nicht öffnen ließ.

»Gibt es keine Zaubersprüche, die Knoten öffnen können?«

»Nein, aber ich kenne ganz sicher einen, der Eure Zunge zum Schweigen bringen wird«, fuhr sie auf.

»Wirklich?«

»Aye«, bekräftigte sie. »Und ich kenne noch einen anderen, der Eure Augen schwach und Euren Verstand zu Brei werden lässt.«

»Dafür ist es zu spät, fürchte ich«, antwortete er, und aus seiner Stimme klang pure Belustigung.

Oh, zum Teufel mit ihm! Dieser arrogante Hundesohn …

»Also«, sie hörte, wie er näher kam, »lasst mich helfen.«

»Nein!«, schnauzte sie ihn an und erstarrte. »Nein, ich kann es …«

»Es wird schneller gehen, und wir wollen doch Abelard nicht warten lassen. Er ist kein sehr geduldiger Mann.« Sie fühlte seine Nähe, spürte seinen heißen Atem auf ihrer Haut, und dennoch zuckte sie zusammen, als seine warmen Finger die nackte Haut an ihrer Taille berührten. Sie hielt den Atem an und presste das Kleid fest vor ihre Brust. Sengende Hitze überflutete sie, als er brummend den Knoten in der ledernen Schnur, die durch ihre Körperwärme offensichtlich aufgequollen war, zu entknüpfen versuchte. Die Berührung seiner Finger erweckte unglücklicherweise keine Angst in ihr, sondern ein Gefühl der Erwartung. Endlich löste sich der Knoten. Sie stieß den Atem aus und zog bebend die Kette mit dem Ring von der Schnur.

»Na seht Ihr – geschafft«, quetschte Rhys gespielt ruhig zwischen zusammengebissenen Zähnen hervor. Er hatte sich zurückhalten müssen, um nicht die Hände um ihre vollendeten Brüste zu legen. Er kämpfte gegen den dringenden Wunsch, sie in seine Arme zu ziehen und sie zu küssen, bis sie all ihren Widerstand aufgegeben hatte. Dann würde sein Mund tiefer gleiten, er würde ihre Brustspitzen küssen und seine Finger in das feste Fleisch ihres Hinterteils drücken. Stattdessen gab er sie frei und trat einen Schritt zurück, zwang sich, diese Gedanken weit von sich zu schieben.

Er lehnte sich mit der Schulter gegen den Türrahmen und betrachtete sie aufmerksam. Als er sie an dem Bach überrascht hatte, war er fasziniert gewesen von ihrer Schönheit. Und vorhin, als sie noch nass gewesen war von ihrem Bad, hatte er über ihren Zorn gelacht. Er fand ihre Bemühungen, ihre Blöße zu bedecken, und ihren Zorn erotisch, und ja, auch lustig. Jetzt, nachdem seine Fingerspitzen ihre glatte Haut berührt hatten, war er wütend auf sich selbst, weil er sich von ihr angezogen fühlte. Doch was noch viel schlimmer war, während er den Wunsch verspürte, ihren Willen zu brechen und ihn sich zu unterwerfen, fühlte er doch keine Befriedigung über die Empörung, die er in ihren Augen las. Er hätte Abelard nie etwas von dem Stein erzählen dürfen – das würde ihnen nur Kummer bringen. Er fühlte es in seinem Inneren.

Sie schob die Arme in die Ärmel des Kleides.

Rhys war nicht nur erregt – seine verdammte Männlichkeit war aufmerksam geworden –, er war auch wütend auf sich selbst, weil er nach ihr verlangte. Sie war eine Hexe, wenigstens glaubte sie das – eine Frau, die im Winter Zaubersprüche an den Ufern von Bächen murmelte. Sie war eine Lügnerin, und vielleicht auch eine Diebin, ähnlich wie er selbst. Wie sonst wäre sie wohl in den Besitz eines Steines gekommen, der so wertvoll war?

Es gab da allerdings noch eine andere Möglichkeit.

Es konnte sein, dass sie die rechtmäßige Erbin von Twyll war, das einzige Kind von Lord Gilmore und Lady Farren, die von Merwynn ermordet worden waren.

Von deinem Vater, Rhys. Es ist möglich, dass dieses zierliche Etwas von Frau dein eingeschworener Feind ist.

Er biss die Zähne zusammen, bis sein Kiefer schmerzte. War es möglich? Konnte die rechtmäßige Herrscherin von Twyll eine Frau sein – diese wunderschöne Zauberin, deren Haut fleckenlos rein war, deren Muskeln so glatt waren? Er erinnerte sich daran, wie sich ihre Wirbelsäule sanft über ihren Rücken schwang und dann einladend unter den Falten des Samtkleides verschwand.

Er riss sich zusammen und schalt sich insgeheim einen Idioten. »Verflucht!« Um der Liebe des Heiligen Judas willen, woran dachte er nur?

»Wie bitte?«, fragte sie und sah ihn über die Schulter hinweg an, während sie ihr Mieder gerade rückte und die engen Ärmel zurecht schob, die auf dem Handrücken spitz ausliefen.

»Nichts.« Er räusperte sich und hustete dann. »Habt Ihr den Ring?«

Sie drehte sich so schnell zu ihm um, dass ihr Haar wehte und ihr Kleid sich bauschte. Dann hielt sie ihm die Kette mit einem Finger hin. Der Ring baumelte verführerisch daran. »Hier.« Im Schein des Feuers glänzte der Juwel.

Rhys machte ein paar schnelle Schritte auf sie zu und griff

nach dem kostbaren Juwel, doch Tara war schneller. Sie schwang die Kette und nahm den Ring in die Hand. »Lasst uns das erledigen«, sagte sie und ging zur Tür. Rhys war im Bruchteil einer Sekunde neben ihr. Sie gingen in die große Halle zurück, und dort ließ sie ihren Besitz erneut an ihren langen, schlanken Fingern baumeln und schaukelte den Ring vor Abelards gierigen Augen hin und her.

Eine Sekunde lang war der alte Mann bezaubert von dem glänzenden Smaragd, der verführerisch vor seiner Nase hin und her schaukelte. »Besitzt er irgendwelche Kräfte?«, fragte er. »Die Gerüchte behaupten, dass er Glück bringt.«

»Seit er in meinem Besitz ist, bin ich entführt, von Soldaten verfolgt und in einem zerfallenen Schloss gefangen gehalten worden, in dem es angeblich Geister gibt und wo sich Räuber und Mörder verstecken.« Sie deutete mit der freien Hand auf den leeren dunklen Raum, der nur von einer einzigen Kerze und dem schwachen Licht des ersterbenden Feuers erhellt wurde. Verkohlte Wände, Spinnweben, verblichene Wandteppiche, Staub und ein paar zerkratzte Tische, Stühle und Bänke waren alles, was von der einst so schönen und belebten Halle von Broodmore geblieben war. »Nein, Sir«, spottete sie. »Ich kann nicht sagen, dass dieser Ring Glück bringt, viel eher bringt er Unglück.«

»Dennoch ist er mächtig.« Abelard, dessen Gesicht im Schatten des Halbdunkels lag, griff nach dem Schmuckstück, er entriss es ihr mitten aus der Luft, und diesmal ließ Tara zu, dass es ihr abgenommen wurde, auch wenn sie dabei Rhys ansah und eine Augenbraue hochzog. »Bei den Göttern«, flüsterte der weißhaarige Mann voller Bewunderung, als er den Ring in seinen Händen drehte und ihn dann vor die Flamme der Kerze hielt. »Das ist er. Der verdammte dunkle Smaragd von Twyll.«

»Woher wisst Ihr das?«, fragte sie.

»Die Größe, der Schnitt … was denn sonst? All diese Jahre

habe ich geglaubt, dass es vielleicht nur ein leeres Gerücht ist – oder das Wunschdenken alter Frauen, an denen die Zeit vorübergegangen ist und die ihr eigenes trauriges Leben damit verschönern, Geschichten zu erfinden, die Wahrheit mit Lügen zu verweben, so einfach, als würden sie Bilder in Teppiche weben.«

»Also haben wir ihn jetzt hier – den Beweis, dass es den Stein und wahrscheinlich auch den Erben gibt und dass die Gerüchte um die Belagerung von Twyll richtig sind«, meinte Rhys, nahm Abelard den Ring aus der Hand und reichte ihn Tara. »Versteckt ihn. Hier ist er nicht sicher.«

Abelard schien protestieren zu wollen, doch Rhys unterbrach ihn. »Falls du es noch nicht bemerkt haben solltest, mein Freund, es gibt hier Taschendiebe, die die Lady ausrauben würden, wenn sie die Möglichkeit dazu hätten.«

»Ach, wirklich?«, fragte Tara zynisch. Oh, sie war ein furchtloses Frauenzimmer.

»Aye, ohne die leiseste Ermunterung. Sie würden Euch vielleicht sogar den Hals durchschneiden.«

»Das ist ein wahrhaft angenehmer Ort, an den Ihr mich gebracht habt, Rhys von Twyll.«

»Fürchtet Euch nicht, M'lady, denn ich werde vor Eurer Tür schlafen und das Ungeziefer und die Diebe von Euch fern halten.«

»Oder mich in dem Zimmer gefangen halten.«

»Aye, das auch«, gab er zu und konnte es nicht verhindern, dass sich sein Mund zu einem Grinsen verzog, das Tara recht beunruhigend fand. Sie schürzte verärgert die Lippen, und wenn Blicke töten könnten, dann würde er sicher jetzt zu Staub zerfallen, denn sie funkelte ihn mit all dem Hass und der Verachtung an, die sie aufbringen konnte.

Abelard rieb sich seinen silbernen Stoppelbart. »Also«, meinte er nachdenklich und fuhr sich mit dem Stumpf seines Fingers über die Lippen. »Wie es scheint, hat Lord Tremayne

Grund, einen Aufstand von dem Nachkommen von Gilmore zu fürchten. Ist das nicht so?«

»Aye.« Rache und Befriedigung wärmten den kalten Hass, der tief in Rhys Herzen verborgen war. »So scheint es.«

»Aber er weiß nicht, wer dieser Nachkomme ist.« Seine goldenen Augen betrachteten Tara, als wäre sie und nicht der Ring die eigentliche Kostbarkeit, und Rhys fühlte den ersten, unangenehmen Stich der Eifersucht.

Abelard schnippte laut mit den Fingern, dann wandte er sich zu der offenen Tür und rief: »Rosie, bring uns noch mehr Wein.«

»Habt Ihr denn noch nicht genug?« Rosies Stimme klang gedämpft.

»Sofort.«

Tara steckte die Kette mit dem Ring in ihre Tasche.

»Herr im Himmel«, brummte Rosie. »Täubchen, den Krug – nein, ich mache es schon selbst. Unser Herr und Meister stirbt vor Durst, wie es scheint.«

Abelard unterdrückte ein Lächeln, seine Augenbrauen zogen sich voller Erwartung hoch. »Lass uns feiern, mein Freund«, wandte er sich an Rhys. »Denn ich glaube, schon bald wird die Rache uns gehören.«

»Vielleicht.« Rhys schien nicht überzeugt.

»So wird es sein.« Abelard winkte Rosie, sich zu beeilen, als sie in den Raum kam, mit einem Krug und hölzernen Bechern.

»Ich bin nicht Eure Sklavin, Abelard«, rief sie ihm ins Gedächtnis. »Ich mache das nur aus der Güte meines schwachen und dummen Herzens.« Sie goss Wein in drei Becher und stellte sie auf den Tisch neben die Kerze, dann schob sie sich eine Haarsträhne unter ihr Kopftuch.

»Und weil du den Boden anbetest, auf dem ich gehe.«

»Das könnt Ihr vergessen.«

»Rosie, Mädchen, möchtest du dich nicht zu uns setzen?«,

fragte Abelard, und die schwergewichtige Frau schüttelte den Kopf.

»Es ist längst Schlafenszeit, Abelard, und wie ich Euch kenne, werdet Ihr nach Essen schreien, sobald Ihr wieder aufwacht.«

Er griff nach seinem Becher, hielt ihn hoch und grinste sie schelmisch an, seine goldenen Augen zogen sich zusammen. »Auf die Niederlage von Tremayne von Twyll. Möge ich die Freude haben, seine Seele direkt in die Hölle zu schicken.«

Lodema schloss die Augen und zuckte zusammen bei dem plötzlichen Schmerz – es war der gleiche, durchdringende Schmerz, der ihr bei jedem Kälteeinbruch in die Glieder fuhr. Ihre Knie knackten, und ihre Finger waren knotig und dick, sie schmerzten heftig, als die kalte Winterluft durch die Ritzen in den Wänden in die alte Hütte drang.

Doch es gab noch mehr als nur die Schmerzen, die ihr Sorgen machten. Sie war allein, sie fühlte sich einsamer als je zuvor in ihrem Leben. Als man das Baby zu ihr gebracht hatte, war sie jung und unabhängig gewesen, und auch wenn viele Leute im Dorf mit ihr Mitleid zu haben schienen, weil sie es eigenartig fanden, dass sie allein im Wald lebte, so machte ihr das doch nichts aus. Ihre Blicke, die voller Mitleid, Verständnis oder sogar Furcht waren, hatten sie nur belustigt. Sie hatte sich in ihrer eigenartigen Stellung gesonnt und innerlich gelächelt, wenn sie verzweifelt um Hilfe baten. Oh, sie mieden sie im Dorf, Frauen gingen oft schnell auf die andere Seite der lehmigen Straßen. Sie liefen an den von Ochsen gezogenen Wagen vorbei oder verängstigten die hochgezüchteten Pferde, wenn sie durch die Pfützen liefen, nur um ihr aus dem Weg zu gehen. Sie hatte gehört, dass viele Leute glaubten, sie sei eine Hexe oder eine Zauberin oder vielleicht sogar eine weibliche Gesandte des Satans.

Doch wenn sie in Schwierigkeiten waren, wenn ihre Lieben

krank waren oder ein Baby falsch lag und nicht so einfach geboren werden konnte, dann kamen sie zu ihr gelaufen, dann war ihre Furcht für den Augenblick vergessen, wenn sie Lodema um Hilfe baten. Dann waren ihre Zaubersprüche und ihre Gesänge und Gebete willkommen. Dann waren die Runen, die sie in den Sand ritzte und die Kerzen, die sie anzündete, nicht länger ein Grund des Misstrauens. Dann bekam sie anstatt wissender, besorgter Blicke Dank, frische Eier und alle möglichen Tiere, zusammen mit dem Versprechen erwiderter Freundschaft.

Es genügte, um auch den zynischsten Menschen zum Lachen zu bringen.

Und das hatte sie jahrelang getan. Hinter ihren steifen, selbstgerechten Rücken hatte sie überheblich gegrinst, zufrieden in dem Wissen, wer sie war und glücklich mit ihrem Leben. Mit ihrer Tochter. Doch jetzt, nachdem sie alt geworden war, nachdem ihre kleine Hütte so kalt wie der Tod zu sein schien, und oh, so leer, schien ihr Glück nur eine bittersüße Erinnerung zu sein. »Denke nicht daran«, sagte sie sich und blies die Kerze aus. Dann sah sie voller Entsetzen zu, wie der Rauch der Kerze in einem eigenartigen Wirbel zu den geschwärzten Balken aufstieg, die das Dach hielten.

Ihr altes Herz setzte einen Schlag lang aus. Das war kein Zeichen. Es konnte nicht so sein. Tara war in Sicherheit. Und dennoch erhob sich der Rauch in einem Muster, das ihr einen Schauer über den Rücken laufen ließ, weil sie wusste, dass das Böse im Wald lauerte. Nervös leckte sich Lodema über ihre trockenen Lippen und schickte ein schnelles Gebet zum Himmel, eines an den Gott der Christen, dass ihre Tochter, wo immer sie auch sein mochte, nicht in Gefahr war.

Doch die Angst saß tief in ihrem Herzen und ließ sich nicht beiseite schieben. Tara, das Licht ihres Lebens, war in Gefahr. In ernster Gefahr.

Rhys saß auf dem Boden in der alten Kapelle und lehnte den Rücken gegen die Tür. Ein Bein hatte er vor sich ausgestreckt, das andere so gebeugt, dass sein Stiefel unter dem Knie des einen Beines lag. Das Feuer war heruntergebrannt und glühte nur noch unheimlich rot, bis die Glut zu Asche zerfiel. Tara, wenn das ihr wirklicher Name war, schlief auf dem Lager in der Nähe des alten Altars, ihr Atem ging regelmäßig, ihre Brust hob und senkte sich, und den kostbaren Stein hatte sie noch immer in ihrem Besitz.

Wie konnte eine so zierliche Frau ihn so sehr berühren? Von dem Augenblick, als er sie zum ersten Mal gesehen hatte, wie sie nackt im Wald stand und die Arme zum Himmel erhob, wie sie die heidnischen Zaubersprüche angestimmt hatte, war er von ihr gefangen gewesen. Der dunkle Smarardring von Twyll hatte nur noch zusätzlich zu ihrer Verlockung beigetragen.

Und dennoch war er sicher, dass er in eine Falle lief, eine Falle, die ihm das Schicksal sorgfältig ausgelegt hatte, eine Falle mit scharfen Zähnen aus Stahl, die ihm ganz sicher die Seele aus dem Leib reißen würde.

Als er sie zum wiederholten Mal ansah, verschlug es ihm schier den Atem. Ihr Haar war ausgebreitet und bot ihm einen Blick auf ihren Hals, der noch immer zum Teil von den dichten schwarzen Locken verdeckt war, die ihr über die Schultern fielen. Gott im Himmel, sie war wunderschön. Es war beinahe unmöglich, nicht daran zu denken, dass seine Lippen ihre Schultern berührten, dass seine Zunge sich in die verlockende Spalte schob, die nach unten führte. Er hatte an dem Bach ihren nackten Po gesehen und fragte sich, wie es wohl sein würde, die vollen, festen Rundungen zu berühren, die zarte Haut zu küssen und den geheimen Duft ihrer Weiblichkeit zu riechen.

Ihre Decke war weggerutscht, und er starrte ungehindert ihre schlafende Gestalt an. Sein verdammter Unterleib schmerzte, und dennoch konnte er den Blick nicht von ihr losreißen, konnte nicht aufhören, sich ihren bloßen Körper vorzustellen. Oh, wie herrlich wäre es, sie nackt an sich zu fühlen. In Gedanken sah er sie beide – entkleidet, wie sie einander umarmten und sich an den intimsten Stellen küssten. Er stellte sie sich vor, wie sie unter ihm lag, wie sie sich voll reiner Lust wand, wie sich ihr Brustspitzen aufrichteten und hart wurden, wie ihre grünen Augen sich weiteten vor Leidenschaft und Überraschung, wenn er ihre perfekten Brüste küsste, mit den Zähnen an ihrer sanften Haut knabberte. Und dann, wenn sie voller Erwartung war und sich vor Sehnsucht nach ihm wand, würde er tief in die warme feuchte Höhle ihrer Weiblichkeit eindringen.

Wieder und wieder und wieder würde er sie nehmen.

Sie war so unschuldig. So verführerisch.

Sein Glied schwoll an, und er zwang seine Gedanken weg von der Qual seiner bittersüßen Fantasie. Er hob einen Strohhalm vom Boden auf und drehte ihn in den Fingern, während er über diese geheimnisvolle Frau nachdachte. Wie war sie an den Ring gekommen? Obwohl das eigentlich gar nicht so wichtig war. Die Tatsache, dass der dunkle Smaragd von Twyll existierte, gab den alten Gerüchten neue Nahrung und schuf endlose Möglichkeiten.

»Rhys«, zischte Abelard von der anderen Seite der Tür. Ein leises Klopfen begleitete seine Stimme.

Langsam stand Rhys auf, dann warf er noch einen letzten Blick auf die schlafende Frau, die so friedlich ruhte, als wäre sie nicht in einer Diebeshöhle gefangen, in einem ausgebrannten Schloss als Geisel gehalten, von dem man behauptete, dass es dort spukte. Als würde sie nicht im Kleid einer toten Frau schlafen.

Ohne ein Geräusch zu machen, schlüpfte Rhys durch die Tür in den dunklen Flur.

»Schläft sie?«, fragte Abelard.

»Aye.«

»Bist du sicher?«

»Sieh doch selbst nach.«

Abelard tat genau das. Er schob die Tür ein wenig weiter auf, betrat das Zimmer, ohne sich die Mühe zu machen, leise zu sein. Am Altar beugte er sich über das Lager und betrachtete lange Minuten die schlafende Frau. Rhys konnte beinahe fühlen, wie die Finger des alten Mannes sich danach sehnten, nach dem Stein zu greifen, er konnte Abelards Gedanken ahnen, die sich um den Diebstahl dieses bemerkenswerten Schmuckstückes drehten.

Stattdessen grunzte er nur zufrieden, ging zur Tür und schloss sie dann überraschend leise hinter sich. Er winkte Rhys, ihm durch den Flur zur großen Halle zu folgen. »Du«, forderte er Kent auf, »bewache die Frau.«

Kent hockte neben dem Feuer, die Spitzen seiner polierten Schuhe berührten beinahe die Asche, mit der Messerspitze säuberte er seine Fingernägel. Er runzelte irritiert die Stirn. »Ich bin kein Gefangenenwärter.«

»Bis auf die heutige Nacht. Geh. Sofort.« Abelard hatte nur wenig Geduld mit einem Mann, der ihm den Gehorsam verweigerte.

»Ist sie unsere Gefangene?« Kent, dessen blondes Haar im Schein des Feuers glänzte, war endlich interessiert. Er hörte auf, mit dem Messer den Schmutz unter seinen Fingernägeln zu entfernen.

»Nein«, erklärte Rhys.

»Und warum muss sie dann bewacht werden?«

»Das geht dich nichts an«, brummte Abelard. »Tu, was ich dir sage.«

»Sie befindet sich nur für eine Weile in unserem Gewahrsam«, unterbrach Rhys ihn, als sich Kents Nasenflügel leicht blähten und seine Mundwinkel sich zu einer angespannten, verbitterten Grimasse verzogen. Langsam stand er auf und schob seinen gefährlichen kleinen Dolch in die Scheide, die er an einem Gürtel an seiner Hüfte trug.

»Alles, was du tun sollst, ist, die Tür zu bewachen«, erklärte ihm Abelard.

Kent verzog das Gesicht, dann machte er sich ohne Eile auf den Weg durch den dunklen Flur.

»Ich habe wegen ihm meine Zweifel«, sagte Abelard leise. »Er befolgt nicht gern Befehle.«

»Das tut niemand von uns. Deshalb sind wir ja alle hier.«

»Aye.« Abelard seufzte, und als er und Rhys allein waren, warf er noch einige große Stücke Eichenholz ins Feuer. Hell loderten die Flammen auf und verschlangen das Moos und das Pech, sie knisterten und knackten. »Hast du eine Ahnung, wie viel der Stein dieser Frau wert ist?«, fragte er und blickte über seine Schulter, um sicherzugehen, dass niemand in den dunklen Ecken des großen Raumes lauerte. Der dunkle Raum war leer, die einzelne Kerze brannte nur schwach und flackerte im Wind, der durch die Ritzen in den alten Mauern von Broodmore fuhr.

»Ein Vermögen.«

»Noch mehr als das.« Abelard wischte sich die Hände ab und setzte sich gerade. »Dieser Edelstein ist der Untergang von Tremayne von Twyll.« Seine Augen glitzerten böse. »Der Smaragd beweist nicht nur, dass es einen rechtmäßigen Erben von Lord Gilmore gibt und dass die Geschichten um seinen Tod nicht nur das Gerede alter Frauen ist, sondern der Ring ist auch so viel wert, dass man sich damit eine ganze Armee von Halsabschneidern und Söldnern kaufen könnte, so wie man sie in ganz Gaeaf und Twyll zusammen noch nie gesehen hat.« Er biss sich auf die Lippen. »Wir alle haben unsere Gründe dafür, Tremayne zu hassen – du für deine Verbannung.« Innerlich zuckte Rhys zusammen. »Tara, falls sie der wahre Nachkomme von Gilmore ist und zusätzlich für den Mord an ihrer Familie, und ich« – er hielt seine Hand hoch und zeigte den

Stumpf seines Zeigefingers – »für das hier. Es war ein Glück, dass mein Finger« – er wackelte mit dem Stumpf – »alles ist, was Tremaynes Klinge getroffen hat.«

Rhys schüttelte den Kopf und reckte einen Arm hoch, er versuchte so, die Anspannung zwischen seinen Schulterblättern ein wenig zu lösen. »Es war nicht nur dein Finger, den er getroffen hat, sondern auch dein Stolz.«

»Aye.« Abelard hatte immer geglaubt, er sei der beste Schwertkämpfer in Twyll. Seinen Finger zu verlieren und beinahe auch sein Leben in einem Kampf gegen Tremayne, hatte ihn verändert und ihn bitter gemacht. Das war auch der Grund, warum er Rhys vor so vielen Jahren unter seine Fittiche genommen hatte, als Tremaynes Männer ihn nackt und beinahe tot im Wald zurückgelassen hatten, weil sie glaubten, die Wölfe würden den Rest erledigen. Als Rhys aufgewacht war und seine Haut wie Feuer gebrannt hatte von den unzähligen Peitschenhieben, die er bekommen hatte, hatte er zu einem Gott gebetet, der sich nicht wirklich für ihn interessierte, dass er ihn lieber sterben lassen sollte als ihm die Qual aufzuerlegen, wieder gesund zu werden. Abelard, der brutale Mann, hatte ihn versorgt, hatte ihn ins Leben zurückgebracht und in ihm den ständig größer werdenden Wunsch geweckt, sich an seinem Halbbruder zu rächen. »Denk doch einmal darüber nach, Rhys«, sagte Abelard jetzt, und sein Gesicht wurde lebendiger, seine Augen strahlten heller als die Flammen im Kamin. »Wir haben jetzt die Mittel in der Hand, Tremayne zu zerstören.« Sein Lächeln war böse. »Der Smaragd präsentiert uns diese einmalige Möglichkeit.«

»Der Ring gehört uns nicht.«

Abelard winkte ab, als würde er einen faulen Diener entlassen. »Das macht nichts.«

»Er gehört Tara.«

»Glaubst du etwa ihre Geschichte? Dass ihre Adoptivmutter ihr den Ring gegeben hat?«

Rhys sah mit gerunzelter Stirn ins Feuer. »Ich weiß es nicht.«

»Das ist sehr weit hergeholt, findest du nicht auch? Warum sollte die alte Frau den Ring all die Jahre aufheben? Hat sie ihn bekommen, als sie das Baby aus dem Schloss gestohlen hat? Wie ist sie überhaupt an das Kind gekommen? Wer weiß, ob sie nicht nur den Ring genommen hat und das Baby irgendwo anders ist? Cavan von Marwood scheint zu glauben, dass er der wahre Erbe ist. Warum?«

Die gleichen verwirrenden Fragen plagten auch Rhys, obwohl er sie bis jetzt noch nicht laut ausgesprochen hatte.

»Also. Was diese Frau glaubt, zählt gar nicht.« Abelard war sicher, dass sein Argument unumstößlich war und seine Logik unbestreitbar.

Rhys betrachtete den alten Freund – ein Mann, dem er nicht traute, und dennoch ein Mann, für den er sein elendes Leben geben würde. »Er gehört uns nicht.«

»Und? Wir sind doch Diebe, nicht wahr?«

»Diesmal nicht.«

»Oh, um der Liebe des Heiligen Judas willen, warum denn nicht? Du wirst doch wohl jetzt nicht weich werden, wie? Seit wann hast du dir denn je darüber Sorgen gemacht, wie wir an unsere Beute gekommen sind?«

»Diesmal ist es anders!«

»Aye! Diesmal ist es der verdammte dunkle Smaragd von Twyll, von dem wir sprechen!« Abelard seufzte und schüttelte dann den Kopf. Weiße Haarsträhnen flogen um sein Gesicht. »Wir können den Ring nutzen.«

Rhys schüttelte den Kopf. »Nur, wenn Tara damit einverstanden ist. Ganz gleich, wie sie den Smaragd bekommen hat, er ist jetzt in ihrem Besitz, und unser Gesetz hier ist, dass demjenigen die Dinge gehören, der sie im Besitz hat.«

»Bis jemand anderer sie ihm abnimmt.«

»Der Ring gehört ihr.«

»Ah, Rhys.« Abelards Augen weiteten sich in plötzlichem Verständnis. »Ich denke, du hast dich in sie verliebt.«

Rhys bedachte den alten Mann mit einem giftigen Blick.

»Aye, sie ist ein wohlgestaltetes Mädchen. Eine Schönheit. All die Männer in diesem Raum haben es gesehen. Elegant gekleidet, mit hoch erhobenem Kinn, das Haar mutwillig hinter den Kopf geworfen, als sei sie eine wahre Lady. Hast du denn nicht die Lust in den Augen der anderen gesehen, hast du nicht die unterschwellige Strömung in der Luft gefühlt – das Bedürfnis, sich zu paaren? Sogar der alte Ben hat förmlich gezittert vor Gier.

Diese Frau hat in jedem einzelnen Mann in diesem Raum heute Abend den Wunsch geweckt, mit ihr zu schlafen. Viele von ihnen werden wohl ihren eigenen Weg finden müssen, ihren Hunger zu stillen, denn sie werden schlafen gehen mit dem Schmerz der Lust nach einer Frau – nach *dieser* Frau. Jeder Mann hier würde alles geben, was er in seinem ganzen Leben gestohlen hat, um eine Nacht in ihrem Bett zu verbringen. Doch keiner von ihnen würde so dumm sein zu glauben, dass er sie liebt.«

»Das tue ich auch nicht.« Rhys war es leid, mit Abelard zu streiten, er war irritiert, weil der ältere Mann glaubte, er befände sich in den Fängen der Liebe – mit dieser Hexe. Das war verrückt.

»Dann verteidige nicht ihre Ehre und auch nicht ihr Recht an diesem Ring, der sich zufällig in ihrem Besitz befindet.«

Rhys fühlte sich plötzlich nicht wohl in seiner Haut. Er ballte eine Hand zur Faust.

»Sie spielt mit dir.«

»Ich habe sie gegen ihren Willen hierher gebracht.«

»Und jetzt kannst du nichts anderes mehr sehen als den Wunsch, ihr zu Gefallen zu sein, damit sie dich in ihrem Bett willkommen heißt.«

Rhys sprang auf. Er packte Abelard an seiner Tunika, zog

heftig daran und erwischte dabei auch einige von Abelards Brusthaaren, doch der alte Mann lachte nur laut auf.

»So weit ist es also schon, wie? Jetzt bedrohst du mich schon?«

»Ich verfluche dich, alter Mann.«

»Ich bin es nicht, der verloren ist. Wir brauchen diesen Stein, Rhys, wenn wir all das erreichen wollen, wonach wir schon seit Jahren streben. Mit dem dunklen Smaragd von Twyll können wir Tremayne in die Knie zwingen.«

»Nur, wenn Tara damit einverstanden ist«, brachte er zwischen zusammengebissenen Zähnen hervor.

»Warum sollte sie nicht einverstanden sein?«

Schritte kündigten Kents Ankunft an. Er bog um die Ecke, und sein sonst so ernstes und arrogantes Gesicht blickte besorgt.

»Schwierigkeiten?« Abelards Hand ging zum Griff seines Schwertes.

»Es ist diese Frau. Tara.«

Alles in Rhys zog sich zusammen, und er schalt sich selbst einen Dummkopf.

»Sag es nicht«, befahl Abelard.

»Sie ist weg.« Kents Adamsapfel hüpfte vor Angst auf und ab. »Ich habe die Tür geöffnet ... und habe sie nicht gesehen.«

Rhys rannte bereits durch den Flur. Warum hatte er die Tür auch nur für eine Sekunde aus den Augen gelassen? Die Tür zu der alten Kapelle stand einen Spaltbreit offen. Er schob sie mit der Schulter auf. *Bum!* Sie krachte gegen die Wand, und noch ehe sein Blick das Innere des Raumes abgesucht hatte, wusste er, dass Kent nicht gelogen hatte. Das Zimmer war leer. Tara, die Hexe, war entkommen.

Und sie hatte das Schmuckstück mitgenommen.

5

Tara wagte es nicht zu atmen. Sie hielt den Dolch in der Hand, der Smaragdring war wieder um ihre Hüfte gebunden, während sie durch das Labyrinth der Flure des geschwärzten alten Schlosses hetzte. Ihre Füße in den Stiefeln der toten Frau machten kein Geräusch, und sie schickte ein stilles Gebet zum Himmel, dass sie einen Weg aus diesem Grab finden möge, in dem schon so viele Menschen vor ihr gestorben waren.

Rhys würde schrecklich wütend sein, wenn er feststellte, dass sie weggelaufen war. Wenn er sie je wieder erwischen würde … Sie zitterte bei diesem Gedanken und entschied, dass sie dafür sorgen würde, dass das nicht geschah. Sie biss sich auf die Unterlippe und lief weiter durch die Dunkelheit. Mäuse und Ratten flohen vor ihr, ihre winzigen Klauen kratzten über den Steinboden des Schlosses. Spinnweben verfingen sich in ihrem Haar und ihrem Gesicht, und sie stellte sich Spinnen vor und die vertrockneten, leeren Hüllen von Insekten, die in ihren Locken hingen. Doch es war egal. Sie war entschlossen, einen Fluchtweg zu finden, deshalb lief sie weiter, mit ausgestreckten, tastenden Händen suchte sie sich den Weg durch die dunklen Flure. Sie hatte so wenig Zeit. Es war sicher nur eine Sache von Minuten, ehe Rhys feststellte, dass sie nicht mehr da war.

Und was dann?

Sie erschauerte bei dem Gedanken daran, doch sie wusste, dass ihr Schicksal noch viel schlimmer sein würde, wenn sie hier in den dunklen Fluren von Broodmore bleiben würde.

Was würde geschehen, wenn sie einem dieser zahnlosen, lüsternen Halunken über den Weg lief, die in dieser Gruft lebten? Sie hatte gesehen, wie einige der Männer sie angeglotzt hatten, ihre Augen hatten sich zusammengezogen, als sie auf ihre Brüste und ihre Hüften gestarrt hatten, als sie zusammen mit Rhys die große Halle betreten hatte. Sie hatte einen Hauch von Unzufriedenheit gefühlt, einen Anflug von Verzweiflung in ihren Gesichtern. Viele, so nahm sie an, hatten seit Jahren keine Frau mehr besessen. Wäre nicht die Tatsache gewesen, dass sie von dem Anführer dieses Rudels von Dieben begleitet worden war, so hätten wahrscheinlich einige von ihnen versucht, ihre Tugend zu kompromittieren.

Das bedeutete allerdings nicht, dass sie es geschafft hätten. Nicht ohne einen Kampf. Wenn sie einem dieser lüsternen Kerle begegnete, war sie bereit. Den Dolch hielt sie bereits in der Hand.

Wenn sie nur aus diesem entsetzlichen Schloss mit seinen morschen Mauern und der schicksalhaften Vergangenheit würde fliehen können.

Broodmore, Broodmore –
Alle, die dort gelebt haben, sind tot.
Broodmore, Broodmore –
Alle Kinder haben geweint.

Der alte Reim ging ihr nicht aus dem Kopf, und eine Gänsehaut überzog ihren Körper, als sie wieder daran dachte, wie sie so getan hatte, als würde sie schlafen, dass sie sich hatte bemühen müssen, nicht hochzufahren und zu schreien, als Abelard sich über sie gebeugt hatte, als sein Blick über ihren Körper geglitten war, während sie ruhig auf ihrem Lager lag und gleichmäßig atmete, während sie ihre angespannten Muskeln zwang, nicht zu zittern. Jetzt suchten sich ihre Finger den Weg an den rauen Wänden entlang, und sie entdeckte eine Ecke. Tara holte tief Luft, dann bog sie um die Ecke und wäre beinahe in ein Loch gefallen – nein, es war eine Treppe, die noch weiter nach unten führte. Sie schluckte die Angst herunter und tappte noch tiefer in die Unterwelt des Schlosses.

Broodmore, Broodmore –
der Kuss des Todes ist dort,
Broodmore, Broodmore –
alle Besucher, habet Acht.

Das Herz hämmerte in ihrer Brust, und obwohl die Mauern, an denen sie sich die Finger aufriss auf ihrem Weg nach unten, eisig kalt waren, so brach ihr doch der Schweiß aus unter dem Kleid, das sie jetzt als ihr Eigentum ansah. Irgendwo weit weg im Schloss hörte sie das gedämpfte Geräusch von Schritten, und sie begriff, dass man ihre Flucht entdeckt hatte. Rhys wusste bereits, dass sie geflohen war.

»Mutter Maria, hilf mir«, flüsterte sie, als ihre Fingerspitzen zu bluten begannen. Sie hatte ein Stück Kerze in ihrer Tasche, das ihr helfen würde, ihren Weg zu finden, wenn sie es anzündete, doch sie hatte keine Möglichkeit, eine Flamme zu entzünden, und selbst wenn sie das gehabt hätte, würde sie das Risiko nicht eingehen. Denn anstatt ihr bei ihrer Flucht zu helfen, würde das flackernde Licht sicher ihre Verfolger zu ihr führen.

Am Fuße der Treppe stand sie in vollkommener Dunkelheit, und ein Schauer lief durch ihren Körper bei dem Gedanken, dass sie vielleicht in einem Verlies war, wo die Skelette von toten Gefangenen auf dem Boden verstreut lagen. Der Gedanke machte ihr Angst, denn sie war noch nie zuvor in einem wirklichen Gefängnis gewesen, sie hatte noch nie die Folter von Männern miterlebt, die eingesperrt waren. Wer wusste, was in diesen dunklen Räumen auf sie wartete?

Ein übler Geruch hing in der Luft, als wären die wenigen Binsen auf dem Fußboden in Urin getränkt. Vorsichtig, in der linken Hand fest ihr gefährliches kleines Messer, ging sie Schritt für Schritt weiter, an den Wänden entlang, dann bog sie um eine weitere Ecke und hatte vollkommen das Orientierungsvermögen verloren. Ja, sie befand sich in einer unteren

Etage des Schlosses, aber die Etage über ihr hatte höher gelegen, Stufen hatten in die große Halle geführt. Lag dieses Verlies unter der Erde oder befand sie sich noch immer auf gleicher Höhe mit dem Erdboden? Ihr Kopf begann zu schmerzen, und sie rief sich ins Gedächtnis, dass sie sich nur umzuwenden brauchte, die Finger an der Wand lassen musste, um wieder zu der Treppe zu kommen.

Und was dann? Sollte sie dem wütenden Rhys und Abelard gegenübertreten? Sollte sie die Konsequenzen ihres Zorns und ihre Vergeltung über sich ergehen lassen? Nein, sie würde weitergehen. Ihr Orientierungssinn hatte jedoch versagt, und sie fürchtete, dass sie sich nur noch tiefer im Inneren des monströsen Schlosses verirrte. Der Geruch nach Staub, Schimmel und Urin lag in der Luft, und auch wenn sie sich anstrengte, Geräusche von oben zu hören, so drang doch kein Laut mehr zu ihr, nicht einmal die Schritte oder die Rufe der Männer, die nach ihr suchten.

Sie holte tief Luft und tastete sich weiter. Dabei fragte sie sich, ob sie wohl immer im Kreis ging und schließlich irgendwann wieder an der Treppe ankommen würde. Ihr Herz klopfte laut, ihre Finger waren aufgeschürft, als sie plötzlich eine Veränderung spürte, eine Bewegung in der Luft um sie herum.

Sie blieb stehen und begriff dann, dass sie den Hauch von frischer Luft fühlte, einen sanften Wind, der in die alte Kammer wehte. Aber von wo kam er? Langsam drehte sie sich, bis sie den Wind in ihrem Gesicht fühlte, dann ging sie in die Richtung des unsichtbaren, aber willkommenen Hauches.

Bums. Ihr Stiefel stieß gegen einen Widerstand. Tara zuckte zurück und schrie auf. Entsetzliche Bilder von toten Körpern und verrotteten Kadavern oder Skeletten ganz ohne Fleisch stiegen in hässlichen Einzelheiten vor ihrem inneren Auge auf, doch ein kleines Klirren, als sie weitertappte, sagte ihr, dass sie nur gegen eine aufgerollte Kette gestoßen war, die lange vergessen und wer weiß wofür benutzt worden war.

Bleibe ruhig. Halte deinen Verstand zusammen. Sie ging weiter auf den Lufthauch zu, bis sie die Wand erreichte, wo sie ein offenes Fenster entdeckte, das sich in Höhe ihres Kopfes befand. Soweit sie wusste, war das ihr einziger Fluchtweg. Ohne jegliche Hilfe konnte sie an der Wand jedoch nicht hochklettern. Sie sprang hoch und packte den Fenstersims, doch sie konnte sich nicht hochziehen. Ihre Fingernägel brachen ab, als sie versuchte, sich festzuklammern. Unaufhaltsam zog ihr eigenes Gewicht sie nach unten, und ihre Handfläche glitt an einem harten Stück Metall entlang, das schon vor langer Zeit durchgerostet war. Sie ließ sich wieder auf den Boden fallen, versuchte es noch einmal, fiel aber erneut auf den Boden zurück. »Du musst«, spornte sie sich an, und biss entschlossen die Zähne zusammen. Als sie noch einmal hochsprang, gelang es ihr, sich am anderen Ende des glatten Simses festzuhalten, und sie fühlte, wie sich das durchgerostete Gitter in ihre Handflächen bohrte. Dennoch zog sie sich hoch bis zu der Öffnung.

Sie blinzelte und blickte hinaus, offensichtlich in den früheren Schlosshof. Es war unmöglich, festzustellen, wie weit unter ihr sich der Boden befand, doch das war ihr gleichgültig. Sie konnte auf keinen Fall zurück in den Kerker. Sie wand sich vorsichtig durch die enge Öffnung und versuchte, sich nicht an den Überresten der Gitter die Haut aufzureißen. Ihr weiter Rock verfing sich ein paar Mal, und sie bemühte sich, sich in die richtige Position zu bringen. Endlich gelang es ihr, langsam außen an der Wand herunterzurutschen, wobei sie sich mit den Fingern am Fenstersims festhielt. Sie vermutete, dass der Boden nicht mehr weit war, also ließ sie schließlich den Sims los.

Sie landete im nassen Gras und versank bis fast zu den Rändern ihrer Stiefel im Morast. Es regnete nicht mehr, doch der Boden unter ihre Füßen war weich, und an der nackten Haut an ihrem Hals fühlte sie, wie kalt es war.

Der Weg war schwierig, doch sie blieb in den dunklen Schatten in der Nähe der Mauern und versuchte, ein wenig

Abstand zu bekommen. Die Mauern von Broodmore umgaben sie von allen Seiten. Mit den ungleichen geschwärzten Türmen und den verfallenen Kurtinen, war das Schloss ein perfektes Gefängnis. Sie hatte keine Ahnung, in welcher Richtung die Freiheit lag, aber sie wusste, sie würde sie finden. Ihr Schicksal lag in Twyll, bei Vater Simon. Sie hoffte nur, dass der Priester, der sie als Baby zu Lodema gebracht hatte, wissen würde, ob sie die Tochter von Lady Farren und Lord Gilmore war.

Und was ist, wenn du wirklich ihr Erbe bist? Was dann? Würdest du Baron Tremayne mit der Wahrheit konfrontieren, würdest du ihm den Stein zeigen, wärest du wirklich so dumm zu glauben, dass er dann sein Herrscherrecht an dich übergeben würde? Das konnte sie alles nicht ahnen. Zunächst einmal musste sie die Wahrheit herausfinden, dann würde sie entscheiden, was sie damit anfing.

Ihr Kopf klärte sich ein wenig, und sie ging auf den größten der Türme zu. Vielleicht würde unter dem Turm ein Tor sein, das mit der Zeit verrottet war. Sie hatte gerade ein paar Schritte gemacht, als sie ein leises, scharrendes Geräusch hörte.

Die Pferde!

Ihr Herz machte einen kleinen Sprung bei so viel Glück, denn dort, nur ungefähr fünfzehn Meter von ihr entfernt, waren einige Stuten und Hengste angebunden an einen alten Wagen, der keine Räder mehr hatte. Tara entdeckte Dobbyn. Beinahe hätte sie laut aufgejubelt, denn sie hatte jetzt eine Möglichkeit, aus diesem entsetzlichen Schloss zu fliehen – mit all seinen Verliesen und Geheimnissen und den dunklen unheimlichen Männern.

Oder vielleicht doch nicht?

Würde Rhys nicht vermuten, dass sie versuchen würde, auf einem Pferd zu entkommen?

Gab es keine Wache bei den Pferden? Ihr Blick huschte über die Mauern und die rechteckigen Türme, die sich darüber erhoben. Sie suchte mit ihren Augen den Schlosshof ab und fragte sich, wo wohl der untersetzte Wachmann war, der vor ihrem Fenster in der Kapelle gestanden hatte. Schlief er? Oder hatte ein anderer Mann seinen Platz eingenommen, der genauso entschlossen war?

Überzeugt, dass jemand in der Nähe sein musste, spähte sie in jede Ecke des finsteren Hofes, doch sie entdeckte niemanden. Rhys wusste mittlerweile, dass sie aus ihrem Zimmer geflohen war – würde er nicht glauben, dass sie nach ihrem Pferd suchte? Oder waren alle Männer in Alarmbereitschaft versetzt worden und kämmten jetzt das Innere des Schlosses durch?

Geräuschlos schlich sie sich durch das Gras bis zu dem zusammengebrochenen Wagen. Die Pferde bewegten sich und wurden unruhig, als sie an ihnen vorüberschlich, bis sie ihre nervöse kleine spanische Stute erreicht hatte. Dobbyn schnaubte und tänzelte und zerrte an der Leine. Tara rieb die Nase der Stute und fühlte ihren warmen Atem und das weiche Maul an ihren kalten Fingern. »Aye, du bist ein gutes Mädchen, Dobbyn«, flüsterte sie und löste den Strick mit der Absicht, ihn als Zügel zu nutzen. Während die anderen Pferde immer unruhiger wurden, gelang es Tara, auf den Rücken der Stute zu klettern, dabei rechnete sie jede Sekunde damit, den Ruf eines Wachmannes zu hören oder dass sich ein Spion aus der Dunkelheit auf sie stürzte.

Morrigu und Rhiannon, führt mich.

Ihre Nerven waren zum Zerreißen gespannt, als sie Dobbyn über den Schlosshof zum Haupttor drängte. Sie hatte die Absicht, an der Mauer entlang zu reiten und Ausschau zu halten nach einem zerfallenen Tor, einem offenen Tor oder einem Spalt in den Mauern. Ihr Kleid wehte um ihre nackten Beine herum. Mit einer Hand umklammerte sie fest die Zügel, die andere vergrub sie in der dichten Mähne der Stute.

Bitte, Gott, lass mich einen Weg finden.

Der größte Teil des Schlosshofes war mit Beerensträuchern

und Adlerfarn überwuchert und mit hohem Gras bewachsen ... doch das störte Tara nicht. Vorbei an einem alten Brunnen und einem Teich, der schon lange über seine Ufer getreten war, ritt sie weiter.

Von irgendwo her hörte sie den einsamen Schrei eines Wolfes, und für den Bruchteil einer Sekunde glaubte sie, den Ruf eines Mannes gehört zu haben. Ihr Herz hämmerte. Sie trieb Dobbyn noch schneller an. *Komm schon, komm schon. Es muss doch einen Ausweg geben. Es muss einfach sein!*

Das Haupttor war geschlossen, ein verrostetes Fallgitter versperrte ihr den Weg. Ihr Pferd begann zu traben. Tara suchte jeden Zentimeter der Mauer ab – die halb eingestürzten Türme, das frühere vordere Gebäude, die Zinnen – doch sie entdeckte keinen Ausweg aus diesem zerfallenen Gefängnis. Es war vergebens. Kein Wunder, dass Rhys sie nicht verfolgt hatte. Er beobachtete sie wahrscheinlich aus einem versteckten Fenster und lachte über ihren vergeblichen Versuch, die Freiheit zu finden.

Sie gab sich geschlagen und zog die Zügel an, doch da entdeckte sie es – eine dunkle Höhle an der Ecke eines der Türme, ein Riss in der Mauer. Ihr Herz machte einen hoffnungsvollen Satz, dann sagte sie sich, dass sie sich das alles nur einbildete. Aber nein, es stimmte wirklich, es gab einen breiten Spalt in der dicken Schlossmauer.

War das wirklich möglich? Konnte es einen so einfachen Fluchtweg geben? Ihr Herz klopfte stürmisch.

Sie zerrte an dem Zügel und zwang den Kopf der kleinen Stute in die Richtung auf die zerfallene Mauer. Es war genügend Platz für das Pferd, durch den Spalt in der zerfallenen Mauer zu springen. »Das Schicksal ist uns gnädig, Dobbyn«, flüsterte sie, obwohl sie ihren eigenen Worten kaum glauben konnte. Mit der ersten Ahnung der Freiheit grub Tara der Stute die Fersen in die Seiten. Die Stute wurde schneller, ihre Hufe waren nicht länger geräuschlos auf dem weichen Boden, als sie auf den Spalt zugaloppierte. Taras Herz raste. »Komm schon, komm schon«, trieb sie das Pferd an. Und dann sah sie ihn.

Groß und übermächtig war er, seine Gestalt schien in der Dunkelheit noch größer, als sie näher kam und Rhys aus dem Schatten trat.

Also hatte der Bandit hier auf sie gewartet.

An genau der Stelle in der Mauer, von der sie geglaubt hatte, es sei ihr Weg in die Freiheit.

Nein! Nein! Nein!

Verzweiflung überwältigte sie.

Einen Moment dachte sie daran, ihre Stute anzuhalten, doch dann würde sie niemals die Möglichkeit haben, ihm zu entkommen, sie würde nicht nach Twyll reiten können, um herauszufinden, ob sie wirklich die Tochter von Gilmore war.

Alles wäre umsonst gewesen.

Nein, sie konnte jetzt nicht aufgeben. Dies war ihre einzige Chance, und sie würde sie nutzen. »Los!«, rief sie ihrem Pferd zu. »Lauf wie der verdammte Wind!« Sie beugte sich vor und vergrub die Finger ihrer freien Hand fest in der dichten Mähne der Stute, dann stieß sie Dobbyn die Knie in die Rippen, in der Absicht, an dem vermaledeiten Banditen vorbeizureiten. »Los! Lauf, verdammt, lauf!«

Dobbyns Schritte wurden länger. Sie galoppierte im Sturmtempo auf die Öffnung zu, ohne Furcht, so mutig wie ein Schlachtross. Tara klammerte die Beine fest um das Pferd. Der Wind fuhr ihr durch das Haar. Ihr Rock flatterte wie eine Fahne hinter ihr.

Rhys rührte sich nicht.

War er verrückt?

»Geht weg!« Ihr Herz jagte genauso wie die Hufe ihres Pferdes. Gütige Maria, sie wollte ihn nicht niedertrampeln.

Aber sie würde es tun.

Lehm spritzte von Dobbyns Hufen auf, sie hatte den Hals

vorgestreckt und raste, als wäre der Teufel persönlich hinter ihr her. Die Spalte in der Mauer kam immer näher, sie war nur noch vierzig Meter entfernt.

»Halt!« Rhys Befehl drang laut durch den Schlosshof.

Das Pferd rannte weiter.

Tara klammerte sich fest, als ginge es um ihr Leben.

Rhys musste aus dem Weg gehen. Er musste! Er hatte keine andere Wahl, doch er blieb einfach stehen. Arrogant und gebieterisch. Er war ein kompletter Dummkopf.

Schneller und schneller lief Dobbyn. *Lauf! Lauf! Lauf!*

Der Abstand zwischen ihnen war so klein. Oh, gnädiger Gott …

Er trat in der letzten Sekunde zur Seite, ehe Dobbyn zögerte, ehe er umgeritten wurde.

Taras Herz jubelte. Sie war frei!

Aber nein!

Aus den Augenwinkeln sah sie einen Blitz. Rhys duckte sich, dann sprang er auf die Stute zu. »Nein …! So gewandt, als würde er sich jeden Tag auf den Rücken eines galoppierenden Pferdes schwingen, schlang Rhys einen Arm um Tara, und es gelang ihm tatsächlich auf den Rücken der kleinen Stute zu springen. »Oh!« Erschrocken von seinem Gewicht hinter ihr, schrie Tara auf und sie begann zu fallen. Alles um sie herum schien zu verschwimmen, als ihr Kopf durch die Geschwindigkeit nach vorn und Richtung Boden fiel. Starke Arme rissen sie zurück auf den Rücken des Pferdes, feste Schenkel umklammerten die Seiten des Pferdes.

Dobbyn stolperte, doch sie fing sich wieder, dann flog sie über einen Haufen von Steinen und landete mit einem leisen Plumps außerhalb der Mauern des Schlosses.

Erschreckt und zitternd klammerte Tara sich an die Mähne des Pferdes. Rhys umfasste sie und zog sie so eisern an sich, dass ihr Rücken an seine Brust gepresst wurde und ihre Beine an die seinen. Er bewegte sich im Einklang mit dem Pferd, als wäre er schon sein ganzes Leben lang ohne Sattel geritten. »Haltet Euch fest!«, befahl er und entwand ihr die Zügel.

Tara schüttelte den Kopf. »Nein! Ihr sollt absteigen!«

Er lachte ohne Furcht, während Dobbyn um die mächtigen Schlossmauern lief, mit donnernden Hufen und vor Furcht wild rollenden Augen.

Tara war verurteilt. Rhys würde sie niemals entkommen lassen. Wenn sie sich nicht von dem Pferd werfen wollte, war sie gefangen. Wieder einmal.

Die Freiheit, wie es schien, war nicht für sie bestimmt.

Rhys nahm die Zügel in seine rechte Hand und übernahm die Führung. Seine andere Hand lag flach auf ihrem Bauch, seine langen Finger reichten bis unter ihre Brust. Sie konnte kaum atmen und wagte es nicht, sich zu bewegen. Oh, dieser Bastard Bandit war ein Teufel! Er ließ sie zuerst einen winzigen Hauch von Freiheit schnuppern und vereitelte dann ihre Flucht.

»Verdammter Kerl!«

Er lachte noch einmal. »Das bin ich.«

»Ihr habt kein Recht ...«

»Das weiß ich.«

»Dann lasst mich gehen ...«

»Es ist zu spät, Hexe. Viel zu spät.« Rhys lenkte Dobbyn auf einen alten Fußweg, der durch den Wald führte. Er atmete genauso schnell wie das Pferd. Sein Brustkorb drängte sich gegen Taras Rücken, und sein Unterleib war fest gegen ihr Hinterteil gepresst. Die einzige Barriere zwischen ihren beiden Körpern war der Stoff ihrer Kleidung. Doch an so etwas dachte Tara nicht. Er war ihr Gefangenenwärter, mehr nicht. Er war ein Mann, den man mit einem Trick überwältigen musste.

Aber sie hatte versagt.

»Bei den Augen Gottes«, fluchte sie und benutzte damit einen Ausdruck, den Lodema immer gemurmelt hatte, wenn sie ganz besonders wütend war. Rhys ruckte sanft an dem Zügel und ließ Dobbyn langsamer gehen. »Ihr habt auf mich gewartet.«

»Aye. Es war nur eine Frage der Zeit, ehe Ihr den einzigen Weg aus dem Schlosshof fandet.«

»Bastard!«

»Das sagen einige von mir.«

»Ihr macht mich so schrecklich wütend. Ihr seid der arroganteste, elendste, böseste … oh!«

Er drückte sie grob an sich, und seine Lippen waren warm an ihrem Ohr. »Vorsichtig, Hexe, oder ich könnte Euch beweisen, wir Recht Ihr habt.« Die Hand auf ihrem Bauch war warm und so verführerisch wie das Mondlicht, das durch den dünnen Schleier der Wolken schimmerte.

Es war unmöglich, diesem Mann zu entkommen! Wut stieg in ihr auf, und sie versuchte, sich einen neuen Plan zurechtzulegen, um ihn loszuwerden, doch das gelang ihr nicht. Die Arme, die sie hielten, waren stark wie Stahl.

Oh, verfluchtes, verfluchtes Pech! Sie dachte an den verdammten Stein. Es war wirklich so, als wäre dieser Ring verflucht.

»Wo wolltet Ihr denn überhaupt hin?«, sagte er in ihr Ohr, während er Dobbyn in den dunklen Wald lenkte. Der Geruch nach Regen hing noch in der Luft.

»Irgendwo hin«, schnappte sie außer sich vor Zorn, dass er sie aufgehalten hatte. Zusätzlich war sie wütend auf sich selbst, weil ihre Haut dort prickelte, wo sein warmer Atem darüber strich und wo seine Beine die Rückseite ihrer Knie berührten.

»Nach Twyll?«

»Vielleicht.«

»Um Euer Geburtsrecht zu beanspruchen?«

»Wenn es denn das meine ist.«

Sie fühlte, wie das Pferd umdrehte, und begriff, dass Rhys an dem Behelfszügel gezogen hatte und Dobbyn zwang, nach

Broodmore zurückzukehren. Das Fell des Tieres war dunkel von Schweiß, und weißer Schaum war im Licht des Mondes darauf zu erkennen.

»In Twyll ist es gefährlich.«

»Noch gefährlicher, als in einem Schloss eingesperrt zu sein, zusammen mit ganz und gar abscheulichen Männern?«

»In Broodmore wird Euch nichts Böses geschehen«, versicherte er ihr. »Nun ja – so lange Ihr den Männer nicht sagt, was Ihr von ihnen haltet.«

»Ich sollte Euch vertrauen?«, fragte sie, und es gelang ihr nicht, den Sarkasmus aus ihren Worten zu vertreiben.

»Ihr habt gar keine andere Wahl.« Seine Arme hielten sie noch ein wenig fester, und sie versuchte, den Druck seines Brustkorbes gegen ihren Rücken nicht zu beachten und auch nicht die Art, wie sich seine Schenkel den ihren so wundervoll anpassten. Er hatte sie gefangen, er war ihr eingeschworener Feind, der Grund, warum sie nicht in diesem Augenblick schon in Schloss Twyll war, um die Wahrheit über ihre Geburt herauszufinden.

Der Mond, der jetzt tief am Himmel stand, warf ein paar spärliche Strahlen durch die Bäume und erhellte die zerfallenen Mauern von Broodmore. Ein Gefängnis. *Ihr* höchstpersönliches Verlies. Mit einem Bastard Banditen als ihrem Gefängniswärter. Aye, das Schicksal war grausam. Morrigu hatte sie verlassen. Genau wie Gott.

Rhys führte Dobbyn durch genau den Spalt in der Mauer, von dem sie zuvor geglaubt hatte, er wäre ihr Tor zur Freiheit. Ha! Freiheit! Das war wohl ein schlechter Scherz.

»Halt! Wer ist da?«, ertönte eine laute Stimme im Schlosshof.

Rhys hob den Kopf. »Ich bin es, Peter«, rief er.

Also gab sich der Wachmann jetzt zu erkennen. Hatte er schon die ganze Zeit auf dem Turm gestanden? Hatte er sich zwischen den zerfallenen Zinnen versteckt? War er von Rhys zum Schweigen aufgefordert worden, damit sie sich falsche Hoffnungen machte, nur damit er sie erniedrigen konnte?

»Oh. Sir Rhys.«

»Sir?«, echote sie, überrascht über den Titel.

»Nicht mehr«, wehrte er knapp ab.

Sie sah eine Bewegung in der Nähe des zerbrochenen Wagens, und drei Männer, dunkle Gestalten mit Segelkappen, kamen auf sie zugelaufen. Als das Trio näher kam, erkannte Tara ihre Gesichter. Sie waren über ihre Jahre hinaus gealtert, sie besaßen unruhige Augen und kratzige Bärte, es waren einige der Männer, mit denen sie ihr letztes Mahl geteilt hatte. Drei Augenpaare, die durch die Kappen im Schatten lagen, starrten zu ihr auf, ohne jegliche Wärme.

»Hier seid Ihr also«, sagte der größte der Männer. Obwohl sein Gesicht im Schatten lag, erkannte sie doch die Umrisse und seine raue Stimme. Er war der, den die anderen Benjamin genannt hatten. »Und Ihr habt die Lady gefunden.« Lag etwa ein Hauch von Spott in seinen Worten? Er schnalzte mit der Zunge – entweder, um das Pferd zu ermutigen, weiterzugehen oder um die Dummheit von Taras Fluchtversuch zu unterstreichen –, dann griff er nach dem Zügel, den Rhys ihm zuwarf.

Jetzt endlich gab Rhys Tara frei und glitt vom Rücken des Pferdes, dann drehte er sich rasch um, legte die Hände um ihre Taille und zwang sie vom Rücken Dobbyns. Das Pferd zerrte an dem provisorischen Zügel und wollte hochsteigen, doch Benjamin hielt es fest.

»Kümmere dich um das Tier«, befahl Rhys ihm, als Tara, die sich aus seinem Griff befreit hatte, wütend durch das Gras zu dem verdammten Schloss stakste. Obwohl es ein Gefängnis war, so schien es doch ihr Schicksal. Wenigstens eine Zeit lang. Sie hatte die Hände zu Fäusten geballt, die Fingernägel gruben sich in ihre sowieso schon zerkratzten Handflächen. Der Wind war stärker geworden, er fegte über den Schlosshof, spielte mit dem Saum ihres Kleides und zerrte an ihrem Haar. Müde, geschlagen und mit einem Gefühl, sich wie ein Einfaltspinsel benommen zu haben, zwang sie sich, das Kinn zu heben und hocherhobenen Hauptes zur großen Halle zu gehen.

Im nächsten Augenblick war Rhys neben ihr. Wie Stahl schlossen sich seine Finger um ihren Ellbogen.

Sie versuchte, sich aus seiner Umklammerung zu befreien. »Ihr braucht mich nicht herumzuführen wie einen Jagdhund an der Leine.« Doch sein Griff wurde noch fester um ihren Arm.

»Wäret Ihr ein Hund, würde ich Euch trauen. Doch Euch, Mylady, traue ich nicht.«

»Ihr seid wütend, weil ich versucht habe, zu fliehen?« Sie wirbelte zu ihm herum, das Temperament ging mit ihr durch, jeder Muskel in ihrem Körper war angespannt vor Zorn. »Und was würdet Ihr tun, *Sir* Rhys? Wenn man Euch zwingen würde, gegen Euren Willen in einem Schloss zu bleiben, an einem Ort, wo man Euch Tag und Nacht jeden Augenblick beobachten würde, ein übles Verlies, in dem alle Diener und Bauern Banditen sind – Diebe, Mörder, Taschendiebe und so weiter? Würdet Ihr ruhig dasitzen, mit den Daumen wackeln und ruhig Euer Schicksal akzeptieren?« Sie hob ihr Gesicht zu ihm auf, um in die silbernen Tiefen seiner Augen zu starren. »Das glaube ich nicht!«

»Ich würde das tun, was man mir zu meinem eigenen Besten raten würde ...«

»Niemals«, unterbrach sie ihn, wütend darüber, dass er so offensichtlich log. Sie stupste ihm mit dem Finger gegen die Brust. »Ihr würdet genauso kämpfen, wie ich es getan habe, Ihr würdet versuchen, ein Mittel zur Flucht zu finden, einen Weg, Euren Wärtern zu entkommen. Lügt mich nicht an, *Rhys von Twyll!* Ich weiß Bescheid über Euch. Ich weiß, woraus Ihr geschaffen seid. Es ist eine Beleidigung, dass Ihr mich glauben machen wollt, Ihr würdet Eure Gefangenschaft akzeptieren und Euch wie ein gehorsamer Hund hinlegen. Nein, das würdet Ihr niemals tun.«

Mit diesen Worten wandte sie sich auf dem Absatz um und ging mit malmenden Zähnen die wenigen Meter zum Schloss. Rhys war gleich hinter ihr, auch wenn er kein Wort sagte. Seine Finger lockerten keine Sekunde ihren festen, kompromisslosen Griff um ihren Arm.

Teufel!

Verbrecher!

Bastard!

Mit kerzengeradem Rücken erklomm sie die zerbrochenen Stufen zur großen Halle, und die kalte, jetzt vom Mond völlig erhellte Nacht hüllte sie ein. Wer war dieser Mann, der sie behandelte, als wäre sie seine Leibeigene? Wieder versuchte sie, sich seiner Umklammerung zu entziehen. Als Antwort darauf schlossen sich seine Finger lediglich noch härter um ihren Arm.

»Vorsichtig«, warnte er sie, und sie verkniff sich eine scharfe Antwort, als sie nebeneinander her zur Halle marschierten.

Im Inneren des großen Raumes warteten Abelard und eine Gruppe von Männern. Zwei der Banditen wetteten und spielten mit Würfeln auf dem Boden, ein anderer, mit einem besonders dicken Bauch, schlief halb am Feuer, seine Füße hatte er der Glut entgegengestreckt, ein weiterer Bandit widmete sich seinem Wein.

Abelard blickte beim Klang der Schritte hoch. Er sprang vom Tisch auf. Sein weißes Haar war zerzaust, seine Haut rötlich angehaucht, vielleicht vom Wein oder auch vor Wut. Sein Gesichtsausdruck verhieß nichts Gutes. Er war so wütend, dass er zitterte, er starrte Tara so giftig an, als wäre sie die Verkörperung alles Bösen. Im Licht des Feuers leuchteten seine Augen blassgolden und böse. »Niemand«, sagte er, und die Wut erstickte schier seine Stimme. »*Niemand* verlässt Broodmore ohne meine Erlaubnis.«

»Ist jeder Mann hier ein Gefangener?«, verlangte Tara zu wissen und weigerte sich, sich von ihm einschüchtern zu lassen.

»Jeder hier ist aus freiem Willen hier.«

»Dann verhält sich das bei mir entschieden anders.« Sie betrachtete der Reihe nach jeden einzelnen Mann. »Ich bin nicht aus freiem Willen hier. Nein. Ich wurde gezwungen, hier zu bleiben, und ich werde als Gefangene gehalten.«

»Und das werdet Ihr auch bleiben.« Abelards Worte schienen hier Gesetz zu sein.

Niemals, dachte Tara, doch sie sprach dieses Wort nicht laut aus. Es würde ihr nichts bringen, diesen Mann noch wütender zu machen. Offensichtlich würde er ihr jetzt schon am liebsten den Hals rumdrehen.

»Sie ist eine Hexe«, erklärte einer der Würfelspieler. Er rappelte mit den Würfeln im Becher.

»Dann ist sie böse.« Sein Freund warf einen besorgten Blick in Taras Richtung.

»Sie würde es nicht wagen, hier einen Zauberspruch anzustimmen.«

Tara sah sich in dem Raum um und entdeckte einen dürren Mann, dessen Tunika viel zu groß und dessen Zunge zu schnell war. Ohne ein Wort ließ sie den Blick auf ihm ruhen und zog eine Augenbraue hoch.

»Heiliger Jesus, sie verhext mich!« Der verängstigte Bandit schluckte, und sein Adamsapfel hüpfte aufgeregt auf und ab, seine Augen waren weit aufgerissen, die Lippen zitterten. »Ich habe das schon einmal miterlebt. Mein Dad wurde von einer Hexe verhext ... seine Haut wurde so weiß wie Schafswolle, und seine Männlichkeit, sie ist geschrumpft.« Er warf einen hektischen Blick auf seinen Unterleib.

»Du bist ein Schwachkopf, wenn du dir um die Größe deines Schwanzes Sorgen machst«, lachte sein Gegenüber. »Er ist sowieso kaum mehr als ein Wurm.«

»Genug!«, donnerte Abelard, und seine Stimme erfüllte den ganzen Raum. »Also« – er winkte Rhys zu –, »sorge dafür, dass sie nicht noch einmal verschwindet. Und Ihr« – er trat bedrohlich nahe an Tara heran –, »stört meine Männer nicht mit Euren Tricks.«

»Es sind keine Tricks, die ich ausübe.«

»Bah! Bring sie weg!«, befahl Abelard Rhys, und Tara fragte sich, wer wohl der Herr über diese Diebeshöhle war. Es war so, als wäre jeder Mann dem anderen gegenüber verantwortlich.

»Es wird mir eine Freude sein. Kommt, Ausreißerin, es ist schon spät.« Rhys zog sie am Arm und zwang sie, den Raum mit ihm zusammen zu verlassen.

»Wartet.« Abelard holte sie im Flur ein. Er flüsterte, damit niemand ihn hören konnte. »Ich möchte den Stein noch einmal sehen«, verlangte er.

»Noch mal?«, fragte Rhys.

»Ich habe ihn bei mir«, erklärte Tara.

»Zeigt ihn mir.« Abelard verstellte ihr den Weg.

Sie starrte den älteren Mann böse an.

»Genug.« Rhys trat zwischen die beiden. »Wenn die Lady sagt, sie hat den Ring, dann werden wir ihr vertrauen.«

»Aber sie hat versucht, zu fliehen.«

»Und Sie hätte das nicht ohne den Smaragd getan. Jetzt werde ich bei ihr bleiben.«

Abelard öffnete den Mund, um etwas zu sagen, doch dann schloss er ihn wieder und hob beide Hände. »Du bist dafür verantwortlich, Rhys. Wenn der Smaragd verloren geht, dann wird das deine Schuld sein.«

»So sei es.« Rhys Laune verdüsterte sich. Er zerrte noch einmal an ihrem Arm und schleppte sie dann mit sich über den Flur. Seine Zähne hatte er zusammengebissen, jeder Muskel in seinem Körper war angespannt, seine Schritte waren lang und schnell.

Einiges von ihrem Mut verließ Tara.

Diesen Mann zu verärgern war gefährlich.

Er zerrte sie mit sich zu der alten Kapelle, wo das Licht des ersterbenden Feuers nur noch eine schwache Helligkeit verbreitete. »Wie Ihr mich verärgert«, knurrte Rhys verdrossen und trat mit dem Fuß die Tür hinter ihnen zu.

Bum! Tara zuckte erschrocken zusammen.

»Ihr solltet mir nicht noch mehr Kummer machen«, brummte er.

»Und Ihr mir auch nicht.«

Er schnaubte kurz. Dann hob er eine Hand, als suche er nach etwas, das er packen könnte. »Hört mir zu, Frau, *mein* Hals ist es, der durchgeschnitten wird, wenn Ihr mich wegen des Steines anlügt oder wenn Ihr noch einmal versucht, zu fliehen.« Er ging zum Kamin und warf ein bemoostes Stück Eichenholz in die heiße Asche. Flammen zuckten und knisterten, sie hüllten das dunkle Zimmer in einen goldenen Schein, als sie die neue Nahrung gierig aufnahmen.

Rhys bückte sich, hockte sich auf ein Knie und schürte das Feuer mit einem Stück Holz. Tara sah zu, wie seine Schultern sich unter der Tunika bewegten, sie beobachtete, wie sich seine muskulösen Schenkel unter dem Stoff der Hose anspannten. Mit einem Gefühl der Verlorenheit wurde ihr klar, wie allein sie war – allein mit diesem Bösewicht, einem Mann, dessen Blick allein ihr Blut in Wallung brachte, dem sie aber dennoch nicht traute. Noch nie zuvor in ihrem Leben war sie einem Mann begegnet, der es mit nur einem Wimpernschlag schaffte, dass ihre Weiblichkeit zu pulsieren begann, mit einer unanständigen Lust, die ihr die Röte in die Wangen trieb.

Zufrieden, dass das Feuer wieder hell brannte, stand Rhys auf und klopfte sich den Staub von den Händen. Der Blick, mit dem er sie bedachte, ließ ihr Herz schneller schlagen. »Ihr … Ihr lügt«, sagte sie, um die Unterhaltung nicht abbrechen zu lassen, um das Schweigen zu vermeiden.

»Wirklich?«

»Abelard würde Euch niemals den Hals durchschneiden.«

»Wir wollen ihn lieber nicht testen«, sagte er, und seine Augen hielten ihre gefangen. Lieber Gott, warum schmolz sie innerlich? »Es gibt genügend Menschen, die mich lieber tot sehen würden.«

Sie bückte sich und zog ihre feuchten, schmutzigen Stiefel aus, dann stellte sie beide an das Feuer.

»Aber nicht Abelard«, sagte sie.

Unter dem Stoppelbart verzog sich sein Mund. »Er ist nicht gerade für seine Geduld bekannt.«

»Ihr aber auch nicht«, vermutete sie, als er näher kam. Sicher hatte er doch nicht die Absicht, so eng neben ihr zu schlafen. Sicher würde er doch wieder seine Stellung neben der Tür einnehmen.

»Ein Grund mehr für Euch, mich nicht in Versuchung zu bringen. Aber jetzt, Hexe, ist es Zeit schlafen zu gehen.«

Heilige Maria. Sie sah die Leidenschaft in seinen Augen und wusste, dass sie ihn so weit gedrängt hatte, dass jegliches Zögern und jeglicher Edelmut in seinem Herzen jetzt verschwunden waren. »Ich ... ich bin nicht müde.«

»Nun, ich aber. Legt Euch also hin, Tara.«

Ihr Hals wurde trocken. Sein Blick huschte zu ihrem Mund. Unwillkürlich leckte sie sich über die Lippen.

Er stöhnte, dann streckte er die Hand aus und legte sie auf ihre Schulter. Sie zitterte leicht und wusste sofort, dass dies eine Nacht war, die ihr ganzes Leben für immer ändern konnte. »Ihr seid eine Hexe«, flüsterte er, und seine Stimme hatte einen ganz neuen Klang, als wäre er ärgerlich über seine eigene Schwäche.

»Nein.« Sie schüttelte den Kopf.

»Und warum habe ich dann das Gefühl, als hättet Ihr mich mit einem Eurer Zaubersprüche verhext?«

Sie öffnete den Mund, um ihm zu antworten, doch er küsste

sie. Hart und verlangend pressten sich seine Lippen auf ihre. Eine eigenartige Wärme ergriff von ihr Besitz. Seine muskulösen Arme zogen sie noch näher, pressten sie an seinen harten Körper.

Taras Herz schlug laut, ihr Puls raste. Sie wusste, dass sie ihn zurückhalten musste. Ihn zu küssen, ihn zu berühren und ihm zu vertrauen, das waren viele, zu viele Fehler. Dennoch hoben sich ihre Arme, als hätten sie einen eigenen Willen und legten sich um seinen Hals. Tief in ihrem Inneren erwachte ein Schmerz, sie sehnte sich nach dem, was sie noch nie gefühlt hatte. Harte männliche Schenkel drängten sich an sie, sein breiter Oberkörper drückte sich gegen ihre Brüste. Heiß floss das Verlangen durch ihr Blut.

Er hob den Kopf, sein Gesicht schien noch finsterer in dem flackernden Licht des Feuers. Sein Mund verzog sich. »Also, Frau, legt Euch hin und schlaft.«

Sie konnte kaum atmen. Ihr Herz raste wild, es klopfte unregelmäßig in ihrer Brust. »Nein …«

»Sofort«, befahl er. Seine Geduld schien am Ende. Leidenschaft verdüsterte seinen Blick. »Ehe ich etwas tue, was wir beide morgen früh bedauern werden.«

Seine Worte wirkten wie ein Schwall kalten Wassers. Sie sank auf das Lager, wütend darüber, dass sie ihm gehorchte, und dennoch wusste sie, dass sie keine andere Wahl hatte. Ihre Haut brannte noch immer vor Verlangen, ihr Herz raste, und ihr Verstand, der verzweifelt nach einem Weg suchte, ihm zu entkommen, überzeugte sie nicht. Ein Teil von ihr wollte ihn von sich stoßen für seine Kühnheit, sie wollte ihm sagen, dass sie ihn hasste, doch ein anderer Teil von ihr sehnte sich nach seiner Verführung, nach seinen Berührungen an ihren geheimsten Stellen. Oh, abscheuliches, grauenhaftes Verlangen. Warum wünschte sie sich, dass er sie küsste und niemals wieder aufhörte? Ihre Wangen brannten vor Verzweiflung, ihr Herz sehnte sich schmerzlich nach seinen Berührungen, und ihr verräterischer Körper wünschte sich, dass er sich zu ihr legte.

Zu ihrem Entsetzen legte er sich neben sie.

»Bitte, ihr sollt nicht …«

»Dann schlaft«, brummte er. »Sofort. Ehe ich meine Meinung ändere.«

»Ihr seid ein brutaler Mensch.«

»So sagt man.« Unter seinem Bart zog sich an einer Seite seines Mundes ein Mundwinkel hoch, in einem schiefen, wissenden Lächeln. Als könne er ihre Gedanken lesen, schob er ihr eine Haarsträhne von der Wange. »Keine Sorge, kleine Hexe.« Seine Stimme klang ein wenig sanfter. »Ich bin erschöpft. Eure Tugend ist bei mir in Sicherheit.«

»Ihr könnt hier nicht schlafen.«

»Es hat keinen Zweck, sich mit mir zu streiten.«

»Aber …«

»Dreht Euch um und schließt Eure Augen.«

»Nein.«

»Oh, bei den Göttern, tut, was ich Euch sage, Tara.«

Selbst in der Dunkelheit sah sie den Funken der Leidenschaft in seinen Augen und wusste, wenn er sie noch einmal küsste, wäre alles verloren. Sie war wütend auf sich selbst, wütend auf ihn, wütend, dass sie nach wie vor seine Gefangene war. Sie war entschlossen, eine neue Möglichkeit zur Flucht zu finden. Sie dachte an Vater Simon und an Twyll, an die Tatsache, dass sie die Tochter von Gilmore sein konnte, doch als Rhys den Arm um sie legte und sie an sich zog, verschwanden alle Bilder ihres neuen Plans. Er zog die Felldecke über sie beide, doch auch wenn ihr Kleid noch feucht war, so war ihr dennoch warm, ihr Blut begann zu kochen.

Entschlossen, ihn nicht in ihre Gedanken zu lassen, kniff sie die Augen zusammen. Aber er war zu nahe bei ihr. Er hielt sie, berührte sie. Sein warmer Atem streifte ihr Haar. Ihr Kleid war glatt, keine Falten bauschten sich zwischen ihrem Hinterteil und seinen Lenden. Hart und verlangend drängte sich seine Männlichkeit an sie, sie fühlte, wie sie sich bewegte.

Ihre Augen öffneten sich. *Morrigu, hilf mir.*

Sie zitterte innerlich, doch nicht aus Furcht. Sie versuchte, von ihm wegzurücken, doch mit jeder kleinen Bewegung, die sie machte, zog er sie noch enger an sich. Sie konnte nichts anderes tun, als an die Wand zu starren, wo das Licht des Feuers goldene Schatten über die Risse und Spinnweben warf.

»Schlaft«, hauchte er an ihrem Nacken.

Tara schluckte und zwang sich, die Augen zu schließen, doch es war unmöglich, die Wärme zu ignorieren, die durch ihren Körper rann. Obwohl sie sich insgeheim schwor, dass dieser Bastard der letzte Mann in Wales war, nach dem sie sich je sehnen würde, so glühte ihr Körper doch von den lüsternen Gedanken, die sich nicht verscheuchen ließen.

Sie fragte sich sogar, wie es wohl sein würde, wenn sie ihn noch einmal küsste. Als hätte er ihre Gedanken gelesen, fühlte sie, wie seine Lippen sich auf ihr Haar pressten. Ihre Haut prickelte. »Ruh dich aus, Kleines«, flüsterte er. »Es ist schon beinahe Morgen.«

Tara biss sich auf die Lippen und betete, dass der Tag anbrechen würde, denn sie wusste, dass sie verloren war. In dieser Nacht, in der ihr der Geruch von Rhys in die Nase stieg und seine Männlichkeit sich gegen ihren Rücken drängte, würde sie kein Auge zutun.

»Verschwinde«, befahl Tremayne, nachdem das Frauenzimmer sein Bestes getan hatte, ihn zu befriedigen. Ihre Hände waren sanft gewesen, ihr Mund wundervoll, und doch hatte sein launenhafter Schwanz sich geweigert, sich aufzurichten. Er hatte das Verlangen gefühlt, das brennende Gefühl, sie besitzen zu wollen, und es hatte auch eine Minute gegeben oder zwei, als sie ihn geküsst und geleckt hatte und so getan hatte, als verlange sie nach ihm, doch selbst ihre feuchten, nachgiebigen Lippen waren kein Ersatz für das, was er wirklich brauchte.

»Habe ich Euch nicht gefallen?«, fragte sie und biss sich nervös auf die Lippe. Nackt, mit ihrem zerzausten roten Haar, war sie ein bezauberndes Ding.

Aber sie war nicht Anna.

Er hatte keine andere Frau gefunden, die seine Lust so befriedigen konnte, wie Anna es tat. Oh, es hatte einige Male im letzten Jahrzehnt gegeben, wo er in der Lage gewesen war, zeitweiligen Frieden zu finden bei einem besonders begabten Frauenzimmer, doch nur wenn er sich vorstellte, die einzige Frau zu besteigen, die je seine Seele erreicht hatte, war er in der Lage, seinen Samen in den Körper einer anderen Frau zu ergießen.

Anna.

Ehefrau.

Lügnerische Dirne.

Er verzog das Gesicht und schob die Decke beiseite. Der Verrat traf ihn nach wie vor bis ins Herz und verdarb seine Laune.

»Verschwinde«, fuhr er das verwirrte Küchenmädchen an.

»Aber Sire …«

»Sofort!«, befahl er, und das Mädchen rutschte vom Bett und suchte nach seiner Kleidung. Ihr lieblicher Körper und ihre Haut mit den kleinen Sommersprossen leuchteten im Licht des Feuers golden auf. Sie war so schnell aus seinem Zimmer verschwunden wie eine aufgeschreckte Katze, und er war dankbar dafür, allein zu sein. Erst als sie die Tür hinter sich geschlossen hatte, streckte er die Hand aus, um sich selbst zu berühren. Er schloss die Augen und stellte sich seine Frau vor, wie sie in dem einzigen Jahr ihre Ehe gewesen war. Ihre Augen waren so blau gewesen wie ein Sommermorgen, ihr Haar flachsfarben. Nie war sie glücklich gewesen, oft verdrießlich, manchmal sogar trotzig und oft zu Tode verängstigt, doch hatte sie ihn niemals zurückgewiesen. Ihr Körper war stets willig gewesen. Es war ihr Geist, der ihm nicht gehört hatte.

Sie hatte ihn niemals geliebt – er kannte die traurige, bittere Wahrheit. Aber sie hatte sein Bett gewärmt mit einem Fieber, das aus Furcht geboren war. Nacht um Nacht hatte er sie bestiegen, hatte sie in jeder nur möglichen Lage genommen, hatte gefühlt, wie die samtene Weichheit ihres Körpers ihn in sich aufnahm, hatte gespürt, wie sie sich anspannte und sich um ihres Stolzes willen vor ihm zurückzog und dann doch langsam nachgab, wenn er sie roh für sich beanspruchte. Mit reiner tierischer Kraft. Er hatte bei keiner anderen Frau das gleiche Gefühl der Macht empfunden, hatte nie den Ansturm der Allmacht verspürt, der ihn immer dann ergriff, wenn er sie dazu zwang, sich ihm zu unterwerfen. Sie war die Frau, die einzige Frau, die er je geliebt hatte.

Auch wenn sie ihn betrogen hatte.

Mit diesem Bastard, seinem Halbbruder.

Sein Blick verdunkelte sich, und sein Schwanz wurde wieder schlapp.

Rhys.

»Ich verfluche dich«, knirschte er und bleckte die Zähne. Er hätte den Bastard umbringen sollen, als er die Möglichkeit dazu gehabt hatte.

Ärgerlich rollte er sich vom Bett und entdeckte einen halb vollen Becher mit Wein, den er am gestrigen Abend vergessen hatte. Er trank die kühle Flüssigkeit in einem großen Schluck, doch dann stellte er fest, dass der Wein genauso schal schmeckte wie seine Bemühungen zur Liebe zuvor gewesen waren.

»Teufel.« Nackt ging der Lord von Twyll zum Fenster und versuchte, seine Gedanken zu verschließen vor den Dämonen, die ihn ständig verfolgten – die an seinem Verstand nagten und sein wütendes Herz neckten.

Rhys und Anna. Was für ein abscheulicher Verrat.

Er starrte auf den Schlosshof und sah dem kommenden Tag mit grimmigem Blick entgegen. Das erste graue Licht der Morgendämmerung hüllte die Festung ein und erhellte das Innere mit seinem schwachen Licht. Twyll erwachte zum Leben. Die Mädchen waren schon unterwegs zu den Hühnerställen, um Eier zu sammeln, und die Jungen in ihren Wollmützen tauchten ihre Netze in den Aalteich. Das Feuer aus der Schmiede des Hufschmiedes warf einen sanften roten Schein auf den Hof, und Vater Simon, der schweigende alte Priester, machte bereits seinen einsamen Spaziergang durch den Schlosshof, an der inneren Mauer vorüber. Seine Augen waren nach vorn gerichtet, die Hände hatte er im Gebet gefaltet. Genauso, wie er es jeden Morgen tat. Ein eigenartiger Mann war er. Ein frommer Mann, doch ein Mann, der von Dämonen verfolgt wurde, die, wenn man nach ihnen suchte, bestimmt diejenigen von Tremayne noch in den Schatten stellen würden.

Doppeltürme, die im schwachen Licht nur schwer zu erkennen waren, umgaben das Haupttor, wo die Wachen gerade gewechselt wurden. Das Fallgitter klirrte und knarrte, als es hochgezogen wurde.

Eine aufgescheuchte Fledermaus flog am Fenster vorbei, und Tremayne zuckte zusammen. Er trank den Becher leer, wischte sich mit dem Handrücken den Mund ab und ließ den Becher dann auf den Boden fallen. Es war Zeit, dass er nach draußen ging, an die frische Luft, um wie der Teufel in den Wald zu reiten und zu jagen. Sein Wunsch nach Rache war heiß an diesem Morgen. Er tobte in seinem Blut und dröhnte schmerzhaft hinter seinen Schläfen.

Erinnerungen, die er weit von sich geschoben hatte, stahlen sich zurück in seine Gedanken – Anna, die durch den Schlosshof lief, als der Morgen anbrach. Ihr blondes Haar hatte unordentlich unter ihrer Haube hervorgelugt, und sie hatte nervös zu seinem Fenster hinaufgespäht. Ihre blauen Augen hatten einen grauenvollen Ausdruck, ihre Lippen hatten gezittert vor dem Schuldgefühl ihrer Hurerei.

Verdammt! Warum dachte er an sie? Seine Knie wurden schwach, doch dann riss er sich zusammen. Sie hatte gelogen. Sie hatte sich einem anderen Mann hingegeben. *Nein – diese Bestie hatte sie vergewaltigt. Denk daran! Zu allem anderen noch dazu.* Er würde niemals vergessen, dass der Verlust ihrer Jungfräulichkeit nicht ihr Fehler gewesen war, sondern der des Bastards, seines Halbbruders.

Aufgebracht über den Ablauf seiner Gedanken fand er eine frische Tunika und eine Hose und kleidete sich schnell an. Als er das Band seiner Hose zuzerrte, dachte er wieder über die Jagd nach. An diesem Morgen würde er einen Hirsch verfolgen und ihn schnell töten, um somit einen Teil seines Blutdurstes zu stillen.

Eine Glocke ertönte von der Kapelle, und das Geräusch von Stimmen erreichte ihn – Stimmen von Leibeigenen und freien Männern, die ihm, Baron Tremayne von Twyll, die Treue geschworen hatten. Doch er fand keine Befriedigung darin, Lord über diesen Besitz zu sein. Nicht heute. Nein, er war leer und hohl – nur die schwache Hülle des Mannes, der er einmal hätte werden sollen, wie er geglaubt hatte.

Wütend über das Schicksal, warf er seinen Mantel um die Schultern und griff nach seinem Schwert. Er fuhr mit dem Finger über die Klinge, in der sich die blutroten Funken des Feuers spiegelten. Oh, wenn er doch nur heute dem Bastard Rhys begegnen würde! Er würde ihn umbringen, ohne auch nur eine Sekunde zu zögern. Und diese Frau. Wenn Rhys eine Frau gefunden hatte, die ihm etwas bedeutete, dann würde Tremayne sich eine Freude daraus machen, sie zu vergewaltigen, genauso wie Rhys es mit Anna gemacht hatte. Es wäre eine süße, süße Rache.

Heftig schob er die tödliche Waffe in die Scheide, dann nahm er seinen Köcher, sah, dass er mit neuen, angespitzten

Pfeilen gefüllt war, und stürmte dann in den Flur. Dort hatte er das Pech, Percival zu begegnen, von dem er annahm, dass er im Schatten gewartet hatte, um ihn abzupassen. Der alte Idiot!

»Sire – wartet!«

Tremayne lief an dem alten Mann vorbei, ohne ihn eines Blickes zu würdigen. Während Percival sich bemühte, mit ihm Schritt zu halten, klangen Tremaynes Stiefel laut auf den Treppenstufen. Die Flammen der frisch angezündeten Fackeln flackerten wild, als er vorüberhastete.

Der alte Mann humpelte hinter ihm her.

Als sie die große Halle betraten, hatte Percival Tremayne beinahe eingeholt. Die Schlosshunde, die immer aufmerksam waren, sprangen von ihren Schlafplätzen in der Nähe des Feuers auf und bellten ungehalten.

»Still!«, befahl Tremayne und schlang den Köcher über eine Schulter. »Sitzt!« Die gefleckten Hunde hatten tatsächlich den Anstand, beschämt auszusehen, als sie sich im Kreis drehten und sich dann wieder hinlegten, die Köpfe zwischen die Pfoten. »Räudige Köter«, grummelte Tremayne vor sich hin.

»M'lord.« Robert, der Wachmann des Haupttores des Schlosses, begrüßte ihn mit einem Lächeln. »Einen Guten Tag wünsche ich Euch.«

»Und ich Euch auch.« Mit der Schulter stieß er die Tür auf und hörte nach wie vor Percivals schlurfende Schritte hinter sich.

Draußen war der Wind heftig und kalt, der Himmel war dunkelgrau, und die Luft roch nach Schnee.

»Sire, hört mich an …«

Irritiert blieb Tremayne gerade lange genug stehen, damit der alte Mann durch das nasse, lehmige Gras humpeln konnte, um ihn zu erreichen.

»Ich muss mit Euch reden. Es geht um James.«

»Den Spion?«

»Aye.« Percival reckte seinen krummen Rücken genau in dem Augenblick, in dem ein Windstoß ihm die Kapuze von seinem kahlen Kopf riss. »Er wird vermisst.«

»Aber ich habe ihn doch erst gestern Abend gesehen. Er sollte durch die Tore von Marwood schlüpfen und herausfinden, was Cavan für Pläne hat.«

»Aye – ich weiß. Aber sein Pferd ist ohne Reiter ins Schloss zurückgekehrt.«

»Wann?«

»Gerade eben.«

»Verdammt, Mann, kann denn niemand in diesem Schloss eine einfache Aufgabe erfüllen?« Tremayne trat nach einem Klumpen Erde und fluchte vor sich hin, dann bog er um die Ecke des Schlachthauses. »Was ist geschehen?«, fragte er über seine Schulter hinweg.

Percival humpelte keuchend hinter ihm her. »Das wissen wir nicht.«

»Und was ist mit Red? War er nicht bei James?«

»Red und sein Pferd sind nicht zurückgekehrt.«

»Dann könnte er noch immer auf dem Weg nach Marwood sein.«

»Oder tot, oder entführt. Sein Pferd könnte gestohlen sein.«

Ein stechender Schmerz breitete sich in Tremaynes Kopf aus. Percival brachte ständig Schwierigkeiten. »Lasst uns nicht über diese Möglichkeit nachdenken.« Er war so wütend, dass er es mit Worten gar nicht ausdrücken konnte, immer zwei Schritte vor dem alten Mann stürmte er vorwärts. Gänse hasteten ihm geräuschvoll schnatternd mit hektischen Flügelschlägen aus dem Weg. Dabei ließen sie eine Spur aus Federn und Kot zurück. Ein Gespann von müden, schmutzigen Ochsen in ihrem Joch zogen einen Wagen voller Fässer mit Bier durch das Tor. Jungen hackten Feuerholz, und die Frauen melkten die Kühe. Eine Herde Schafe mit Dungperlen in ihrem

Fell, blökte laut in ihrem Pferch, doch Tremayne war zu sehr in seine eigenen Gedanken versunken, er war viel zu zornig, um seine Umgebung zu bemerken.

»Schickt eine Suchmannschaft aus«, befahl er und dachte an den großspurigen Informanten, der mit ihm um Regans Job als Konnetabel gehandelt hatte. James war so kühn gewesen, vor Regan dessen Position zu fordern. Es war eigenartig, dass ein so kühner und gewandter Spion sich so schnell fangen ließ. Gab es einen Grund dafür? Vielleicht war er ein Verräter, der im Schloss an Türen lauschte und seine Ergebnisse nach Marwood berichtete – oder an den Banditen.

Nicht zum ersten Mal kam Tremayne dieser Gedanke. Zu viele Dinge waren passiert. Zu oft waren die Mauern von Twyll durchlässig gewesen. Zu oft hatte er gefühlt, dass er in seinem eigenen Schloss bespitzelt wurde. Dass man James so schnell hatte fangen können, verunsicherte ihn – es war genauso Besorgnis erregend wie die Tatsache, dass es seinem verstoßenen Bruder gelungen war, sich an den Wachen vorbei in das Schloss zu schleichen, dass er nicht einmal die Hunde aufgeweckt und dann sein wertvollstes Pferd gestohlen hatte.

Sein Magen hob sich, wenn er an diesen Verrat dachte, an die kühne Arroganz von Rhys.

Bei den Göttern, gab es denn niemanden, dem er vertrauen konnte? Zu dem alten Mann gewandt, sagte er: »Sucht James und Red. Beide. Schickt Suchmannschaften aus mit Spionen und Schlägern und mit Hunden.«

Percival nickte, er folgte Tremayne, der in Gedanken versunken zu den Ställen eilte. Eine gestreifte Katze lief vor ihm davon, und zwei Küchenmädchen, die lachend und redend auf dem Weg zur Bäckerei waren, verstummten schlagartig bei seinem Anblick. Zweifellos war sein Gesichtsausdruck so düster und bedrohlich wie die Wolken, die sich über den westlichen Hügeln sammelten.

Etwas stimmte nicht in den Mauern von Twyll.

Etwas stimmte ganz und gar nicht.

Er bog um die nächste Ecke, und die Ställe lagen vor ihm.

Sein Pferd, dunkelbraun mit weißen Flecken, war bereits gesattelt und an einem Pfosten gebunden. »Er kann es gar nicht abwarten, loszurennen, M'lord.« Timothy, ein hochaufgeschossener, schlaksiger Junge mit einem roten Gesicht und einem Schopf glänzenden Haares, das nach allen Richtungen stand, reichte Tremayne die Zügel. Die Zähne des Jungen waren schief und viel zu groß für seinen Mund, doch sie passten zu seinem wilden Haar.

Tremayne betrachtete das Pferd, und sein Mund verzog sich unwillig. Ein feines Tier, doch nichts im Vergleich mit Gryffyn, einem Pferd, das er selbst aufgezogen hatte, ein Pferd wie es kein anderes gab in ganz Wales.

Und jetzt wurde es von dem Banditen geritten.

Galle kroch in Tremaynes Hals.

Wenn doch nur Rhys gestorben wäre, damals, vor zehn Jahren, als er es beabsichtigt hatte.

»Nehmt Ihr keine Wache mit?«, fragte Percival, der schwer atmend neben ihm stand.

Der Lord von Twyll schwang sich in den Sattel und rückte den Köcher auf seinem Rücken gerade.

»Nein.«

»Aber es gibt Unruhen im Land – Gerüchte, dass die Verfolgten von Broodmore sich erheben, und Cavan bereitet einen Angriff vor, und der Bandit Rhys …«

»Ich fürchte mich nicht vor ihm!«, knirschte Tremayne, und in seinem Kopf dröhnte die Wut. Er zog hart an den Zügeln, und der Hengst, der den Kopf schüttelte gegen den Schmerz, den die Gebiss-Stange dadurch verursachte, tänzelte im Kreis. »Und wenn ich den Bastard heute im Wald finde, dann wird es sein Ende sein.« Der Gedanke, Rhys zu jagen, war angenehm. Den Bastard zuerst zu verwunden, eine Menge von seinem Blut zu vergießen, und ihm dann den verräterischen Hals durchzuschneiden, war eine Fantasie, von der Tremayne schon oft geträumt hatte. Das Bild zauberte ein grausiges Lächeln auf seine Lippen. Die Dämonen, die in seiner Seele wohnten, dürstete nach Blut.

»Schickt die Hunde aus«, rief er, und Henry, der Stallmeister, nickte und gab den Befehl weiter an den Zwinger. Es dauerte nur Minuten, ehe der Hundeführer mit drei der besten Hunde des Schlosses erschien. Die Tiere zerrten an ihren Leinen und konnten es kaum erwarten zu jagen.

»Lasst sie los«, befahl Tremayne, und der untersetzte Mann ließ die zottigen Tiere laufen.

»Ihr solltet wenigstens daran denken, Euren Sohn mitzunehmen«, schlug Percival vor.

Tremayne erstarrte. »Quinn?«

»Aye. Wäre das nicht gut für ihn?«

»Nein. Es ist zu gefährlich«, antwortete Tremayne. »Zu gefährlich für den Jungen.« In Wirklichkeit würde der Junge mit der Gefahr sehr gut fertig werden können, er war schnell mit Pfeil und Bogen. Quinn war ein furchtloser dreister Junge, ein aufsässiger, kluger Kerl, aber bei dem Gedanken, allein mit ihm zu sein, wenn auch nur für wenige Stunden, wehrte sich alles in Tremayne.

»Aber …«

»Vielleicht ein anderes Mal. Wenn es sicherer ist.«

»Wie Ihr wünscht«, stimmte Percival zögernd zu.

Tremayne hörte ihn kaum, als er sein Pferd zum Haupttor lenkte und einen Blick zu dem bedrohlichen Himmel warf. Schon bald würde es regnen oder schneien. Doch das machte ihm nichts aus. In seiner augenblicklichen schlechten Laune begrüßte Tremayne das schlechte Wetter sogar. Es passte dazu.

Er trat seinem Pferd in die Seiten. Das Tier fiel in einen angenehmen Galopp und lief durch den äußeren Schlosshof. Lehm spritzte auf, als er durch das Wintergras lief. Das Fallgitter war geöffnete, die Zugbrücke heruntergelassen, als der Baron von

Twyll den Kopf senkte und sein Pferd antrieb, noch schneller zu laufen. Schon bald lagen die Geräusche und Gerüche des Schlosses hinter ihm.

Dennoch hatte er ein eigenartiges Gefühl, eines, das er bereits in den vergangenen Wochen nicht hatte abschütteln können, dass jemand jede seiner Bewegungen beobachtete. Während er über seine Schultern zu den hohen Mauern von Twyll blickte, glaubte er, eine in einen Umhang gehüllte Gestalt entdeckt zu haben, dunkel und verschwommen, die sich hinter den Zinnen des westlichen Turms verbarg.

Sein Pferd machte einen Fehltritt, als die Hunde im Zickzack vor ihm herliefen, und Tremayne befahl den bellenden Hunden, ihm hinterher – und nicht voraus zu laufen. Als er noch einmal über seine Schulter zurückspähte, war die Gestalt verschwunden.

»Es ist nur dein Einbildungsvermögen, das dir einen Streich spielt«, sagte er sich, doch das Gefühl, das jemand, den er für treu ergeben hielt, ihn betrog, brannte wie Feuer in seinem Inneren.

6

»Lass sie nicht aus den Augen«, befahl Rhys und deutete auf die Tür des Zimmers, hinter der Tara schlief. Der Blick, mit dem er Kent ansah, war hart genug, auch die härteste Seele zum Flattern zu bringen.

»Sie wird nicht noch einmal entkommen«, versprach Kent, wild entschlossen, Tara keinen Meter vor die Tür kommen zu lassen. Rhys spürte eine Sekunde lang ein Schuldgefühl, weil er sie einsperrte, doch dann rief er sich wieder ins Gedächtnis, dass es zu ihrem eigenen Besten war. Eine einsame Frau, die nach Twyll ritt, war ein Risiko – eine einsame Frau mit dem dunklen Smaragd in der Tasche war eine Einladung für einen Mord.

»Gut. Sorg dafür.«

Rhys lief eilig aus dem Schloss und zwang seine Gedanken weg von dieser Hexe und von dem Gefühl ihres Körpers, der sich an seinen schmiegte. Drei Tage und drei Nächte war er nicht von ihrer Seite gewichen, und die Anspannung, ihr so nahe zu sein und gleichzeitig auf Nachrichten aus Twyll zu warten, hatte schließlich dazu geführt, dass er die Beherrschung verloren hatte.

Er hatte Abelard angefahren, seinen Männern Befehle zugeschnauzt und sich selbst davon zu überzeugen versucht, dass er sie nicht lieben konnte. Doch als die langen Stunden der Nacht vergingen, hatte er begonnen, seine Meinung zu ändern. Er hatte die Qualen ertragen, sie in seinen Armen zu halten, den Duft nach Lavendel einzuatmen, der in ihrem Haar hing, ihre leisen Seufzer zu hören, wenn sie schlief, und den Druck seiner Männlichkeit zu ertragen, die pulsierte und drängte, mit einem Verlangen, das er zu ignorieren versuchte. Die Stunden, in denen er bei ihr gelegen hatte, waren eine süße Qual gewesen, sein Verlangen hatte gegen seinen Verstand angekämpft. Mit ihr zu schlafen würde ihm nur noch größere Schwierigkeiten bringen.

Draußen war die Nacht eisig, wie schon den ganzen Dezember über, der messerscharfe Wind traf sein Gesicht. Doch der Mond stand hoch am Himmel, eine leuchtende silberne Scheibe, und helle Sterne glitzerten am Himmel.

Abelard wartete bei den Pferden auf ihn, zwei Pferde waren gesattelt worden und tänzelten jetzt nervös hin und her. Sein wildes weißes Haar leuchtete im Dunkeln und hob sich hell von seinem dunklen Gesicht ab. Er hielt die beiden Zügel in der Hand. »Lass uns nicht trödeln«, brummte er, als Rhys näher kam. Auch er war in den letzten Tagen nervös gewesen. Seit er diesen verdammten Ring gesehen und ihn berührt hatte,

hatte Abelard den Kampf kaum noch erwarten können, alle Vorsicht hatte er vergessen, und seine Geduld war beinahe zu Ende.

Er hatte Jahre gewartet, um endlich seine Rache gegen Twyll zu führen, und jetzt stand sie bevor, und er würde sich nicht länger zurückhalten lassen.

Er reichte Rhys die Zügel von Gryffyn. »Beeil dich.« Dann kletterte er auf sein Pferd, einen beeindruckenden Fuchs, und deutete mit dem Kopf in Richtung auf das Haupttor. Rhys schwang sich auf Gryffyn. »Lass uns reiten!« Abelard schlug dem Pferd mit der Gerte auf das Hinterteil. Beide Pferde stiegen hoch, Lehm spritzte auf, als sie durch die zerfallenen Tore von Broodmore ritten. Die steile Klippe hinunter galoppierten die Pferde und dann hinein in den Wald, schneller als es sicher war, als würden auch sie die Energie benötigen, die ein solcher Ritt brachte.

Als der Weg schmaler wurde, ritten sie langsamer, sie folgten einem Pfad, der Rhys so gut bekannt war wie die Flure und die Geheimnisse von Twyll. Durch den Wald, in dem sich dichte Fichtenwälder abwechselten mit sanften, grasbewachsenen Hügeln, ritten sie schweigend dahin, über einen Fluss und südlich an einem Dorf in der Nähe von Gaeaf vorüber. Das einzige Geräusch war das Donnern der Hufe, als sie einen alten Minenweg hinaufpreschten, das Rauschen der Schwingen einer Fledermaus oder das einsame Rufen einer Eule. Abelard war tief in Gedanken versunken, und Rhys kannte ihn gut genug, um ihn nicht zu unterbrechen. Vom ersten Augenblick an, als sie einander begegnet waren, vor beinahe zehn Jahren, war Abelard schon launisch gewesen, und oft, nach Perioden nachdenklichen Schweigens, explodierte sein kaum beherrschtes Temperament.

Durch die Ausläufer des Gebirges, wo der feuchte Geruch des Waldes ihnen in die Nase stieg und die Bewaldung wieder dichter wurde, ritten sie weiter. Schließlich, als könne Abelard das Schweigen nicht länger ertragen, begann er zu sprechen. »Wir brauchen den Ring.«

Natürlich. Rhys hatte das erwartet. Dennoch wich er nicht zurück. »Er gehört uns nicht. Darüber haben wir bereits gesprochen.«

»Aye, aber das war schon vor Tagen.«

»Nichts hat sich geändert. Der Ring und der Smaragd gehören Tara.«

»Was sagt sie dazu?«

»Darüber sprechen wir nicht.«

»Bah!« Abelard starrte düster in die Nacht. »Sie ist unsere Gefangene. Egal was sie besitzt, es gehört jetzt uns. Das ist uns Gesetz.« Er drehte sich im Sattel um und starrte den jüngeren Mann anklagend an. »Weißt du das denn nicht mehr?«

»Du brauchst mich nicht daran zu erinnern.« Rhys rutschte unruhig im Sattel hin und her.

»Das war unser Handel – deiner und meiner. Du hast zugestimmt.«

Wie konnte er sich mit dem Mann streiten, der ihm das Leben gerettet hatte? Wäre Abelard nicht gewesen, der ihn nackt und blutend im Wald gefunden hatte, er wäre erfroren oder von wilden Tieren getötet worden. Wölfe hatten in jener Nacht im Wald geheult, wilde Eber hatten gegrunzt, und Bären hatten sich in ihren Höhlen verborgen. Während er gezittert hatte und immer wieder ohnmächtig geworden war, hatte er den eisigen Regen auf seinen blutenden Wunden gefühlt, sogar durch den Nebel, der sich über seinen Verstand gelegt hatte. Und er hatte gehört, wie sich die Kreaturen der Nacht regten, weil sie Blut gerochen hatten.

Seine Haut hatte gebrannt, der Eisregen auf seinem Körper geschmerzt, und es war wohltuend gewesen, als das Eis schmolz. Er war zu schwach gewesen, um sich aufzurichten, unfähig zu gehen oder in Deckung zu kriechen. Man hatte ihn als tot auf dem Boden des Waldes liegen gelassen, nasse Blätter,

Würmer und Insekten unter ihm, ein dunkler, wolkenverhangener Himmel über ihm.

Als er die Augen geschlossen hatte und sich der Bewusstlosigkeit hingab, hatte er sich ihr Bild vorgestellt. Anna. Wunderschön. Verspielt. Blaue Augen, aus denen ihm der Schalk entgegenlachte, blasses Haar, das in langen, feucht-erhitzten Strähnen um ihr Gesicht fiel. Ihr warmer, geschmeidiger Körper hatte sich willig an ihn geschmiegt, als sie sich auf dem Höhepunkt der Lust vereinten, erschöpft und befriedigt hatten sie einander danach in den Armen gehalten. Fichtennadeln waren ihre Matratze gewesen, filigrane, gewundene Äste ihr Dach.

Er hatte sich eingeredet, dass es das Risiko wert war, sie zu lieben, dass die intimen Zärtlichkeiten mit der Verlobten seines Halbbruders eine Freude waren, die er bis zu seinem Grab mit sich tragen würde. Aber man hatte sie erwischt, am Tag vor der Hochzeit.

Er hatte die Nacht mit ihr zusammen im Wald verbracht, und sie waren in der Morgendämmerung in das Schloss zurückgekehrt. Verzweiflung und Hoffnungslosigkeit hatten auf seinen Schultern gelastet. Er hatte einen Krug Bier getrunken, war auf sein Bett gesunken und hatte nicht gehört, wie der Riegel seiner Tür beiseite geschoben wurde. Er hatte kein Möglichkeit gehabt, die Augen zu öffnen und die kräftige Hand zu sehen, die ihm den groben Sack über den Kopf gezogen und ihn geschlagen hatte, bis seine Nase brach und Blut sein Gesicht verschmierte, bis er das Bewusstsein verlor.

Stunden später, im tiefen Verlies von Twyll, war er wieder aufgewacht. Er war an zwei Eisenpfosten gekettet, vollkommen nackt, seine Arme und Beine waren so weit gespreizt gewesen wie nur möglich. Als er versucht hatte, sich zu befreien, hatte das Leder, mit dem man seine Handgelenke gebunden hatte, sich schmerzhaft zusammengezogen. Blut hatte seine Nase verkrustet. Sein Gesicht war geschwollen, seine Augen fest geschlossen von den brutalen Schlägen.

»Also ist der Bastard aufgewacht.«

Tremaynes Stimme kam von hinter ihm, und auch wenn er versucht hatte, den Kopf zu wenden, so konnte er in dem rauchigen Licht der Fackeln nichts anderes sehen als die feuchten, muffigen Mauern und die verrostete Kette. Einige Zellen, deren vergitterte Türen geschlossen waren, lagen ihm gegenüber, und die Gefangenen, die nicht mehr waren als lebendige Skelette mit hohlen Augen und strähnigem Haar, hatten ihn angeglotzt und hatten ihn an hungrige Tiere erinnert.

Angst war in Rhys aufgestiegen.

Tremayne, gekleidet in ein feines Leinenhemd und dunkle Hosen, kam um den Pfosten herum. Seine Lippen waren zynisch verzogen, in seinem Blick lag unverhüllter Hass. Langsam, als hätte er alle Zeit der Welt, nahm er eine lange Peitsche mit einem dicken Griff von der Wand. Ohne ein Wort trat er wieder hinter Rhys, und Rhys bereitete sich innerlich vor. Ein langes Schweigen folgte, dann zog Tremayne scharf den Atem ein.

Die Peitsche knallte.

Wie eine Schlange biss sie in Rhys Fleisch.

Schmerz schoss seine Wirbelsäule entlang. Sein Körper bog sich.

Knall!

Wieder.

Schmerz zuckte zwischen seinen Schultern.

Knall!

Wieder. Sein ganzer Körper zog sich zusammen.

Knall!

Ein erneuter Krampf peinigte seinen Körper. Und ein Schmerz, der seine Sinne gefangen hielt.

Rhys schloss die Augen. Er biss sich auf die Unterlippe. Schmeckte Blut.

Dunkelheit schwebte am Rande seines Bewusstseins.

Knall!

Sein Körper spannte sich an.

Die Peitsche knallte.

Wieder und wieder und wieder.

Zehnmal. Zwanzig. Er zählte nicht mehr mit. *O Gott, rette mich.* Das Bewusstsein zu verlieren wäre der Himmel. Seine Knie gaben nach.

Knall!

Blendender Schmerz.

Diesmal sank er zusammen, die willkommene Dunkelheit wirbelte um ihn wie linderndes Wasser. Glücklich gab er sich ihr hin.

Wasser, das fast die Temperatur von Eis hatte, rann über sein Gesicht und an seinem Körper hinunter. Hustend und spuckend rang er nach Atem, er wachte auf, seine geschwollenen, blutunterlaufenen Augen konnten kaum etwas erkennen.

Sein Rücken schmerzte, die Muskeln seiner Beine verkrampften sich, seine Hände waren taub. Schmerz wühlte in seinem Körper. O Gott, er war noch immer hier.

»Er wacht wieder auf, M'lord.« Ein zahnloser Idiot, der nach diesem ekelhaften Kerker roch, lächelte teuflisch, als er einen weiteren Eimer Wasser über Rhys Körper schüttete.

Das kalte Wasser klärte seinen Verstand, feuerte seinen Hass an. Hustend sank Rhys in sich zusammen.

»Gut.« Tremayne, der vor sein Opfer trat, zog langsam sein Hemd aus. Schweiß glänzte zwischen dem langsam grau werdenden Haar auf seiner Brust. »Jetzt werden wir sehen, wie stark du bist.« Seine Augen funkelten wild, und wieder trat er hinter Rhys, die Riemen der Peitsche zog er auf dem Boden hinter sich her. Langsam hob er sie hoch, und Rhys, der bereits halb tot war, bereitete sich erneut auf den Schmerz vor. Er weigerte sich, nachzugeben oder um Gnade zu flehen.

Er hörte Schritte auf der Treppe, dann den entsetzten Schrei einer Frau. »Nein, o nein, bringt mich nicht …«

Anna. Süße, süße Lady.

Anna wurde von einem Wachmann, mit Armen so dick wie Schinken und einem ausdruckslosen Gesicht die Treppe hinunter in den feuchten Keller gezerrt. Sie stolperte über den Saum ihres Seidenkleides, und als sie Rhys entdeckte, der zwischen den Pfeilern gefesselt war, keuchte sie auf. »O Gott, nein!« Voller Grauen wich sie zurück und versuchte, die Treppe wieder hinaufzulaufen, doch der Wachmann packte sie an den Armen, wirbelte sie herum und zwang sie, den Mann anzusehen, mit dem sie vor kurzer Zeit noch intim gewesen war.

Verzweiflung fiel ihn wie ein wütender Wolf an.

»Ich nehme an, du möchtest nicht zuschauen«, schnurrte Tremayne, der wieder hinter Rhys stand.

Anna, mit aschgrauem Gesicht, schüttelte heftig den Kopf und starrte an Rhys nackter, blutender Schulter vorbei. Sie zitterte vor Angst, die glänzende blaue Seide schimmerte im schwachen rauchigen Licht der Fackeln. Tränen rannen über ihr Gesicht. »Nein, oh, bitte, tu das nicht. Lass ihn ... er ... er ... gütiger Jesus, er ist doch schon halb tot.« Ihre Stimme brach, und sie legte ihre zierliche Hand vor den Mund, als würde sich allein bei seinem Anblick ihr Magen heben.

Rhys sank in den Ketten zusammen, seine Schultern schmerzten entsetzlich, sein Rücken brannte.

»Er bekommt nur die Strafe, die er verdient hat, weil er mich betrogen hat«, erklärte Tremayne ruhig. Rhys, dessen Kopf dröhnte, hörte seine Worte kaum.

Sie konnte nicht aufhören zu zittern.

»Das passiert mit denjenigen, die mich betrügen.«

»Lieber Gott«, flüsterte sie rau, während Tremayne, der noch immer die Peitsche in der Hand hielt, auf die Frau zuging, deren Schicksal es war, seine Frau zu werden.

»Siehst du, *Liebling*, ich weiß von deinem Stelldichein.«

»Nein ...«

»O ja, meine Braut. Ich habe dich mit ihm gesehen. Mit deiner Hurerei hast du mich zum Gespött gemacht.«

»Nein. Ich habe nicht … wir haben nicht …« Sie zitterte so heftig, dass sie kaum stehen konnte. Verschwommen sah Rhys, wie sie zitterte. Er versuchte, so heftig wie vergeblich, sich von seinen Fesseln zu befreien. »Hör auf mit dieser … dieser Folter«, bettelte sie. »Tremayne, bitte, du musst aufhören!«

»Psst!« Er hob die Hand, bereit, sie zu schlagen, und sie kauerte sich schluchzend zusammen. »Du, Anna, musst mir versprechen, mich niemals – hast du verstanden, *niemals* – wieder zu betrügen. Von morgen früh an wirst du mir bis in alle Ewigkeit treu sein.«

Sie warf einen Blick in Rhys zerschlagenes Gesicht. Sie schluckte, und ihre Lippen bewegten sich, doch kein Ton kam heraus.

»Sage es.«

»Ich … ich …«

»So sei es.« Er ließ die Peitsche fallen, zog seinen Dolch aus der Scheide und ging mit entschlossenen Schritten auf Rhys zu.

»Nein!«, schrie sie, als Tremayne seinem Halbbruder ins Haar griff, seinen Kopf zurückbog und das gefährliche kleine Messer in Augenhöhe hielt. »Nein, tu das nicht, bitte. Ich flehe dich an – alles –, um der Liebe Gottes willen, ich werde alles tun!«

Rhys Kopf war so weit nach hinten gebogen, dass er das Gefühl hatte, sein Genick würde brechen, mit einem Auge sah er die Klinge des Dolches schimmern. »Sei still!«, schrie er Anna mit letzter Kraft an. »Es wird alles gut.«

»Niemals, du elender Bastard. Niemals wird alles gut.« Tremayne biss die Zähne zusammen. Er hob die Hand. Der Dolch blitzte auf und fuhr nach unten, die gebogene Klinge leuchtete teuflisch orange im Licht der brennenden Binsen.

Eine dünne Spur des Schmerzes zog sich über die Seite von Rhys Gesicht. Blut floss und machte ihn blind, als es ihm in die Augen rann.

Anna schrie, als wäre sie selbst es gewesen, die der Dolch getroffen hatte. »Hör auf, oh, süße Maria, hör auf, Tremayne«, weinte sie, und ihre Stimme war so leise, dass Rhys die Worte kaum verstehen konnte. »Ich werde ... ich werde dir gehören, für immer.«

»Dann beginnen wir jetzt. Hier.«

Rhys konnte durch den Schleier aus Blut nichts sehen, doch er fühlte, dass Tremayne die wenigen Schritte zu ihr ging, die Absätze seiner Stiefel dröhnten laut auf den Steinen.

»Bitte, M'lord, nicht hier, nicht jetzt ...«, protestierte Anna schwach. Rhys versuchte noch einmal, sich aus seinen Fesseln zu befreien, als er hörte, wie Seide raschelte, wie Stoff achtlos zerrissen wurde.

»Nein!«

»Warum nicht?«

»Wir sind doch noch nicht verheiratet.«

»Du warst auch nicht mit diesem Bastard verheiratet, und dennoch hast du mit ihm gehurt, wie die Dirne, die du bist.«

»Bitte ... nein, nein ... oh, Gott, nein.«

Aus einer der Zellen kam teuflisches, jubilierendes Gelächter.

Anna protestierte, sie weinte und schluchzte. »Oh, bitte, nicht hier. Die Wachen ... die Gefangenen ... sie alle ... oh!«

»Still, Frau!« Mit gutturalen, schmatzenden Geräuschen, die sich wie Krallen in Rhys Herz schlugen, bestieg der Lord von Twyll seine Frau.

Über dem Lachen und dem Kichern der Wachen hallte ein wilder, schmerzerfüllter Schrei durch das Verlies. Erst viel später, nachdem er wieder das Bewusstsein verloren und in dem kalten Wald aufgewacht war, als sein Hals so rau war wie seine aufgepeitschte Haut, begriff Rhys, dass es sein eigener Schrei gewesen war.

Er hatte Anna nie wieder gesehen.

Nur durch Zufall hatte Abelard, ein Dieb, der selbst die Erniedrigung von Tremaynes Schwert erfahren hatte, Rhys in dem steilen Abgrund gefunden und ihn vom Rande des Todes ins Leben zurückgeholt.

Ihre Bindung war sehr tief.

Jeder hatte Gründe, Rache an dem Mann zu nehmen, der noch immer über Twyll herrschte.

Als sie jetzt durch den stillen nächtlichen Wald ritten, warf Rhys Abelard einen Blick zu.

»Wir brauchen den Ring«, sagte Abelard noch einmal. »Es ist Zeit. Die Tatsache, dass du vernarrt bist in die Hexe, hat damit gar nichts zu tun.«

»Vernarrt?« Rhys sprach dieses Wort verächtlich aus. Die Pferde mühten sich einen langen, steilen Abhang hinauf. Mit zurückgelegten Ohren kletterten sie immer weiter.

»Ich habe das schon einmal erlebt«, grunzte Abelard. »Das ist der Grund, warum du so schlecht gelaunt bist.«

Rhys biss die Zähne so fest zusammen, dass sie knirschten. Abelard war ein Idiot. Es gab keine andere Erklärung. Aye, er wollte mit Tara schlafen, er wollte sie noch einmal küssen, wollte die süßen Versprechungen ihres Körpers fühlen, der sich um ihn schlang, doch das hieß noch lange nicht, dass er vernarrt war in sie. Und er würde auch nicht zulassen, noch einmal die Schmerzen der Liebe zu fühlen.

»Der Ring gehört allen in Broodmore. So haben wir von jeher die Beute geteilt.« Abelard wandte sich im Sattel um und musterte Rhys eindringlich. »Das ist die Gelegenheit, auf die wir in den vergangenen zehn Jahren gewartet haben. Lass dich nicht von der Liebe blenden.«

»Ich bin nicht verliebt.«

Erneut schnaufte Abelard verächtlich. »So sei es denn. Und das ist gut, denn wenn Tara die wirkliche Erbin von Twyll ist, wird sie deine eingeschworene Feindin sein. Vergiss nicht, dass es dein Vater war, der Gilmore und seine Frau umgebracht hat. Jeder Nachkomme von den beiden würde nicht sein oder ihr Geburtsrecht suchen, sondern auch eine angemessene Rache.«

»So wie wir unsere Rache suchen.«

Sie hatten den Kamm des Hügels erreicht und ritten auf ihm entlang, geführt von dem schwachen Licht des Mondes.

Rhys war in seine eigenen grimmigen Gedanken versunken. Abelard, der verdammte Kerl, hatte Recht, was den dunklen Smaragd von Twyll betraf. Der Stein mit seinem Vermächtnis des Reichtums und des Geheimnisses konnte ihnen eine Armee kaufen, die Tremayne in die Knie zwingen würde. Jedoch war es eine Sache, daran zu denken, mit Tara zu schlafen, doch eine ganz andere, ihr den Ring zu stehlen. Sie würde den Ring nicht kampflos aufgeben, und auch wenn er schon oft vielen Ladys Flitterkram gestohlen hatte, so war es doch diesmal etwas ganz anderes. Warum, das wusste er nicht so genau, und er wollte auch lieber nicht näher darüber nachdenken, warum er zögerte. Er konnte nicht klar denken, wollte nicht glauben, dass der alte Mann Recht hatte und er dabei war, sich in die Zauberin zu verlieben – wenn sie das wirklich war.

Er blickte noch finsterer und zog den Mantel fester um sich, als der Wind eisig über den Hügel pfiff.

Tara war all das, was Anna nicht gewesen war.

Anna war eine Lady gewesen, eine fromme, sanfte Frau, die geflirtet und gelächelt hatte und sein Herz mit ihrer Freundlichkeit angerührt hatte. Sie war mit Freuden zu ihm gekommen, unglücklich, weil sie gegen ihren Willen mit Tremayne verlobt worden war. Doch Tara war wunderschön, sie war als Bäuerin groß geworden und war eine scharfzüngige Frau, die so störrisch war wie ein Maulesel und unabhängig, weil sie glaubte, all das tun zu können, was sie wollte. Sie war eine rebellische Seele, versessen darauf, ihre eigenen Absichten zu verfolgen.

Aye, sie besaß auch eine sanfte Seite, eine Verletzlichkeit, von der er bis jetzt nur ab und zu einen Hauch gespürt hatte.

Doch nach außen hin war sie stachelig, so hart wie Leder und so stolz, dass sie nicht nachgab, auch wenn es zu ihren eigenen Gunsten war.

Sie war keine Frau, die er lieben würde.

Der Pfad führte jetzt nach unten, und die Pferde suchten sich vorsichtig einen Weg durch das Unterholz. Am Fuße des Abhangs übernahm Abelard die Führung. Er lenkte sein Pferd an einem Fluss entlang, der sich durch eine schmale Schlucht schlängelte. Auf der anderen Seite des Flusses führte der Weg durch einen dichten Wald.

Schließlich erreichten sie einen breiten, mit Kieselsteinen bestreuten Weg, der einmal eine Straße gewesen war, die zu einem Steinbruch geführt hatte, der jetzt aber stillgelegt war.

Sie bogen um eine Kurve, und die Bäume wurden spärlicher und boten die Aussicht auf eine breite Felsfläche, die vor Jahren einmal abgeschlagen worden war. Rhys zog die Zügel an und pfiff schrill. Der Pfiff ertönte als Echo von den Felswänden wider. Ein anderer Pfiff beantwortete ihn, und eine Minute später sprang ein einzelner Mann aus seinem Versteck über den Kamm und landete mitten auf der freien Fläche.

»James?«, fragte Abelard.

»Zu Euren Diensten«, kam die Antwort.

Immer respektlos. Immer einen Schritt von der Klinge des Feindes entfernt.

»Ich bin überrascht, dass du hier bist«, sagte Abelard.

»Habe ich das denn nicht versprochen?«

»Aber manchmal ist das schwierig.«

James hob gelangweilt eine Schulter und tat so die Bedenken des alten Mannes ab. »Dann ist es meine Aufgabe, schlauer zu sein.«

Rhys stieg von Gryffyn und umarmte den kühnen Spion, der die Nerven hatte, den Lord von Twyll zu hintergehen.

»Was ist mit deinem Pferd geschehen?«, fragte Abelard, während er abstieg. Seine Stiefel knirschten auf dem Kies.

»Wie es scheint, habe ich das Pferd verloren, als ich von Cavans Männern gefangen genommen worden bin.« James breites Lächeln, bei dem seine Zunge weiß in seinem dunklen Gesicht leuchteten, war belustigt.

»War denn nicht noch ein Spion bei dir?«

»Aye«, nickte James und erzählte seine »extrem glaubhafte« Geschichte. »Aber als wir Cavans Männer hörten, haben wir uns getrennt und sind in verschiedene Richtungen geritten, um zu vermeiden, dass wir beide gefangen wurden.« Er deutete mit dem Daumen auf seine Brust. »Leider war ich es, der gefangen wurde.«

»Und was ist, wenn auch der andere Mann gefangen wurde?«

»Red?« James dachte ein paar Sekunden nach. »Das macht nichts; ich werde einfach behaupten, dass ich meinen dummen und betrunkenen Häschern entkommen bin und dann Tage gebraucht habe, um zu Fuß zurück nach Twyll zu gehen.«

Abelard schnaufte. »Du besitzt mehr Eier als Verstand.«

»Das ist manchmal besser.« James rollte die Ärmel hoch und zog das Lederband um sein Handgelenk fester, mit den Zähnen zog er es zusammen und zuckte dann, als das Leder sich tief in seine Haut grub.

»Was tust du da?«

James lachte grimmig. »Kennst du denn keine Fesseln? Wenn ich gefangen gehalten wurde, würde es dann nicht besser sein, wenn es davon Spuren und Verletzungen an meinem Handgelenk gibt?«

»Hast du dich auch selbst ausgepeitscht?«, fragte Abelard.

»Nein, ich dachte, das würde ich euch überlassen.«

Abelard schnaubte verächtlich. »Sei vorsichtig, James. Tremayne ist kein Dummkopf.«

»Wirklich nicht?« James spuckte auf den Boden. »Hier, mein Freund, irrst du dich.«

Rhys schlug dem Spion auf die Schulter. »Pass auf. Abelard hat Recht. Es ist besser, wenn du vorsichtig bist.«

»So wie du es gewesen bist?«, fragte James und tat ganz unschuldig. »Als du dem Lord das Pferd unter seiner Nase weggestohlen hast?«

»Bah! Ihr besitzt beide keinen Verstand!« Abelard hob verächtlich beide Hände.

»Ich bin vorsichtig. Immer«, behauptete James, doch Rhys wusste, dass er log, dass er kaum Furcht kannte und sich nicht an Abelards Rat hielt.

»Tremayne ist falsch.«

»Keine Bange. Ich kann ihm einen Streich spielen. Ich kann jedem einen Streich spielen.«

»Um der Liebe des Heiligen Petrus willen, Junge, du wirst eines Tages noch hängen.«

»Du machst dir viel zu viele Sorgen.« Erwartungsvoll blickte er zu den Pferden. »Habt ihr mir etwas Bier mitgebracht? Oder Met?«

»Nein, heute Nacht brauchen wir einen klaren Kopf«, erklärte Abelard, als die ersten Wolken sich vor den Mond schoben. »Was hast du erfahren?«

»Tremayne wird unruhig. Nicht nur, weil sein bestes Pferd aus dem Schloss gestohlen wurde«, James kraulte die Stelle zwischen Gryffyns Augen, und der Graue senkte begeistert den Kopf und bettelte so um mehr, »sondern weil Cavan sich auf den Weg gemacht hat.«

»Es ist Zeit, zuzuschlagen, das sage ich doch«, drängte Abelard.

»Aye. Er hat Truppen ausgeschickt, die nach euch suchen – Truppen, die von Edwin angeführt werden.« James betrachtete Rhys eingehend. »Und es gibt noch mehr. Einige der Männer behaupten, sie hätten dich mit einer Frau gesehen.«

»Wirklich?«, fragte Rhys, und er spürte, wie Abelards Körper sich anspannte.

»Aye. Tremayne hat den Männern befohlen, dass sie auch in

das Schloss gebracht werden soll. Jeder Mann, der dich und die Frau zu ihm bringt, wird belohnt werden.«

»Verdammt!«, brummte Abelard und trat ärgerlich nach einem Stein, der im hohen Bogen davonflog.

»Also gibt es eine Frau?«, fragte James.

»Nein«, antwortete Rhys, noch ehe Abelard etwas sagen konnte. James runzelte die Stirn.

»Wenn du meinst.«

Rhys ließ sich nicht ablenken. Bei dem Gedanken, dass Tremayne etwas von Tara wusste, zog sich sein Magen zusammen, und er ballte die Hände zu Fäusten. »Edwin ...«, presste er zwischen zusammengebissenen Zähnen heraus, »ist er Tremayne treu ergeben?«

Der Spion hob den Kopf. »Man kann ihn kaufen. Für den richtigen Preis.«

Abelard räusperte sich, und Rhys wusste, was er dachte. Der dunkle Smaragd von Twyll konnte viele Verbündete kaufen. Söldner, Schläger und Männer, denen es gleichgültig war, wer herrschte, solange sie ihren Profit davon hatten. Außerdem waren da noch diejenigen, die Gilmores Tod als ungerecht empfanden und andere, die den augenblicklichen Baron hassten. Aye, man würde eine beachtliche Armee gegen Tremayne aufstellen können.

James tätschelte Gryffyn den Hals. »Aber Abelard hat Recht. Niemals wieder wird sich eine solche Gelegenheit bieten, Lord Tremayne zu entmachten. Während er abgelenkt ist, sich nicht nur Sorgen macht über deine kriminellen Taten, sondern auch darum, dass Cavan vielleicht der rechtmäßige Herrscher von Twyll und zu einem Krieg bereit ist ...«

Er hielt einen Moment inne, als würde er überlegen, wie viel er wohl enthüllen könnte, dann sagte er: »Es wird davon geredet, Cavan könne beweisen, dass er der wahre Nachkomme von Gilmore ist und den Stein besitzt, den dunklen Smaragd.« James sah von einem Mann zum anderen.

»Wirklich?«, staunte Rhys, obwohl er die Antwort doch kannte.

»Nein.« James war nachdenklich, er zog die Stirn kraus. »Niemand weiß, ob dieser verfluchte Ring überhaupt existiert.« Er rieb sich das Kinn und kratzte sich den Stoppelbart. »Es ist ein Mythos. Mehr nicht.«

Abelard und Rhys warfen einander einen Blick zu, denn auch wenn sie an diesen Mann glaubten, der als einer von Tremaynes vertrautesten Soldaten im Schloss lebte, so behielten sie doch ihre Gedanken für sich. Es war jetzt nicht die richtige Zeit, zu verraten, dass sie das wahre Schmuckstück gesehen hatten, dass der dunkle Smaragd von Twyll einer Frau gehörte, die zurzeit in Broodmore als Gefangene gehalten wurde.

»Du bist eine jämmerliche Frau«, schalt sich Tara selbst, als sie das graue Kleid über den Kopf stülpte. Es hatte die Farbe des Bauches einer Taube, das Mieder und die Ärmel waren mit waldgrünem Samt besetzt. Auch dieses Kleid war ein wenig zu groß, doch das machte ihr nichts aus.

In den letzten drei Tagen hatte sie versucht, einen Weg aus dem Schloss zu finden, doch es hatte sich keine Möglichkeit zur Flucht gefunden. Jeder, von Big Rosie angefangen bis hin zu dem pickeligen Johnny, schienen sie zu beobachten. Die einzigen kurzen Momente, in denen sie allein war, waren die, in denen sie bat, sich erleichtern zu dürfen.

Sie war müde und ruhelos, und sie musste Abstand zwischen sich und diesen Banditen bringen. Er war ständig an ihrer Seite, Tag und Nacht, und immer, wenn sie glaubte, eine Minute allein zu sein, entdeckte sie, dass er nicht weit weg von ihr war, dass er sie mit gefurchter Stirn beobachtete und sie studierte, als wäre sie eine seltene Spezies, die er nicht verstehen konnte.

Sie sollte schon längst in Twyll sein. Es war Zeit, die feinen, getragenen Kleider abzulegen, die früher einmal der Lady von Broodmore gehört hatten, Zeit, ihren Dolch in die Tasche zu stecken, sich davonzustehlen, um Dobbyn zu suchen und dieses unheimliche alte Schloss hinter sich zu lassen.

An diesem Morgen, als sie aufgewacht war, war Rhys nicht bei ihr im Zimmer gewesen. Sein Lager war leer und kalt. Sie hatte einen Anflug von Enttäuschung gefühlt, doch dann hatte sie sich gesagt, dass sie dumm war – ein wirklich einfältiges Mädchen. Aye, sie hatten dasselbe Bett geteilt. Aye, sie hatte sich daran gewöhnt, sich an ihn zu kuscheln, und sie hatte in seinen Armen gut geschlafen. Und aye, sie hatte tief in ihrem Inneren eine wachsende Sehnsucht gefühlt, wenn seine Finger ihre nackte Haut streiften oder wenn sie im Schlaf seinen Atem in ihrem Haar fühlte. Doch das alles hatte keine Bedeutung. Er war ein Dieb. Ein Bandit. Ihr Häscher. Mehr nicht.

Geräuschlos schlich sie zur Tür und lauschte, doch sie hörte nichts. Sie bekreuzigte sich, schob die Tür auf und wollte leise das Zimmer verlassen – doch im Flur lehnte Kent an der Wand.

Wie sooft, benutzte er auch jetzt seinen Dolch, um sich die Fingernägel zu reinigen. »Ihr seid wach. Das ist gut. Big Rosie hat nach Euch gefragt.«

»Warum?« Etwas stimmte nicht. »Wo ist Rhys?«

Kents Augen, die eisig blau waren, blickten wachsam.

»Weg.«

»Und wann kommt er zurück?«

»Wann er es für richtig hält.«

»Und Abelard?«

»Wer weiß.«

Der Mann war ständig schlecht gelaunt. Er steckte seinen Dolch weg, und seine Mundwinkel verzogen sich, als hätte er Schmerzen. Es war nicht schwer festzustellen, dass ihm seine Stellung als ihr Wärter nicht gefiel. Tara hatte allerdings die Absicht, seinen Job noch unangenehmer zu machen. Denn wenn Rhys sich nicht innerhalb der Mauern von Broodmore befand, so würde sie ihre Flucht in die Tat umsetzen.

Die Anspannung im Schloss war so dick wie Rosies fettes Kaninchenstew. Die Männer waren ruhelos. Sie knurrten und raunzten einander an. Sie wollten Blut sehen. In den vergangenen Nächten waren zahlreiche neue Gesichter von offensichtlich Kriminellen aufgetaucht, die einem bevorstehenden Kampf entgegenfieberten – einem mörderischer Kampf, der durch den drohenden Krieg zwischen Twyll und Marwood nicht mehr weit entfernt schien.

»Ah, da seid Ihr ja!« Rosie kam durch den Flur gewatschelt und trug Taras Kleidung auf dem Arm. »Hier, lasst mich das in Euer Zimmer legen, und dann habe ich Arbeit für Euch.« Sie öffnete die Tür zu der alten Kapelle und legte die verwaschene Kleidung auf das Lager, auf dem Rhys und Tara die letzten drei Nächte verbracht hatten. Sie warf einen Blick auf die vier Wände des Raumes und schnaufte verächtlich. »Kommt, Ihr habt schon viel zu viele Stunden in diesem Zimmer verbracht.« Als würde sie Kent gar nicht bemerken, der jede der Bewegungen Taras mit seinen Blicken verfolgte, führte Rosie Tara nach draußen, in den früheren inneren Schlosshof.

Die Sonne schien, blasses Winterlicht fiel durch die dünnen Wolken. Der Boden war aufgeweicht, hohes Gras wuchs überall, ein überwucherter Kräutergarten mit seinen abgestorbenen Pflanzen war kaum noch zu erkennen.

Von einem Brunnen in der Mitte des Hofes konnte man Wasser holen, Fische schwammen in dem früher einmal gepflegten Teich, doch keine Enten und Gänse liefen herum, keine Hühner gackerten, keine Kinder lachten, und die Flügel der Mühle standen still. Die Mühle selbst zerfiel, und die meisten der Hütten, in denen früher einmal Töpfer, Bäcker, Kerzenmacher, Waffenschmiede und andere Handwerker gelebt hatten, waren verbrannt und verfallen, die mit Stroh gedeckten Dächer waren eingefallen, die Balken verrottet. Aye, Broodmore, das früher einmal so voller Leben gewesen war, war jetzt nicht viel mehr als ein Grab. Eine Wache stand in dem alten Wachturm, und die Pferde waren in den Überresten des alten Stalles untergebracht. Gryffyn und ein anderer Hengst waren nicht mehr bei der Herde.

Tara fragte sich, wohin Rhys geritten sein konnte, und sie war überrascht über die Einsamkeit, die sie plötzlich fühlte, als würde sie ihn wirklich vermissen.

Du bist ein Dummkopf, wies sie sich zum wiederholten Mal zurecht. Warum sollte sie einen Mann vermissen, der sie quälte, sie beschämte, der sie sogar auslachte? Ein paar heimliche Küsse erlösten ihn nicht von all seinen Sünden. Sie nahm an, dass er genügend Sünden auf sich geladen hatte, deren Sühne einen lebenslangen Kniefall zur Folge haben würde.

»Abelard und Rhys. Wie haben die beiden einander kennen gelernt?«

»Ah. Das ist eine lange Geschichte«, erklärte Rosie, die einen überwachsenen Pfad entlang zu einer Hütte ging, die noch intakt war. Obwohl das Dach verrottet war und die Lehmwände alt und verfallen waren, brannte im Inneren ein helles Feuer. Ein großer Kessel mit Lammstew kochte über der Flamme, und Täubchen saß auf einem Hocker in der Nähe des Feuers. Sie schälte Zwiebeln und kämpfte mit den Tränen. Als sie aufblickte und Tara entdeckte, sah sie schnell weg. Ihr Mund presste sich zu einem schmalen Strich der Abwehr zusammen, und sie schnüffelte laut und wischte sich die Nase an der Schulter ab.

»Hier, Ihr könnt helfen, indem Ihr den Teig knetet«, schlug Rosie Tara vor. Sie maß Mehl aus einem Sack ab, bestäubte damit einen Tisch und griff dann nach drei Pfannen, die in der Nähe des Feuers standen. Aus jeder der Pfannen nahm sie einen körnigen Teig und legte ihn auf den Tisch. »Der hier ist für Euch«, sagte sie zu Tara. »Wir brauchen fünf Laibe. Seht zu, was Ihr herausholen könnt.«

Sie überließ Tara das Brot und probierte das Stew, danach warf sie eine Hand voll Zwiebeln in den Topf. Nachdem sie Täubchen aufgetragen hatte, noch mehr Feuerholz und Wasser zu holen, begann sie, die Pfannen mit Schweineschmalz einzufetten. Als Tara allein war mit der Frau, die so viel über alle in Broodmore zu wissen schien, stellte sie die Frage, die sie beschäftigt hatte, seit Rhys zum ersten Mal mit ihr gesprochen hatte.

»Warum ist Rhys verbannt worden?«

»Kennt Ihr die Geschichte denn nicht?« Rosie zog eine buschige Augenbraue und die Nase hoch.

»Ich weiß nur, dass er geschlagen wurde und dass man ihn liegen ließ, weil man glaubte, er sei tot.«

»Aye, das ist wahr.« Rosie hielt einen Augenblick lang inne, um ihre Gedanken zu sammeln. »Dann wisst Ihr also auch, dass Rhys der Halbbruder von Tremayne ist.«

Tara nickte und knetete den Teig.

»Das hat Tremayne ihm nie verziehen, obwohl das, was geschehen ist, nicht sein Fehler war.« Sie seufzte und wischte sich die Hände an ihrer Schürze ab. »Nein, das böse Blut begann schon, noch ehe Rhys geboren wurde. Merwynn war Lord von Gaeaf, und Helen, Tremaynes Mutter, war seine Frau. Als Tremayne noch ein Junge war, hat Baron Merwynn mit einer anderen Frau ein Verhältnis begonnen – mit einer Bäuerin, die Spitze verkaufte. Er war so vernarrt in diese Frau, dass er für eine Weile seiner Frau und seinem Kind den Rücken kehrte und sie wegen der anderen Frau ignorierte. Belinda war ihr Name, glaube ich, obwohl ich mir da nicht sicher bin.«

Rosies breite Stirn warf tiefe Falten, als sie sich an die Einzelheiten des Klatsches, der schon ein Jahrzehnt zurücklag, zu erinnern versuchte. »So weit ich mich erinnere, ritt Lady Helen zurück von Rhydd oder vielleicht auch von Syth, das weiß ich nicht mehr. Aber sie war an diesem Tag nicht zusammen mit ihrem Mann. Auf dem Weg zurück zum Schloss wurde sie überfallen, ihre Wache wurde umgebracht und … nun ja …« Rosies Lippen verzogen sich vor Abscheu. »Sie alle haben sie sich vorgenommen. Sie waren betrunken, und es wird behauptet, dass es Soldaten von Twyll waren, obwohl das nie bewiesen wurde.« Sie seufzte schwer und bekreuzigte sich. »Die Lady ist gestorben, aus Scham oder an ihren Wunden, das weiß ich auch nicht. Aber Merwynn hat den Lord von Twyll dafür verantwortlich gemacht.«

»Lord Gilmore, sagte Tara und knetete das Brot automatisch, ihre Gedanken beschäftigten sich mit dem entsetzlichen Geschehen.

»Aye«, erzählte Rosie weiter. »Merwynn hat Rache geschworen, und die bekam er auch, als er Twyll belagerte und Lord Gilmore und seine Frau umgebracht hat. Sie war schwanger, müsst Ihr wissen, sie stand kurz vor der Entbindung, oder sie hat … sie hat das Baby gerade bekommen, als der Angriff stattfand. Aber das arme Kind wurde nie gefunden, und deshalb wird immer wieder von dem ›wahren Herrscher von Twyll‹ getuschelt, als würde das Baby, das jetzt erwachsen ist, sich das zurückholen, was ihm gehört.« Sie lächelte traurig und steckte eine Strähne ihres grauen Haares unter ihr Kopftuch. »Das ist alles dummes Gerede, wenn Ihr mich fragt.«

»Obwohl Merwynn Witwer war, hat er Rhys Mutter nie geheiratet, aber er hat Rhys abgöttisch geliebt und hat die Frau und ihren unehelichen Sohn im Schloss wohnen lassen.«

»Und Tremayne hat das nie gefallen.«

Rosie wischte sich die Hände an der Schürze ab, dann rührte sie langsam in ihrem Stew. Sie nahm einen Löffel voll der kochenden Speise und führte ihn an die Lippen. »Hmm.« Dann klopfte sie den Löffel am Rand des Topfes ab, griff nach dem Pfeffer und streute ihn über das Stew.

»Es hat immer böses Blut zwischen den Halbbrüdern gegeben. Und es wurde alles nur noch schlimmer, als Rhys mit Tremaynes Frau schlief.«

»Das hat er getan?«, fragte Tara, und sie entdeckte Täubchen, die durch die Tür kam.

»So etwas würde er niemals tun!«, widersprach das Mädchen. Sie hob stolz ihr spitzes Kinn. »Sir Rhys ist ein Edelmann.«

Rosie lachte amüsiert. »Edel? Nein, das glaube ich nicht. Nicht edler als sein Vater, der den Lord und die Lady von Twyll erschlagen hat. Aye, sie sind schon ein elendes Gespann, ständig kämpfen sie um ein Schloss und machen sich Sorgen um einen Stein, der gar nicht existiert. Ihr wisst doch, welchen Stein ich meine, nicht wahr?«, fragte sie.

»Den dunklen Smaragd von Twyll.«

»Aye. Und jetzt glaubt Cavan von Marwood, dass er der Sohn von Gilmore sei, aber niemand hat den verdammten Stein gesehen, nicht wahr?«

Täubchen schüttelte heftig den Kopf und warf Tara einen verdrießlichen Blick zu.

»Und Ihr werdet den Stein auch niemals sehen. Ich verwette meine Seele, dass er niemals existierte, genauso wenig, wie diese Götter und Göttinnen, zu denen Ihr betet.«

Tara widersprach ihr nicht. Ihr Magen verknotete sich, und die Gedanken wirbelten durch ihren Kopf wegen all des Betruges und des Verrats, der in genau dem Schloss stattgefunden hatte, das vielleicht ihre Heimat war. Sie wandte ihre Aufmerksamkeit dem Brot zu und versuchte, den Smaragdring zu ignorieren, der in ihrer Tasche, in der sie ihn versteckt hatte, so schwer wie ein Felsblock zu wiegen schien.

7

»Der Plan ist ganz einfach«, wiederholte Abelard, als er sein Pferd an der Kreuzung anhielt – zwei Wildwechsel, die sich durch die Hügel zogen. Einer führte nach Osten, zum Wald um Broodmore, der andere nach Norden, zu dem Weg, der nach Marwood führte.

Rhys zog die Zügel seines nervösen Pferdes an, worauf Gryffyn an der Gebiss-Stange zerrte. Irgendwo im Unterholz krächzte ein aufgescheuchter Vogel. Tau und dünner Nebel glänzten unter der blassen Wintersonne, die nur wenig Wärme gab, die aber ein gesprenkeltes Muster auf den Boden warf.

Abelard senkte die Stimme, als würde er fürchten, dass ihn jemand hören könnte, der vielleicht im Dickicht lungerte. »Du stiehlst den Ring von der Hexe, und ich werde mit Cavan reden. Wir werden uns mit ihm verbünden und zusammen Twyll angreifen. Marwoods Truppen werden mit seiner Armee die Belagerung übernehmen, nachdem unsere Männer in das Schloss geschlüpft sind. James und die anderen, die insgeheim geschworen haben, Lord Tremayne loszuwerden, werden uns dabei helfen, wie sie es stets getan haben – bei Nacht –, und in der Morgendämmerung wird Cavans Armee die Festung umstellen. Nachdem wir jeglichen Widerstand der Soldaten an den Toren erstickt haben, werden wir sie für Cavans Armee öffnen. Was könnte einfacher sein?«

Rhys schnaufte verächtlich. »Aye, was wohl?«

»Du sollst mich nicht verspotten.«

»Niemals«, erklärte Rhys trocken, während der Morgenwind in den Bäumen rauschte.

»Sich mit Cavan zu verbinden und Twyll von Tremayne zu vernichten. Wird das nicht süße Gerechtigkeit sein?« Abelard grinste anzüglich.

Rhys rieb sich mit der freien Hand über seinen Stoppelbart am Kinn. »Warum sollte Cavan sich mit einer Bande von Dieben zusammentun? Warum sollte er nicht seine eigenen Spione benutzen, um Eingang in das Schloss zu bekommen?«

»Vielleicht hat er ja gar keine. Außerdem wird er alle Verbündeten gebrauchen können, die er bekommen kann, so viele Männer, die bereit sind, ihr Leben für ihn aufs Spiel zu setzen, wie nur möglich – und«, fügte Abelard wissend hinzu, »wir haben den Stein. Mit dem Smaragd können wir beweisen, dass er der wahre Herrscher von Twyll ist. Mit dem Stein in der Tasche könnte Cavan auch den letzten Zweifler davon überzeugen, dass er der echte Nachkomme von Gilmore ist.«

»Aber das wäre eine Lüge.«

»Eine kleine Lüge. Eine notwendige Lüge. Um all die zu überzeugen und zu vereinen, die in Twyll leben.«

»Also würdest du Cavan von Marwood den Ring geben?« Rhys Finger schlossen sich fester um die Zügel.

»Nein. Er ist kein Geschenk. Oh, nein.« Abelard spitzte die Lippen und schüttelte den Kopf. »Für unseren Treue-Eid und den Smaragd würde Cavan bezahlen müssen, viel bezahlen müssen. Er ist ein reicher Mann, immerhin ist er der Herrscher von Marwood und bald auch von Twyll, und das schließt auch Gaeaf mit ein, nicht wahr?« Abelards Gesicht wurde nachdenklich. »Wir werden ihm den Ring bieten, unsere Männer und unsere Treue. Im Gegenzug wird Cavan uns Gaeaf versprechen.

»Eine Baronei?«

»Eine *kleine* Baronei, mit einem heruntergekommenen Schloss.«

»Und was wird aus Tara?«

»Aus der Hexe?«, schnaufte Abelard. »Sie kann sich ihr eigenes verdammtes Schloss herbeizaubern!«

»Nein. Sie muss ebenfalls von dem Handel profitieren.«

»Verdammte Hölle, sie ist doch nur eine Frau.«

Rhys malmte mit den Unterkiefern. Zum ersten Mal seit er und Abelard einander die Treue geschworen hatten und einen Pakt eingegangen waren, gegen das Gesetz zu handeln, fühlte er einen Anflug von Gewissen. »Sie ist in Gefahr. Meinetwegen. Tremayne weiß von ihr.«

»Umso besser, dass sie den Stein nicht hat, denn dann wäre sie seine Feindin.«

»Ich fürchte, das ist sie bereits.«

»Weil sie zusammen mit dir gesehen wurde.« Abelard seufzte auf. »Sie ist in Schwierigkeiten, ob es ihr nun gefällt oder nicht. Wir brauchen den Stein«

»Ich werde mit ihr reden.«

»Nein! Worte nützen hier nichts mehr. Sie hat kein andere Wahl. Denk daran, Rhys. Es war deine Entscheidung, dass du sie zu uns gebracht hast.« Abelards Pferd machte ein paar Schritte zurück, und er zog die Zügel an. Beide Tiere waren müde und reizbar, ihre Ohren spielten. »Wir dürfen nicht zögern. Wir müssen jetzt zuschlagen, während Tremayne den Kopf abgewandt und seinen Bauch entblößt hat. Wenn wir noch länger warten oder wenn Cavan versagt, dann werden es keine fünf Männer mehr sein, die nach uns suchen, sondern zwanzig oder fünfzig.« Seine geflüsterte Stimme war voller Überzeugungskraft, und er schüttelte die geballte Faust.

In der Ferne bellten Hunde.

Abelard erstarrte.

Gryffyn wieherte leise auf und scharrte nervös mit dem Huf auf dem Boden.

Rhys lauschte angestrengt. Wieder hörte man das Bellen von Hunden – es waren keine Wölfe. Wortlos warfen sich Rhys und Abelard einander einen bedeutungsvollen Blick zu. Sie stiegen ab und banden ihre Pferde an den niedrig hängenden Ästen der Bäume fest, dann schlüpften sie durch das dichte Unterholz die wenigen Schritte zum Rande des Abhanges. Auf dem Bauch liegend, sahen sie über die Kante.

Weit unter ihnen im Dickicht erkannten sie leuchtende Farben, die sich vom Dunkel des Waldes deutlich abhoben. Reiter mit dem Emblem vom Twyll – einem blauen Drachen auf einem goldenen Feld – durchstöberten den Wald. Rhys beobachtete die Soldaten und die Hunde, die laut bellend um die Pferde herumsprangen und das Wild im Unterholz aufscheuchten. Wie James sie gewarnt hatte, durchsuchte eine Mannschaft von fünf Soldaten mit einer Meute Hunde den Wald. Sie suchten nach Rhys.

Sie suchten den Banditen, der ihren Lord herausforderte.

Zum ersten Mal in zehn Jahren fühlte Rhys einen Anflug von Furcht. Nicht für sein eigenes Leben, nein, und auch nicht für Abelards elende Haut. Selbst die Männer, die sich mit ihnen verbündet hatten, kannten das Risiko ihres gewählten Gewerbes.

Aber nicht Tara. Sie wurde gegen ihren Willen festgehalten.

Und auch Big Rosie und Täubchen sollten nicht bestraft werden. Sie waren zu ihnen gestoßen, als Rosies Mann, Tom, von Tremaynes Männern umgebracht worden war. Man hatte ihn erwischt, als er in Tremaynes Wald gewildert hatte. Die Strafe für das Töten eines Ebers war sein eigener schneller Tod gewesen. Toms Verrat, so hatte der Lord von Twyll es genannt, wurde schnell bestraft und öffentlich, um andere Männer in den umliegenden Dörfern in der Nähe des Schlosses davon abzuhalten, den gleichen Fehler zu machen. Rosie hatte Abelard in der Bierschänke getroffen, und er hatte ihr die Möglichkeit der Rache geboten.

Also waren sie und Täubchen ein Teil der Bande geworden.

Sie hatte die Gefahr gekannt, natürlich, doch sie hatte entschieden, dass es das Risiko wert war. »Ich werde nicht mein Leben unter der Knechtschaft dieses Bastards leben – oh, verzeiht bitte«, hatte sie sich am ersten Abend bei Rhys entschuldigt, als sie mit ihrer Tochter in ihr Lager kam, das zu dieser

Zeit nur aus einem Wagen und zwei Zelten bestanden hatte, die in der Nähe des Flusses aufgeschlagen worden waren. Sie war bis an die Haarspitzen errötet. »Meine Zunge ist mein Untergang, fürchte ich. Ich wollte nicht ...«

»Macht Euch keine Sorgen«, hatte Rhys sie schnell unterbrochen. »Ich trage den Titel mit Stolz.«

Rosie hatte erstaunt mit den Augen gewackelt, und Täubchen, die sich hinter ihr versteckt hatte, hatte hinter dem Bein ihrer Mutter hervorgelugt.

»Aye.« Abelard hatte Rhys auf den Rücken geschlagen. »Auf diese Art ist sein Blut nur zur Hälfte gleich mit dem von Tremayne.«

»Da habt Ihr aber Glück gehabt«, platzte Rosie heraus. »Denn der Baron von Twyll ist der Abkömmling des Satans, und es wäre mir eine Freude – mit meinem kleinen Täubchen hier –, bei Euch bleiben zu dürfen.«

Rhys hatte die Frau skeptisch betrachtet. »Das ist kein leichtes Leben.«

»Leichter, als ständig in Angst zu leben.« Ihr Doppelkinn hatte entrüstet gebebt. »Ich könnte Euch helfen, Euch allen«, hatte sie angekündigt. Mit dem Arm hatte sie auf die wenigen Männer gedeutet, die ein Teil der damals kleinen Bande waren. »Ich kann kochen und sauber machen, ich kann ein Pferd reiten und einen Pfeil genauso gut abschießen wie ein Mann. Ich arbeite hart, und ich werde keine Schwierigkeiten machen – es sei denn, einer von euch missbraucht den Namen des Lords –, und ich spreche nicht von dem Bastard Lord von Twyll, sondern von Unserem Vater und Seinem Sohn. Ich will nichts als Lob über die Heiligen und die Heilige Mutter hören.« Sie verschränkte ihre dicken Arme vor ihrer Brust, die sich entschlossen hob und senkte.

»Es ist ein hartes, einsames Leben«, drohte Rhys, der nicht sicher war, ob er die Verantwortung für eine Frau und ihr Kind übernehmen wollte.

»Nicht härter und einsamer, als in der ständigen Furcht zu leben, das auszusprechen, was man denkt.«

Rhys hatte Abelard einen Blick zugeworfen, doch der hatte nur mit den Schultern gezuckt. »Sie will zu uns gehören?«

»Aye. Das ist eine Möglichkeit, meinen armen Tom zu rächen.«

Rhys war nicht überzeugt gewesen, und sie hatte das gefühlt.

»Ich weiß, was Ihr denkt. Eine Frau und ihre Tochter würden nur eine Last sein für eine Gruppe, wie Ihr es seid. Halsabschneider, Taschendiebe, Ihr seid ein schäbiger Haufen, aber ich kann Euch helfen, das schwöre ich. Ich kann eine Aalpastete machen, bei der Euch das Wasser im Mund zusammenläuft, oder Gelee-Eier, so schnell wie nichts.« Sie schnippte mit ihren dicken Fingern. »Ich kann einen Saum nähen und einen Stiefel flicken, ich kann Feuerholz hacken und einem Huhn den Hals umdrehen. Ich versorge Wunden, ob ihr die von der Teufelsbrut Tremayne bekommt oder durch Eure eigenen Hände. Ich kann für mich und meine Tochter sorgen, und jeder Mann, der Unsinn denkt, sollte sich so was lieber noch einmal überlegen, denn ich kann ihn so leicht ausnehmen, wie ich einen Hirsch im Wald ausnehmen kann.«

Rhys war sicher, dass es ein großer Fehler sein würde, wenn er sie bleiben ließe, doch die anderen waren nachsichtiger. Sie überzeugte sie davon, sie an diesem Abend kochen zu lassen. Und dann bereitete sie ein Festessen, Hasenpfeffer und Lachspastete, mit wenig mehr als den primitivsten Zutaten. Den Männern schmeckte das – mal etwas anderes als verkohlte Tauben und Wild. Also stimmten alle zu, dass Rosie bleiben sollte. Und sie ging nie wieder weg.

Jetzt, als Rhys auf dem Bauch lag und über den Rand der Klippe Tremaynes ausgewählte Soldaten beobachtete, dachte er an Tara und daran, was mit ihr geschehen würde, wenn sie gefangen wurde. Seine Stirn runzelte sich, als die Soldaten durch den Wald und das Unterholz schlichen und die Hunde vorausschickten. Es war nur eine Frage der Zeit, bis diese Männer oder die nächste Gruppe sie aufstöbern würde.

Abelard hatte Recht. Es war an der Zeit, zuzuschlagen.

Die Suchmannschaft verschwand, sie folgten dem Lauf des Baches, der durch das Tal floss, es war derselbe Bach, den Rhys und Abelard vor nicht einmal zwei Stunden überquert hatten.

»So sei es«, stimmte Rhys ihm zu, als sie zurück zu ihren Pferden eilten.

»Du wirst den Ring stehlen?«

Alles in Rhys war in Abwehr, doch er nickte, und seine Blicke trafen sich mit denen des Mannes, der einmal vor langer Zeit sein elendes Leben gerettet hatte. »Aye, Abelard«, versprach er. »Du kannst auf mich zählen.«

»Ich sage Euch, ich würde James nicht trauen.« Reds Lippen schürzten sich, und er schüttelte bedeutsam den Kopf, als er in der Unterkunft des Konnetabels stand. Der Bart, nach dem er seinen Namen bekommen hatte, zeigten die ersten silbernen Strähnen, und in seinen schmutzigen Fingern hielt er eine wollene Kappe. »Er und ich, wir waren in der Nähe von Marwood, als wir uns getrennt haben, er ritt nach Norden, ich nach Süden. Ich habe mein Pferd an einem Baum im Wald gebunden und eine Ladung Feuerholz in das Schloss geschleppt. Der Wache habe ich erklärt, ich würde das Holz der alten Matilda bringen, als Bezahlung für ein paar Stiefel, die sie für mich genäht hat. Dann habe ich mich meiner Aufgabe gewidmet und auf James gewartet. Aber er ist nicht aufgetaucht, und so bin ich, nachdem ich gesehen hatte, was ich sehen wollte, hierher zurückgekehrt.«

»Und du glaubst nicht, dass man ihn gefangen genommen hat?«, fragte Tremayne und rieb sich mit einer Hand das Kinn. In der anderen Hand hielt er einen Becher Wein. Den Rücken wärmte er sich am Feuer, dann blickte er zu dem Konnetabel, der düster die Stirn gerunzelt hatte und dessen Gesichtsausdruck so schwer lesbar war wie die Sterne in einer wolkenverhangenen Nacht.

Red kratzte sich am Kopf. »Nein. Ich war in Marwood. Wenn Cavans Männer einen Spion gefunden hätten, hätte ich davon gehört.«

»Sein Pferd ist ohne Reiter zurückgekommen. Vielleicht hatte er einen Unfall.«

Red schnaufte. »James ist ein ausgezeichneter Reiter.«

»Und ein guter Kämpfer?«

»Der beste. Er ist schnell mit dem Dolch, kann einem Schlag blitzschnell ausweichen und ist ein wilder Kämpfer mit dem Schwert.«

Tremayne nippte an seinem Wein, doch dann biss er verärgert die Zähne zusammen. Irgendetwas stimmte nicht, ganz und gar nicht. Er roch den Verrat und den Betrug, der in Twyll Einzug gehalten hatte. Er hob einen Finger der Hand, die den Becher hielt und deutete auf den Konnetabel Regan. »Was denkt Ihr?«

»Ich vertraue niemandem.«

»Abgesehen davon.«

»James ist ein großspuriger Bastard, so viel ist sicher.« Regan ging durch das Zimmer und stellte einen polierten Stiefel auf die Bank in der Nähe des Tisches, dann beugte er sich näher zu Tremayne. »Kann man seine Treue kaufen? Nein, das glaube ich nicht. Würde er sich gegen Euch wenden, nur um des Abenteuers willen? Vielleicht. Hat er den Mut, sich Euch zu widersetzen? Aye, er ist ein respektloser Hundesohn. Aber warum? Würde er sein Schicksal in Cavans Hände legen?«

Tremaynes Gedanken gingen in die gleiche düstere Richtung, und wie immer, so fand er auch diesmal keine Antwort auf seine Fragen. »Würde er das tun?« Tremayne stand auf und ging zu dem Spion hinüber. »Würdet Ihr es tun?«

Reds Adamsapfel hüpfte auf und ab. Schweiß trat auf seine Stirn, obwohl es ein kalter Nachmittag war und die Wärme des Feuers im Kamin die Kälte aus den Mauern und dem Steinboden nicht vertreiben konnte. »Würde ich mein Schicksal Lord Cavan anvertrauen und ... und die Waffen gegen Euch erheben? Oh, niemals, M'lord«, entsetzte er sich und schüttelte den Kopf so heftig, dass sein langes rotes Haar ihm in die Augen peitschte. Als wolle er seine Treue beweisen, sank er auf ein Knie und senkte den Kopf. »Ich stehe Euch zu Diensten.« Der Mann leckte beinahe die hochgebogenen Spitzen von Tremaynes polierten Stiefeln.

Doch Tremayne traute dem unterwürfigen Spion nicht. Genauso wenig, wie er James vertraute oder einem der anderen Spione, die von Schloss zu Schloss gingen und ihm berichteten, was sie gesehen hatten ... oder was er ihrer Meinung nach hören sollte. Der Körper des Barons kribbelte von dem Gefühl des schleichenden Verrats, der in den höhlenartigen Hallen von Twyll herrschte. Der gleiche beunruhigende Gedanke, der an ihm genagt hatte, seit James Pferd ohne seinen Reiter zum Schloss zurückgekommen war, brannte jetzt in seinen Gedanken. »Ist es möglich«, fragte er, an niemanden direkt gewandt, »dass der Bandit Teil davon ist?«

Reds Kopf fuhr hoch, und er blickte aus seiner knienden Position auf. Seine rötlichen Augenbrauen zogen sich zusammen, und Tremayne blickte auf den Spion hinunter, der nach Rauch, Schmutz und Schweiß stank. »Ich habe ihn nicht gesehen«, sagte Red. »Keine Spur von dem Bastard in der Nähe von Marwood, doch ein Farmer kam in das Schloss, und er redete irgendwelchen Unsinn von Reitern, vielleicht eine Gruppe von Dieben, in der Nähe von Broodmore.«

»Davon habe ich noch gar nichts gehört. Broodmore?« *War es möglich? Konnte der Verräter in der Nähe des Spukschlosses sein? Broodmore?*

Er schmeckte den bitteren Geschmack des Betruges in seinem Mund, und auch wenn er es nicht beweisen konnte, so würde er doch seine Baronie darauf verwetten, jeden einzelnen fruchtbaren Hektar des Landes, dass Rhys hinter der ganzen Sache steckte. Er wusste es, in der dunkelsten Ecke seines Herzens.

»Steht auf«, fuhr er den jämmerlichen Spion an. Er trank den Rest seines Weines, doch fühlte er weder die wohltuende Wärme in seinem Magen noch in seinem Blut. »Sagt mir, was Ihr in Marwood gesehen habt.«

Red kam auf die Beine, und etwas von seiner unverschämten Art kehrte zurück. Er drehte jetzt nicht länger seine Kappe zwischen den Fingern. Er war ein Mann, der gewohnt war, zu verhandeln, und Tremayne war sicher, dass er genauso schnell Tremayne das Herz aus der Brust reißen würde, wenn man ihm den richtigen Preis dafür bot, als dass er sein Leben für Twyll hingab. Oh, er war nur von Schmeichlern umgeben, die keinen Schimmer von Loyalität in ihrem Blut hatten.

»Söldner und Schlägertypen strömen täglich nach Marwood – das war auch der Grund dafür, dass ich so einfach und unbemerkt in das Schloss kommen konnte. Im Inneren des Schlosses haben die Männer, die es kaum erwarten können, in den Kampf zu ziehen, schnell Lord Cavan die Treue geschworen und haben ihm versprochen, ihn auf seinem Beutezug zu begleiten.«

»Also zieht er eine Armee zusammen.« Tremayne war nicht überrascht, doch war er gereizt. Sein Blut kochte, wenn er an Cavan dachte, ein junger Kerl, ein Knabe, der keine Ahnung hatte vom Krieg, keine Furcht vor dem Tod, einer, der seinen Reichtum und seinen Stand als gegeben hinnahm. Cavan würde eine sehr schmerzliche und teure Lektion lernen müssen, und Tremayne würde sie ihm nur zu gern erteilen.

Er lehnte sich in seinem Stuhl zurück und setzte den Stiefel auf eine der zerkratzten Bänke, die um den Tisch herum standen.

»Was habt ihr sonst noch gehört?«

»Jeder hat davon gesprochen, dass Cavan und seine Soldaten innerhalb der nächsten beiden Wochen losmarschieren werden. Vielleicht sogar noch früher. Man sagt, dass der Baron blutrünstig ist. Er will Rache für den Mord an seiner Familie.«

»Er glaubt also wirklich, dass er der Nachkomme von Gilmore ist – das Kind, das nie gefunden wurde.«

»Aye. Er ist ganz sicher, denn Lord Innis hat auf seinem Totenbett geschworen, dass es die Wahrheit ist.«

»Und er will seine Rache, wo es doch Gilmores Soldaten waren, die meine Mutter geschändet haben.« Tremayne schob die Gedanken an diese schmerzliche Zeit von sich, als seine Mutter ihren sowieso schon schwachen Verstand verloren hatte. »Dann müssen wir kontern.« Er versuchte, sich zu beherrschen, denn Cavans Absicht, gegen ihn Krieg zu führen, machte ihn genauso wütend wie die Versuche des Banditen, ihn zu erniedrigen. Er verschränkte die Hände unter dem Kinn, legte die Fingerspitzen an die Lippen und zählte insgeheim bis zehn. Als auch das nicht half, zählte er bis zwanzig. Doch dann wurde ihm klar, dass er ewig so würde erfolglos weiterzählen können, und er zwang seine Stimme zu einem Anflug von Geduld, die er gar nicht fühlte. »Wisst ihr sonst noch etwas?«

»Nein, ich fürchtete, dass man mich entdecken würde, deshalb bin ich so schnell wie möglich zurückgekommen.«

»Ich denke, wir wissen genug.« Er sah zu Regan. »Ruft Eure Soldaten zusammen. Von jedem Mann, der alt genug ist, wird man erwarten, dass er Twyll verteidigt. Sorgt dafür, dass die Lager gefüllt sind und der Waffenschmied genügend Waffen hat, um eine Belagerung zu überstehen.«

»Sollten wir nicht zuerst angreifen?«, fragte Regan.

»Dafür ist es zu spät.« Tremayne trommelte mit den Fingern auf den Tisch und winkte dem Spion zu.

Schritte und Rufe ertönten im Turm.

Bum! Bum! Bum!

»M'lord?« Percivals Stimme kam von der anderen Seite der dicken Eichentür. »Es ist Sir James. Er ist wieder da!«

Tremayne war in Sekundenbruchteilen aufgesprungen, und Regan schob den Riegel zurück. Die Tür schwang auf und James, mit geschwollenem und verkratztem Gesicht und zerrissener, schmutziger Kleidung stand neben dem alten Wachmann, der gerade die Faust gehoben hatte, um noch einmal gegen die Tür zu schlagen.

Aus den Augenwinkeln sah Tremayne, wie Red schluckte. Sein sowieso schon rotes Gesicht lief noch dunkler an. »Nun, nun, nun«, knurrte Tremayne. »Sir James. Wie kommt es, dass Ihr Euer Pferd verloren habt?«

»Ich wurde angegriffen.« James hob ein wenig das Kinn und besaß die Unverschämtheit, Tremayne aus einem beinahe zugeschwollenen Auge anzustarren.

»Von Cavans Männern?«, fragte Tremayne.

»Nein, M'lord.« James sah einen Augenblick von ihm weg. »Ich bin stolz, das zuzugeben, aber der Bandit hat mich in einen Hinterhalt gelockt. Der Schuft, dem es gelungen ist, *Euer* Pferd zu stehlen.« Er verzog verächtlich den Mund.

Eine Sekunde lang rührte Tremayne sich nicht. Seine Finger hätten sich am liebsten um den Hals dieses Emporkömmlings gelegt, doch das konnte er nicht, nicht jetzt, wo er Informationen brauchte. »Mein Bruder hat Euch das angetan?«

»Aye. Er und der mit den weißen Haaren.«

»Abelard?« Alles in Tremayne verkrampfte sich. Das hatte er schon zuvor gehört. Obwohl man annahm, dass Rhys allein ritt, hatte es schon zuvor Gerüchte über Abelard gegeben, einem Ritter, der Merwynn und Twyll treu ergeben gewesen war, bis eines Abends, nach zu viel Bier, Tremayne ihm einen Finger abgeschlagen hatte. Einige behaupteten, dass es Abelard gewesen war, der Rhys das Leben gerettet hatte, und ihm beigebracht hatte, ein Dieb zu werden. Es hatte Zeiten gegeben, da war das Gerücht umgegangen, dass die beiden zusammen gesehen worden wären, doch es hatte sich damals nicht als wahr erwiesen. Ihm kam ein anderer Gedanke. »Und was ist mit der Frau?«, fragte er, und eine Hand machte eine kreisförmige Bewegung. »Hat nicht Sir Edwin behauptet, dass beim letzten Mal, als er Rhys verfolgt hat, der Bastard eine Frau bei sich hatte – die er umarmt hat, glaube ich.«

»Es war keine Frau bei ihnen.«

»Und sie haben auch nicht von ihr gesprochen?«

»Nein.« James war sicher.

»Eigenartig.« Seit Jahren war Rhys ein Einzelgänger – oder wenigstens hatte man Tremayne in diesem Glauben gelassen –, aber nicht nur eine Frau ohne Namen, sondern auch Abelard war eng mit ihm in Verbindung gebracht worden. Sehr eng. Das bedeutete Schwierigkeiten. Äußerst große Schwierigkeiten.

»Warum hat man Euch verschont?«, fragte er noch einmal, nur um zu sehen, ob James auch bei seiner Geschichte blieb.

»Sie hätten mich gerne umgebracht, aber es ist mir gelungen zu fliehen.«

»Was wollten sie von Euch?«

»Meine Geldbörse.«

»Ist das alles?«

»Nein, sie wollten Informationen über Cavan von Marwood.«

»Und sie haben geglaubt, Ihr würdet diese Informationen haben?« Tremaynes misstrauischer Blick bohrte sich in den Spion. War es nur seine Einbildung oder genoss dieser Mann wirklich diese Befragung – als wäre sie ein Teil eines komplizierten Schachspieles?

»Aye. Ich hatte mich gerade von Red getrennt. Ich ritt um Marwood herum, als ich gefangen wurde. Sie wussten, dass ich schon zuvor in Cavans Schloss gewesen war.«

»Woher wussten sie das?«, wollte Tremayne wissen. »Woher haben sie das gewusst?«

James dachte einen Moment nach, dabei betrachtete er angelegentlich den Fußboden. »Die einzige Möglichkeit, wie sie das gewusst haben können, ist, wenn sie einen ihrer Männer im Schloss haben.«

»In Marwood?«

»Nein«, widersprach James todernst. »Der Spion muss von hier gekommen sein. Von Twyll.«

Ein Gefühl so kalt wie der Tod kroch über Tremaynes Rücken. Wie oft hatte er das Geräusch von Schritten gehört, die hinter ihm her schlichen, wenn niemand in seiner Nähe war? Wie oft hatte er den Blick eines anderen auf sich gefühlt und hatte dann festgestellt, dass niemand ihn beobachtete?

Doch all diese verwirrenden Vorfälle würden jetzt ein Ende haben. Endlich war das Glück Rhys einmal nicht hold. Der Bandit hatte sich selbst in die Falle manövriert. Oder vielleicht doch nicht? Vielleicht war ja Sir James ein Verräter, und alles war eine gut vorbereitete Falle. »Also wisst Ihr, wo das Versteck des Banditen sich befindet?«

»Nein.« James rieb sich die Handgelenke, wo die Haut eine hässlich grünliche Farbe angenommen hatte.

»Man hat Euch nicht dort hingebracht?«

Er schüttelte den Kopf.

Tremayne, dessen Interesse geweckt war, verschränkte die Arme vor der Brust. »Sagt mir, was Ihr von dem Versteck des Banditen wisst.«

James zögerte nur einen kurzen Augenblick. »Welchen Preis würdet Ihr dafür zahlen?«

Dieser aufsässige Soldat besaß die Nerven, mit ihm zu verhandeln! Gut. Tremayne beugte sich vor, bis sein Gesicht das des Spions beinahe berührte. »Wenn Ihr die Wahrheit sagt, Sir James, werdet Ihr leben … und für Eure Mühen gut bezahlt werden.« Tremayne deutete auf die Verletzungen und die Aufschürfungen an James Körper. »Aber wenn Ihr lügt … dann werdet Ihr gehängt, bis ihr halb tot seid, dann werdet Ihr gevierteilt und gefoltert, denn das ist Hochverrat.«

Der Mann wich keinen Zentimeter zurück. »Ich sage die Wahrheit«, erklärte er, als sei er bis tief in seine Seele von seinen Worten überzeugt. »Ich wurde zum Steinbruch gebracht, weit entfernt von ihrem Lager.«

»Und dennoch seid Ihr entkommen.«

»Aye, als sie schliefen. Der ältere, der eigentlich Wache stehen sollte, ist eingenickt, und ich konnte meine Fesseln lösen.«

Tremayne nickte. »Und ihr Lager?«

»Wie ich schon sagte, davon weiß ich nichts.«

»Was ist mit Broodmore? Könnte es ein, dass sich der Bandit dort versteckt?«

»Das ist das Schloss der Verdammten«, flüsterte Red und bekreuzigte sich mit seinen schmutzigen Fingern. Regan schnaufte ungläubig.

Tremayne hob die Hand und unterbrach so jede weitere Bemerkung. »Was meint Ihr?«, fragte er James.

James zog hochmütig die Augenbraue über seinem zugeschwollenen Auge hoch. »So wie unser Vater über mich urteilt, niemand würde in Broodmore bleiben. Nicht einmal der Bandit.«

Tremayne fühlte die Lüge, die in der Luft hing. Er schnippte mit den Fingern. »Das werden wir sehen. Ich werde meine Leute ausschicken, aber Ihr, Sir James, werdet hier warten, unter Bewachung.«

James erstarrte. »Ihr vertraut mir nicht?«

Tremayne hielt einen Moment lang inne. »Mein Vertrauen muss man sich verdienen.« Er winkte Regan zu, dann ging er zur Tür. »Schließt ihn ein und ruft die restlichen Männer zusammen. Wir werden in der Morgendämmerung nach Broodmore reiten.« Zum ersten Mal seit langer Zeit lächelte Tremayne. Endlich fühlte er, dass er eine Möglichkeit hatte, es dem Banditen heimzuzahlen.

»Um der Liebe der jungfräulichen Mutter willen, Mädchen, was tut Ihr denn dort bloß?« Rosies Stimme klang schrill vor Aufregung, das Echo klang von den Mauern wider, die den ehemaligen Kräutergarten von Broodmore umgaben. Sie hob abwehrend beide Hände, blickte zum Himmel und jammerte: »Das ist eine harte Lektion, Vater, die Du mich lehrst.«

Tara stand schnell auf. Sie war Rosies wachsamen Augen entwischt, und es war ihr gelungen, eine kleine Rune zu ihrem Schutz in die Erde zu kratzen. Rosie ließ sich allerdings nichts vormachen. Unter dem Rand ihres Kopftuches blickte sie ärgerlich hervor.

»Wisst Ihr denn nicht, dass all das das Werk Satans ist?« Mit ihrem dicken Arm deutete sie auf Taras Tat, als sie durch das Unkraut und das Gras ging.

»Nein, ich bete nur zu der Großen Mutter, genauso wie zu Gott.«

»Das ist eine Sünde, sage ich euch. Blasphemie. Ich sollte Euren Mund mit Seife auswaschen und Euch zur Beichte zum Priester schicken.« Rosies Gesicht war gerötet vor Überzeugung, und sie drohte Tara mit dem Finger. »Oh, bei allen Heiligen, das ist eine elende Gruppe von Menschen, mit denen ich hier lebe, nur Diebe und Ausgestoßene, und kein Mann Gottes, der seine Herde auf den rechten Weg zum Himmel führt.«

»Sie sind Räuber«, sagte Tara. »Verbrecher. Sie bedrohen die Menschen mit Waffen, vielleicht überfallen und ermorden sie sie sogar. Kein Priester kann ihre Sünden abwaschen …«

»Psst. Wenn ein Mann seine Sünden vor einem Priester und Gott bereut, dann hat er eine Möglichkeit zur Rettung. Das weiß ich, weil meine Vergangenheit auch nicht so rein war.« Mit ihrem schweren Körper schob sie Tara zur Seite, blickte auf die Kritzelei im Lehm und schüttelte den Kopf. Dann schaufelte sie mit dem Stiefel Schmutz über die Rune. »Was ist, wenn Täubchen das sieht? Es ist schon schlimm genug, dass sie nicht zur Messe geht … oh, Gnade, Lord, bin ich denn nicht eine treue Dienerin gewesen?« Wieder rollte sie die Augen zum dunkler werdenden Himmel und bekreuzigte sich mit schnellen, geübten Bewegungen. »Ich werde bestraft.«

Wenn diese Frau in einer solchen Aufregung über ihren Glauben war, hatte es keinen Zweck, mit ihr zu reden, daher hielt Tara weise den Mund.

»Ich hoffe nur dass dies« – Rosie deutete auf das zerstörte Symbol im Lehm – »unseren Vater nicht verärgert.«

»Ich sehe keine Möglichkeit, wie …«

»Oh. Er ist ein rachsüchtiger Gott, das ist er.« Rosie nickte heftig. »Er wird seine Rache über Euch ergießen – und auch über uns andere, denkt an meine Worte. Oh, süße Maria … vielleicht ist es bereits geschehen.«

»Was denn?« Tara gefiel der Klang ihrer Stimme nicht.

»Vielleicht sind alle Eure schwarzen Künste schuld daran, dass Rhys noch nicht zurückgekehrt ist.«

»Nein …«

»Und Abelard auch nicht.« Sie seufzte, als sei sie plötzlich erschöpft und fingerte an dem zerfransten Saum ihrer Schürze. »Sie sind spät dran. Beide. Oh, Tara, Mädchen, ich hoffe, dass Ihr mit all Euren Zaubersprüchen und Anrufungen uns nicht alle verflucht habt.« Sie sah sich in den verfallenen Mauern von Broodmore um und biss sich auf die Lippen. »Wenn Rhys irgendetwas zugestoßen ist, dann wird es Eure Schuld sein.«

Tara glaubte ihr keine Sekunde.

»Jetzt kommt, es ist Zeit für Euch, in Euer Zimmer zu gehen. Ich kann nicht … ich will nicht für Euch verantwortlich sein, wenn Ihr entschlossen seid, Euch mit den dunklen Künsten zu besprechen. Kommt schon.«

Tara wollte ihr widersprechen, doch das konnte sie nicht. Rosie packte sie nicht nur am Arm, mit einem Griff, der sich schmerzhaft in ihr Fleisch bohrte, sondern Kent, der immer in ihrer Nähe war, hatte an der Tür einer zerfallenen Hütte gewartet. Tara, die mit ihrer Rune beschäftigt gewesen war, hatte ihn im Schatten gar nicht entdeckt, doch als Rosie sie jetzt in das Schloss schubste, erhaschte sie einen Anflug von Bewegung. Er trat aus der ausgebrannten Hütte in das schwache Licht des Sonnenunterganges.

»Ich werde sie wegbringen«, bot er an, und Tara verspürte ein unangenehmes Prickeln. Es war an der Zeit, diesen Ort zu verlassen Und sie würde keine bessere Gelegenheit bekommen als jetzt, nachdem Rhys nicht da war. Bei dem Gedanken an ihn fühlte sie in ihrem dummen Herzen einen Anflug von Bedauern. Aye, sie würde es vermissen, in seinen Armen zu schlafen und in seine verdammt erotischen Augen zu sehen. Sie würde seine Berührungen vermissen und sein seltenes Lächeln, sie würde es vermissen, davon zu träumen, nackt in seinen Armen zu liegen. Ihr Hals wurde plötzlich ganz eng, und sie schluckte. Was war nur mit ihr los? Nie zuvor hatte sie sich wie eine solch dumme Gans benommen. Und sicher nicht wegen eines Mannes – nein, wegen eines Verbrechers –, der darauf aus war, sie als Geisel zu behalten.

Rosie weigerte sich, sie freizugeben. »Ich bringe sie in ihr Zimmer, Kent. Und du solltest dich mit deinem dürren Hintern vor ihre Tür setzen und sie nicht rauslassen.« Sie warf Tara einen Blick zu. »Tut mir Leid, Liebes, aber ich kann Euch nicht trauen, nicht wahr? Und wenn ich Euch verlieren würde, oh, Sir Rhys würde mich teeren und federn.«

Ihr Zorn schien ein wenig nachzulassen, als sie durch einen Torbogen gingen, in dem es kein Tor mehr gab. Sie schüttelte den Kopf und seufzte auf. »Hört mir einmal zu. Um Eurer Seele willen und um unser aller Sicherheit, solltet Ihr heute Abend auf die Knie sinken und um Vergebung beten. Der Vater … Er wird verständnisvoll sein.«

Und rachsüchtig und zornig und eifersüchtig, dachte Tara unfreundlich, doch als sie die wirkliche Sorge im Blick der dicken Frau sah, nickte sie. »Ich werde beten. Für uns alle.«

Ein winziges Lächeln überzog Rosies breites Gesicht. »Ihr

seid ein gutes Mädchen, Tara. Kein Wunder, dass Rhys sich in Euch verliebt hat.«

Tara blieb wie angewurzelt stehen. Ihr Herz machte einen kleinen Satz. »Verliebt?«, wiederholte sie benommen. »Nein, das glaube ich nicht.«

»Wirklich nicht? Nun, man braucht diesen Mann nur anzusehen, um seine Seele zu erkennen. Fühlt Ihr das denn nicht?« Rosie lachte leise, als sie um eine Ecke bog und Täubchen, die einen schweren Eimer trug, sie beinahe umgerannt hätte. Ihr Gesicht war so weiß wie Pergament, ihre Augen groß und rund. Schmutziges Wasser schwappte auf den Boden, und ihr Gesicht lief hochrot an. Tränen standen in ihren Augen. »Oh ... Mum ... entschuldige.«

»Pass auf, wohin du gehst«, befahl Rosie schroff. »Die Heiligen seien mit uns. Kommt«, drängte sie, und zog Tara weiter durch den Flur.

»Ihr braucht mich nicht wie ein Kind zu behandeln«, beklagte sich Tara und entzog ihren Arm dem festen Griff der älteren Frau. Obwohl sie nicht über ihre Schulter lugte, fühlte sie Täubchens Blick, der ihr folgte, als sie vor der Tür ihres Zimmers stehen blieb.

»Ich weiß, ich weiß.« Rosie schien ungewöhnlich zerknirscht. »Ich mache mir nur Sorgen um Rhys und Abelard. Noch nie zuvor sind die beiden so lange weg gewesen, und meine Nerven sind so angespannt wie die Schnüre in Kents Hose.« Sie lächelte vor sich hin. »Ein unnachgiebiger Kerl ist das.« Sie öffnete die Tür, und Taras Herz sank. Als Gefangene in Broodmore gehalten zu werden, war schon schlimm genug, aber in dieses Zimmer verbannt zu werden, in dem sie mit Rhys zusammen gewesen war, war noch viel schlimmer.

Als hätte die ältere Frau ihre Gedanken gelesen, klopfte sie ihr leicht auf die Schulter. »Das tut mir wirklich Leid, müsst Ihr wissen, aber« – sie seufzte – »so muss es nun einmal sein.«

Tara versteinerte, als hätte man ihr einen Stock an den

Rücken gebunden. Wer waren diese Menschen, diese Gruppe von Halunken, die glaubten, sie könnten sie hier einsperren?! Die Tage vergingen schnell, und sie musste dringend weg, sie musste nach Twyll, um Vater Simon zu sprechen und von ihm die Wahrheit zu erfahren. »So sei es«, sagte sie freudlos und war entschlossen, in dieser Nacht, an diesem Abend, den Versuch zu machen, zu fliehen.

Und dann würde sie Rhys nie wiedersehen. Das Herz wurde ihr plötzlich schwer. Die arme Rosie irrte sich. Was sie in Rhys' Augen sah, war keine Liebe zu Tara, sondern Gier nach dem Stein, der in ihrer Tasche versteckt war.

»Ich werde Täubchen schicken mit einem Tablett Essen.« Rosie bekreuzigte sich noch einmal. »Also, wie ich schon gesagt habe, Ihr … Ihr werdet mit dem Vater sprechen. Und versprecht Ihm, nicht länger die dunklen Künste auszuüben und bittet Ihn um Vergebung.«

Tara zwang sich zu einem Lächeln. »Ich werde tun, was ich tun muss«, sagte sie und berührte das Stück Kerze und die Kräuter in ihrer Tasche. Ihre Finger glitten über die glatte Oberfläche ihres Rings, und sie wusste, dass sie in dieser Nacht entkommen würde. Wenn sie Rhys noch einmal wieder sah, würde sie vielleicht ihre Meinung ändern, Dummkopf, der sie nun einmal war. Aber je länger sie bei diesen Männern blieb, desto wahrscheinlicher war es, dass jemand den Ring stehlen würde – die einzige Verbindung zu ihrem Schicksal.

Lodema zitterte, während sie in ihrer leeren Hütte auf dem Rand ihres Lagers saß. Luna rieb sich an ihrem Arm und versuchte vergebens, ein paar Streicheleinheiten zu bekommen. Heute Abend waren die Gedanken ihrer Herrin weit weg, in Twyll, denn dorthin war Tara gegangen.

Beinahe eine Woche war verstrichen, seit sie ihre Tochter zum letzten Mal gesehen hatte. Es war zwar keine zu lange Zeit, doch ihr schien es wie eine Ewigkeit. Ein Händler hatte sie heute besucht; er hatte vor sich hingesummt, als er versucht hatte, ihr Löffel und Bindfaden und alle möglichen Dinge zu verkaufen, die sie nicht brauchte. Während er ihr seine Waren zeigte, hatte er von Schwierigkeiten gesprochen, die sich über Schloss Marwood zusammenbrauten.

Der alte Lord Innis war gestorben, und sein Sohn, Cavan, behauptete, der verschollene Erbe von Gilmore zu sein. Er sammelte eine Armee um sich und plante Rache gegen genau das Schloss, in dem Tara nach ihrer eigenen Vergangenheit suchte. Lodema war besorgt. Warum sollte Cavan glauben, dass er der Sohn von Gilmore war? Er besaß nicht den Ring als Beweis, nur das Wort eines sterbenden Mannes, der nicht mehr wusste, was er sagte. Oh, das alles war wirklich besorgniserregend.

Während die Balken in ihrem kleinen Haus knarrten und das Feuer herunterbrannte, starrte Lodema in ihre Tasse, in der das Wasser und die Kräuter langsam kalt wurden. Sie nahm die Kerze und stellte fest, dass ihre Hände bebten und viel fleckiger als sonst waren. Wann war sie so alt geworden?

Luna zog ihre Pfoten unter sich und legte sich gegen Lodemas Bein. Die Katze schnurrte leise und schloss die Augen. Vorsichtig ließ Lodema ein paar Tropfen Wachs in die Tasse fallen. Sie wagte kaum zu atmen, als sie sah, wie das Wachs in dem Wasser wirbelte und sich dann zu der Form erhärtete, die sie befürchtet hatte.

»Nein«, flüsterte sie, doch ihre Augen hatten sie nicht getrogen. Das Wachs und auch der Rauch vor einiger Zeit, waren Omen – schrecklich und bestimmt.

Bei den Göttern, Tara war in Schwierigkeiten – in ernsthaften Schwierigkeiten. Und es gab nichts, was sie für sie tun konnte, außer zu beten.

Zum ersten Mal in zwanzig Jahren sank Lodema auf die Knie. Die Katze, die aus ihrem Dösen aufgeschreckt worden war, reckte sich und gähnte, während die alte Frau den Kopf senkte und verzweifelt hoffte, dass Gott sie erhörte.

8

»Meine Mum schickt Euch etwas zu essen.« Mit einem Tablett mit Braten und Brot schob sich Täubchen durch die Tür des Zimmers. Sie warf einen nervösen Blick über ihre Schulter, biss sich auf die Lippe und stolperte beinahe über ihre eigenen Füße. »Verdammt.« Das Tablett schwankte, und Soße ergoss sich über ihre Hand. Sie zog scharf den Atem ein, dann gelang es ihr, das Tablett auf dem Altar abzustellen.

»Oh ... es tut mir Leid. Meine Mum, sie sagt, dass ich immer so ungeschickt bin.« Sie schnüffelte, als würde sie im nächsten Augenblick in Tränen ausbrechen, dann wischte sie sich die Hände an ihrer Schürze ab.

»Mach dir keine Sorgen.« Tara stand auf. Sie hatte auf dem Rand des Lagers gesessen und ihre Flucht geplant, dabei hatte sie verzweifelt versucht, nicht an Rhys zu denken und daran, wie es sich anfühlte, wenn er in seinen Armen hielt. Verflucht seien er und seine verkommene Seele. Er verwirrte ihre Gedanken auf eine Art, dass sie am liebsten geschrien, nach etwas getreten oder ein Loch in diese dicken Wände geschlagen hätte. Sie wollte nicht daran denken, wie sich seine Hände auf ihrem Körper anfühlten und auch nicht an die Wärme seines Körpers, wenn er ihr so nahe war. Nein, das würde sie nicht tun! Die Hälfte der Zeit sehnte sie sich danach, ihn zu küssen, bis ihre Lippen wund waren, die andere Hälfte der Zeit wünschte sie sich nichts sehnlicher, als ihm dieses arrogante Lächeln aus seinem Gesicht zu schlagen. »Es ist schon in Ordnung«, beruhigte sie das besorgte Mädchen.

Täubchen stöhnte schwer, schlurfte durch das Zimmer und

schloss die Tür, damit sie vollkommen ungestört waren. »Bitte. Hört mir zu.« Ihre Augen waren weit aufgerissen, und sie schluckte, als hätte sie einen dicken Kloß in ihrem Hals. Sie ging zum Feuer und wärmte sich die Hände. »Ich bin gekommen, um Euch zu helfen«, flüsterte sie und räusperte sich.

Tara bezweifelte das. Das Mädchen hatte in den letzten Tagen nichts anderes getan, als sie mit durchdringenden Blicken verfolgt. »Mir helfen?«, fragte sie.

»Aye. Möchtet Ihr denn nicht Broodmore verlassen?« Erregung klang aus Täubchens Stimme, eine zitternde Erwartung.

Tara runzelte die Stirn. Das alles konnte Teil eines Streiches sein, denn Täubchen war weitaus klüger als irgendjemand hier in Broodmore, einschließlich ihrer eigenen Mutter. »Aye, Täubchen«, sagte sie vorsichtig. »Es ist kein Geheimnis, dass ich mich hier als Gefangene fühle.«

»Dann müsst Ihr jetzt verschwinden, noch ehe Rhys und Abelard zurückkehren.«

Tara antwortete nicht – sie traute dem Mädchen nicht, und sie wollte sich auch nicht verraten. Wenn sie dem Plan zustimmte, den Täubchen sich ausgedacht hatte, dann war sie sicher, dass das Mädchen dies gegen sie nutzen würde, um sich bei Rhys dadurch einen Vorteil zu verschaffen.

Als Tara zögerte, hob Täubchen beide Hände und schüttelte sie, als wolle sie so Gott insgeheim bitten, dass Tara verstand. »Begreift Ihr mich denn nicht? Dies ... dies ist Eure Chance!« Ihre Augen strahlten vor Eifer, und es lag mehr als nur Verschmitztheit in ihrem Blick, viel mehr – eine dunkle Sehnsucht, die von ihrer mädchenhaften Fantasie angeregt wurde. Sie wollte, dass Tara verschwand, genauso sehr, wie Tara sich danach sehnte, hier wegzukommen – doch aus einem anderen Grund. »Wir haben nicht viel Zeit.« Sie suchte in ihrer Tasche, dann zog sie ein kleines, gefährliches Messer hervor, ähnlich wie das von Tara. Bei dem Dolch befanden sich noch ein Stück Kordel und ein Feuerstein. »Nehmt das mit.« Als Tara sich nicht rührte, packte das Mädchen ihre Hand, legte ihr die Sachen in die Handfläche und drückte Taras Hand zu. »Nehmt es.« Sie war ihr so nahe, dass Tara die kleinen Äderchen im Weiß ihrer Augen sehen konnte. »Ich weiß, dass Ihr Eure Flucht plant«, wisperte Täubchen. »Leugnet es nicht ab. Ich werde Euch helfen, die Wachen abzulenken.«

»Wie willst du das denn machen?«, fragte Tara, und ihre Faust schloss sich fest um Täubchens Geschenke.

»Keine Sorge. Ihr werdet es schon merken.« Täubchen zwinkerte ihr zu, und Tara fühlte einen Hauch von Misstrauen, denn im Blick des Mädchens lag ein Anflug von kaum verhülltem Hass. »Ich muss jetzt gehen, aber ich schwöre, Ihr werdet wissen, wann der richtige Zeitpunkt da ist.«

Mit diesen Worten huschte Täubchen aus dem Zimmer, mit gesenktem Kopf, ihr Benehmen unterwürfig und unauffällig, so wie sie immer war. Als sie durch die Tür verschwand, warf sie keinen Blick mehr zurück, und Tara, die wusste, dass sie einen Fehler machte, entschied sich trotzdem, dem flatterhaften, liebeskranken Mädchen zu vertrauen.

Die Schatten im Raum wurden länger, als die Nacht sich über das Schloss senkte. Sie blickte zu dem Lager, auf dem sie mit Rhys geschlafen hatte, sie roch ihn, fühlte seinen Körper, der sich eng an ihren geschmiegt hatte. Der verdammte Halunke! Sie hatte tief in ihrem Inneren frauliche Regungen verspürt und eine tiefe Sehnsucht, die sie nie wieder verlassen hatte. Ständig, wenn sie an ihn dachte, so wie auch jetzt, hüllte Sehnsucht sie ein, und sie erinnerte sich an den Geschmack seiner Lippen und das Gefühl seiner Hände auf ihrer nackten Haut.

»Hör auf«, murmelte sie leise vor sich hin, dann zog sie die Kleidung der toten Frau aus und schlüpfte in ihre schlichte Tunika und den Mantel.

Als sie die Kordel und den Feuerstein in die Tasche steckte, sagte sie sich, dass sie sich um Täubchen und ihren Plan keine Sorgen zu machen brauchte, wie auch immer dieser Plan aussehen mochte. Wahrscheinlich war er nicht mehr als die mädchenhafte Fantasie, Teil eines wagemutigen Planes zu sein. Ein Abenteuer. Auch wenn Täubchens Zuhause bei dieser Bande von Banditen war, so war sie doch nicht viel mehr als nur eine Dienerin, ein dummes Gänschen, das die niedrigsten Arbeiten verrichten musste. Ihre Mutter gab ihr dauernd Befehle, auch wenn sie liebevoll ausgesprochen wurden. Die Männer glaubten, dass sie keinen Verstand besaß, nur Rhys bot ihr Freundlichkeit, und diese Freundlichkeit verband sie mit den Träumen eines Mädchens von romantischer Liebe. Täubchen war hoffnungslos verliebt in ihn, aber er schien das überhaupt nicht zu bemerken.

Und wie steht es mit dir, Tara? Hast du dich nicht auch in ihn verliebt? Eine entsetzliche, unendlich lästige Stimme in ihrem Inneren stellte ihr diese Fragen.

Nein! Niemals! Er war ein Schuft. Ein Ausgestoßener. Ein Mann, der sie zu seinem eigenen Zweck ausnutzte, ein Mann, der sie beschämte, indem er darauf bestand, das Lager mit ihr zu teilen, ein früherer Ritter, der der Gesetzlosigkeit verfallen war. Sie würde sich niemals in einen solchen Mann verlieben.

Wütend über ihre Gedanken, schob sie ihren Dolch in den Stiefel und betrachtete das Tablett mit dem Essen. Sie aß ein paar Bissen des kalten Fleisches und ein Stück Brot, den Rest ließ sie stehen. Ihr lag sowieso ein dicker Kloß im Magen, ihre Handflächen waren feucht, obwohl es draußen kalt war, und ihr Herz schlug heftig in Erwartung der Nacht. Sie würde aus dem Fenster klettern, sobald die Wache eingeschlafen war. Dann würde sie durch die Schatten schleichen und ihr Pferd suchen, und dann, genau wie zuvor, durch den Riss in der Mauer fliehen.

Wenn er nicht bewacht war.

Es musste klappen. Sicher würde das Schicksal nicht noch mal gegen sie sein. *Oh, Morrigu, beschütze mich. Mache Dobbyn schnell wie einen Blitz, lasse die Wachen unaufmerksam und langsam sein, und bitte, bitte, ich flehe dich an, hilf mir dabei, aus diesen bedrückenden Mauern zu fliehen. Lass Rhys nicht zurückkehren, um mich aufzuhalten.*

Ganz sicher würde Rhys diesmal nicht da sein, um sie einzufangen.

Aber wo war er?

Sie versuchte, jeden Gedanken an ihn weit von sich zu schieben und war entschlossen, Rosies Sorge um ihn und Abelard nicht zu beachten. Doch gelang es ihr nicht, die nagende Angst beiseite zu schieben, die sie schon seit Stunden hatte – dass ihm etwas Schlimmes zugestoßen war, und dass jegliches Unglück, das er gehabt hatte, ihr Fehler war.

»Du bist schon genauso schlimm wie Rosie«, schalt sie sich selbst.

Der Smaragdring hing bereits um ihre Taille. Sie griff in die Tasche, ihre Finger berührten ihr eigenes Messer, die Schnur, ihre Kräuter, den Feuerstein und einige kostbare Münzen, alles was sie auf dieser Welt besaß, außer ihrem Pferd. Aye, sie war bereit zur Flucht.

Wenn sie nur eine Möglichkeit bekäme.

Wenn nicht, dann würde sie selbst eine Möglichkeit schaffen müssen.

Sie wagte es nicht, die Augen zu schließen, während sie darauf wartete, dass das Feuer herunterbrannte, weil sie so undurchdringliche Dunkelheit wie nur möglich brauchte für die wenigen Sekunden, in denen sie durch das Fenster steigen und auf den Boden springen würde. Ohne das Licht des Feuers hinter ihr würde sie nicht so gut zu entdecken sein, und es wäre weniger wahrscheinlich, dass man sie bemerkte.

Sie rückte etwas näher an das Fenster. Der Geruch nach Rauch lag in der Luft. Auf dem Schlosshof wieherte schrill ein Pferd. Jemand hustete. Über dem leisen Rauschen des Windes hörte man gedämpfte Unterhaltung.

Tara entdeckte den Wachmann. Rupert lehnte an einem

Pfosten, der ein eingefallenes Dach stützte. Die Arme hatte er vor seiner breiten Brust verschränkt und betrachtete lässig seine Umgebung, dann sprach er mit einigen Männern, die an ihm vorübergingen. Sie scherzten zusammen und lachten, doch keine Sekunde ließ er seine Aufgabe aus dem Blick. Selbst als er mit Bertrand sprach, einem Banditen mit einem hinterhältigen Blick, einem strähnigen Bart und dünnem Haar, beobachtete er weiterhin das Schloss.

Schließlich schlenderte Bertrand, der leicht humpelte, weiter, und Rupert gähnte. Wenn er doch nur einschlafen würde, dachte Tara. Solange er wach blieb, wäre es viel schwieriger, ihren Plan auszuführen. Irgendwie würde sie schnell aus dem Fenster klettern, sich auf den Boden fallen lassen und sich leise an ihm vorbeistehlen müssen, wenn er ihr gerade den Rücken zukehrte, vielleicht wenn er sich gerade erleichterte – und dann musste sie hurtig wie ein Wiesel über den Schlosshof huschen, zu der Stelle, an der die Pferde angebunden waren und …

Der Wachmann wurde plötzlich aufmerksam, sein Mund öffnete sich erschrocken. Er rannte los, zur anderen Seite des Schlosshofes.

Aus den Augenwinkeln entdeckte Tara ein verräterisches Leuchten. Hell orangefarbene Schatten tasteten sich über die zerklüfteten Mauern des Schlosses, und Rauch zog über den Hof.

Feuer!

»Nein«, flüsterte sie. »Oh, nein!«

Voller Angst steckte sie den Kopf aus dem Fenster, sie reckte den Hals, um zu dem Schuppen zu sehen, in dem die Küche untergebracht war. Ihr Herz sank. Wabernder schwarzer Rauch hing in dichten Schwaden über der Hütte. »Lieber Gott im Himmel.« Ihr Herz raste, Angst stieg in ihr auf.

»Feuer!«, rief jemand draußen im Flur. »Feuer im Schlosshof! Feuer!«

Männer schrien. Schwere Schritte liefen durch den Flur, an

ihrer Tür vorbei. »Kommt schon, ihr Kerle! Leland, heb deinen Hintern hoch! Hast du nicht gehört? Feuer! Es brennt – verdammt, es ist ein Feuer im Schloss!«

Tara kletterte auf die Fensterbank und reckte den Hals, um an der Küche vorbeisehen zu können. Über dem Dach, hinter Rosies Reich, stiegen helle Flammen empor, immer länger wurden sie und leckten gierig an den alten Balken und dem Rest des Strohs, mit dem das Dach gedeckt war. Rauch hing in der Luft, er stieg Tara in die Nase, bis in ihre Lunge.

»Gütiger Himmel«, rief einer der Männer. »Das ganze Schloss brennt. Lauft! Lauft«

»Bewegt euch! Kent, hierher!«

»Ben! Tom! Holt die Eimer!«

Tara sprang von der Fensterbank und lief zur Tür.

»Leland! Um der Liebe Christi willen, mach ein paar von den verdammten Säcken nass. Hol sie von Rosie.«

»Gütiger Gott, wie hat das nur angefangen!«

»Täubchen! Such deine Ma! Oh, um der Liebe der Heiligen Maria willen …«

Gerade als Tara an der Tür angekommen war, flog sie krachend auf. Mit hochrotem Gesicht und atemlos stand Täubchen vor ihr. Ihr Kinn zitterte. »Lauft«, befahl sie leise, mit rauer Stimme. »Jetzt sofort! Ihr müsst verschwinden …«

»Aber das Feuer. Ich kann doch nicht …«

»Es ist nichts. Es ist nur ein kleines Feuer in der Unterkunft der alten Apotheke, in der Nähe des Teiches. Es wird bald wieder gelöscht sein.«

»Woher weißt du das?«

»Beeilt Euch!«, kreischte das Mädchen. »Geht! Jetzt sofort! Ihr habt nur wenige Minuten, ehe ich allen sagen muss, dass ich Euch nicht gefunden habe, also lauft – *sofort*!«

Tara zögerte.

»Entweder jetzt oder nie. Das Feuer wird bald gelöscht sein!«

Tara widersprach nicht länger. Sie sprang behände wieder auf die Fensterbank, zwängte sich durch das Fenster und landete schließlich im weichen Gras des Schlosshofes.

Täubchen war gleich hinter ihr. »Beeilt Euch. Wir müssen schnell machen!«, drängte sie, und ohne lange nachzudenken lief Tara zu dem alten Wagen, an dem die Pferde angebunden waren. Sie wieherten und stiegen hoch, verängstigt von dem Rauch und dem Feuer. Mit wildem Blick und weit aufgerissenen Augen keilten sie mit den Hufen, ihr Fell war schaumbedeckt, und nervös versuchten sie, sich zu befreien.

Tara kam bei ihrer Stute an und tätschelte ihr die Nase. »Ruhig, Dobbyn, du bist ein braves Mädchen«, flüsterte sie, obwohl sie genauso verängstigt war wie die Tiere. Beißender Rauch füllte ihre Lunge, und das Feuer dehnte sich immer weiter aus, hellrote Funken flogen in den schwarzen Himmel. Mit zitternden Fingern versuchte Tara, die Leine zu lösen, sie begann zu schwitzen, während sie versuchte, Dobbyn von den anderen Pferden zu trennen. Ein gefleckter Grauer stieg hoch, die Vorderbeine schlugen in die Luft. Täubchen band ihn los, und er rannte davon, die Angst trieb ihn über den Schlosshof. »Beeilt Euch!«, flüsterte sie Tara zu.

Tara hielt die Leine in der Hand und schwang sich auf den glatten Rücken der Stute. Die anderen Pferde wieherten, eines stieg hoch. Ein anderes schlug nach hinten aus.

Tara achtete nicht darauf. Vom Rücken ihres Pferdes erkannte sie die mehr als zwanzig Männer, die Wasser trugen und Erde auf das Feuer warfen, das hell in der Hütte brannte. Doch langsam wurden die Flammen schwächer, sie zischten wie wütende Schlangen, wenn das Wasser darauf geschüttet wurde.

Tara zog an Dobbyns Zügel, und mit einem Gebet an alle Gottheiten, die sie kannte, trat sie der Stute in die Seiten. »Rette uns!« Wie ein Pfeil schoss das Pferd nach vorn und galoppierte so schnell es konnte über den Schlosshof. Ein anderes Pferd rannte mit weit aufgerissenen Augen an ihnen vorbei.

Aus den Augenwinkeln sah Tara, dass Täubchen die Pferde losband und ihnen fest auf das Hinterteil schlug. Eines nach dem anderen liefen sie los, verängstigt und wild wiehernd sprengten sie in alle Richtungen davon. Der orangerote Schein des Feuers wurde schwächer. Wie Täubchen vorausgesagt hatte, war es beinahe gelöscht.

Tara lenkte ihr Pferd auf den Riss in der Mauer zu. Dunkel tauchte er vor ihr auf, ein zerklüftetes Portal in die Freiheit. »Lauf, Dobbyn!«, rief sie. »Schneller, Schneller!«

»Hey!« schrie einer der Männer. »Die Pferde! Hey! Oh, verdammte Hölle, was jetzt? Die verdammten Pferde! Wie in aller Welt ...«

Noch mehr Männer begannen zu rufen, und das verängstigte Wiehern drang durch die Nacht.

Dobbyn zögerte nicht. Sie wurde immer schneller, während sie auf den Durchbruch in der Mauer zugaloppierte. Ohne zu zögern sprang sie über einen Haufen Geröll und landete mit einem großen Satz außerhalb der Mauer.

Tara klammerte sich fest. Mit dem Ring, der sicher um ihre Taille gebunden war, und dem Geschmack der Freiheit im Herzen, ritt sie in den dunklen, nächtlichen Wald, entschlossen, die einengenden Mauern von Broodmore und jeden Gedanken an den Bastard Banditen hinter sich zu lassen.

»Was soll das heißen, sie ist weg?«, donnerte Rhys, als er vor dem rauchenden Haufen Asche stand, der einmal ein Teil von Broodmore gewesen war. Verkohlte Balken glommen noch immer rot, und alle Männer der Räuberbande standen auf dem nassen, zertrampelten Gras und betrachteten das, was vor langer Zeit einmal die Hütte des Apothekers gewesen war. Stücke von zerbrochenen Töpfen, Überreste von Flaschen und ein verräucherter Krug standen in der Asche. Es war ein Wunder, dass die Küche nicht mit abgebrannt war.

Rhys kochte vor Wut. Tara! Sie steckte hinter dem Ganzen.

Die Hexe hatte sich ihm offen widersetzt. Sie hatte ihn betrogen. Sie hatte seine Männer überlistet. Wütend ballte er die Hände zu Fäusten. Wären die Männer nicht so müde und niedergeschlagen gewesen, er hätte sie sich vorgenommen – jeden Einzelnen von ihnen.

»Was ich meine, ist, dass Tara geflüchtet ist. In dem ganzen Durcheinander.« Kent, der offensichtlich wütend auf sich selbst war, starrte Rhys in die Augen. Seine normalerweise so saubere und gepflegte Kleidung war ein totales Chaos – der Mantel war zerrissen, die Hose hatte ein Loch im Knie, Lehm und Asche bedeckten nicht nur die Kleidung, sondern auch sein Gesicht. In dem schwachen Licht einer einzelnen Fackel, die Rhys hoch hielt, sah Kent hager und abgezehrt aus, ein Verbrecher, der kein Zuhause hatte und auch niemanden, der ihn liebte. Ein Mann, genau wie er.

»Ich verstehe nicht, dass das passieren konnte.« Eine kleine Ader an Rhys Schläfe klopfte heftig, und seine Finger in den ledernen Handschuhen gruben sich schmerzhaft in seine Handflächen. »Wie konnte sie entkommen? Wurde sie denn nicht bewacht?« Er bedachte jeden der Männer mit einem eisigen, eindringlichen Blick. Die meisten von ihnen sahen weg, auf den Boden, bewegten unruhig die Füße oder räusperten die vom Rauch rauen Kehlen.

Kent hustete, dann reckte er sich. »Irgendwie muss sie das Feuer gelegt haben, denn als alle versucht haben, es zu löschen, hat sie die Pferde freigelassen und ist davongeritten.« Kent presste voller Verachtung die Lippen zu einem schmalen Strich zusammen. Seine Augen wurden ganz schmal. »Sie hat das Schloss und das Leben aller hier aufs Spiel gesetzt. Sie ist böse.«

»Ist das wahr?«, fragte Rhys und wandte sich an die anderen Männer.

Sie nickten und zuckten mit den Schultern, brummend stimmten sie ihm zu und starrten verdrossen auf die Überreste des Feuers. Ihre Gesichter waren schmutzig, Rauch hing in ihrer Kleidung. Benjamins Augenbrauen waren verbrannt, und Olivers Arm blutete, weil er gefallen war, als er hastig nach Wasser lief.

»Genau so ist es passiert«, mischte sich jetzt auch Täubchen ein, und ihre Lippen zitterten, als sie zu lächeln versuchte. Sie betrachtete ihn mit glänzenden Augen. »Ich habe es selbst gesehen. Sie lief von der Hütte des Apothekers zu dem Wagen, an dem die Pferde angebunden waren. Sie ließ sie alle frei und schlug sie auf die Hinterhand. Ich ... ich habe versucht, die Pferde wieder einzufangen, ich wollte sie aufhalten ... aber ...« Sie hob die Hände mit den Handflächen nach oben und schaute zu Boden, als würde sie sich schämen. »Es war zu spät. Die Tiere rannten nach allen Seiten davon, als sie sie freigelassen hat. Sie waren völlig verängstigt. So wie ... wie wir alle.« Sie schluckte, und ihr Kinn zitterte. »Es war entsetzlich.«

»Psst.« Rosie legte dem Mädchen einen Arm um die schmalen Schultern. »Das hätte ich niemals von der Lady gedacht. Wir waren gut zu ihr und ... ach, na ja, wir haben überlebt. Alle. Der Herr war heute Nacht mit uns.«

Rhys war da gar nicht so sicher.

»Wir sollten alle beten, weil ...«

»Später!« Es war jetzt keine Zeit, niederzuknien und mit Gott zu reden. Noch nicht. Rhys rieb sich das Kinn und blickte auf die Überreste der Mauern des Schlosses. Hatte vielleicht jemand, der in der Nähe vorbeigekommen war, den Schein des Feuers durch die Bäume gesehen? Hatte diese Hexe die Sicherheit ihres Versteckes aufs Spiel gesetzt? Teufel! Sie würden bald weiterziehen müssen. Sehr bald. Möglicherweise war Sabotage im Spiel.

»Habt Ihr nicht gesagt, sie sei eine Hexe?«, fragte einer der Männer.

»Aye«, stimmte ein anderer zu. »Ich habe es selbst gesehen, wie sie etwas auf den Boden gemalt und mit dem Bösen geredet hat. Rosie hat sie dabei gestört. Und das war gut so, denn sonst wäre vielleicht jetzt der Satan selbst hier.«

»Das war er. Verdammte Hölle, Luzifer war hier!«, erklärte Rupert und nickte. Er spuckte auf den Boden.

»Genug!«, erklärte Rhys heftig, wütend über den Klatsch und verärgert, das Tara ihm entwischt war. Sein Kopf dröhnte, seine Wut war so finster wie die Nacht. »Wie ist sie aus ihrem Zimmer gekommen?«

»Durch das Fenster«, erklärte Täubchen.

»Sie ist nicht durch die Tür gekommen«, bestätigte Kent. »Bis zum Alarm war ich auf meinem Posten.«

»Ich auch!« Rupert hob das Kinn. Er verschränkte seine fleischigen Arme empört vor seiner Brust und ließ sich nicht einschüchtern. Als fürchte er, dass er für die Feuersbrunst verantwortlich gemacht würde, erklärte er: »Sie ist nicht durch das Fenster geklettert.«

»Das macht jetzt auch nichts mehr«, dachte Rhys laut nach. »Irgendwie ist ihr die Flucht gelungen. Wir können nur von Glück sagen, dass niemand sein Leben verloren hat.« Er betrachtete den Schutt, die qualmenden Balken und die Asche, die auf dem Schlosshof lag. Dann trat er nach einem verkohlten Stück Kalkstein und kämpfte gegen die Dämonen, die seine Seele gefangen hielten. Er fragte sich nicht, wohin sie sich wohl gewandt hatte – er wusste, dass sie nach Twyll reiten würde, wenn sie die Gelegenheit dazu bekam.

Die Gewissheit brannte in seinem Inneren. »Du«, sagte er und deutete auf Kent, »wirst die erste Wache übernehmen. Bleib hier stehen und achte darauf, dass das Feuer nicht noch einmal erwacht. Die anderen werden dich ablösen. Ich hole unsere Gefangene zurück.«

Täubchens Lächeln verschwand, ihre Unterlippe schob sich trotzig vor. »Warum würdet Ihr das tun wollen?«, fragte sie und bekam dafür von ihrer Mutter einen Stoß gegen die Schulter.

»Es tut mir Leid«, sagte Rosie und griff nach Täubchens Arm. »Du sollst die Entscheidungen von Rhys oder Abelard niemals in Frage stellen. Sie sind unsere Lords. Es wäre besser, wenn du dich daran erinnerst.«

»Hey, das Mädchen hat aber doch Recht, nicht wahr?«, mischte sich Bertrand ein. »Lady Tara hat uns nichts als Schwierigkeiten bereitet – und eine Hexe ist sie auch noch. Ich weiß nicht, wie Ihr das seht, aber ich möchte lieber mein Glück nicht durch die dunklen Künste aufs Spiel setzen.«

Einige andere brummten zustimmend, doch Rhys unterbrach sie. »Keine Widerrede. Ich werde sie zurückholen.« Er deutete nacheinander mit dem Finger auf jeden Mann. »Und ihr werdet Kent gehorchen, während ich nicht da bin.« An Kent gewandt, sagte er: »Wenn es noch mehr Schwierigkeiten gibt, werde ich dich dafür verantwortlich machen.«

»Aye.« Kent reckte sich und nickte steif.

»Gut. Wartet auf mich. Wenn ich zurückkomme, werden wir unser Lager hier abbrechen.« Angetrieben vom Zorn und von dem Gedanken, dass Tara allein vor die Tore von Twyll ritt, um Tremayne gegenüberzutreten, stürmte Rhys zu der Stelle, an der er Gryffyn angebunden hatte. Er sattelte seinen Hengst, schwang sich auf seinen Rücken und galoppierte wie der Teufel durch das Haupttor davon.

Er würde so lange reiten, bis er die Hexe fand, und wenn er sie fand – dann würde er sie durchschütteln, so kräftig er konnte, oder er würde sie lieben und nie wieder aufhören. Er war nicht sicher, was von beidem er tun würde.

»Lauf, verdammt, lauf!« Tara beugte sich tief über Dobbyns Hals und presste die Knie gegen die Flanken des Pferdes. Sie kniff die Augen zusammen gegen den eisigen Wind, der ihr ins Gesicht fegte und ihr das Haar zerzauste.

Sie war die letzte Nacht fast nur geritten, hatte sich und dem Pferd nur zwei knappe Stunden Pause gegönnt und hatte dann an einem Gasthaus am Rand eines Dorfes angehalten, wo sie etwas gegessen und für Dobbyn Hafer gekauft hatte. Dann hatte sie nach dem Weg nach Twyll gefragt.

Sie war jetzt ruhelos, denn in den unbekannten Wäldern um Broodmore hatte sie viel Zeit verloren, um einen Weg zu finden, der schließlich zu einem zerfurchten Pfad führte, der gerade breit genug war für einen Wagen. Den größeren Teil der Strecke hatte sie die Hauptstraßen vermieden, in der Hoffnung, nicht zu viel Aufmerksamkeit zu erregen, weil sie Twyll unbeachtet und ungestört betreten wollte, um nach Vater Simon zu suchen. Sie wollte weder anderen Reisenden oder Soldaten noch womöglich den Kriminellen von Broodmore eine Erklärung abgeben müssen. Auch nicht Rhys, falls sie das Pech haben würde, ihm zu begegnen.

Rhys. Guter Gott, ob er wohl noch lebt? Es waren erst wenige Tage vergangen, seit sie ihn zum ersten Mal gesehen hatte, und dennoch kam es ihr wie eine Ewigkeit vor. Der Gedanke, dass er vielleicht den Soldaten in die Arme gelaufen war oder einer Suchmannschaft des Sheriffs oder einem anderen Banditen, ließ ihr einen Schauer über den Rücken rinnen. *Er ist ein Bandit, Tara. Er lebt in Missachtung des Gesetzes, ist ein eingeschworener Feind seines Halbbruders, des Lords von Twyll. Früher oder später wird man ihn fangen, man wird ihn einsperren oder hängen.* Bei dem Gedanken malmte sie mit den Zähnen, doch die schmerzlichen Bilder gingen ihr nicht aus dem Sinn, und die Aussicht, ihn nie wieder zu sehen, machte ihr das Herz schwer.

Als der Weg einen Fluss kreuzte, ließ sie Dobbyn langsamer gehen, damit die Stute sich ein wenig erholen konnte. Fichten und Tannen traten zurück und machten Platz für bemooste Felsen am Ufer des Flusses. Ein Rebhuhn flog auf. Der Abendnebel begann sich zu heben, dünne Nebelschwaden, die über den Boden krochen und langsam in den dunkler werdenden Himmel schwebten.

Gut. Die Nacht und der Nebel würden ihr schon bald den Schutz bieten, den sie brauchte.

Sie drängte Dobbyn in den Fluss. Es war der einzige Weg nach Twyll. Die Stute scheute davor, durch das eisige Wasser zu traben, doch Tara zwang sie vorwärts, und entrüstet wiehernd wagte Dobbyn sich schließlich in das schnell fließende eiskalte Wasser, das um ihre Beine wirbelte und ihr wenig später bis zum Bauch reichte.

»Du schaffst es«, beschwörte Tara das Pferd, obwohl ihre Furcht immer größer wurde, als Dobbyn den Halt verlor. Die Stute versuchte, sich zu fangen, doch sie stolperte noch einmal, und Tara rutschte nach vorn. Das Pferd wieherte angstvoll auf. Es strampelte mit den Beinen. Wasser, so kalt wie der Tod, spritzte auf und durchnässte Tara.

Verzweifelt umklammerte sie die nassen Zügel und griff in die dichte Mähne des Pferdes. »Komm schon, komm schon«, flüsterte sie beruhigend, während ihre Zähne klapperten. Dobbyn machte einen Satz nach vorn, auf das Ufer zu. Die Hufe der Stute glitten auf den nassen Steinen aus, verzweifelt schlug sie mit den Beinen.

»Du schaffst das!« Taras Herz klopfte wild, sie klammerte sich an die kleine Stute, die schließlich wieder Grund unter den Hufen verspürte. Tara hielt den Atem an. »Bitte, Vater im Himmel, hilf uns.«

Felsbrocken und Steine gaben unter den Beinen des Tieres nach, doch es kämpfte sich mit aller Kraft weiter, nur unwillig gab der Fluss seine mörderische Umarmung auf. Mit einem lauten Schnauben kriegte Dobbyn schließlich wieder festen Boden unter die Füße und erreichte das sichere Ufer. Dort rannte sie dann wie von Furien gejagt entlang.

Mit tauben Fingern zog Tara die Zügel an, ließ das verängstigte Pferd langsamer laufen und lenkte es wieder in den Wald, nach Norden, in Richtung auf Tower Twyll. Ihre Zähne klapperten, ihre Haut war blau angelaufen, und sie wusste, dass sie einen Platz finden musste, an dem sie ausruhen und ein Feuer anzünden konnte. Sie hoffte, dass sie damit keine Aufmerksamkeit erregen würde, doch sie hatte seit Stunden nichts mehr gegessen, ihr Magen knurrte, und sie zitterte vor Kälte. Am nächsten Morgen würde sie die Tore von Twyll erreichen und nach Vater Simon suchen.

Und was dann, Tara? Was wirst du tun, wenn du herausfindest, dass du wirklich die Tochter von Gilmore bist? Sie biss die Zähne zusammen, damit sie nicht so laut klapperten und ritt bis zu einer kleineren Lichtung, auf der sie eine Feuerstelle fand, an der jemand vor ihr bereits irgendwann einmal ein Feuer angezündet hatte. »Hier bleiben wir, Dobbyn«, sagte sie und seufzte. Auch die Stute war hungrig und ausgepumpt. »Morgen früh werde ich dafür sorgen, dass du etwas Gutes zu fressen bekommst.« Sie tätschelte dem Pferd den Hals und wurde mit einem leisen Wiehern belohnt und einem Stups mit den Nüstern gegen ihre Brust. »Ja, du bist ein gutes Pferd.« Taras Finger streichelten die Stelle zwischen den Augen und Ohren des Pferdes, und sie fühlte sich dem Tier wunderbar verbunden.

Während sie trockenes Holz von den Bäumen in der Umgebung zusammensuchte und mit ihrem Dolch den Feuerstein wieder und wieder schlug, bis endlich ein Funke zündete, versuchte sie, nicht daran zu denken, wie allein sie war. Bilder von Lodema, die jetzt alt war und deren Gelenke schmerzten, wenn sie Kräuter zerstieß oder Feuer machte oder Kerzen herstellte, stiegen in ihren müden Gedanken auf. *Oh, Mutter, wie sehr vermisse ich dich.*

Tief bückte sie sich über den Ring aus Steinen und pustete in das Feuer. Sie sah, wie die Funken heller glommen, kleine Flammen erwachten, die hungrig an den trockenen Zweigen leckten. Bilder von Rhys stiegen in ihr auf, und während sie versuchte, ihren eiskalten Körper zu wärmen und ihren Umhang zu trocknen, erinnerte sie sich daran, wie warm und geborgen sie sich in seinen Armen gefühlt hatte, wie richtig es gewesen war, sich in seine Arme zu kuscheln und an ihn geschmiegt ruhig zu schlafen, obwohl das Verlangen zwischen ihnen pulsiert hatte.

Er ist ein Bandit, Tara. Ein Mann, der dich als seine Gefangene gehalten hat. Ein arroganter Dieb, der nichts unversucht lassen wird, um seinen eigenen Nutzen daraus zu ziehen.

Das Feuer loderte jetzt hell, und sie streckte sich aus, zog ihren langsam trocknenden Umhang fester um sich, während ihre Augenlider schwer wurden. Sie würde ein paar Stunden schlafen, dann würde sie aufwachen und die wenigen Meilen reiten, die sie von Twyll noch trennten … von ihrem Schicksal.

Sie gähnte, und schließlich forderten die Anstrengungen ihren Tribut, und sie schloss die Augen und schlief ein, während sie davon träumte, dass Rhys bei ihr war, sie berührte, ihr das Haar aus dem Gesicht strich und ihren Hals küsste …

Hier war sie also.

Endlich.

Die verdammte Hexe! Morgan Le Fay! Tara von Gaeaf? Die verschollene Tochter von Gilmore?

Bah!

Sie lag auf dem Waldboden, ihr Gesicht war zu einem Feuer gewandt, das in einem Ring aus Steinen fast niedergebrannt war. Tara war wunderschön und so verdammt bezaubernd, wie er sie kannte.

Rhys' Unterleib meldete sich, und sein Herz schlug heftig. Er hatte sie so endlos lange Stunden gesucht, er hatte schon aufgeben wollen, weil er glaubte, dass sie bereits innerhalb der dicken Mauern von Twyll war, eine Gefangene von Tremayne. Verdammte Hölle, was für ein Durcheinander! Wenigstens war sie in Sicherheit und keine Gefangene in Twyll.

Rhys war erschöpft bis auf die Knochen, jeder Muskel seines Körper schmerzte von beinahe drei Tagen im Sattel, als er von Gryffyns breitem Rücken kletterte, seine Handschuhe auszog und leise zu der Feuerstelle hinüberging, wo die Asche des ersterbenden Feuers dunkelrot glühte. Taras zartes, ebenmäßiges Gesicht wurde von den tanzenden roten Schatten erhellt. Ihr schwarzes Haar hatte einen rötlichen Schimmer, und als sie seufzte, verschwand ein wenig von dem Zorn, der durch seine Adern tobte. Lieber Gott, sie war bezaubernd. So wunderschön wie keine Frau, die er je gesehen hatte. Sein Herz stolperte, und er malmte mit den Kiefern, in einer Mischung aus Wut und Lust. Warum verlangte er nach dieser Frau? Warum? Aye, sie war einzigartig, aber sie war ein Stachel in seinem Fleisch, ein Emporkömmling mit einem feurigen Temperament und dem störrischen Verhalten eines Esels, der ihn dazu brachte, an nichts anderes mehr zu denken als daran, sie in sein Bett zu zerren und sie zu zähmen.

Doch das hatte er nicht getan. In den Nächten, die er mit ihr verbracht hatte, hatte er seine Lust im Zaum gehalten, er hatte die Augen verschlossen vor dem Schmerz, der ihn nicht mehr verlassen hatte, seit er sie zum ersten Mal am Ufer des Baches gesehen hatte, wie sie ihre Zaubersprüche murmelte und diesen verdammten Stein hoch in die Luft gehalten hatte.

Was also sollte er mit ihr tun? Sollte er sie aus dem Schlaf reißen, sie auf den Rücken ihres Pferdes zwingen und zusammen mit ihr den ganzen Weg nach Broodmore zurückreiten? Er zögerte nur eine Sekunde. Er hatte keine andere Wahl. Er hatte Abelard versprochen, dass er ihr den Stein wegnehmen würde, und wenn Rhys erst einmal sein Wort gegeben hatte, so war das für ihn wie ein Gesetz. Sie würde nach Broodmore zurückkehren müssen, der Wald von Twyll war nicht sicher genug.

Er kniete nieder und streckte die Hand aus. Sie zuckte zusammen. Noch ehe er ihre Schulter berühren konnte, wandte sie sich blitzartig zu ihm um, den Dolch in ihrer Hand, die Augen weit aufgerissen. »Tretet zurück!« schrie sie, kam auf die Beine und funkelte ihn an. Wild fiel ihr das schwarze Haar ins Gesicht, ihr Körper war angespannt, bereit, zuzuschlagen, und das gefährliche kleine Messer deutete direkt auf ihn. »Oh … Rhys.« Etwas von der Furcht in ihrem Blick verschwand, doch sie ließ die Waffe nicht sinken. Ihr Kinn reckte sich. »Ihr seid gekommen, um mich zurückzubringen.«

»Aye, zurück nach Broodmore. Nach dem, was noch davon übrig ist.«

»Was?«, flüsterte sie.

»Nach dem Feuer.«

»Oh, nein! Es ist doch nicht abgebrannt!« Ihre Vorsicht wurde zur Verzweiflung. Bedauern trat in ihre herrlichen Augen, und in dieser Sekunde, in der sie abgelenkt war, sprang er vor. Seine Finger schlossen sich fest um ihr schmales Handgelenk, und er riss den Arm hoch bis über ihren Kopf. »Nein, Hexe, Euer Plan ist nicht aufgegangen. Broodmore steht noch immer, und alle würden gerettet.«

»Dank sei den Heiligen.«

»Was? Kein Dank an Morrigu? Oder an Myrddin? Wie steht es mit Rhiaanon?«, knurrte er, und die Wut ließ eine kleine Ader an seiner Schläfe heftig pulsieren, als er an die Gefahr dachte, die sie den Menschen gebracht hatte, die ihm ihr Leben anvertraut hatten. »Wie hättet Ihr Euch gefühlt, wenn jemand gestorben wäre?« Er schüttelte ihre Handgelenke. »Wie?«

»Aber … aber ich habe das Feuer nicht gelegt.«

Er schnaufte verächtlich. »Lügt nicht, Tara.

»Das ist keine Lüge.« Sie starrte zu ihm auf, leichte Rebellion in ihrem Gesichtsausdruck.

»Die anderen behaupten aber etwas anderes.«

»Dann sind sie diejenigen, die nicht die Wahrheit sagen.«

»Wieso habe ich schon vorher geahnt, dass Ihr genau das behaupten würdet?«

Sie sah aus, als wolle sie ihm widersprechen, doch dann hielt sie sich zurück. Er starrte in ihr Gesicht und konnte kaum dem Drang widerstehen, sich zu ihr zu beugen und sie zu küssen.

»Ich erfinde keine Entschuldigungen«, erklärte sie empört, und er bemerkte, wie rasch sich ihre Brust hob und senkte, so als wäre sie gelaufen. »Ich habe niemandem etwas zuleide getan. *Ihr* habt mich gefangen gehalten.«

»Zu Eurem Schutz.«

»Und weil ich den Stein habe«, fuhr sie ihn an. »Ich habe die Gier in Abelards Augen gesehen, als er den Stein betrachtet hat, ich habe ihn flüstern gehört, dass er ihn haben wollte.« Mit einer anmutigen Bewegung strich sie das Haar aus ihrem Gesicht. »Ich frage mich wirklich, ob es stimmt, dass ich es bin, hinter der Ihr her seid, Bandit. Habt Ihr mich um meiner eigenen Sicherheit willen verfolgt oder wegen des Ringes?«

»Vielleicht wegen beidem.« Seine Hände um ihre Arme begannen zu schwitzen, unter seinen Fingern fühlte er das stete Pochen ihres Pulses an der samtigen Innenseite ihrer Handgelenke. In der Dunkelheit, die nur milde vom Mondlicht erhellt wurde, und den Schatten, die das Feuer warf, schien sie ihm unwirklicher als je zuvor. Ihre Augen schimmerten, ihre Haut war cremig weiß, ihre Lippen dunkel und voll.

»Lasst mich los«, flüsterte sie.

»Niemals.«

»Gebt mich frei, Rhys, oder ich schwöre, ich werde ... ich werde ...«

»Mir mit dem Dolch das Herz aus dem Leib schneiden?«, spottete er, und sein Blick streifte amüsiert die Waffe, die sie noch immer in ihrer Hand hielt.

Sie bewegte sich unauffällig, hob ihr Knie, doch noch ehe sie ihn treten konnte, stellte er sich so, dass sie ihn unmöglich treffen konnte. Dabei hielt er sie nach wie vor fest. »Vorsichtig, Hexe, Ihr solltet mich nicht provozieren.«

»So wie Ihr mich provoziert?«, höhnte sie, was ihn seine letzte Beherrschung kostete. Mit einer einzigen schnellen Bewegung riss er sie an sich. Sie stolperte gegen ihn, das Messer fiel ihr aus der Hand, und er küsste sie. Hart. Bestrafend. Fordernd. Noch immer hielt er ihre beiden Arme fest, er hob sie hoch über ihren Kopf, und als er seine Lippen auf ihre presste, fühlte er, wie sie erstarrte.

»Nein …«, begann sie, doch das Wort erstarb auf ihren Lippen, als sich seine Zunge dagegendrückte. Mit einem Seufzer gab sie nach, ihre Lippen öffneten sich ihm, und ihre Augen schlossen sich.

Tausend Gründe, warum er aufhören sollte, schossen ihm durch den Kopf.

Sie ist deine Feindin, vielleicht ist sie die Tochter von Gilmore.

Seine Zungenspitze berührte die ihre.

Sie ist eine Hexe, eine Frau, die dich mit einem Zauberspruch verhexen kann.

Sie stöhnte leise auf.

Sie ist herzlos, ein Mensch, der ein Schloss niederbrennt, zu ihrem eigenen Nutzen.

Sein Herz raste, sein Blut kochte, und er fühlte den Schmerz, als sein Glied sich aufrichtete.

Sie ist wie vergiftetes Wasser, sie sieht unschuldig aus, aber für dich bedeutet sie den Tod.

Ihre Lippen bewegten sich, ihr Körper erschauderte, und all die Gründe, sie nicht zu der Seinen zu machen, verpufften wie Wassertropfen auf einer heißen Herdplatte. Er wollte sie. Er wollte sie ganz. Schon seit dem ersten Augenblick, als er sie gesehen hatte. Er sehnte sich danach, sie zu fühlen, die Hitze ihres nackten Körpers an seinem zu spüren. All die Nächte, in denen er sie in seinen Armen gehalten und sich nach ihr verzehrt hatte, in denen er sie gebraucht hätte und sich dazu gezwungen hatte, nicht das zu tun, was nur natürlich war, tauchten erneut in seiner Erinnerung auf.

Seine Zunge schob sich tiefer in ihren Mund, sie umschmeichelte die ihre, und es war, als wäre sie dafür geschaffen. Rhys, der Bastard Bandit, ein Mann, der keinen Herren über sich duldete, war plötzlich verloren. Er zog sie mit sich auf den Teppich aus Nadeln und Blättern, und sie wehrte sich nicht. Der Wald schien sich um sie zu schließen, als sie einander küssten, hemmungslos, wieder und wieder.

Taras Blut rauschte in ihren Ohren. Ihr Herz raste, und sie konnte kaum atmen. *Hör auf*, dachte sie in einem Anflug von Klarheit, doch sie schaffte es nicht. Zu lange schon hatte sie sich nach ihm gesehnt. Sein Mund war warm und fordernd, seine Hände besitzergreifend, als er ihren Rücken streichelte.

Denk daran, wer er ist – ein Bandit, der nur deinen Willen dem seinen unterwerfen will.

Er küsste ihre Wangen, ihre Augen, ihre Mundwinkel. Als seine Lippen tiefer glitten, über die empfindsame Haut ihres Halses, legte sie den Kopf in den Nacken und fühlte, wie ihre Haut unter seinen Liebkosungen prickelte.

Ihre Brüste schmerzten, und tief in ihrem Inneren erwachte ein Verlangen, das so eindringlich war, dass es sie überwältigte. Mehr. Sie verlangte nach mehr. Sie schlang die Arme um seinen Hals und vergrub die Finger in seinem Haar.

Der Wind rauschte durch die Bäume, das Licht des Feuers warf nur noch einen rötlichen Schein, und Tara öffnete die Augen und sah ihm tief in die seinen. »Das ist verrückt«, flüsterte sie, und mit einem Stich von Enttäuschung dachte sie, dass er jetzt aufhören würde.

Und dennoch wusste sie tief in ihrem Herzen, dass sie die Wahrheit gesagt hatte.

Sein Gesicht lag im Dunkeln, nur einen kurzen Augenblick lang erkannte sie es über sich, dann murmelte er: »Oh, verdammte Hölle.« Seine Augen blitzten auf, und er küsste sie erneut, seine Lippen waren fest, seine Zunge fordernd.

Tara erschauerte vor Lust.

Er rollte sie auf den Rücken und entknüpfte das Band ihres

Umhangs. Geschickt zog er ihn ihr über den Kopf. Er küsste sie noch immer, als er seinen Umfang fallen ließ, dann beschäftigte er sich mit ihrer Tunika.

Seine Hände waren überall gleichzeitig, er öffnete Bänder, schob ihr das Haar aus dem Gesicht und streichelte zärtlich ihren Rücken. Während der ganzen Zeit gaben seine Lippen die ihren nicht frei, ihre Atem mischten sich, und die Nacht um sie herum schien zu versinken.

Allein im Universum, mit weichen Tannennadeln als ihrem Bett und den Ästen der kahlen Bäume als ihren Betthimmel, streifte er ihr die Tunika über den Kopf. Der Mond tauchte den Wald in geheimnisvolles Licht und spiegelte sich in seinen Augen. Rhys schaffte es auch irgendwie ihr und sich selbst die Schuhe auszuziehen.

Sie bebte, als er auf sie hinunterblickte, und obwohl sie noch ihr Hemd trug, fühlte sie sich nackt. Vor ihm. Vor Gott. Vor dem Universum. Ihr Herz schlug Stakkato, und ihr Körper schien von innen heraus zu brennen.

Durch den dünnen Stoff ihres Hemdes berührte er ihre Brust. Eine Handfläche strich über ihre Brustspitzen, seine Finger waren warm, als er ihre Brust sanft drückte.

Sie keuchte auf. Ihre Brustspitzen wurden hart und richteten sich auf. Er senkte den Kopf. Seine Zunge benetzte ihre Spitzen durch ihr Hemd, und in ihrem Inneren schien ein Damm schmerzlicher Sehnsucht zu brechen. Sie wölbte ihm ihren Körper entgegen, und er knabberte zart an ihrer Haut unterhalb ihres Halses. Eine Hand legte er in ihren Rücken und zog sie eng an sich.

Feuchte Wärme breitete sich an der intimsten Stelle ihres Körpers aus. Sie konnte kaum mehr atmen, konnte nicht denken, sie spürte nur noch seine harte, muskulöse Kraft. Sein Herz schlug im gleichen Rhythmus mit dem ihren. Aus seinen Augen leuchtete ihr pure Lust entgegen, spiegelte all die verwirrenden Gefühle ihres Inneren wider.

Sich ihm zu verweigern war unmöglich, genauso wie es ihr unmöglich war, sich diesem schicksalhaften Augenblick zu versagen. Wie von selbst schlangen sich ihre Arme um ihn, ihre Finger suchten unter dem Stoff seiner Tunika nach seiner nackten Haut.

Er setzte sich rittlings über sie und zog das störende Kleidungsstück über den Kopf. Im Licht des Mondes betrachtete sie ihn, die Silhouette seiner breiten Schultern und seines Oberkörpers, sein dunkles, wild zerzaustes Haar, seine Augen, die schimmerten wie die eines Wolfes, der seine Beute betrachtet.

Seine Finger griffen zum Saum ihres Hemdes, und er zog behutsam den Stoff immer höher, über ihre Waden, ihre Schenkel, ihre Hüften und die Taille. Schließlich streifte er ihr das durchsichtige Kleidungsstück über den Kopf, und sie lag nackt vor ihm.

Auch wenn die Luft kalt war und eine Gänsehaut ihren Körper überzog, so brannte doch das Feuer in ihrem Inneren heiß, und er fachte es noch weiter an, indem er ganz langsam mit einem Finger über ihre Rippen fuhr.

Ihr stockte der Atem.

Er beugte sich vor, küsste ihre rechte Brust. Dann hob er den Kopf und sah zu, wie sich die feuchte Knospe in der kühlen Nachtluft aufrichtete.

Taras Hände fuhren über die festen Muskeln seiner Arme und Schultern, dann streichelte sie seinen Rücken. Ihre Fingerspitzen entdeckten alte Wunden – Narben auf seiner Haut, und das Herz tat ihr weh wegen all der Schmerzen, die er hatte erdulden müssen.

Wieder beugte er sich vor. Er küsste ihre beiden Brüste abwechselnd, seine Zunge fuhr über die rosigen Knospen, zart knabberte er an ihrer Haut. Sie bog ihm den Körper entgegen, und er drückte sie so eng es nur ging an sich. Dabei presste sich ihr Unterleib gegen den rauen Stoff seiner Hose. Sie spürte seine Männlichkeit, hart, dick und pulsierend. Tief in ihrem Inneren meldete sich ihr Gewissen, wusste sie, dass sie aufhören musste, dass sie sich am Rande einer Klippe befand. Wenn es noch eine Möglichkeit gab, diesen Wahnsinn zu beenden, war jetzt der Zeitpunkt erreicht.

»Du bist die bezauberndste Frau in ganz Wales«, flüsterte er, ehe sich seine Lippen auf ihre legten. Seine Zunge neckte sie, seine Bartstoppeln kratzten auf ihrer Haut. Tara begegnete seiner Gier mit der gleichen Leidenschaft. Seine Hände glitten über ihren Körper, dort, wo seine Finger sie berührten, brannte ihre Haut. Das Blut rauschte in ihren Ohren, und sie merkte, dass er auch noch das letzte Hindernis zwischen ihnen beseitigte. Er schob seine Hose herunter, drängte seine Knie zwischen ihre und spreizte ihre Schenkel.

In ihrem Schoß pochte es heiß.

Er blickte auf sie hinunter.

Das Verlangen brannte in ihr, unwiderruflich, unbezähmbar. Er war ihr so nahe, sein Glied direkt vor ihrer intimsten Stelle.

Er streckte eine Hand aus und legte sie um ihre linke Brust, dann glitt seine Hand zärtlich über ihre Rippen bis zu ihrer Taille. »Du bist wunderschön«, hauchte er und berührte die Schnur, an der der Ring befestigt war. »So verdammt wunderschön.«

Sie zitterte, schluckte schwer. Er spielte mit dem Ring, und der kalte Stein berührte ihre erhitzte Haut. Eine Sekunde lang glaubte sie, er würde versuchen, ihr den Ring wegzunehmen, doch er küsste sie, und seine Hand wanderte zu dem Nest krauser Locken zwischen ihren Schenkeln. Als Antwort darauf wölbte sie ihm die Hüften entgegen, und er umfasste mit seinen Händen ihren Po. Ihr ganzer Körper prickelte vor Erregung, der kalte Nachtwind wehte über ihre erhitzte Haut.

Seine Finger gruben sich in ihre Hinterbacken.

Ihr Herz machte einen Sprung.

»Ahh, süße Hexe Tara«, murmelte er. »Es ist eine Sünde, bei dir zu sein.«

»Aye.« Sie wollte jetzt nicht daran denken, ob das richtig oder falsch war.

Ihre Blicke trafen sich. »Dann verdamme ich mich willig in die Hölle.«

Mit einem einzigen Stoß drang er tief in sie ein.

Schmerz durchzuckte ihren Körper.

Sie schrie auf.

Etwas zerriss in ihr – sie hatte endgültig ihre Jungfräulichkeit verloren.

Gequält keuchte sie auf. Tränen traten in ihre Augen. Ihre Muskeln spannte sich an, und einen Moment glaubte sie, alles sei vorbei. Doch dann küsste er sie. Ganz zart, ganz behutsam, wieder und wieder. Er begann, sich in ihr zu bewegen, und nach einigen vorsichtigen Stößen wurde der Schmerz zu Glück, zu einer süßen Qual. Leichte Röte stieg in ihre Haut, ihre Finger suchten Halt, in dem krausen Haar auf seiner Brust. Schneller und schneller bewegte er sich. Ihr Körper passte sich seinem Rhythmus an.

»Tara, süße, süße ...« Seine Stimme klang rau. Ihre Hände krallten sich nun in seine Brust. Sie hatte das Gefühl, ein Dutzend Pferde gleichzeitig zu reiten, in wildem Galopp auf den Rand einer tiefen Schlucht zuzurasen. Ihr stockte der Atem. Sie war nahe am Abgrund. Schneller und schneller. Der Abgrund tat sich vor ihr auf – und sie schien direkt in den Himmel, zu den Sternen zu fliegen.

Sie wölbte sich ihm entgegen, schrie auf und hörte gleichzeitig seinen heiseren Schrei, der von den Bäumen widerhallte. Rhys bog den Kopf zurück, bleckte in Ekstase die Zähne und ergoss sich in sie. Seine Muskeln erbebten, seine Stimme ertönte guttural durch die stille Nacht. Taras innere Muskeln schlossen sich um sein Glied, und er hielt sie fest in seinen Armen.

»Ah, Hexe!«, stöhnte er und sank schwer atmend auf sie. Sein Gewicht drückte sie zu Boden, sein Hals und sein Körper waren schweißbedeckt.

Sie zog ihn in ihre Arme, klammerte sich an ihn und hielt ihn fest, als würde sie fürchten, dass er sich in Nebel auflöste. Sie genoss das Wunder ihrer Vereinigung, eins mit ihm geworden zu sein, die Geheimnisse einer Frau kennen gelernt zu haben.

Der Wald war dunkel, das Feuer war längst erloschen, und sie seufzte zufrieden auf. Endlich. Endlich. *Oh, Rhys.*

Er begann sich wieder zu bewegen, sein Herz schlug langsamer, und sein Atem ging wieder normal.

»Sohn des Teufels«, flüsterte er, und seine Worte klangen gequält, als er den Kopf hob und auf sie hinuntersah. Sein Blick war ernst, seine Stimme wie zerkratzt. Bedauern flackerte über sein Gesicht. »Verflucht sei das Schicksal, Weib, verflucht bis in die Hölle.« Er nahm eine ihrer glänzenden Haarsträhnen in die Hand, und seine Mundwinkel zogen sich schmerzerfüllt hinab. »Was habe ich nur getan?«

9

Ein Schauer lief über Tremaynes Körper, als er die verlassenen und unheimlichen Mauern von Broodmore betrachtete. Geschwärzt vom Feuer, überwuchert von Unkraut und Ranken, zerfallen, wo die Zinnen eingestürzt waren – es war ein unheimliches Schloss, eine Festung, die für den Satan persönlich bestimmt schien. Als der Mond hinter den Ruinen aufstieg, erinnerte der Lord von Twyll sich daran, dass er ein Christ war, dass heidnische Riten dumm waren und es keine Flüche gab. Dennoch wusste er tief in seinem Herzen, dass er ein Lügner war. In den verborgensten Nischen seiner Seele fürchtete er sich vor all dem, was er nicht verstand. Auf seinem Pferd am

Rande des Waldes starrte Tremayne auf die unheimliche Festung und fühlte mehr als nur einen Hauch von Furcht, der ihm über den Rücken lief und sich wie Blei auf sein Gemüt legte.

Als würde ein feindlicher Geist seine Gedanken lesen, frischte der Wind auf und wehte unangenehm durch sein feuchtes Haar. Er roch nach feuchtem Waldboden, als er ihm über den Nacken fuhr.

»Es ist verwunschen«, flüsterte Red, der sein kräftiges Pferd neben dem vom Tremayne angehalten hatte. Versteinert vor Angst glotzte er auf die verkohlten riesigen Überreste auf der Klippe.

»Verflucht«, stimmte ihm Sir Lawrence zu. Er war ein großer Mann mit dünnem blondem Haar und Augen, denen nichts entging. Vom Rücken seines weißen Rosses aus betrachtete er die Ruine, die früher einmal ein blühendes Schloss gewesen war, angefüllt mit freien Bauern und Leibeigenen, sprühend vor Leben. Seine Finger spielten nervös mit den Zügeln. »Niemand hat die Pest überlebt.«

»Man sagt, dass Geister in den Verliesen hausen und auf dem Turm Wache stehen«, meldete sich ein anderer Mann aus der Gruppe.

»Blödsinn!« Tremayne wollte nicht, dass einer seiner Männer seine eigene, nicht reale Beklommenheit noch verstärkte.

»Nein, seht!« Reds leise Stimme zitterte, und er deutete mit einem Finger auf einen der viereckigen Türme, die sich aus den zerfallenen Mauern erhoben. »Dort oben ist einer der Geister.«

Tremaynes Körper schien in Eis getaucht, dann blickte er zu einer Silhouette, die sich auf einem Turm abbildete. Langsam verschwand seine Furcht, und er lächelte grimmig. »Das ist kein Geist«, sagte er, als er im blassen Licht des Mondes einen Mann erkannte, der dem Sheriff schon viel zu oft entkommen war. »Das ist der alte Bertrand, der Taschendieb, der da Wache schiebt. Seht ihr, wie er geht, er zieht ein Bein nach. Ich habe ihn damals verwundet.« Beinahe hätte Tremayne laut aufgelacht. Er sah seine Männer einen nach dem anderen an – sie alle waren ihm treu ergeben. Wenigstens hoffte er das. Die Theorie von Sir James, dass es im Kreis seiner Vertrauten in Twyll einen Spion gab, machte ihm Sorgen. Konnte einer seiner Soldaten, die ihm alle die Treue geschworen hatten, ein Verräter sein? Ein Judas, der ihn beobachtete, der ihm jeden Tag folgte? Jeder Mann hielt seinem Blick stand. »Verteilt euch«, befahl Tremayne. »Tut das, was wir besprochen haben. Noch vor der Morgendämmerung werden wir angreifen.«

Red schluckte, doch dann beschäftigte er sich angelegentlich mit den Zügeln seines Pferdes.

Sir Lawrence schob entschlossen sein Kinn vor. »Aye«, brummte er und legte eine Hand an den Griff seines Schwertes.

Tremayne konnte den Sieg förmlich schmecken. Der verdammte Rhys würde heute eine wertvolle Lektion lernen. »Tötet so wenig Männer wie möglich. Den Rest der Leute werden wir nach Twyll bringen, und wenn irgendjemand« – er ließ gefährlich seinen Blick von einem seiner ergebenen Männer zum anderen wandern – »den Bastard entdeckt oder diese Frau, mit der er zusammen ist, dann bringt die beiden sofort zu mir.«

Es würde eine erhebende Rache sein, den Ausdruck auf dem Gesicht seines unehrerbietigen Halbbruders zu sehen, wenn Rhys begriff, dass er ein Gefangener war und dass er für seine kriminellen Taten verurteilt werden würde, genau in dem Schloss, aus dem er vor so vielen Jahren verbannt worden war.

»Gibt es sonst noch etwas?«, fragte Sir Lawrence.

»Ja.« Tremaynes Pferd tänzelte unruhig, und er umfasste die Zügel fester. »Wenn wir die Gefangenen haben, dann werden wir das Schloss in Brand setzen.«

»Aber M'lord, es ist doch bereits abgebrannt.«

»Noch nicht vollständig.« Tremayne warf einen hasserfüllten Blick auf die geschwärzten Überreste der Türme von Broodmore und dachte an all die unheimlichen Mythen, die sich um dieses alte Schloss rankten – Mythen von Geistern und Zeichen und Flüchen. »Zerstört das Schloss. Vollkommen.«

Sir Lawrence zögerte nur kurz. »Das werden wir tun.«

»Sorgt dafür. Sobald Rhys gefangen ist.« Tremaynes eisiges Herz erwärmte sich. *Aye, Rhys ... Brüderlein, jetzt ist die Zeit für unsere Abrechnung gekommen.*

Tara bewegte sich, sie öffnete die Augen, die sich allmählich an die Dunkelheit, kurz vor oder Morgendämmerung gewöhnten. Sie war im Wald, und ein starker Arm mit gekräuseltem dunklen Haar hielt sie fest. *Rhys!* Also war das alles nicht nur ein lüsterner, wilder Traum gewesen. Ihr Herz schlug einen Salto. Das Brennen zwischen ihren Schenkeln erinnerte sie an ihre Vereinigung, an die Leidenschaft ihrer Körper, das Gefühl, wie seine Männlichkeit tief in sie eingedrungen war. Selbst jetzt, noch Stunden später, weckte die Erinnerung daran eine Sehnsucht, die tief in ihrem Herzen schlummerte. Eine Sehnsucht, der sie sich nie wieder hingeben durfte. Nie wieder! Sie musste jetzt gleich weg, solange er noch schlief. Denn wenn er erst einmal aufgewacht war, würde er sie nicht wieder frei geben.

Sie biss sich unglücklich auf die Lippe, entschied sich aber, noch in dieser Minute zu verschwinden. Vorsichtig befreite sie sich aus seiner Umarmung, schob ihren nackten Körper weg von ihm, von seinen Armen und Beinen, die sie hielten. Dabei versuchte sie seinen Duft zu ignorieren und den erdigen Geruch der Leidenschaft, die sie erst vor so kurzer Zeit miteinander geteilt hatten. Sie hielt den Atem an, und bei jedem Rascheln der Blätter zuckte sie zusammen. Als weit weg ein einsamer Wolf heulte, versteinerte sie.

Rhys schnarchte und wälzte sich auf die andere Seite. Tara war sicher, dass er nach ihr greifen würde, seine Finger suchten nach ihr, doch dann seufzte er tief und schlief weiter, sein breiter Rücken leuchtete weiß im Schein des Mondes, die vielen Narben waren jetzt deutlich zu erkennen.

Nackt bis auf den Smaragdring, den sie nach wie vor, um ihre Hüfte gebunden hatte, suchte Tara nach ihrer Kleidung. Nachdem sie ihre Stiefel, ihr Hemd und ihre Tunika gefunden hatte, betete sie, dass der Stein wirklich magische Kräfte besaß, dass er eine Kraft hatte, die ihr erlauben würde, ihrem verführerischen Wärter zu entkommen, ohne ihn dabei aufzuwecken.

Ihr Umhang lag zerdrückt unter Rhys Körper, sie konnte nicht daran denken, ihn unter ihm hervorzuziehen. Nein, sie würde ohne ihn auskommen müssen.

Zitternd kleidete sie sich an, ohne ein Geräusch zu machen. Dabei ließ sie Rhys nicht aus den Augen. Was würde er tun, wenn er aufwachte und feststellte, dass sie nicht mehr da war? Ein Schauer lief über ihren Rücken bei der Vorstellung, wie er reagieren würde, wenn er begriff, dass sie ihn überrumpelt hatte. Niemals wünschte sie sich, das Ziel seines Zornes zu sein, er war zu unberechenbar, zu gefährlich. Und dennoch war ihr dummes Herz erfüllt mit Bedauern, ihn zu verlassen. Sie schlich zu den Pferden und verschwand hinter einen Baum, um Dobbyns Zügel zu lösen, sodass Rhys für eine Sekunde nicht mehr in ihrem Blickfeld war.

Nur noch wenige Schritte.

»Wo willst du denn hin?« Eine große Hand schloss sich um ihren Knöchel.

»Oh!«

Sie schrie auf, dann begriff sie, dass die Finger, die sich so besitzergreifend um ihr Bein geschlossen hatten, Rhys gehörten, der sich herumgerollt und vollkommen nackt seinen Arm so weit ausgestreckt hatte, dass er sie fassen konnte.

»Ich ... ich ...« Sie war so erschrocken, dass sie kein Wort herausbrachte, sie konnte ihn nur panisch anstarren. Die Finger schlossen sich noch fester um ihren Knöchel, dann gab er sie frei und sprang gelenkig auf, genau zwischen sie und die Pferde.

Sie zwang sich, den Blick nicht von seinem Gesicht zu nehmen. Obwohl sie mit ihm geschlafen hatte, obwohl sie gefühlt hatte, wie die drahtigen Haare auf seinem Oberkörper gegen ihre Brüste gerieben hatten, als er auf sie gesunken war, erschöpft, nachdem er seinen Samen in sie ergossen hatte, vermied sie es, auf das schwarze, krause Haar zu blicken, das in einer schmalen Linie hinunterwuchs zu seinem Nabel und sich dann verdichtete, dort, wo seine Männlichkeit, die sie aus den Augenwinkeln sehen konnte, sich bemerkbar zu machen schien.

Ihr Hals wurde eng.

Ihr Herz dröhnte wie eine Trommel. Sicher konnte er es hören. Sicher konnte ganz Twyll es hören.

»Ich habe dir eine Frage gestellt«, sagte er und kam auf sie zu. Sie wich einen Schritt zurück. Zwei Schritte. Sie fürchtete sich nicht vor ihm – nein, sie selbst war es, der sie nicht traute, und den Gefühlen, die sie nicht unter Kontrolle hatte, wenn sie ihm so nahe war.

Noch einen dritten Schritt wich sie zurück. Ihr Rücken stieß gegen die raue Rinde einer riesigen Eiche.

»Ich weiß … und ich … ich habe versucht …« Oh, Himmel, sie konnte nicht denken. Sie sah ihm wieder in die Augen. Strahlend und silbern waren sie, und sie glänzten vor grimmiger Erkenntnis.

»Du hast versucht, zu entkommen.«

»Ja!«

»Und du hast versucht, nach Twyll zu kommen. Bei den Göttern, Frau, wirst du es denn nie lernen?« Er trat einen Schritt näher an sie, so nahe, dass ihre Tunika sein nackte Haut berührte und sein Duft sie einhüllte. Ihre Haut prickelte, und sie sagte sich, dass sie ihn ignorieren sollte, dass sie von ihm weg musste, dass sie so schnell laufen sollte, wie ihre Beine sie trugen und beten, dass er sie in dem undurchdringlichen Wald nicht wieder finden würde.

Sie schaute an ihm vorbei zu den Pferden und wusste, dass es keine Möglichkeit gab, sie zu erreichen. Vorher hätte er sie eingeholt.

»Denk nicht einmal daran«, warnte er sie. »Ob es dir nun gefällt oder nicht, du wirst hier bei mir bleiben, kleine Hexe, und du kannst fluchen, kratzen, Zaubersprüche murmeln, Runen zeichnen und deine Flucht von mir planen, von jetzt an bis in alle Ewigkeit, aber bis ich entscheide, dass du in Sicherheit bist, wirst du hier bei mir bleiben.«

»Bist *du* das entscheidest?«, wiederholte sie zornig. »Bis ich in *Sicherheit* bin?« Sie musterte ihn böse und überlegte, ihr Knie hochzuziehen und es hart gegen seine Männlichkeit zu rammen. »Es ist nicht deine Aufgabe, über mein Schicksal zu entscheiden.«

»Nein? Da irrst du dich aber.« Beide Hände legte er auf ihre Schultern, und zum ersten Mal hörte sie einen Anflug von Bedauern in seiner Stimme.

»Warum? Was macht es dir denn schon aus?«, spuckte sie, doch dann dämmerte es ihr. »Oh, Gott, es geht um den Stein.«

Seine Finger gruben sich noch fester in ihre Schultern, sie fühlte es durch ihre Kleidung hindurch. »Ich brauche den Ring.«

»Warum?«

»Um ihn gegen Tremayne zu benutzen.«

»Er gehört mir«, erklärte sie und war enttäuscht, weil sie überzeugt war, dass seine Aufmerksamkeit ausschließlich diesem verdammten Smaragd gegolten hatte. Deshalb hielt er sie gefangen. Deshalb sollte sie in seiner Nähe sein. Deshalb hatte er mit ihr geschlafen. »Also hast du gar nicht von meiner Sicherheit gesprochen, sondern nur von der des Ringes.« Ihr wurde schlecht, und sie versuchte, sich von ihm zu lösen, doch seine Hände waren kräftig, seine Finger gruben sich in ihre Haut wie eine sanfte Falle. Als sie daran dachte, was sie getan hatte, wie lüstern sie in seinen Armen gelegen hatte, wie seine Zunge und seine Lippen die intimsten Stellen ihres Körpers erforscht hatten, fühlte sie nichts als Scham – auch wenn sie es nicht bedauerte. Oh, verräterisches Herz, das sie so betrogen hatte.

»Aye, wir brauchen den Ring, aber es geht mir auch um deine Sicherheit.«

Glaube ihm nicht, Tara. Vertraue ihm nicht. Ihm liegt nicht das Geringste an dir. Hättest du den Ring nicht, dann hätte er dich auch nicht verfolgt, dich gefunden und mit dir geschlafen.

Ihre Wangen liefen in der Dunkelheit hochrot an, und sie erstarrte, als er sie an sich zog, als seine Arme sich um sie legten, seine Lippen sich drängend, fordernd, auf ihre pressten. Sie zwang sich, nicht zu reagieren. Obwohl alles in ihrem Inneren schmerzte, ihre Brüste prickelten und das neu entdeckte Feuer der Leidenschaft in ihrem Blut rauschte, weigerte sie sich, sein Opfer zu werden. Wieder einmal. Rhys benutzte sie, er wollte sie nur wegen des funkelnden Steins, den sie um ihre Taille gebunden hatte. Sie würde ihm nicht nachgeben.

Dennoch schwächte der feuchte Druck seiner Zunge gegen ihre Lippen, die Berührungen seiner Hände auf ihrem Rücken und der Druck seiner Hüften an ihren diesen Entschluss.

Seine Lippen waren warm, sein Duft verlockend. Mit einer Hand griff er in ihr Haar, sanft zwang er sie, den Kopf zurückzulegen. Sie starrte ihn an. »Vertrau mir, Tara«, murmelte er und hielt ihr Gesicht ein wenig von sich weg, damit er sie besser ansehen konnte.

»Niemals.«

»Ich tue nur das, was für uns beide das Beste ist.«

»Nein, ich glaube nicht …«

Seine Lippen senkten sich auf ihre, und er küsste sie, hart, grob, seine Zunge presste sich drängend gegen ihre Zähne. Alles in ihr schrie danach, ihn aufzuhalten. *Das ist Wahnsinn. Er will dich nicht. Tara, tu es nicht noch einmal. Er hat dir deine Jungfräulichkeit genommen, und jetzt willst du ihm erlauben, dir auch noch den Ring zu stehlen?*

Ihr Mund öffnete sich ihm.

Ihr Körper erbebte unter seinen Berührungen.

Nein, nein, nein! Tu das nicht! Lauf weg! Um der Liebe all dessen willen, was dir heilig ist, Tara, lauf weg!

Doch sie schaffte es nicht. Und als sie fühlte, wie seine Hand zum Saum ihrer Tunika ging, die er ihr über den Kopf zog, erlaubte sie ihm, ihr das Kleidungsstück auszuziehen. Seine Hände umfingen ihre Brüste, und die Hitze, dieses herrliche, wundervolle Gefühl der Wärme, drang durch jedes Körperteil.

Ihre Brustspitzen richteten sich auf, als seine rauen Finger sie zärtlich rieben, ihre Haut brannte, wo er sie berührte, und tief in ihrem Inneren erwachte eine Sehnsucht, die Schmerzen der Nacht zuvor verschwanden, und eine neue, pulsierende Wollust trat an ihre Stelle, von der sie wusste, dass nur er sie befriedigen konnte.

Seine Lippen glitten langsam von ihrem Mund ihren Hals hinab, zu der Stelle zwischen ihrem Hals und ihrer Schulter, einer empfindsamen Stelle, an der eine Ader so rasch pulsierte wie die Schwingen eines Kolibris. Alle Gedanken, sich ihm zu entziehen, verschwanden, und sie gab sich ihm hin. Willig. Eifrig. Sie konnte kaum den jubelnden Augenblick erwarten, in dem ihre Körper eins wurden.

»Oh, Lady«, flüsterte er. Seine Stimme war so rau wie seine Hände, die ihre nackten Brüste liebkosten, die im Licht der verblassenden Sterne cremig weiß schimmerten und unter deren zarter Haut sich durchscheinend die blauen Adern abzeichneten.

Er küsste sie, dann senkte er den Kopf und nahm eine ihrer Brüste in seine warmen Hände. Sanft nahm er die rosige Knospe in den Mund.

Ihr stockte der Atem, so sehr verlangte sie nach ihm. Er neckte sie, spielte mit ihr, biss zart in ihre Haut, dann saugte er an ihrer Brust und eine Hand strich zu ihrer Hüfte. Seine Finger spreizten sich, und er kam der Spalte zwischen ihren Pobacken gefährlich nahe.

Tara konnte kaum noch stehen, ihre Knie gaben nach. Er glitt noch tiefer, der Winterwind blies über ihre feuchten Brustspitzen. Er küsste ihren Bauch und fuhr mit der Zunge in ihren Nabel.

Alles in Tara zitterte, Tränen traten in ihre Augen. Verlangen brannte in ihr, heftig und pulsierend. Ihr Rücken lehnte gegen einen Baum, und sie versuchte, sich Rhys zu entziehen, als er vor ihr kniete und mit seinem Gesicht ihre Schenkel auseinander drängte. Sie fuhr zurück, doch seine Hände lagen auf ihrem Po, und er hielt sie fest. Als er die Innenseite ihrer Schenkel küsste, gab sie ihren Widerstand endgültig. Der kalte Wind hauchte kurz über ihre Haut, bevor sie seinen warmen Atem in den krausen Locken zwischen ihren Schenkeln fühlte.

Sie krümmte sich stöhnend zusammen, als sie seinen Mund und seine Zunge an ihrer intimsten Stelle spürte, versuchte, sich zurückzuziehen, doch er hielt sie fest. Sie keuchte auf, als sie seine heiße Zunge fühlte, als er sie küsste und … und … oh, süße Ekstase! Sie schloss die Augen und gab sich ganz diesem herrlichen Gefühl hin, sie sank gegen den bemoosten Baumstamm, als er einen Wirbel von Verlangen in ihr weckte, einen unbezähmbaren, schnell fließenden Strom der Lust, der ihr Inneres schier verglühte. Heiß. Brennend. Schneller und schneller. Sie konnte nicht atmen, konnte nicht denken. Sie warf den Kopf zurück und schrie auf, ihr Haar verfing sich in den niederen Ästen des Baumes, und ihr Körper presste sich hart gegen den Stamm. Sie fühlte eine inbrünstige, gefährliche Hingabe, als etwas tief in ihrem Inneren zerbarst und sie sich heiser stöhnend ekstatisch wand.

Seine Hände, die sich in ihre Hinterbacken gegraben hatten, hielten sie fest.

Rhys hörte nicht auf. Er hob sie ein wenig hoch, beugte sich vor und küsste sie noch einmal, leckte sie an ihrer prall geschwollenen Liebesperle.

Sie atmete schwer und versuchte, sich von ihm zu lösen, doch er hielt sie fest, seine Zunge und seine Lippen erforschten sie, sein Atem weckte erneute süße, unentrinnbare Ekstase, die durch ihr Blut rann. Sein Stoppelbart war rau auf der empfindsamen Innenseite ihrer Schenkel.

Die Welt begann sich zu drehen. Ein langes, gutturales Stöhnen entrang sich ihrem Mund, und heiß floss es aus ihr heraus.

Oh, Gott! Sie würde sterben. Gleich hier, nackt im Wald, mit Rhys ... dem wunderbaren, dem entsetzlichen Rhys, der vor ihr kniete, sie küsste, sie berührte und sie mit seiner süßen, wollüstigen Magie verführte. Wieder türmte sich dieses unentrinnbare, herrliche Gefühl der Hitze in ihr auf, der Druck war so stark, dass sie glaubte, sie würde bersten. Sie wand sich, versuchte, von ihm wegzukommen und ihm doch gleichzeitig noch näher zu sein.

Er berührte sie nun gleichzeitig mit seinem Finger und seiner Zunge.

Ihr Körper stieß heftig gegen die harte Rinde des Baumes. Die Sterne am Himmel schienen in ihren Kopf einzudringen und explodierten in ihr in unglaublichsten Farben, als sie erschöpft in seine starken Arme sank.

»... also habe ich es so verstanden, dass Ihr willig den Ring aufgebt – so wertvoll er auch sein mag – und dass Ihr mir Eure Treue schwört, zusammen mit all den Verbrechern, die zu Eurer Bande gehören, um Euch mit mir zu vereinen und gegen Twyll zu kämpfen?« Lord Cavan saß in seinem kunstvoll geschnitzten Sessel in der großen Halle von Schloss Marwood.

Seine beringten Finger hatte er unter dem Kinn zusammengelegt und starrte Abelard mit misstrauischem Blick an.

»Ich möchte gern dafür entschädigt werden.«

»Ahh.« Ein mildes Lächeln umspielte den breiten Mund des Barons. Ein mächtiges Feuer brannte im Kamin und erhellte die weiß gekalkten Wände, die kunstvoll gewebten Wandbehänge und die hohe Empore, auf der der Lord von Marwood saß. Schwarze Locken rahmten ein Gesicht ein, in dem gerade erst der Bart zu sprießen begann, und seine purpurfarbene Tunika, die mit grauem Samt und Fell abgesetzt war, ließ ihn noch mehr wie einen Monarchen erscheinen. »Also kommen wir jetzt erst zum wahren Sinn Eures Geschäftes«, meinte er und schnippte mit den Fingern einer wohlgestalteten Magd zu, die gerade zur Treppe eilte.

Sie blieb sofort stehen. »M'lord?« Ihre rosigen Wangen liefen noch roter an, und sie blickte unsicher von dem Baron zu Abelard und den anderen Männern, zwei untersetzten Soldaten, die an der Tür Wache standen.

»Mehr Wein«, befahl er und deutete auf den Boden, wo sein leerer silberner Becher stand. »Für mich und für Sir Abelard.«

Abelard zuckte innerlich indigniert zusammen. Es war schon Jahre her, seit vor seinem Namen ein Titel gestanden hatte. Und innerhalb der Mauern von Marwood zu sein, wo es von Soldaten nur so wimmelte und die Vorbereitungen für einen Krieg im Schlosshof offensichtlich waren, machte ihn leicht nervös. Bei seiner Ankunft war er von den Wachen durchsucht worden, ehe man ihm erlaubte, in den inneren Schlosshof zu gehen, wo Karren und Wagen mit Vorräten beladen wurden. Schlachtrösser, kleine spanische Pferde, Zelter und Packpferde hatten gewiehert und an ihren Leinen gezerrt, während sie von Dutzenden von Soldaten zusammengetrieben wurden. Abelard hatte Kisten voller Waffen gesehen – Langbögen, Kreuzbögen, Messer und Schwerter, aber auch Hämmer, Sägen, Pickel,

Schaufeln und andere Werkzeuge – Fässer voller Nahrungsmittel und Wein, Kisten mit Fackeln, Feuersteinen und alle anderen möglichen Vorräte, die man aus den Lagerräumen des Schlosses geholt hatte, warteten darauf, mit in die Schlacht genommen zu werden. Eine Schleudermaschine, mit der man schwere Wurfgeschosse über die hohen Mauern von Twyll schleudern wollte, war bereits teilweise zusammengesetzt worden. Der Rammbock war bereit, um auf seinen kräftigen Rädern nach Twyll gerollt zu werden, wo man ihn dazu benutzen würde, die schweren Schlosstore zu zerstören.

Cavans Angriff würde heftig sein, die Belagerung mühselig und langwierig.

Die Dienstmagd nickte knapp bei Cavans Befehl. »Aye, M'lord«, sagte sie und lief davon, ihr blauer Rock wehte um ihre Beine.

»Ein hübsches Mädchen, diese Meghan«, dachte Lord Cavan laut nach, und sein Blick folgte dem Mädchen, dabei klopfte er nachdenklich mit einem beringten Finger auf die Armlehne seines Sessels.

»Aye.«

»Nun, sagt mir.« Der Baron legte die langen Beine übereinander und betrachtete Abelard mit misstrauischem Blick. »Was wollt Ihr als Gegenleistung für alle Eure Mühen?«

»Eine Festung.«

»Aaah«, meinte Cavan, nickte und hob eine Hand. »Eine Festung. Eine wirklich kleine Bitte.« Seine Stimme troff vor Sarkasmus, als er die Männer musterte, die vor dem Kamin standen, wo riesige Feuerböcke in Form von Wolfsköpfen einen dicken Stamm hielten, der hell brannte.

»Der Smaragdring wird beweisen, dass ihr der wahre Herrscher von Gilmore seid. Viele, die insgeheim dem alten Baron treu ergeben sind, würden ihre Treue gegenüber Tremayne sehr schnell brechen und Euch als den rechtmäßigen Baron von Twyll akzeptieren.« Abelard nickte. »Es würde Lord

Tremayne von innen schwächen, also vom Herzschlag des Schlosses her. Die Menschen würden sich gegen ihn erheben.«

»Einige«, stimmte ihm Cavan zu und klopfte mit einem Finger gegen die Vorderzähne, die ein wenig vorstanden. Das Mädchen kam mit einem leeren Becher und einem vollen Krug zurück. Sie füllte beide Becher, und Cavans Blick glitt über ihr Mieder zu dem Schwung ihrer Hüften. Als sie wieder ging, seufzte er auf, dann gingen seine Gedanken zurück zu der Unterhaltung mit Abelard. »Also, wem gehört der Ring?«

»Wie bitte?«

Cavan beugte sich vor, die Ellbogen stützte er auf die Knie, dann runzelte er die Augenbrauen. »Nun, Sir Abelard, wenn ich Euren Gründen zustimmen soll, so gehört der Ring dem wahren Herrscher von Twyll, der ihn bei seiner Geburt erhalten hat, als der Sohn von Gilmore vor dem Tod seines Vaters aus dem Schloss entführt wurde, wie die alten Mythen behaupten. Mein eigener Vater, Innis, hat behauptet, dass ich dieses Kind bin. Dennoch habt Ihr diesen Ring ... das soll ich Euch zumindest glauben?«

»Aye.«

»Also wurde Euch dieser Ring entweder gegeben, oder Ihr habt ihn gestohlen.« Er nippte an seinem Wein, und das Licht des Feuers spiegelte sich in der glänzenden Oberfläche des Bechers. Auch wenn Cavan äußerlich ganz ruhig erschien, so schien ihn doch eine Ruhelosigkeit erfasst zu haben, eine Art Hunger. Noch ehe Abelard antworten konnte, fragte Cavan: »Und wo ist dieser Ring jetzt?«

»An einem sicheren Ort.«

»Ihr tragt ihn nicht bei Euch?« Seine Finger rieben über den Becher.«

»Nein.«

»Also muss ich Eurem Wort glauben, obwohl Ihr nichts habt, um es zu beweisen?«

»Meine Männer sind gewillt, sich mit Euch zusammenzuschließen.«

»Das sagt Ihr. Aber Eure Männer sind Halsabschneider, Mörder, Vergewaltiger und Räuber. Ihre Treue kann man kaufen, mit einer einzigen Münze oder mit dem Versprechen eines Frauenzimmers, das für sie die Röcke hebt.«

»Sie sind bereit, vor Euch anzugreifen, die Schlosstore von Twyll für Euch zu öffnen und Euch Lord Tremayne auszuliefern.«

»Oder sie werden uns ans Messer liefern, wenn wir durch die Tore gehen. Woher soll ich wissen, dass dies keine Falle ist, dass Ihr nicht von Tremayne geschickt wurdet? Seine Spione sind schon früher hier gewesen.« Er schüttelte den Kopf. »Warum sollte ich Euch trauen?«

»Weil ich Tremayne von Twyll hasse wie keinen anderen Menschen auf der Welt.« Abelard hob seine Hand und zeigte ihm den Fingerstumpf. »Ihm habe ich das hier zu verdanken.«

»Es war nicht sein Fehler, dass Ihr zu langsam mit Eurer Waffe wart.« Cavan trank seinen Becher leer und wischte sich dann mit dem Ärmel den Mund ab. »Nein, das ist kein Grund, Euch zu trauen.«

»Ich reite zusammen mit Rhys.«

Cavans Kopf fuhr hoch. Jeder Muskel in seinem Körper spannte sich an. »Mit dem Bastard Banditen?«

»Aye.«

»Doch ist er nicht hier bei Euch, nicht wahr? Ich habe davon gehört, dass man Euch einige Male zusammen mit ihm gesehen hat. Warum ist er jetzt nicht hier?«

»Weil er der Hüter des dunklen Smaragdes ist.« Abelard lächelte insgeheim. Diese Besprechung war genauso abgelaufen, wie er sich das vorgestellt hatte. »Würde ich den Ring zu Euch bringen, was würde Euch davon abhalten, ihn mir wegzunehmen?«

»Was würde mich davon abhalten, Euch als Geisel zu nehmen und Euer Leben gegen den Smaragd einzutauschen?«

»Nichts.« Abelard trank den Rest seines Weines aus.

Cavan wartete, sein Lächeln war verschwunden.

»Gar nichts, bis auf die Tatsache, dass Ihr Euch so den Zorn des Bastard Banditen zuziehen würdet und von allen Männern, die mit ihm zusammen reiten. Der Smaragd würde niemals Euch gehören, und für den Rest Eures elenden Lebens würdet Ihr niemals wieder ohne das Bewusstsein schlafen, dass Euch in jedem Augenblick Rhys von Twyll Euren Mitleid erregenden milchweißen, dürren Hals durchschneiden könnte.«

Cavan sprang auf und blickte von der Höhe seiner Empore erregt auf Abelard hinunter. »Mit einem Wort könnte ich dafür sorgen, dass Euch auch noch der Rest Eurer Finger bis zu den Händen abgehackt wird!«

»Aye, Ihr seid mächtig, Lord Cavan, aber wenn Ihr diesen Fehler machen würdet, würdet Ihr ihn für den Rest Eures Lebens bedauern.« Abelards Stimme wurde leiser. »Das verspreche ich Euch.«

»Und dann könnte ich mit Euren Zehen beginnen.«

»Und Ihr würdet den Smaragd niemals sehen. Noch dazu würdet Ihr einen guten Vorteil in Eurem Kampf verlieren. Möchtet Ihr Euch nicht an Merwynns Sohn rächen?«

Lord Cavan setzte sich wieder und lehnte sich in seinem thronähnlichen Sessel zurück. Aus seinen Augen blitzte das Feuer der Blutrünstigkeit, denn Cavan, auch wenn er von dem alternden Lord Innis verwöhnt worden war, hatte niemals seine Mutter gekannt oder die Liebe erfahren, die nur sie ihm hätte geben können. Der alte Mann war herzlos und kalt gewesen.

Abelard besaß die Unverfrorenheit zu lächeln. Er machte sich keine Sorgen darum, dass man ihm die Finger oder auch die Zehen abhacken könnte. Dieser Welpe eines Lords konnte ihn nicht einschüchtern. Er wusste, wenn der neue Baron seine Möglichkeiten bedachte, würde er gemeinsame Sache mit den Banditen machen. Es wäre Wahnsinn, das nicht zu tun, und Cavan von Marwood schien sehr vernünftig, äußerst rachsüchtig und vor allen Dingen überaus gierig.

In der Stille des Nachmittages starrte Rhys auf den Schutthaufen, der einmal Broodmore gewesen war. Noch immer stieg Rauch von den geschwärzten Balken auf, und selbst die Mauern, die vorher noch nicht verkohlt gewesen waren, waren jetzt von Rauch und Asche geschwärzt und viele waren endgültig niedergebrannt.

»Niemand ist hier«, sagte er, als er durch das ging, was einmal der Schlosshof gewesen war. Das Gras war angebrannt und verdorrt, der alte Wagen, an dem vor kurzem noch die Pferde angebunden gewesen waren, war nur noch ein Skelett.

Taras Gesicht hatte alle Farbe verloren. Sie stand auf einer kleinen Erhebung neben dem Aalteich, eine Hand hatte sie vor den Mund gepresst. Tränen stiegen in ihre Augen. Der Wind zerrte an den Falten ihres Umhangs, wehte ihr die Kapuze vom Kopf und peitschte ihr das Haar ins Gesicht.

»Das hast du getan.« Die anklagenden Worte waren ihm entschlüpft, noch ehe er richtig nachdenken konnte. Der Schmerz, beißend und heftig, traf ihn bis in seine Seele. Rosie. Leland. Kent. Täubchen. Jonny. Benjamin. Und so viele andere. Gütiger Himmel, waren sie alle tot? Sein Kopf schmerzte, Verzweiflung brach ihm das Herz.

»Nein.«

»Aye – es waren deine selbstsüchtigen Absichten, die sie umgebracht haben.«

»Nein, oh, nein!« Sie wankte eine Sekunde, dann zwang sie sich, stark zu bleiben. Ihre zarten Schultern reckten sich. »Ich habe das Feuer nicht gelegt.«

»Nicht?« Er wandte sich zu ihr um, sein Schuldgefühl trieb ihn zu ihr hinüber. »Wer hat es dann getan?«

»Ich … ich weiß es nicht. Aber ich habe die Flammen gesehen, die Wachen sind gelaufen, um das Feuer zu löschen, und ich … ich bin durch das Fenster geklettert. Ich hätte das Feuer gar nicht legen können, selbst wenn ich es gewollt hätte. Ich war in meinem Zimmer eingesperrt, Tag und Nacht wurde ich bewacht. Und … und du warst doch hier, nicht wahr? Wurde das Feuer nicht gelöscht?«

Er schnaufte. Diese verflixte Frau, er wollte ihr glauben, wollte der Unschuld vertrauen, die er in ihren Augen las. »Nicht ganz.«

»Vielleicht sind die anderen ja gar nicht tot«, sagte sie, und aus ihrer Stimme klang der Wunsch, ihren eigenen Worten zu glauben. »Wir haben noch keine Leichen gefunden, und auch noch keine … keine Skelette«, fügte sie flüsternd hinzu. »Die Pferde sind weg … könnten sie nicht entkommen sein?«

»Und wohin sollten sie gegangen sein? Warum haben wir keinen von ihnen getroffen?«

»Weil sie sich versteckt haben, genau wie wir. Oder … oder vielleicht sind sie in die andere Richtung geritten.«

»Sie alle?«, schnaufte er verächtlich.

»Warum denn nicht?«

Aye, warum denn nicht? Er strich sich das Haar aus den Augen, und ein überwältigendes Schuldgefühl überkam ihn. Nie zuvor war seine Bande so lange an einem Ort geblieben, aber er war in dem Glauben gewesen, dass das Leben hier, in einem angeblich verhexten Schloss, sicher war.

Er hatte sich geirrt.

Er hatte nicht schnell genug reagiert. Obwohl er gefühlt hatte, dass Gefahr bestand, hatte er sie ignoriert und war stattdessen dieser Hexe hinterher gelaufen, weil er glaubte, dass das Schicksal ihm noch ein paar Tage hold sein würde.

Und jetzt hatten diejenigen, die ihm vertrauten, dafür bezahlt, vielleicht sogar mit ihrem Leben.

»Hast du sie nicht gesehen – sie lebten alle, und das Feuer war bis auf einige wenige Funken gelöscht.«

»Aye.« Er erinnerte sich an den rauchenden Schutt, der wesentlich weniger gewesen war als das hier, und der Schaden hatte sich auf die alte Hütte des Apothekers beschränkt. »Aber ein Funke muss sich erneut entzündet haben und …« Sein Herz war schwer, wenn er an all die Menschen dachte, die auf ihn gesetzt hatten. Die sich auf ihn verlassen hatten. Die geglaubt hatten, er sei ihr Retter. Tief in seinem Inneren fühlte er den Schmerz. »… und niemand hat gesehen, wie das Feuer wieder aufgeflackert ist.«

»Hast du nicht jemanden zurückgelassen, der die rauchenden Reste des Feuers bewachen sollte?«

»Aye, einen überlasteten, erschöpften Mann.« Er schloss die Augen und verachtete sich dafür, dass er die Suche nach Tara und dem verdammten Stein vor die Sicherheit seiner Männer gesetzt hatte. Alle Mitglieder seiner Bande waren vom Kampf gegen das Feuer, dem Zusammentreiben der Pferde und der Suche nach Tara viel zu müde gewesen, um sich noch um die rauchenden Trümmer zu kümmern.

Rhys kämpfte gegen den Wunsch an, die Faust gen Himmel zu schütteln und seinem Zorn Ausdruck zu verleihen.

Er trat nach einem Stück Schutt und sagte sich, dass er an dem Geschehen nichts mehr ändern konnte. Er würde den Schmerz im dunkelsten Teil seines Herzens vergraben. Er hoffte nur, dass Rose, Kent, Täubchen und die anderen entkommen waren, doch er glaubte es nicht. Menschen waren gestorben. Wegen Tara.

Seinetwegen.

Und wegen des verdammten dunklen Smaragdes.

Nun, jetzt war es an der Zeit, dass der Stein ihnen das vergalt.

»Komm«, sagte er, griff nach ihrer Hand und zog sie mit sich zu dem Fallgatter, wo ihre beiden Pferde mit den Hufen scharrten, weil der Rauch sie nervös machte. »Es ist an der Zeit, die Dinge zurechtzurücken.«

»Zurechtzurücken?«, wiederholte sie und musste laufen, um mit seinen langen Beinen Schritt zu halten, als er über den Schlosshof ging.

»Aye. Du wirst deinen kostbaren Besitz aufgeben, Hexe.«

»Ich … ich verstehe nicht.« Doch an ihrer Stimme merkte er, dass sie log. Sie wusste sehr genau, was er von ihr wollte.

»Der Stein.« Er griff nach Dobbyns Zügel und legte sie in ihre Hand. Er war wütend auf sie, auf sich selbst, und er wagte nicht an ihr Liebesspiel zu denken, das so wild, so heiß und so überwältigend gewesen war. Wenn er sie küsste, verlor er den Verstand, und daher wusste er, dass er sie nie wieder in seine Arme nehmen würde. »Dein verdammter Smaragd.« Er stellte einen Fuß in Gryffyns Steigbügel und zog sich in den Sattel. »Es ist an der Zeit, dass du ihn aufgibst.«

Sie stieg auf Dobbyns Rücken und zog leicht an den Zügeln. »Ihn aufgeben? Warum?«

»Abelard verhandelt mit Lord Cavan von Marwood. Er bietet ihm den Stein und unseren Treueschwur für ein Bündnis mit ihm, um Tremayne zu besiegen.«

»Nein, ich werde nicht etwas aufgeben, was mir gehört.«

Rhys fühlte das grausame Lächeln, das sich in seine Mundwinkel stahl. »Ich fürchte, du hast gar keine andere Wahl – denn *M'lady*, andere haben weit mehr aufgegeben.« Er sah sich zornig um. »Diese Männer und Frauen sind gestorben, Tara. Gestorben. Deinetwegen. Und jetzt bist du an der Reihe, um ein wenig zu opfern.« Er wirbelte mit Gryffyn herum und sah sie vom Rücken des hochsteigenden Pferdes an. Er weigerte sich, dem überwältigenden Wunsch nachzugeben und ihr zu verzeihen. Er verhärtete sein Herz, um nicht von seinem Pferd zu steigen, sie von ihrem Pferd zu zerren, sie in seine Arme zu nehmen und sie zu küssen, bis sie beide nicht länger nachdenken konnten. Sie war schuld an all dem Elend, weil sie aus Broodmore geflohen war.

Und warst du nicht verantwortlich dafür, dass du sie hierher gebracht hast?, wisperte sein Gewissen, doch er ignorierte es. Noch ehe er seine Meinung ändern konnte, knurrte er: »Du wirst den Smaragd aufgeben.«

»Nein ... ich ...«

»Es wird keinerlei Widerrede mehr geben.«

»Aber ...«

»Hör mir zu, Frau, entweder nimmst du ihn selbst ab, in dem Dorf, wo ich mich mit Abelard treffen werde, oder ich werde dir die Kleider vom Leib reißen, die verdammte Schnur selbst aufknüpfen und ihn dir abnehmen.« Er sah sie wütend an, und sie begegnete seinem Blick mit zornigem Trotz. Anstatt sich zu ducken, zu zittern und zu schwören, dass sie seinem Befehl nachkommen würde, bedachte sie ihn mit einem hochmütigen, eisigen Lächeln und hielt die Zügel fest in den Händen, während ihre kleine Stute rückwärts tänzelte und den Kopf schüttelte, um sich gegen die Gebiss-Stange zu wehren.

»Eines sollst du wissen, Rhys. Ich werde niemals – hast du gehört, ich werde *niemals* – zulassen, dass du oder jemand anderes mir sagt, was ich zu tun habe.« Sie gab der Stute die Zügel frei, trat sie in die Seiten, und die Stute stob davon, als sei sie von einem Katapult abgeschossen worden. Flach auf den Rücken des Pferdes gepresst jagte Tara über den Schlosshof als seien alle Furien der Hölle hinter ihr her.

Rhys trat Gryffyn hart in die Flanken. Der Graue stieg hoch, dann galoppierte er mit rasend schnellen, ausgreifenden Schritten der fliehenden Stute und ihrer Reiterin hinterher. Taras Kapuze wehte ihr vom Kopf, ihre schwarzen Locken flogen im Wind und ihr Umhang flatterte hinter ihr, als ihr Pferd durch das zerstörte Tor preschte.

Doch das scherte Rhys wenig. Es würde nicht lange dauern,

bis er sie eingeholt hatte, und dann, bei den Göttern, dann würde er ihr zeigen, was es bedeutete, sich ihm zu widersetzen.

Er biss die Zähne so fest zusammen, dass sie schmerzten, sein Mund war zu einem rachsüchtigen Lächeln verzogen. Oh, ja, die Hexe würde eine Lektion lernen. Eine sinnliche, erotische, aber eine äußerst schwierige Lektion. Eine Lektion, die sie brauchte, die sie sogar dringend brauchte.

Er konnte es kaum erwarten, sie ihr zu erteilen.

10

Am Bach holte er sie ein.

»Lernst du denn nie?«, fragte er, während die beiden Pferde Hals an Hals nebeneinander herjagten und das Wasser des Baches hoch aufspritzte. Das kalte Wasser traf Dobbyns Bauch und Taras Stiefel.

Rhys und Gryffyn waren nur Zentimeter neben ihr.

Sie las die Wut in seinen Augen, in seinen fest zusammengepressten Lippen.

»Lass mich in Ruhe!«, keifte sie und riss an den Zügeln.

Er lachte laut auf, ein sprödes Lachen, das im Wald widerhallte und keine Freude ausdrückte. »Niemals.«

»Hi-*ya*!« Sie stieß Dobbyn die Fersen in die Seiten, und die Stute kletterte am gegenüberliegenden Ufer hoch, doch Rhys hatte ihren Versuch der Flucht bereits vorhergesehen. Er blieb an ihrer Seite. Zusammen erklommen die beiden Pferde in Windeseile die Uferböschung, sprangen über die hervorstehenden Wurzeln der Bäume und über die Felsen, die aus dem Schlamm herausragten. Rhys beugte sich vor, er war ihr gefährlich nahe – und auch ihrem Pferd. Mit einer Hand hielt er sich am Sattel fest und umfasste gleichzeitig die Zügel, die andere Hand streckte er aus …

»Pass auf!«, rief sie und hoffte, er würde sich im Sattel wieder aufrichten, doch das tat er nicht. Er war verrückt! Jeden Augenblick könnte er auf den mit Heidekraut bewachsenen und mit Felsbrocken übersäten Boden stürzen. Tara riss an den Zügeln und versuchte, durch den Adlerfarn zu entkommen.

Rhys griff nach den Zügeln. Mit einem scharfen Ruck warf er sich in den Sattel zurück und riss ihr die ledernen Riemen aus der Hand.

»Nein … du wirst nicht …«

Dobbyn rutschte aus, sie versuchte, ihren Kopf wieder frei zu bekommen, doch Rhys hielt die Zügel fest, sein Griff war so hart wie Stahl. »Du bist wahnsinnig! Du wirst uns noch beide umbringen!«, schrie Tara. »Lass sie los.«

Von seinem Pferd aus warf er ihr einen Blick zu, der sie bis in ihr Innerstes traf, einen glühenden, einschüchternden Blick, der tief in sie einzudringen schien. Sie klammerte sich an den Sattel. Ihr Hals war trocken, und sie ahnte die Verzweiflung derer, die verflucht waren. Rhys mit seinem verdammten, sich über alles hinwegsetzenden Lächeln würde von ihr Gerechtigkeit fordern.

Es war nur noch eine Frage der Zeit.

Sie wusste nicht, ob sie sich auf seine süßen Qualen freuen oder ob sie sich davor fürchten sollte.

Wieder griff sie nach den Zügeln, doch er hielt sie fest, er stand im Sattel, lehnte sich zurück und zwang beide Pferde, langsamer zu laufen.

Atemlos und verlegen vermied Tara seinen Blick, sie starrte vor sich, auf eine Stelle zwischen Dobbyns Ohren.

»So also muss ich mit dir umgehen«, stellte er lapidar fest, und sie glaubte, über dem steten Trappeln der Hufe und ihrem laut klopfenden Herzen eine gewisse Traurigkeit aus seiner Stimme gehört zu haben.

Die letzten Strahlen der Nachmittagssonne drangen durch die Wolken und die kahlen Äste über ihnen und zeichneten ein getupftes Muster aus gelbem Licht auf den Boden. Doch die Winterluft war kalt, und hoch über ihnen türmten sich die Wolken auf und versprachen Regen, noch ehe die Nacht anbrechen würde. Ein paar Vögel und Eichhörnchen huschten durch die Bäume und raschelten im Unterholz, und der erdige Geruch des Waldes hüllte sie ein, der Duft der Farne und Pilze mischte sich mit dem Geruch nach Erde und Pferden.

Als der Pfad schmaler wurde, folgte Dobbyn gehorsam Gryffyn, und Tara war gezwungen, Ryhs' Rücken und seine breiten Schultern zu betrachten, seine Wirbelsäule und die Art, wie sich sein Po in den Sattel schmiegte und sich mit dem Gang seines Pferdes hin und her wiegte, seine langen Beine, die er fest um Gryffyns Seiten hielt.

Nur zu lebhaft erinnerte sie sich an all das, was er mit diesen kräftigen Muskeln und seinen Schenkeln bei ihr anstellen konnte. Sie räusperte sich und sah weg. Er war wütend auf sie, und dabei hatte er gar kein Recht dazu. Sie hatte das Feuer in Broodmore nicht gelegt, sie hatte es Täubchen nicht einmal vorgeschlagen – und dennoch würde er ihr nicht glauben, wenn sie ihm die Wahrheit sagte. Und sie wollte auch nicht, dass sich sein Zorn gegen das arme, liebeskranke Mädchen richtete.

Was würde es ihr schon nützen, wenn sie Täubchen dafür verantwortlich machte. Das Mädchen konnte sogar jetzt schon tot sein. Taras Herz wurde schwer bei dem Gedanken, dass so viele ihr Leben gelassen hatten, denn auch wenn Rhys Gefährten Halsabschneider und Diebe waren, so schienen einige von ihnen doch anständige Kerle gewesen zu sein, und zu ihrer Überraschung waren sie ihr ans Herz gewachsen. Johnny hatte Dobbyn gut versorgt, und Leland hatte sie mit seinem zahnlosen Mund immer so lieb schüchtern angelächelt.

Sie ritt weiter und akzeptierte für den Moment ihr Schicksal, doch wusste sie, dass sie schon bei der ersten Gelegenheit wieder versuchen würde zu fliehen. Der Schlüssel zu dem, was sie war, wohin sie gehörte und wie ihr Schicksal sein würde, lag bei Vater Simon in Twyll. Doch was sie tun würde, nachdem sie ihn getroffen und die Wahrheit herausgefunden hatte, wusste sie nicht. Sie blickte wieder zu Rhys. Bastard. Bandit. Gefangenenwärter. Geliebter. Die Worte wirbelten in ihrem Kopf, tobten im Kreis wie ein Hündchen, das seinen Schwanz sieht und vergeblich versucht, mit den Zähnen danach zu schnappen.

Rhys drehte sich im Sattel um und sah über seine Schulter zu ihr zurück. Ihre Blicke trafen sich. Hielten einander gefangen. Taras Magen schlug einen überraschenden, sinnlichen Purzelbaum. Ihre Finger waren plötzlich feucht. Rhys kniff leicht die Augen zusammen, und der Blick, mit dem er sie bedachte, war voller unausgesprochener Lust – ein heißer, hungriger Blick, der ihr sinnliche Freuden versprach und einen tieferen Zweck erahnen ließ, einen, der sie ein wenig ängstlich machte und sie nach Luft schnappen ließ.

»Wohin … wohin reiten wir?«, fragte sie und tat so, als habe sie kein Interesse mehr an einer Flucht.

Er bewegte sich im Einklang mit Gryffyns Schritten und dachte über ihre Frage nach, dabei schob sich seine Unterlippen nachdenklich vor. Doch antwortete er ihr nicht.

»Kenne ich den Ort?«

Er zuckte mit den Schultern. »Wir reiten zu einem Dorf zwischen Marwood und Twyll, wo ich Abelard treffen soll.«

Also waren sie nicht weit von ihrem Ziel entfernt. Ihr Pulsschlag beschleunigte sich.

»Solange wir dort sind, wirst du tun, was man dir sagt«, fügte er hinzu. »Und du wirst diesen Stein aufgeben.« Sein Gesicht war ernst. »Es ist Bezahlung genug für das, was du getan hast.«

»Ich habe das Feuer nicht gelegt!«, beharrte sie noch einmal, doch ihre Worte trafen auf taube Ohren. Rhys' Gesicht spannte sich noch mehr an, und sein Blick sagte ihr, dass sie niemals in der Lage sein würde, ihn von ihrer Unschuld zu überzeugen. Er würde ihr nie vertrauen, würde ihr niemals glauben. Er würde sie nie lieben.

Wie ein Blitz traf sie dieser Gedanke. Natürlich würde er sie niemals lieben. Warum auch sollte sie sich das wünschen? Es war ja nicht so, als wäre sie in ihn verliebt.

Er war rücksichtslos. Ein Schuft. Ein Bandit, der nur seinen eigenen Vorteil suchte. Nein, sie würde niemals – *könnte* niemals – einen Mann wie den Bastard Banditen lieben. Und dennoch hüpfte ihr dummes Herz jedes Mal, wenn er einen Blick über seine Schulter warf, und der Gedanke, mit ihm zu schlafen, loderte in ihrem Herzen.

Einfaltspinsel, schalt sie sich, als der Pfad in einen breiteren Weg mündete, eine breite, lehmige Straße, die von Karrenrädern ausgefahren und von vielen Hufen und Stiefeln gezeichnet war. In einiger Entfernung erkannte man etliche Bauernhäuser. Viele lagen auf den Hügeln, und karge, brach liegende Felder umgaben die dürftigen Häuser. Ohne innezuhalten, wandte Rhys sich den Hügeln zu und, so nahm Tara an, dem Dorf, in dem er sich mit Abelard treffen wollte.

Wolken türmten sich am Himmel auf und verwandelten den Tag in Nacht. Irgendwo grollte ein Donner, und die ersten eisigen Regentropfen begannen zu fallen.

Tremayne spannte den Bogen, kniff die Augen zusammen und richtete den Pfeil auf das Ziel, einen Heuhaufen, den er mit einem Fell bedeckt hatte, damit er wie ein Hirsch aussah. Er ließ den Pfeil los. Der Pfeil schoss vor. Er zischte durch die Luft. *Plopp!* Tief bohrte sich der Pfeil in die »Brust des Hirsches«. Tremayne lächelte. In Gedanken sah er das mächtige Tier, wie es stolperte und in die Knie sank. Gut. Er hatte gut gezielt. Mit einem Gefühl des Stolzes blickte er zu seinem Sohn.

Quinn sah mit ausdruckslosem Gesicht der Vorstellung zu. Als könne jeder es genauso gut machen.

»Das war ein guter Schuss«, sagte Tremayne und versuchte, das Gefühl zu ignorieren, dass dieser Junge, sein einziger Sohn, sich eigenartig benahm.

Quinn schürzte nachdenklich die Lippen und griff in seinen eigenen Köcher. Ohne viel nachzudenken legte er den Pfeil mit nackten Händen auf den Bogen, zog an der Sehne und ließ den Pfeil dann fliegen. Die tödliche Waffe sirrte durch die Luft und bohrte sich dann tief in das Ziel, keine fünf Millimeter neben dem Schuss von Tremayne.

Tremayne fühlte mehr als nur leichten Ärger. Aye, er war stolz auf den Jungen, doch es war Quinns unverschämte Art, sein Mangel an Interesse an allem, was mit Twyll zu tun hatte, das an Tremayne nagte. Eines Tages würde Quinn der Baron sein – nun ja, falls Cavan sein Ziel nicht erreichte.

»Du hast gut gezielt, Quinn, Junge.«

Quinn rollte gelangweilt mit den Augen, und Tremayne war in Versuchung, den Jungen zu schütteln. Doch das würde nichts nützen. Er war noch so jung. In ein paar Jahren würde der Junge begreifen, was für ein Glück er hatte und würde stolz darauf sein, eines Tages Baron in seinem eigenen Schloss zu werden, Herrscher über die Festung.

Wenigstens hoffte Tremayne das.

»Lass es uns noch einmal versuchen.« Trotz des Regens griff Tremayne nach einem zweiten Pfeil, in der Absicht, ein weiteres, nur in seiner Einbildung existierendes Tier zur Strecke zu bringen und irgendwie seinen mürrischen Sohn zu beeindrucken. Als er aufblickte, entdeckte er Percival, der durch den äußeren Schlosshof geschlurft kam.

Am Gesichtsausdruck des alten Mannes erkannte Tremayne, dass er keine gute Neuigkeiten brachte. Doch die hatte es in letzter Zeit sowieso kaum gegeben. Der Bandit Rhys war nicht in Broodmore gefunden worden und auch nicht Abelard oder die Frau. Sie hatten alles abgesucht und hatten dann das Schloss angezündet, in der Hoffnung, ihn so herauszulocken.

Doch es hatte nicht geklappt. Tremayne konnte nur hoffen, dass er in dem Feuer umgekommen war. Doch er hatte tief in seinem Inneren das unangenehme Gefühl, dass der Dieb entkommen war. Gryffyn war nicht unter den Pferden gewesen – ein schlechtes Zeichen, denn der Bastard hätte niemals den unbezahlbaren Hengst aufgegeben, den besten Hengst in ganz Wales; Tremaynes kostbarster Besitz.

Seine Finger schlossen sich um den Pfeil, und der Schaft brach. Unter seinem Auge begann eine Ader zu zucken. All dies setzte ihm zu, und zusätzlich würde dieser Emporkömmling Cavan von Marwood auch noch bald angreifen.

»Was ist geschehen?«, knirschte er, als Percival näher gehumpelt kam. Der Regen, so kalt wie der Tod, begann jetzt noch stärker zu fallen, er bildete tiefe Pfützen auf dem Boden.

»Ah, M'lord«, sagte Percival, als er stehen blieb und tief Luft holte. »Sir Regan hat alle Männer aus der Bande von Rhys befragt.« Der Atem des alten Mannes pfiff ein wenig von der Anstrengung. Er schnüffelte, hustete und stützte sich schwer auf seinen Stock.

»Und?«

»Sie wissen nicht, wo Rhys ist.«

»Sie lügen.« Tremayne spuckte auf den Boden. Lügnerische Hunde, das sind sie alle. Quinn verfolgte die Unterhaltung mit weit aufgerissenen blauen Augen. »Du, Junge, gehst jetzt ins Schloss«, sagte er und glaubte, einen Augenblick lang Auflehnung im Gesicht des Jungen zu erkennen. »Sofort. Wir werden später weiter üben, und beim nächsten Mal … beim nächsten Mal nehme ich dich mit auf die Jagd«, versprach er, obwohl er wusste, dass es eine Lüge war. Denn in den nächsten Tagen würde er das Schloss nicht verlassen. Nicht, bis er mit Cavan abgerechnet hatte. »Lauf jetzt.«

Quinn zog verächtlich und gleichzeitig ein wenig neugierig eine Augenbraue hoch, und Tremayne beunruhigte das. Doch anstatt etwas zu sagen, nahm der Junge den Köcher mit den

Pfeilen über die Schulter. Als hätte er eine Entscheidung getroffen, schloss er die Faust um seinen Bogen und lief davon, sein Haar wehte im Regen. Tremayne fragte sich insgeheim, ob der Junge wohl wieder den schweigenden alten Priester besuchen würde, denn oft schon hatte er Quinn entdeckt, wie er um den Nordturm schlich, in dem Vater Simon ein kleines Zimmer bewohnte. Bis auf das Lager und ein Kreuz an der Wand, war dieses Zimmer kahl, es schien eher die Gefängniszelle eines schweigenden Mannes Gottes zu sein, ein Ort, wo er auf seinen knochigen Knien um Vergebung betete für eine uralte, Tremayne unbekannte Sünde.

Ah, der Alte war beschränkt. Er sprach mit niemandem. Nur selten lächelte er. Eine bekümmerte Seele. Wenn Gott ein bisschen Verstand besaß, würde Er ihn schon bald in den Himmel rufen. Aber selbst Gott schien in letzter Zeit mit seiner Gunst nicht mehr so verschwenderisch umzugehen.

»Kein einziger der Gefangenen scheint eine Ahnung zu haben, wo Euer Bruder sein könnte«, sagte Percival, als Quinn durch die Pfützen davongelaufen und hinter der Hütte des Töpfers verschwunden war.

»Halbbruder«, rief ihm Tremayne ins Gedächtnis. »Sohn einer Dirne.«

»Aye.« Percival zog an seiner Kapuze und warf einen ärgerlichen Blick zum grauen Himmel. Regen rann an seiner Nase hinunter und tropfte auf den Boden.

»Die Gefangenen – kann man sie nicht kaufen? Würden nicht ein paar Münzen ihre Zunge lösen?«

Percival stocherte mit seinem Spazierstock in dem lehmigen Gras und schüttelte dann den Kopf. »Sie sind ihm treu ergeben.« Er hauchte in seine Hände, um sie zu wärmen.

»Gut, gut«, sagte Tremayne und ärgerte sich darüber, dass Percival die Gefangenen in Schutz nahm. »Dann lasst sie alle auspeitschen – sodass die anderen es mit ansehen können. Einen nach dem anderen. Danach können sie abwechselnd am

Pranger stehen. Vielleicht wird sich dann einer von ihnen daran erinnern, wo ihr Anführer steckt.«

Percival zog die Nase hoch. »Ich bezweifle, dass das ihre Meinung ändern wird.«

»Nun, irgendetwas wird es schon geben.« Tremayne wandte sich um und blickte den hageren Mann an, der einst der vertrauteste Freund seines Vaters gewesen war. Percival ließ den damals kühnen Ritter jetzt nur noch erahnen. »Gibt es unter ihnen denn niemanden, der reden will? Nehmt ihnen Nahrung und Wasser weg – lasst sie hungern oder verdursten. Vielleicht wird dann ihre Erinnerung zurückkehren.«

Der Alte zögerte, dann blickte er zu dem Ziel der Schießübungen, sein herunterhängendes Augenlid zuckte leicht, während er nachdachte.

»Es gibt da etwas, das Ihr mir nicht sagt«, drängte Tremayne, weil er die Zeichen dafür so gut kannte.

»Aye.« Percival seufzte und kratzte sich dann mit dem Fingernagel am Kinn. »Es gibt jemanden in der Gruppe, der nicht hineinpasst. Ein Mädchen – die Tochter der dicken Frau. Sie ist in eigenartiges Mädchen, und sie hat zu Sir Regan etwas von einer Hexe oder einer Zauberin gesagt.«

»Was hat eine Hexe mit Rhys zu tun?«, fragte Tremayne, doch in Gedanken brachte er bereits diese Information in Zusammenhang mit dem, was er zuvor gehört hatte. Rhys war immerhin mit einer Frau gesehen worden.

»Das Mädchen schien davon überzeugt zu sein, dass diese Hexe Rhys verzaubert hatte.«

Tremayne verlor die Beherrschung. »Verzaubert?«, schnaufte er verächtlich. »Verzaubert? Bring sie zu mir. In die große Halle. Dort, wo die anderen sie nicht hören können.«

»Mehr weiß sie nicht, das versichere ich Euch.«

»Vielleicht nicht, aber ich will trotzdem mit ihr reden.« Er zog einen nassen Pfeil aus dem Köcher, zielte und ließ ihn fliegen. Das Geschoss zischte durch die Luft und traf den Heuhaufen genau über dem Kopf des Hirsches. Ein Fehlschuss. Nur die Erwähnung des Namens des Bastards genügte, um ihn scheitern zu lassen.

Während er durch den äußeren Schlosshof ging, an Pferchen mit blökenden Schafen vorbei und an Schweinen, die grunzten und im Dreck wühlten, dachte Tremayne noch einmal an Broodmore, wo der Sieg über seinen Halbbruder so nahe gewesen war. Einen flüchtigen Moment hatte er die Vorfreude gefühlt, diesem Verbrecher das zu geben, was er verdient hatte. Doch das Gefühl war viel zu kurz gewesen. Als sie die elende Gruppe der Halunken und Verbrecher zusammengetrieben hatten, die in den verfallenen Mauern des Schlosses gewohnt hatte, hatten sie nur ein Häuflein schwacher, elender Menschen gefunden, die dem Bastard unerträglich treu waren. Doch nirgendwo hatte es ein Anzeichen von Rhys oder dem anderen Anführer, Abelard, gegeben und auch nicht von der Frau.

Nein, für all seine Mühen hatte Tremayne nur ein Dutzend mehr Gefangene bekommen, einschließlich einer Frau und ihrer Tochter, und mehr Mäuler, die er füttern musste – es sei denn, er ließ sie verhungern. Es sei denn, Rhys wäre bereit, um ihr Leben zu verhandeln.

Er ging an der Hütte des Waffenschmiedes vorüber, wo die Männer damit beschäftigt waren, Rüstungen zu putzen. Einige Rüstungen wurden in ein Fass gelegt und mit Essig und Sand beträufelt. Dann wurde das Fass gerollt, und so wurde der Rost entfernt. Einige Jungen in zerrissener Kleidung – Waisenkinder, wenn Tremayne sich recht erinnerte – polierten mit Kleie Helme und Schilder. Sie arbeiteten fieberhaft, weil sie wussten, dass die Ausrüstung schon bald gebraucht wurde. Gegen Cavan. Oder gegen Rhys.

»M'lord«, begrüßte ihn der Waffenschmied und verbeugte sich, als Tremayne vorüberging.

Auch die Jungen murmelten etwas und starrten vor sich auf den Boden. Gut. Wenigstens kannten sie ihren Platz.

Tremayne trat in eine Pfütze und fluchte leise vor sich hin, als das kalte Wasser durch seine Stiefel drang. Bei den Göttern, würde denn überhaupt nichts richtig laufen?

Er ging weiter, an der Schmiede vorüber, wo der Schmied eifrig damit beschäftigt war, Pferde zu beschlagen, um sie für die Schlacht vorzubereiten. Im Augenblick hielt er den Huf eines Schlachtrosses zwischen den Knien und schlug mit einem kleinen Hammer Nägel in die Hufe des Tieres.

Aye, das Schloss bereitete sich auf eine Belagerung vor. Erst heute Morgen hatte der Verwalter, ein nervöser Mann mit einem dünnen Schnurrbart, blassen Augen und, so begann Tremayne zu vermuten, mit Fingern, die zu oft in die Vorräte an Gewürzen griffen, bereits erwähnt, das die Vorräte an Zuckerhüten und Reis nicht ausreichten.

Tremayne kümmerte das nicht.

Er erwartete keine Belagerung. Nein, mit Cavan von Marwood würde er schon fertig werden, und zwar schnell. Der unerfahrene Welpe würde eine schmerzhafte Lektion lernen, was es bedeutete, den Baron von Twyll herauszufordern.

Trockene Blätter wehten vor ihm her, eine steife Brise ließ sie wirbeln und tanzen, doch Tremayne bemerkte das kaum. Er bemerkte auch nicht die Jäger, die ein paar Wachteln, Kaninchen und Eichhörnchen mitbrachten und auch nicht die Soldaten, die die Zugvorrichtung des Fallgatters mit Fett einschmierten.

Als er das letzte Stück des Schlosshofes überquerte, bemerkte er aus den Augenwinkeln heraus den Mann, der für das Decken der Dächer verantwortlich war, einen dürren Mann mit nur noch wenigen Zähnen und einem bösartigen Sinn für Humor, der gerade seinen ältesten Sohn ohrfeigte, weil er sich vor seinen Pflichten gedrückt hatte. Der Junge, dessen Gesicht hochrot angelaufen war, stieß einen jämmerlichen Schrei aus, der sogar über dem Hämmern des Zimmermannes und dem Meißeln des Steinmetzes zu hören war.

»Sei nicht eine solche Heulsuse, Paul«, schnauzte der Vater. »Du kannst die Arbeit eines Mannes erledigen. Und jetzt sorge dafür, das ich nicht noch die Peitsche benutzen muss.« Paul schnüffelte vernehmlich. Dann biss er die Zähne zusammen, wandte seinem Vater den Rücken zu und tat, was von ihm verlangt wurde. Er bündelte Schilfrohr, Stroh und Heidekraut zusammen.

Tremayne fragte sich, warum er, der Baron von Twyll, weniger Glück in der Erziehung seines eigenen Sohnes hatte. Es war beinahe so, als würde Quinn ihn ablehnen.

Als Tremayne die Treppe vor dem Schloss erreichte, entdeckte er Vater Simon – den eigenartigen, schweigsamen Priester –, der um den inneren Schlosshof herum ging. Er schien den Wind und den Eisregen nicht zu beachten, seine Lippen bewegten sich in einem stillen Gebet, seine Finger spielten mit den Perlen eines Rosenkranzes. Seine Robe, die einst aus feinstem Tuch gewesen war, war abgetragen, der Saum schmutzig von seinen einsamen Spaziergängen, Meilen um Meilen, um den Schlosshof herum.

Er hatte den Verstand verloren. Ganz sicher.

Tremayne, der den alten Priester als störend empfand, hastete die Treppe zum Schloss hinauf und stieß mit der Schulter die Tür auf. Die Hunde sprangen wachsam auf, dann entspannten sie sich wieder beim Geruch und beim Anblick ihres Herrn. Sie legten sich zurück in die Binsen, ihre Köpfe zwischen den Pfoten, ihre braunen Augen folgten jeder Bewegung Tremaynes.

Räudige, nutzlose Köter.

Mit dem Handschuh wischte sich Tremayne den Regen aus dem Gesicht, dann ging er zum Kamin, in dem ein helles Feuer brannte. Die Flammen knisterten und knackten, als sie den riesigen Stamm umzüngelten, der beinahe so groß war wie ein Yule-Stamm, der während der Weihnachtsfeier im letzten Jahr tagelang gebrannt hatte.

Er warf seinen nassen Mantel über eine Bank, zog mit den Zähnen seine Handschuhe aus und schob sich dann mit steifen, eiskalten Fingern das feuchte Haar aus dem Gesicht. Langsam drang die Hitze des Feuers bis in seine Knochen, und die eisige Furcht, die ihn seit Broodmore gefangen gehalten hatte, ließ ein wenig nach. Er war zu Hause – in der großen Halle von Twyll, dort, wo er hingehörte. Trotz der Gerüchte, der Geister und des Bastard Halbbruders, die ihm alle nur schaden wollten, gehörte Tremayne hierher. Es war seine Bestimmung zu herrschen, der Baron zu sein.

Nachdenklich betrachtete er den höhlenartigen Raum, in dem er schon so viele Entscheidungen gefällt hatte. Dutzende Kerzen brannten in ihren Halterungen, ihre winzigen Flammen gaben ein flackerndes Licht und beleuchteten die Wandbehänge, die die Wände schmückten. Blau, rot, gold und grün gaben die gewobenen Bildern den schmuddeligen, früher einmal weißen Wänden neues Leben. Aye, das war sein Zuhause.

Warum aber fühlte es sich dann so leer an, so leblos – als wäre es ein Grab?

Weil es hier keine Frau gibt.

Anna ist nicht mehr da ... schon so lange nicht mehr.

Du brauchst eine andere – eine Frau, die dir das Bett wärmt und dein müdes, erschöpftes Herz.

Als hätte Mary, die Küchenmagd, die so viele nutzlose Stunden in seiner Kammer verbracht hatte, seine Rückkehr geahnt, kam sie, um ihm einen Becher Wein einzugießen. »Wünscht Ihr sonst noch etwas, M'lord?«, fragte sie errötend und senkte die Augenlider.

Er schwenkte die dunkelrote Flüssigkeit in seinem Becher. »Nein, aber vielleicht wird mir später noch etwas einfallen.«

»Oh.« Sie schluckte, blickte weiter zu Boden und lief dann aus dem Raum, ihr Po wackelte unter den Falten ihres Kleides und den Bändern ihrer Schürze. Sie war ein hübsches Mädchen, immer bemüht, ihm zu gefallen, doch es hatte keinen Zweck. Es war Anna, nach der er sich sehnte, Anna, von der er träumte. Anna ... das süße, lügnerische, verruchte Weib. Seine Finger schlossen sich fester um seinen Becher, und er fühlte den gleichen, entsetzlichen Schmerz in seiner Brust, den er schon ein ganzes Jahrzehnt ertragen hatte. Ein Jahrzehnt. Würde er denn nie wieder verschwinden?

Regan kam, und bei ihm war ein mageres Mädchen mit weißer Haut, zerzaustem nassem Haar und riesig großen Augen – das heimatlose Kind, das sie in Broodmore gefunden hatten. Es war so verängstigt, dass es zitterte. Regan musste es mit der Hand nach vorn schieben. »Das ist Peony«, erklärte er, offensichtlich verärgert. »Ihr wolltet sie sehen?«

»Aye.«

Tremayne ging zu seinem Sessel und kletterte schnell auf den geschnitzten Sitz. Von seiner erhöhten Position, so wusste er, wirkte er noch einschüchternder.

»Also, Kind – äh, Peony – erzähle mir von der Hexe, die in Broodmore war.«

Das Mädchen schluckte. Es verschränkte die Finger vor ihrem Körper und starrte auf den Boden.

»Du hast sie Sir Regan gegenüber erwähnt, nicht wahr?«

Regan öffnete den Mund, um etwas zu sagen, doch Tremayne hob die Hand und brachte ihn so zum Schweigen.

»Antworte mir.«

»A-aye«, war die kaum hörbare Antwort.

»Aber sie war nicht im Schloss, als wir dort ankamen.«

Wieder schwieg sie.

»Hör mir zu, Peony«, sagte Tremayne, und es gelang ihm nur mit Mühe, nicht die Geduld zu verlieren. »Du musst mir antworten. Wenn du das nicht tust, dann werden alle anderen dafür büßen – die Männer, die zusammen mit dir und deiner Mutter gefangen genommen wurden ...« Sie zuckte zurück, ihr Kopf fuhr hoch, und er konnte kurz in ihre Augen sehen, doch dann starrte sie wieder auf den Boden vor sich. »Sicher möchtest du doch nicht, dass ihnen allen etwas zustößt.«

»Nein.« Sie schüttelte vehement den Kopf und biss sich auf die Unterlippe. Ihre Finger waren so stark ineinander verschlungen, dass sie schon weiß wurden.

»Gut, gut. Dann musst du helfen.« Er nahm seinen Becher Wein in beide Hände, dann legte er den Stiefel seines einen Beines auf das Knie des anderen Beines. »Wer ist diese Hexe?«

Peonys Gesicht verzog sich. Ihre Augenbrauen zogen sich zusammen, sie schürzte die Lippen, und kleine Linien erschienen über der Nasenwurzel.

»Wer?«

Das Mädchen holte tief und zittrig Luft, und dann, als wäre ihre Zunge endlich gelöst, sprudelte sie heraus: »Ihr Name ist Tara. Sie kommt von irgendwo aus der Nähe von Gaeaf, glaube ich. Das sagt wenigstens meine Mum.«

»Und warum glaubst du, dass sie eine Zauberin ist?«

»Oh, das ist sie.« Ihre Augen wurden plötzlich kugelrund, und sie glotzte ihn an. »Sie murmelt Zaubersprüche, ja, das tut sie, und ... und ... und sie malt Runen in den Lehm – meine Mum sagt, das ist das Werk des Teufels.«

»Und du glaubst, dass sie Rhys irgendwie verzaubert hat?«, fragte er und glaubte ihr nicht eine Silbe.

»Oh, ganz sicher.« Sie leckte sich über die Lippen, und ihre Hände bewegten sich unruhig. »Er ist ...« Sie dachte angestrengt nach, und dann loderten ihre Augen voller Abscheu. »Verzaubert. Aye, eine andere Erklärung gibt es nicht.«

Tremayne betrachtete seinen Becher. »Was hat sie denn an sich, das ihn verzaubert?«

»Einen Zauberspruch hat sie benutzt, natürlich«, versicherte sie ihm hastig, und zum ersten Mal fühlte Tremayne, dass noch andere Gefühle in den Worten des Mädchens lagen. Neid? Nein, eher war es Eifersucht. Warum? Innerlich lächelte er, weil er wusste, dass er eine schwache Stelle in der Rüstung des Mädchens gefunden hatte.

»Natürlich«, stimmte er ihr zu, und in Peonys schmalem Gesicht regte sich etwas. »Ist sie schön?«

Sie zuckte eine dürre Schulter. »Einige finden das vielleicht«, gestand sie missmutig.

»Ist sie eine Lady?«

»Nein – die Tochter einer alten Hebamme.«

Das ergab überhaupt keinen Sinn. »Aber warum hat sie sich dann mit Rhys zusammengetan? Und sag mir nicht noch einmal, dass sie ihn verzaubert hat. Es muss auch noch einen anderen Grund geben.« Er lehnte sich in seinem Sessel zurück, nippte an seinem Wein und beobachtete diese Kindfrau über den Rand seines Bechers hinweg. »Vielleicht ist er ja in sie verliebt«, nahm er an.

Sie versteinerte. Ihre kleine Nase rümpfte sich verächtlich.

»Weil sie so wunderschön ist«, forderte er sie weiter heraus und registrierte, wie Peonys Wangen rot anliefen und sie ihre Lippen zukniff, als hätte sie etwas Giftiges gegessen. »Ist sie das nicht?«

»Es ist, weil sie eine Hexe ist«, erklärte das Mädchen. »Sie ... sie hat ihn mit einem Zauberspruch verhext, und sie hat ein ... ein Amulett, das mystische Kräfte besitzt.«

Jetzt erfand sie Dinge. »Das glaube ich nicht.«

»Oh, aber das stimmt. Ich habe gehört, wie Abelard davon gesprochen hat, als er glaubte, niemand würde ihn hören. Er will es haben.«

»Das Amulett?«, fragte Tremayne, und sein Interesse war geweckt.

»Aye, es ist ein Ring, oder ... oder ein Stein ... ich konnte das nicht so genau hören, und meine Mum, sie mag es nicht, wenn ich lausche ...« Sie hielt inne und sah weg, als hätte sie schon viel zu viel verraten.

Jetzt war Tremayne *wirklich* interessiert. »Also läuft Rhys einer Hexe nach, die einen magischen Stein besitzt?« Seine Gedanken jagten zurück zu einer Zeit, als er von einem solchen Ring gehört hatte ... aber ... konnte es sein? Nein! Doch rauschte bei diesem Gedanken das Blut schneller durch seine Adern.

Obwohl Peony die Binsen auf dem Boden musterte, so merkte er doch die Bewegung ihrer Augen unter den Augenlidern. Sie schaute unruhig von einer Seite zur anderen, als versuche sie, eine Antwort zu finden. »Ich ... ich ... weiß nicht wirklich, was ich gehört habe. Alles wurde nur geflüstert«, gab sie zu und rieb dabei mit dem Daumen über die Innenseite ihrer Hände. »Ich könnte mich auch geirrt haben.«

»Aber Rhys ist verliebt?«

»Nein! Er ... er ... ist verhext. Das hat meine Mum gesagt.«

Tremayne hatte genug gehört. Er würde nicht mehr von dem mageren Mädchen mit dem verfilzten Haar erfahren. »Bringt sie weg«, befahl er einer Wache, und als sie zu dem Verlies zurückgezerrt wurde, dachte er lange und gründlich nach. Wo war der Bastard? Hatte er sich mit Cavan verbündet? Was war mit diesem Amulett oder dem Stein ...? Das einzige Juwel, von dem er wusste, war der dunkle Smaragd von Twyll, und ganz sicher konnte diese Hexe ihn nicht besitzen.

Oder vielleicht doch?

Die Kopfschmerzen, die ihn schon den ganzen Tag geplagt hatten, wurden stärker, sie hämmerten hinter seinen Schläfen und dröhnten in seinem Kopf. Regan, der ohne ein Wort zu sagen, seiner Unterhaltung gelauscht hatte, trat vor. »Nun?«, fragte Tremayne ihn. »Was sagt Ihr dazu?«

»Wozu?«

»Zu dem Stein«, erklärte er. »Dem Ring. Könnte es sein, dass diese Frau, die bei Rhys ist, den dunklen Smaragd von Twyll besitzt?«

»Es gibt viele Ringe.«

»Aber nur wenige, die magische Kräfte besitzen.« Regans

Augenbrauen runzelten sich. »Glaubt Ihr, dass dieser Stein überhaupt existiert?«

»Glaubt Ihr das?«, gab Regan zurück.

In diesem Moment betrat Percival das Zimmer, und die Hunde, die am Feuer geschlafen hatten, hoben die Köpfe von ihren Pfoten und knurrten mürrisch.

»Still, ihr verdammten Köter.« Tremayne war nicht in der Stimmung für die schlechte Laune der Hunde.

»Ich habe zufällig Eure Unterhaltung mit angehört«, sagte der ältere Mann, und seine Augen leuchteten. »Ist es möglich? Existiert der dunkle Smaragd von Twyll wirklich?« Sein Gesicht war gerötet, und er lief zu der Empore, ganz ohne Hilfe seines Stockes.

»Wenn er wirklich existiert, warum sollte dann die Hexe ihn besitzen? Warum nicht Cavan, wenn er der wahre Nachkomme von Gilmore ist?« Tremayne zupfte an den ersten Anzeichen eines Bartes, der dunkel um sein Kinn spross.

»Vielleicht ist er das ja gar nicht.«

»Dann hat der alte Innis gelogen.«

»Es ist möglich, dass er es gar nicht gewusst hat. Er war nicht mehr recht bei Verstand, sagt man.« Percival rückte näher an das Feuer, und die Flammen warfen einen bernsteinfarbenen Schatten über seinen spindeldürren Körper. »Aber« – er hob einen knochigen Finger bei dem Gedanken – »wenn der Ring wirklich existiert, dann ist das alte Märchen Wahrheit.« Er wandte sich um und bedachte Tremayne mit einem Blick, aus dem die Vorfreude leuchtete. »Und wenn man das alte Märchen glauben kann, dann gibt es wirklich einen wahren Erben von Gilmore.«

Tremayne schnaufte verächtlich. »Aber nicht Cavan von Marwood.«

»Nein ...« Percival kratzte seine hohle Wange, und die beiden Hunde hoben den Kopf, als hätten sie eine Bewegung im Flur vor dem Zimmer gefühlt. Sie blickten in diese Richtung, und einer von ihnen knurrte. Der andere schnüffelte und wedelte dann mit dem Schwanz. Tremaynes Blick folgte dem der Hunde. Wieder verspürte er dieses allzu vertraute Gefühl, dass er beobachtet wurde. »Vielleicht ist es die Hexe selbst«, sagte Percival.

»Die Hexe?« Tremayne schnaufte verächtlich und trank seinen Becher leer. »Eine *Frau*?«

»Eine Frau mit magischen Kräften.«

»Bah.« Leise stand Tremayne auf und sagte sich, dass er so etwas nicht glauben würde. »Das ist alles das Geschwätz von alten Frauen und weit hergeholten Träumen.«

»Eine Frau mit dem dunklen Smaragd.«

»Wenn man dem Kind glauben kann.« Ihm gefiel das Gefühl nicht, das sich seines Körpers bemächtigt hatte. Er schlich an dem alten Mann vorbei zu der Tür, die in den Flur führte. Er hörte das Geräusch von Stiefeln auf dem Steinboden und war sicher, dass er jemanden entdecken würde, der seine Unterhaltung mit dem alten Mann belauscht hatte, doch als er unter den Binsenlichtern stand und in dem düsteren Flur rauf und runter sah, konnte er niemanden entdecken.

Aber jemand hatte ihn beobachtet! Er war sich dessen ganz sicher, denn die Kerzen in den Haltern am anderen Ende des Flurs flackerten, und der Rauch stieg nicht senkrecht nach oben, so, als wäre gerade jemand vorbeigelaufen.

Sein Magen verknotete sich bei dem Gedanken an einen Verrat in seinem eigenen Schloss. Wer? Welcher seiner Männer würde die Rolle des Judas spielen? Schweiß trat ihm auf die Stirn, und er legte eine Hand an den Griff seines Dolches.

»Schickt mir den Spion«, befahl er, als er zum Feuer zurückging und sich wünschte, dass die Flammen irgendwie den eisigen Hauch in seiner Seele vertreiben konnten.

»James?«

»Aye.« Er zog den Dolch aus der Scheide und prüfte die glatte, scharfe Klinge im flackernden Licht des Feuers. Es war eine schwere Waffe, und sie war tödlich. Sie war so scharf geschliffen, dass sie butterweich durch das Fleisch eines Mannes dringen würde. »Es ist an der Zeit, dass der Spion und ich zu einem Einverständnis gelangen.«

»Zieh dich aus.« Rhys Stimme war fest. Kompromisslos. Er stand an der Tür in dem winzigen Zimmer des Gasthofes, seine Schultern hatte er gegen das dicke Holz gepresst, sein Arme vor der Brust verschränkt. Sein Blick war kalt. Ohne einen Anflug von Wärme. »Tu es. Sofort.«

»Warum?«, fragte Tara und kannte die Antwort bereits, noch ehe sie ihm über die Lippen gekommen war.

»Ich will den Ring.«

»Aber ...«

»Entweder ziehst du die verdammte Tunika selbst aus, oder ich werde dir dabei helfen.« Sein Mund presste sich zu einem schmalen, entschlossenen Strich zusammen, seine Augenbrauen bildeten eine einzige dunkle Linie über seinen grauen Augen, die sie gnadenlos betrachteten. Sie kannte ihn gut genug, um zu begreifen, dass er keinen Rückzieher machen würde.

Sie hatte keine andere Wahl, während sie neben dem schmalen Bett unter dem kleinen Fenster stand. »Du bist kein Gentleman, Rhys von ...«

»Aye. Das hast du bereits gesagt. Und jetzt mach voran.« Er deutete auf sie, und sein Finger bewegte sich schnell im Kreis. »Sofort.«

»Bastard«, flüsterte sie – gerade laut genug, dass er es über dem Rauschen des Regens auf dem Dach und dem Gelächter, den Unterhaltungen und dem Gesang einer Frau, durch die Bodenbretter von der darunter liegenden Gaststätte hören konnte.

Sie drehte sich so, dass sie mit dem Rücken zu ihm stand, dann zog sie die Tunika über den Kopf und ihr Hemd. Als ihr klar wurde, dass ihr Rücken nackt war, stieg ihr eine heiße

Röte über den Nacken in ihr Gesicht. »Du bist wirklich ein wahres Ekelpaket!«

Er widersprach ihr nicht.

Wut und Scham brannten in ihr. Wie hatte sie nur jemals glauben können, dass sie diesen Mann liebte? Wie? Er war ein grausames, widerliches Monster mit einem Herz aus Stein. Draußen blies ein heftiger Wind, das Geräusch des Regens auf dem Dach klang, als würde es nie wieder aufhören.

»Das ist ... das ist Raub«, warf sie ihm vor, und ihre Hände zerrten an der Schnur, mit der sie den Ring um ihre nackte Taille gebunden hatte.

Wieder kam keine Antwort.

»Hast du mich gehört? Das ist Diebstahl!«

»Aber ich bin doch ein Dieb. Du weißt, dass es so ist.«

Aber doch nicht, wenn es mich betrifft, Rhys. Ich hätte niemals geglaubt, das du mir etwas stehlen würdest! Tränen der Erniedrigung brannten in ihren Augen, und sie wünschte eine Sekunde lang, dass sie diesen verfluchten Ring niemals gesehen hätte, dass sie niemals die Geschichte gehört hätte, wie sie von Lodema adoptiert worden war, dass sie nie von dem verschwundenen Baby von Gilmore etwas erfahren hätte. Sie schluckte, weil ihr ein dicker Kloß im Hals saß, und versuchte angestrengt, den Knoten zu lösen. Doch der hatte sich eisern zusammengezogen, die Schnur war aufgequollen vom Regenwasser, Schweiß und von der Zeit.

»Schwierigkeiten?« Seine Stimme klang spöttisch.

Sie antwortete nicht, sie bemühte sich noch eifriger, doch ohne Erfolg. *Verdammt!* Doch der Knoten löste sich nicht, sie konnte ihn nicht öffnen.

»Komm schon«, drängte er, und sie warf ihm einen wütenden Blick über ihre Schulter zu. Ihre zornigen Blicke trafen sich, doch hastig sah sie wieder weg, das Haar fiel ihr ins Gesicht, während sie an dem verfluchten Knoten zog und riss.

Sie hörte, wie er auf sie zukam, wie er die Entfernung zwischen ihnen überbrückte. Sie hielt die Luft an. Ob er es wagte, sie zu küssen? Ihr ganzer Körper prickelte in Erwartung seines Kusses. *Zisch*. Er hatte den Dolch aus der Scheide gezogen. Kalter Stahl berührte ihren Rücken.

Sie zuckte zusammen. »Was …«

»Halt still.«

»Aber …« *Ssst*. Die Schnur spannte sich eine Sekunde stärker, dann fiel sie von ihrer Taille, als sie durchtrennt wurde. Sie wäre auf den Boden gefallen, hätte er sie nicht aufgefangen, seine langen Finger schlossen sich um den Stein, ehe er zu Boden fallen konnte.

Tara griff nach ihrer Tunika und hielt sie vor ihre Brust, dann wirbelte sie herum. »Wie konntest du nur?«, rief sie verzweifelt. Ihr Erbe – die Verbindung zu ihren Eltern – wurde in die Tasche des Diebes gesteckt, versteckt in Rhys Tunika. Er ignorierte ihre Frage. Ärgerlich schob er den Dolch in die Scheide. »Abelard wartet unten.«

Verletzt – nein, *verwundet* – davon, wie leicht er sie in einer Minute lieben und sie dann im nächsten Augenblick berauben konnte, wollte sie ihm widersprechen. Sie wollte wüten. Wollte toben. Wollte ihn anschreien und ihn mit schmutzigen Namen beschimpfen und dann mit den Fäusten auf ihn eindreschen.

»Du bist ein grausamer Mann«, klagte sie stattdessen, und ihr Kinn zitterte.

»Das sagt man.« Seine Augen wurden ganz dunkel.

Sie bedachte ihn mit einem eisigen Blick und hoffte, dass er die heißen Tränen nicht sehen konnte, die in ihren Augen brannten und auch nicht den Schmerz in ihrer Seele. Dann sagte sie: »Ich hoffe, Abelard ist zufrieden.«

»Oh, das wird er sein.« Sein Lächeln zeigte keinerlei Wärme, keinen Schimmer von Humor. »Warte auf mich.«

Sie antwortete nicht.

»Tara.« Seine Stimme klang gefährlich. Wieder kam er die

wenigen Schritte auf sie zu und betrachtete sie. »Bleib in diesem Zimmer. Rühr dich nicht. Ich bin in wenigen Minuten zurück.«

»Natürlich«, flötete sie, und ihre Stimme troff von Sarkasmus. »Wohin sollte ich auch gehen?«

»Ich hasse es, daran zu denken. Aber im Flur steht eine Wache, und eine weitere Wache steht unter diesem Fenster.«

»Und wenn ich mich nun erleichtern möchte?«, fragte sie, und ihr Hals war eng.

»Dann benutz den Eimer.« Er deutete auf einen Eimer neben der Tür.

»Ah, ja. Den Eimer. Du bist so freundlich, *Sir* Rhys. Ein wahrer Gentleman.«

Er biss die Zähne aufeinander. Seine Hände ballte er zu Fäusten, doch dann entspannte er sich langsam wieder. Eine Sekunde lang glaubte sie, einen Anflug von Bedauern in seinen Augen gelesen zu haben, und sie dachte schon, er würde sie packen, sie in seine Arme nehmen und sie küssen, bis sie keinen Atem mehr hatte. »Bleib hier!« Er wandte sich um und verließ das Zimmer.

Bumm! Die Tür fiel hinter ihm ins Schloss.

Tara zuckte zusammen. Ihr wurde plötzlich kalt.

Sie hörte seine Stimme, als er im Flur stehen blieb und demjenigen, der vor ihrer Tür Wache stand, seine Befehle gab. »Bastard. Ich verfluche dich, Rhys von Twyll, ich verfluche und verdamme dich.« Salzige Tränen rannen aus ihren Augen, und ihre Hände hatte sie zu so festen Fäusten geballt, dass die Fingernägel sich schmerzhaft in die Handflächen bohrten. Wie hatte sie ihm nur vertrauen können? Warum? Weil er sie geliebt hatte. Aber er war ein Bandit, und das würde er immer bleiben.

Sie hörte seine Schritte auf der steilen hölzernen Treppe. Sie wurden schwächer.

Das war ihre Chance. Sie wusste, wenn sie diese Gelegenheit

nicht wahrnahm, Rhys zu entkommen, dann würde sie keine andere Möglichkeit bekommen. Und sie musste ihn verlassen. Sie musste die Wahrheit herausfinden. Sie musste ihm davonlaufen.

Weil du ihn liebst, du jämmerliche Trine. Du hast dein Herz dem Bastard Banditen geschenkt.

»Nein!«, rief sie und weigerte sich, dieser entsetzlichen Stimme zu glauben. Sie schob sie weit von sich. Sie musste hier weg. Sofort. Es blieb nur wenig Zeit. Doch der Flur wurde bewacht. Sie kletterte auf das Bett und öffnete die Fensterläden. Ein Schwall eisiger Luft drang in den Raum.

Sie blinzelte in die Dunkelheit und entdeckte einen Wachmann, einen riesigen Mann, der sich vor dem Regen an ein Gebäude auf der anderen Seite der engen, unbefestigten Straße duckte. Er biss sich auf einen Fingernagel, spuckte aus und ging zum nächsten Fingernagel über. Ab und zu warf er einen Blick auf den Gasthof.

Obwohl der Regen ihr eine gewisse Deckung bot, konnte Tara nicht aus dem Fenster klettern, ohne dass er sie sah. Sie spähte nach unten und stellte fest, dass der Sprung sie nicht umbringen würde. Wenn sie den Versuch wirklich machen würde, so würde der weiche, lehmige Boden ein gutes Kissen bilden, wenn sie dort landete.

Jetzt! Du musst es sofort tun! Dir bleibt keine Zeit mehr.

Ihr Herz raste, und sie zögerte eine Minute, weil sie den einfältigen Wunsch verspürte, bei Rhys zu bleiben, ihm zu vertrauen.

Aber er ist ein Bandit. Ein Dieb. Er hat dich bestohlen, Tara. Er hat, ohne eine Sekunde zu zögern, deinen Stein genommen. Lauf weg! Jetzt sofort!

Aber es war zu riskant.

Oder vielleicht doch nicht?

Sie leckte sich über die Lippen, ihre Handflächen wurden feucht. Langsam formte sich ein Plan in ihrem Kopf, und sie machte sich daran, ihn auszuführen. Rhys hatte gesagt, er würde sofort zurückkommen. Und wenn er das tat, würde sie keine Möglichkeit mehr haben, wegzulaufen. Und, so dachte sie wütend, sie würde auch gar nicht mehr weglaufen wollen, denn der Bandit besaß tatsächlich einen Teil ihres Herzens.

Sie drängte die Tränen zurück und das schmerzliche Gefühl der Verzweiflung, dann nahm sie den leeren Eimer und füllte ihn mit dem größten Teil ihrer Schätze – der Kerze, der Schnur und sogar ihrem kostbaren Feuerstein. Das kleine Zimmer bot nur wenig, das sie ihren Schätzen hinzufügen konnte, bis auf ein Stück Seife.

Sie pustete die Kerze aus, die auf dem winzigen Tisch neben dem Bett stand – dem einzigen Möbelstück in dem engen Raum, dann warf sie die Kerze und auch den Kerzenständer zu den anderen Dingen in den Eimer. Sie blickte auf die Matratze und stellte sich eine Sekunde lang vor, dass sie und Rhys gemeinsam darauf schliefen. Ihr Hals wurde trocken.

»Denke nicht daran«, flüsterte sie vor sich hin, obwohl der Schmerz in ihrem Herzen so schwer war wie ein Fels. »Denke nie wieder daran. Er hat das von dir bekommen, was er wollte. Der verfluchte Ring steckt jetzt in seiner Tasche.«

Wütend kletterte sie noch einmal auf das Bett. Sie blickte aus dem Fenster. *Morrigu, steh mir bei.*

Mit all ihrer Kraft zog sie den Arm zurück, dann stieß sie ihn vor und warf den Eimer mitsamt dem Inhalt durch das Fenster, so weit von dem Gasthof weg wie nur möglich.

Bum!

Der Eimer traf den Boden.

Plopp! Plopp! Ratter! Klirr! Plopp! Schepper!

Der Inhalt des Eimers flog nach allen Seiten und verursachte einen Höllenlärm, während der Eimer die Straße hinunterrollte.

»Was zum Teufel?«, brummte der Wachmann, und Tara verlor keine Zeit. Sie betete, dass er loslief, um nachzusehen, was geschehen war. Hastig kletterte sie auf das Fensterbrett, krabbelte mit den Füßen nach außen, und als ihre Hände abrutschten, ließ sie das Fensterbrett los und fiel auf den Boden. Sie kam mit den Füßen zuerst auf. Ihr rechter Knöchel verdrehte sich, Schmerz schoss durch ihr Bein.

Sie keuchte auf, dann biss sie sich auf die Zunge. Sie durfte sich von nichts aufhalten lassen, nicht einmal von einem gebrochenen Bein. Sie musste weg. Sobald der Wachmann begriffen hatte, dass sie ihn absichtlich abgelenkt hatte, würde er Alarm schlagen.

Regen peitschte über die Straße, Pfützen bildeten sich zu kleinen Tümpeln, und die Tropfen waren so dick wie Kürbiskerne. Sie trommelten auf die Dächer und flossen als breiter Bach gurgelnd durch die Gosse neben der Straße.

Tara richtete sich auf und versuchte zu laufen, doch ihr Stiefel blieb im Lehm stecken. Ihr Herz hämmerte, sie warf sich mit aller Kraft nach vorn, dann humpelte sie eiligst an dem Gasthaus vorbei und achtete nicht auf den Schmerz in ihrem Fuß. Sie lief an der Tür vorbei, dann schlich sie sich über den Weg neben dem Gebäude weiter. Sie floh um die Ecke und war damit für den Wachmann nicht mehr zu sehen. Auch sonst entdeckte sie niemand, denn das Dorf hatte nur wenige Häuser, die sich an der Straße verteilten, die zur Mühle führte.

Hinter dem Gasthaus rannte sie hinkend in einen baufälligen Schuppen, in dem die Pferde untergebracht waren, ein Gebäude aus Holz, das an das Gasthaus angebaut war.

Ihr Knöchel tat höllisch weh. Wasser lief ihr in die Augen, und sie konnte kaum etwas sehen. Mittlerweile hatte der Wachmann wahrscheinlich den Eimer und seinen Inhalt gefunden. Es würde nur noch wenige Minuten dauern, bis er Rhys benachrichtigte, dass man ihm einen Streich gespielt hatte und dann – oh, dann würde die Hölle los sein.

Ihr Hals wurde eng, als sie sich Rhys Zorn vorstellte. *Hilf mir,* betete sie still, und es war ihr gleichgültig, welche Gottheit sie erhörte. Die Tür des Schuppens war offen, das Licht, das aus einem kleinen Fenster des Gasthauses fiel, war hell genug, um Tara die Umrisse erkennen zu lassen. Der Stalljunge hatte sich auf dem Stroh zusammengerollt und schlief neben seiner Heugabel, seine Beine blockierten den Eingang. Er schnarchte leise und bekam von dem, was um ihn herum vorging, nichts mit. Taras Herz klopfte zum Zerspringen, als sie über seine Beine stieg und in den Schuppen schlüpfte. Sie wagte kaum zu atmen.

Eines der Pferde schnaubte. Hufe raschelten im Stroh. Der überwältigende Geruch nach Pferden, Urin und Mist stieg in Taras Nase. Einige Regentropfen hatten den Weg durch das undichte Dach gefunden, doch sonst bot der Schuppen einen guten Schutz gegen den Wind und den Regen draußen.

Tara erwartete, dass jeden Augenblick die Tür des Gasthofes aufgerissen und sie Rhys wütendes Gesicht sehen würde. Deshalb suchte sie sich eiligst ihren Weg an der Wand entlang. Sie fand Zaumzeug, das an einem Nagel an der Wand hing, und schlich behutsam, um den schlafenden Jungen nicht aufzuwecken und die Pferde nicht zu stören, zu dem ersten Pferd, das sie finden konnte.

Gryffyn!

Ihr Herz raste.

Angst stieg in ihr auf.

Rhys würde jeden Moment kommen. *Denk nicht daran. Sorg dafür, dass du hier verschwindest!*

Der Hengst war nervös. Sie fühlte seinen warmen Atem an ihrer Hand, er warf den Kopf zurück und stampfte mit den Hufen. Sie musste dieses Pferd nehmen. Ryhs' Pferd. Das schnellste Pferd, das sie je erlebt hatte.

Das Herz hüpfte ihr vor Aufregung beinahe aus der Brust, als sie dem Hengst das Zaumzeug über den Kopf und seine nach hinten gelegten Ohren zog. Ihre Finger waren steif, als sie den Kinnriemen schloss. Sie betete, dass er den schlafenden

Stalljungen nicht treten würde, als sie das Pferd aus dem Stall führte.

Die großen Augen des Pferdes zeigten einen weißen Rand, seine Muskeln zitterten, während Tara neben ihm herhumpelte und die Zähne gegen den Schmerz zusammenbiss.

Komm schon, Gryffyn, du schaffst es!

Er folgte ihr nervös aus dem Schuppen, trat über den schlafenden Mann hinaus in den strömenden Regen, wo ihn Tara zu einem niedrigen Zaun führte. Seine Nüstern blähten sich, er spitzte die Ohren und wieherte ängstlich.

»Hey!« Die Tür wurde aufgerissen, und Licht fiel auf den Zaun.

»Was, zum …?« Der Stalljunge rührte sich, und Tara trat auf das unterste Brett des Zaunes, dann auf das obere.

»Halt!« Rhys' Stimme dröhnte durch die Luft.

Nein!

Pferde wieherten, Gryffyn machte einen Schritt zur Seite.

Jetzt oder nie.

Tara warf sich auf Gryffyns nassen Rücken.

Rhys sprang aus dem Haus. »Um der Liebe Gottes willen, Frau, du sollst nicht …«

»Hi-*ya*!« Sie trat Gryffyn hart in die Flanken. Rhys war bereits hinter ihnen her, er lief schnell, mit einer Hand griff er nach den Zügeln. »Lauf, du Teufel!«, schrie sie. »Lauf, lauf, lauf!« Das Pferd stieg hoch. Hufe donnerten, Lehm und Wasser spritzten auf.

»Tara!«, brüllte Rhys, doch seine Stimme verlor sich, während Gryffyn in die Nacht davonstürmte.

Durch den Regen warf Tara einen Blick über ihre Schulter zurück und sah ihn wütend, mit den Händen in den Hüften, vor dem Schuppen stehen. Der Regen hüllte ihn ein. Sekundenlang zögerte sie, eine dumme Regung ihres Herzens, dann drehte sie den Kopf wieder nach vorn, in die schwarze, unheimliche Nacht. Nach Twyll.

Sie machte sich keine Sekunde etwas vor. Tief beugte sie sich über den Rücken des Hengstes und drängte ihn, noch schneller zu laufen. Es würde nur Sekunden dauern, bis Rhys hinter ihr her war, aber was für ein Pferd er auch auswählte, es wäre langsamer als sein Hengst, doch er, der Bandit, der seit zehn Jahren in den Wäldern um Twyll gelebt hatte, kannte sicher einen kürzeren, schnelleren Weg zum Schloss.

Nein, sie war noch nicht in Sicherheit.

Aber das würde sie niemals sein. Nicht, solange der Bastard Bandit hinter ihr her war.

11

»Ich ... ich ... es tut mir Leid«, stotterte der Stalljunge, und sein Adamsapfel hüpfte aufgeregt auf und ab wie bei einem hungrigen Huhn, das in einem Ameisenhaufen pickt, als Rhys tropfnass und fuchsteufelswild in den Stall kam. Der Junge leckte sich bebend über die Lippen, starrte auf den mit Stroh bedeckten Boden und spielte mit dem Griff seiner Heugabel. »Ich ... ich ... glaube, dass ich vielleicht eingeschlafen bin.«

»Du *glaubst?*«, echote Rhys, und verlor fast die Beherrschung. Durchnässt, wütend und erniedrigt sah er Tara nach, die hinter einer Biegung des Weges verschwand. Jeder Muskel in seinem Körper schmerzte vor Anspannung, seine Hände waren zu Fäusten geballt, und die Zähne hatte er so fest zusammengebissen, dass sie schmerzten. Diese verdammte Frau. »Wir reiten sofort hinterher!«, erklärte er.

»Aber warum?« Abelard stand neben seinem Pferd und streichelte den Hals des Hengstes. Er und der Wachmann, der Tara hatte entkommen lassen, waren Rhys durch die Hintertür aus dem Gasthof gefolgt. Der Wachmann besaß den Anstand, verlegen auszusehen, doch Abelard benahm sich, als hätte es überhaupt keine Bedeutung, dass Tara entkommen war.

»Wir reiten natürlich los, um sie zu fangen.«

»Ach, und weshalb?«

Besaß dieser Mann denn überhaupt keinen Verstand? Er blickte zu dem Wachmann und dem Stalljungen. »Lasst uns allein.« Die beiden brauchten keine weitere Aufforderung; wie der Blitz verschwanden sie durch die Tür. Rhys riss sich so gut es ging zusammen. Er wirbelte zu Abelard herum und machte ein paar Schritte auf ihn zu. »Es geht um ihre Sicherheit«, brachte er zwischen zusammengebissenen Zähnen hervor. Jede Sekunde, die verging, gab Tara eine bessere Möglichkeit, ihm zu entkommen, sich kopfüber in tödliche Schwierigkeiten zu begeben. Er nahm ein Zaumzeug von einem Nagel an der Wand und zog es Abelards Pferd über den Kopf.

Die anderen Pferde, Dobbyn und ein alterndes Wagenpferd, bewegten sich unruhig, schnauften und wieherten leise, als würden sie die Anspannung fühlen, die zwischen den beiden Männern herrschte.

»Was tust du da?«, wollte Abelard wissen, als Rhys das Zaumzeug befestigte und dann eine Decke und einen Sattel über den breiten Rücken des Tieres legte. »Nur weil die Hexe dich mit einem Trick um dein Pferd gebracht hat, ist das noch lange kein Grund, mir mein Pferd zu stehlen …«

Rhys wirbelte noch einmal zu dem älteren Mann herum. »Du bist bezahlt worden, sehr gut bezahlt worden, für dieses Tier«, brummte er. »Oder hast du nicht etwa den Stein?«

»Aye, aber …«

»Lass mich in Ruhe, Abelard.« Während der Regen auf das Dach trommelte und der Wind an dem Strohdach zerrte, zog er die Riemen fest.

»Lass Tara gehen.«

»Nach Twyll? Zu Tremayne?« Rhys schloss den Riemen und schwang sich in den Sattel. »Ich glaube nicht.«

»Es ist doch ihre Entscheidung.«

»Wirklich? Genau wie es ihre Entscheidung war, den Smaragd aufzugeben?«, schnauzte Rhys. Er zog die Zügel an, lenkte das Pferd in dem engen Schuppen zur Tür und starrte in die schwarze, tosende Nacht.

»Du bist ein Dummkopf.«

»Das kann man wohl sagen.«

»Sie zu lieben, wird dir nur Schmerzen bereiten.«

»Ich liebe sie nicht!« Er trat das Pferd in die Seiten und lenkte es durch das Tor, dann schlug er es mit der flachen Hand aufmunternd auf das Hinterteil.

Der Hengst galoppierte aufgescheucht über die lehmige Straße, glitt aus und rannte dann los, als wären Grauen erregende Dämonen hinter ihm her. Eisregen rauschte vom dunklen Himmel wie ein schimmernder Vorhang, der alles versteckte und beschützte. Wasser, so kalt wie ein See im Winter, lief über Rhys Gesicht und verschleierte seinen Blick, doch er trieb das Pferd immer weiter, immer schneller an.

Die Chancen, Tara zu finden, standen schlecht. Sie hatte genug Vorsprung auf einem schnelleren Pferd, um es bis nach Twyll zu schaffen, lange ehe Abelards langsameres Pferd sie einholen konnte. Doch Rhys würde nicht aufgeben. Er war zwar ein Idiot von einem Mann, aber im Notfall wuchs er über sich hinaus …

Er würde sie finden. Er fluchte unflätig vor sich hin und schwor sich, dass er sie erwischen würde, noch ehe sie durch die Tore von Twyll ritt. Und wenn er sie überholte und noch einmal in dieses wunderschöne, betrügerische Gesicht sehen würde, dann würde er seine ganz persönliche Abrechnung vornehmen.

Die Hexe würde niemals den Preis dafür vergessen, dass sie sich ihm widersetzt hatte.

»Was soll das heißen, er ist nicht mehr da?«, verlangte Tremayne zu wissen. Er musterte seinen Konnetabel aufgebracht, und das Vertrauen, das er einmal in diesen Mann gesetzt hatte, schwand rapide. Tremayne hatte vorher träumend in seinem Sessel geruht, den Wein in seinem Becher kreisen lassen und dabei die Funken im Kamin beobachtet, in dem das Feuer prasselte, und über die bevorstehende Schlacht nachgedacht. Er hatte die Nachricht bekommen, dass Cavan in wenigen Tagen losmarschieren würde, und Tremayne hatte einen Schlachtplan ausgearbeitet, eine ganz besondere Überraschung für diesen Emporkömmling. Dann hatte er daran gedacht, Mary oder eines der anderen Frauenzimmer in sein Schlafzimmer zu befehlen, um seine Frustration zu erleichtern. Er hatte nur deshalb gezögert, weil er glaubte, dass seine Männlichkeit ihn wieder einmal im Stich lassen könnte – er wollte das Risiko nicht eingehen, Futter für den hässlichen Klatsch der Frauen zu bieten und die Männer hinter seinem Rücken spöttisch lachen zu hören.

Der Lord von Twyll, so schlaff wie der Hals eines toten Hühnchens.

Der Baron, dessen Schwanz so weich ist wie die Haut eines Rehs.

Tremayne von Twyll, Herr einer Baronie, aber unfähig sein eigenes Bett zu regieren.

Er konnte sich den beißenden Spott und die lächerlichen Bemerkungen vorstellen.

Doch Regan hatte ihn in seinen unglücklichen Träume unterbrochen. Jetzt war Tremayne auf den Beinen, sein Wein und sein schlaffes Glied waren schnell vergessen.

Regan bereitete sich vor auf den Schlag, den er erwartete. Er stand kerzengerade, sein Mund war unglücklich verzogen. »Wie ich es gesagt habe, der Spion ist nicht mehr da.«

In Tremaynes Kopf dröhnte es, sein Geduldsfaden war kurz vor dem Zerreißen. »Habe ich denn nicht gesagt, dass James eingesperrt werden soll?«

»Das haben wir ja auch getan. Er war in einer der Zellen,

aber seit die Verbrecher aus Broodmore angekommen sind, hat ihn niemand mehr gesehen. Der verfluchte Köter muss entkommen sein, während die Wachen damit beschäftigt waren, die neuen Gefangenen in ihre Zellen zu sperren – als das Gefängnistor noch geöffnet war.« Regans blonde Augenbrauen zogen sich zusammen, und er kaute ängstlich auf der Innenseite seiner Backe.

»Wie konnte das passieren?«, schnarrte Tremayne. »Hat ihn denn niemand bewacht?«

»Das wissen wir nicht. Wie ich schon sagte, vielleicht in dem ganzen Durcheinander …«

»Dem Durcheinander? In dem Durcheinander?«, explodierte Tremayne und warf seinen Becher mit aller Macht auf den Fußboden. Er klirrte und sprang noch einmal hoch, erschreckte eine Katze, die in den Binsen nach Mäusen gesucht hatte, und auch die Hunde, die in der Nähe des Feuers lagen, sprangen auf. Die Katze fauchte, die Hunde bellten, Pfoten kratzten in panischer Flucht über den Steinboden. Tremayne fluchte lästerlich. Gott im Himmel, was konnte denn noch alles passieren?«

»Findet ihn«, brüllte er, und fletschte seine Zähne, als sei er ein wildes Tier.

Er machte ein paar Schritte auf den Konnetabel zu und packte mit seiner großen Hand Regans Tunika. Er knüllte den Stoff zusammen, riss ihm dabei auch noch einige Brusthaare aus und zerrte ihn eng an sich. »Findet den Spion«, flüsterte er heiser. »Bringt ihn zu mir, und lasst mich mit ihm fertig werden. Ich will kein Wort mehr hören. Habt Ihr mich verstanden? Ich werde das selbst erledigen.«

Er fühlte, wie der Mann unter seinem Griff zappelte und gab ihn widerwillig wieder frei. »Wenn er nicht gefunden wird, Sir Regan, dann werde ich Euch persönlich dafür verantwortlich machen – habt Ihr mich verstanden? *Persönlich* verantwortlich!«

»Aye, M'lord.« Bildete er sich das nur ein oder hatte die Stimme des Konnetabels wirklich gezittert? Seine Haut war ganz weiß, die Augen hatte er weit aufgerissen. Zum ersten Mal binnen fast einer Woche regte sich Tremaynes Männlichkeit. Also war doch noch Leben in der alten Rute. Der Lord von Twyll beobachtete, wie der elende, nutzlose, schwache Konnetabel vor ihm zurückwich, und er dachte daran, sich sofort eine Frau zu suchen. Aber er würde warten müssen. Ihm ging viel zu viel im Kopf herum, und er hatte viel zu viel zu tun.

Schon bald, wenn er die richtige Frau fand, würde er sie zu seinem Bett schleppen, er würde ihr die Kleider vom Leib reißen und sie dazu zwingen, all das zu tun, was er wollte. *Alles!* Er würde sie dazu zwingen, ihm zu Gefallen zu sein, und sie würde nur zu glücklich sein – oder zu verängstigt. Egal, sie würde alles tun, was er von ihr verlangte. Immerhin war er der Baron. Sein Wille war Gesetz. Es wurde langsam Zeit, dass alle mal wieder eine Kostprobe von dieser einfachen, unbestreitbaren Tatsache erhielten.

»Bei allen Heiligen«, flüsterte Tara und bekreuzigte sich eilig, als sie die Festung Twyll entdeckte, die dunkel und mächtig aus der Finsternis der Nacht aufragte. Dieses unheimlich aussehende, riesige Schloss war ihr Erbe, ihr Zuhause? Sie sagte sich mal wieder, dass sie dumm war, ein Feigling. Twyll war lebendig und voller Leben, es war nicht so wie Broodmore. Nur die Nacht war daran schuld, dass ihre Nerven so angespannt waren, dass ihr Verstand ihr solch dunkle Bilder vorgaukelte. Sie schnalzte leise mit der Zunge und lenkte Gryffyn in den Schutz des Waldes. Seine Nüstern blähten sich, als der Wind durch seine Mähne fuhr, und ihr wurde klar, dass er sein Zuhause erkannt hatte. Ein Anflug von Furcht schlich sich in ihr Herz.

Hoch auf der Spitze eines Hügels erhob sich Tower Twyll

wie eine Kathedrale in den Himmel, wo nur eine schmale Mondsichel und einige wenige Sterne sich hinter dem Schleier der Wolken zeigten. Der Sturm und der Regen waren vorüber, seine Wut war gebrochen, nur eine kalte, klare Nacht war geblieben, und in den Pfützen spiegelte sich das schwache Mondlicht. Die kalte Winterluft machte ihre nasse Kleidung noch viel klammer, als sie sowieso schon war.

Tara erschauerte und klopfte dem Pferd auf den Hals. Es war rasch und sicher gelaufen, und obwohl sie an jeder Wegkreuzung erwartet hatte, dass Rhys ihr den Weg abschneiden würde, dass er es irgendwie geschafft hatte, vor ihr dort zu sein, so war er doch nicht aufgetaucht.

Sie rieb sich die Arme, um die Kälte etwas zu vertreiben, und betrachtete das Gebäude, in dem sie geboren worden war, wenn Lodema Recht hatte.

Das Schloss war dunkel. Alles war still. Auch wenn sie sich anstrengte, irgendwelche Geräusche zu hören, so drang doch kein Lachen, kein Gemurmel einer gedämpften Unterhaltung, noch nicht einmal das Bellen eines Hundes durch die dicken Mauern der Festung.

Konnte dies wirklich ihr Zuhause sein? Sie verspürte einen dicken Kloß in ihrem Hals. Ihr Herz klopfte laut, als sie an ihren Plan dachte, sich irgendwann nach der Morgendämmerung in das Schloss zu schleichen, zusammen mit den Bauern, Soldaten, Händlern und den Leuten aus dem Dorf, die kamen und gingen, wenn das Fallgatter in den frühen Morgenstunden erst einmal hochgezogen war. In dem grauen Morgennebel, der sie verbergen würde, hatte sie die Absicht, sich unauffällig in den Strom der Menschen einzureihen, die durch die Tore von Twyll gingen.

Und was ist mit Lord Tremayne – dem Baron, der Rhys ausgepeitscht hat und ihn dann einfach liegen gelassen hat, weil er glaubte, er sei tot? Was ist, wenn du ihm gegenüber treten musst? Ihre Finger umfassten die Zügel fester. Er wusste nicht, wer sie war. Solange ihre Identität geheim blieb, hatte sie von ihm nichts zu befürchten.

Sie ritt in den Wald zurück und stieg dann in einem beinahe undurchdringlichen Dickicht vom Pferd. Ihren Umhang wickelte sie fester um ihren Körper. Sie und Gryffyn waren hier gut versteckt. Erschöpfung überkam sie, und sie schloss die Augen. Sie würde sich ein paar Minuten ausruhen. Gerade lange genug, um wieder genügend Kraft zu sammeln, denn sie konnte es nicht riskieren, das jemand sie hier entdeckte, ganz besonders Rhys nicht.

Sie wollte lieber nicht daran denken, was geschehen würde, wenn er sie fand. Oh, das durfte sie nicht riskieren. Aber als sie einschlief, stellte sie sich trotzdem vor, wie er neben ihr lag, wie er sie in seinen Armen hielt und ihr zuflüsterte, dass alles gut werden würde. Sie konnte beinahe fühlen, wie seine Bartstoppeln an ihrer Wange kratzten, sie konnte den Geruch nach Leder, Pferd und Mann riechen, der ihm anhaftete und sogar seinen steten Herzschlag hören und in seine Augen sehen, die so glänzten wie neu geschmiedeter Stahl.

Ah, Bandit wie sehr quälst du mich, dachte sie. Aye, er hatte ihr die Jungfräulichkeit genommen, die sie ihm so bereitwillig geschenkt hatte, und auch den Ring, den sie ihm nur unwillig überlassen hatte, und dennoch waren die Gefühle, die sie für ihn hegte, sehr stark, und sie konnte unmöglich ignorieren, wie sehr er ihr Herz beherrschte. *Du bist ein Dummkopf*, sagte sie sich. Selbst nur ein wenig an ihm zu hängen war Wahnsinn, schlicht und einfach, eine einfältige, mädchenhafte Einbildung. Doch momentan war sie viel zu müde, um sich damit zu beschäftigen. Wenn sie erst einmal ausgeruht war, würde sich auch ihr Kopf klären, und sie konnte all ihre romantischen Fantasien vertreiben.

Das musste sie dringend tun.

Lodema flüsterte ein Gebet über dem flachen Grab. Das ist ein Omen, dachte sie, und fühlte eine tiefe Traurigkeit für ihre Luna, die gerade erst ein Kätzchen gewesen war, als Tara zu ihr gekommen war. Auch wenn die Katze sehr alt geworden war, wenn sie viele Jahre länger gelebt hatte, als man hoffen konnte, so würde Lodema doch den Trost ihres warmen Körpers vermissen, der sich neben sie in ihr Bett gekuschelt hatte. Es würde eine neue Leere in der kleinen Hütte geben.

Nicht nur ihre Tochter hatte sie verlassen – vielleicht würde sie sie sogar nie mehr wieder sehen –, jetzt war auch ihre Katze nicht mehr bei ihr. Sie war ein Dummkopf, aber sie fühlte warme Tränen in ihren Augen, im ersten grauen Licht des Morgens, in dem sich der Nebel von Gaeaf aus dem Wald erhob und sich mit dem Rauch aus dem Kamin ihrer Hütte vereinte.

Sie konnte sich eine neue Katze besorgen, die ihr die Mäuse und Ratten aus ihrem Vorratslager fing, doch es wäre nicht das gleiche. Luna war mehr gewesen als nur eine Mäusefängerin, sie war ihre Freundin gewesen. Ah, nun ja, so war das Leben nun einmal.

Als sie den Weg hinunter zur Tür ihrer Hütte humpelte, fühlte sie den Wind – bitterkalt blies er aus Norden. Der Wind des Todes. Eine Gänsehaut überzog ihren Körper, denn jetzt ging es nicht um ihre Katze. Nein, dieser eisige Windstoß hatte mit Tara zu tun. Das wusste sie tief im hintersten Winkel ihrer Seele.

In ihrem kleinen Haus gackerten ein paar Hennen und wussten nicht, dass sie vor dem Messer des Metzgers gerettet worden waren. Sie hatte bereits eine alte schwarz-weiße Henne geschlachtet, die keine Eier mehr gelegt hatte, und ehe sie sie für den Kochtopf vorbereitet hatte, hatte sie ihr den Leib geöffnet und den Inhalt auf den Tisch geschüttet.

Ein Gefühl des Todes hatte sie beschlichen – ein Omen so kalt wie die Wasser der Nordsee, war in ihr Blut gesickert. Aufzuwachen und die tote Katze zu finden war erst der Anfang gewesen, doch da war noch mehr, und es hatte mit Tara zu tun. Lodema spürte es im Mark ihrer Knochen. Mit gerunzelter Stirn hatte sie die Innereien des Huhns vor sich ausgebreitet und ein Gebet zur Großen Mutter geschickt, in dem sie um Taras Sicherheit gebetet hatte. Sicher irrte sie sich und beschwor die Schwierigkeiten nur herauf. Die Bewegungen des Rauches, die sie zu sehen geglaubt hatte, waren bestimmt nur ein Streich gewesen, den ihre alten Augen ihr gespielt hatten, mehr nicht. Und das Wachs, das in einem so Unheil verkündenden Muster in ihre Tasse getropft war, war ein Fehler gewesen. Ganz sicher.

Mit einem gekrümmten, fleckigen Finger schob sie das Herz und die Innereien zur Seite und suchte nach der Leber des toten Huhnes. »Gottes Augen«, flüsterte sie, als sie die rötlichbraune, glitschige Masse sah, die im Licht der Kerze glänzte. Der Höcker des Organs fehlte. Normalerweise gab es dort einen Vorsprung, ein Stück Glück, je größer, desto besser. Wenn der Höcker gespalten war, dann war das ein sicheres Zeichen für Schwierigkeiten, aber dies ... das Fehlen des Höckers war das schlimmste Omen von allen.

Morrigu, Erdmutter, beschütze Tara, betete sie. Ihr Herz klopfte heftig. Es fiel ihr schwer zu atmen, und sie stützte sich schwer auf den Tisch. Sie musste eine Rune zeichnen, einen Zauberspruch sprechen ... sie würde Misteln brauchen, Johanniswurzel, Farn und Löwenmaul für den Zauberspruch, dann würde sie Runen zum Schutz zeichnen. Sie hoffte nur, dass es noch nicht zu spät war.

Rhys ritt wie der Teufel. Er drängte sein geliehenes Pferd schneller und schneller, entschlossen, seine Beute einzuholen, ehe sie Twyll erreichte. Der Hengst quälte sich, doch Rhys gab nicht auf. Denn wenn Tara Tremayne fand, wäre alles umsonst gewesen.

Während das Pferd durch den Wald galoppierte, sagte sich Rhys, dass er Tara retten würde, dass es noch nicht zu spät war, dass es ihm irgendwie gelingen würde, sie vor dem schrecklichen Schicksal zu bewahren, das Tremayne ihr bereiten würde, wenn er entdeckte, wer sie war. Es war besser, dass sie den Stein nicht länger bei sich trug, sagte er sich, es war besser, dass sie keinen Beweis dafür hatte, dass sie die Tochter von Gilmore war.

Falls sie überhaupt seine Tochter war.

Es hatte aufgehört zu regnen, und die Dämmerung senkte sich allmählich über das Land. Bäume sausten vorüber, und das Fell des Hengstes war dunkel vor Schweiß, weiße Schaumflocken klebten an seinem dunklen Fell.

Und dennoch trieb Rhys das Tier weiter.

Taras Leben stand auf dem Spiel.

Bei dem Gedanken klopfte eine kleine Ader an seiner Schläfe heftig. Er biss die Zähne so fest zusammen, dass sie schmerzten, und fühlte eine überwältigende Angst um diese Frau, die er kaum einmal zwei Wochen lang kannte. Eine Frau, der er nicht traute.

Was war sie?

Eine Hexe – jemand, der an Magie glaubte und an die Erdenmutter. Eine Frau, die Zaubersprüche murmelte, Runen in den Sand zeichnete und dennoch zu dem Gott der Christen betete? Was für eine Zauberin war das?

Oder war sie wirklich das verschwundene Baby, die Tochter von Lady Farren und Lord Gilmore, dem wahren Herrscher von Twyll?

Machte das überhaupt etwas aus? Nein. Er war im Netz ihrer Schönheit gefangen, verloren in den Gefühlen, sie zu berühren. Niemals hatte er so bei einer anderen Frau gefühlt.

Nicht einmal bei Anna.

Bei diesem Gedanken machte sein Herz einen kleinen Sprung, und er leugnete vor sich selbst, dass er sich aus dieser Hexe etwas machte, einer scharfzüngigen Frau, die sich ihm ständig entzog und ihn wie einen Idioten aussehen ließ. Bei Gott, er konnte gar nicht an die Gefühle denken, die sie in ihm weckte. Nicht jetzt. Zuerst musste er sie finden und sie irgendwie in Sicherheit bringen.

Das Pferd atmete schwer, seine Beine wurden träger. »Komm schon, komm schon!« Es stolperte, und Rhys begriff, dass es am Ende war. Wenn er noch weiter ritt, dann würde das Pferd sterben. Er dachte daran, es fest zu schlagen, doch das brachte er nicht über sich. Das verdammte Ross war tapfer gelaufen. Rhys ließ es langsamer weitergehen. Er fühlte sich schuldig, weil er das Tier bis an den Rand seiner Fähigkeiten getrieben hatte, dennoch verspürte er noch immer das drängende Bedürfnis, nach Twyll zu kommen. Aber das würde der Hengst niemals schaffen.

Doch ein anderes Pferd könnte ihn hinbringen.

Er lächelte vor sich hin. Alles, was er tun musste, war, ein fähiges Pferd zu finden und es zu stehlen.

So, wie er es in der Vergangenheit Dutzende von Malen getan hatte.

Klirr!

Tara öffnete ein Auge bei dem Geräusch. Es dauerte eine Sekunde, ehe sie begriff, dass sie auf einem Bett aus Tannennadeln und Blätter geschlafen hatte, im Wald vor Twyll. Mit einem lauten Knarren wurde das Fallgatter von Twyll hochgezogen. Schon bald, wenn man sie nicht entdeckte, würde sie innerhalb der Mauern ihres Zuhauses sein und nach Vater Simon suchen. »Gott, hilf mir«, flüsterte sie und bekreuzigte sich.

Sie würde Gryffyn hier lassen, bereit für ihre Flucht, denn wenn sie erst einmal den alten Priester gefunden und ihre wahre Identität herausgefunden hatte, hatte sie vor, nach Rhys zu suchen. Aye, sie musste zuerst einmal herausfinden, wer sie war, doch jetzt, nachdem sie einander geliebt hatten, musste sie ihn wieder sehen.

Während sie wartete und damit rechnete, dass Rhys jede Minute auftauchen würde, ging die Sonne auf, warf ihren sanften Schein auf die Wolken und brachte ein wenig Wärme. Tara zupfte die kleinen Zweige, Blätter und Tannennadeln von ihrem Umhang, kämmte mit den Fingern ihr Haar und wartete. Langsam kamen sie. Karren, von Ochsen gezogen, Wagen mit Fässern Bier oder Säcken mit Korn. Händler und Fußsoldaten, Frauen, die Körbe mit Eiern trugen und Jungen, beladen mit Feuerholz. Aus den Mauern von Twyll hörte man Hämmer dröhnen, Stimmen riefen, und ab und zu konnte man sogar Gelächter hören.

Als der Verkehr am dichtesten war, huschte Tara aus dem Wald und reihte sich zwischen den Männern, Frauen und Kindern ein, die Twyll betraten. Niemand sollte sie eigentlich aufhalten. Abgesehen von einigen wenigen Soldaten, die sie flüchtig gesehen hatten an diesem schicksalhaften Tag, als sie den Banditen getroffen hatte, kannte niemand sie, und niemand würde sie ausfragen wollen.

Sie gingen an einer Wache vorbei, der einen der Wagenlenker nach seinen Geschäften fragte und dann mit einer hochschwangeren Frau sprach, die einen Korb mit Lauch trug und gleichzeitig noch drei Kinder beaufsichtigte. Dann blickte er Tara an.

»Halt«, befahl er, und sie blieb stehen. Kleine Augen musterten sie eingehend. »Was ist Euer Geschäft?«

»Ich möchte mit Vater Simon sprechen.«

»Mit dem Alten?« Der Wachmann runzelte die Stirn. »Warum?«

»Ich bringe ihm Grüße von meiner Mutter, die ihn kannte, als sie noch ein Mädchen war. Sie ist jetzt krank, und sie wollte, dass Vater Simon das erfährt.«

Der Wachmann schnüffelte, wischte sich über die Nase und runzelte die Stirn. »Wer ist Eure Mutter?«

»Lodema von Gaeaf.«

»Lasst uns vorbei«, rief ein brummiger Fuhrmann. »Ich muss Gewürze abliefern, der Verwalter wartet auf mich.«

»Aye!«, unterstützte ihn ein anderer Mann mit einem Wagen voller Stroh.

Der Wachmann schnaufte, er starrte Tara einen Augenblick an und winkte sie dann weiter. »Geht und erledigt Euer Geschäft.«

Schnell lief Tara die lehmige Straße entlang durch den äußeren Schlosshof, wo die Tiere in der Nähe der Ställe in Pferchen untergebracht waren – Pferde, Schafe, Kühe und Schweine.

Jeder schien in Eile zu sein. Im inneren Schlosshof sah es so aus, als seien die Männer schlecht gelaunt. Frauen, beladen mit Kerzenwachs, Wäsche oder Bottichen mit Fisch liefen auf das Schloss zu. Jungen zerrten Eimer mit Steinen und Pfeile auf die höchsten Türme, wo die Zimmerleute damit beschäftigt waren, Bretterzäune zu bauen, hölzerne Aufbauten auf den Mauern, um die Verteidiger in der Schlacht zu schützen. Die Atmosphäre war aufgeladen und angespannt, Gesichter blickten grimmig. Frauen riefen den Kindern Befehle zu, damit sie ihnen dabei halfen, Feuerholz aufzustapeln, Kerzen zu machen, Wolle zu spinnen, Eier einzusammeln und Eimer mit Wasser zu holen.

Von überall hörte Tara geflüsterte Unterhaltungen über den Krieg.

»Und was glaubst du wohl, wie lange wir einer Belagerung standhalten können?«, fragte eine untersetzte Frau eine andere, während sie ein Fass Salz für die Konservierung von Fleisch in einen Schuppen in der Nähe des Schlosses schleppte.

»Die Heiligen mögen uns verschonen, das weiß ich nicht«, antwortete ihre Begleiterin, eine Bierfrau, so wie es aussah. Sie verschränkte die Arme vor ihrem üppigen Busen.

Ein Fuhrmann war damit beschäftigt, ein gebrochenes Rad zu reparieren, der Waffenschmied hämmerte Metall zu

Schwertern, und der Ausrufer, der auf den Stufen des Schlosses stand und eine Glocke läutete, kündigte an, dass jeder fähige Mann gegen Cavan von Marwood zu den Waffen gerufen wurde.

Tara erschauerte. Wer war dieser Mann, der behauptete, der Sohn von Gilmore zu sein? War er ein Betrüger? Ein Lügner? Oder war er wirklich das Baby, das Lady Farren geboren hatte?

Tara versuchte, die Aufmerksamkeit nicht auf sich zu lenken, als sie durch den Schlosshof ging und sich fragte, ob dies wirklich ihr Zuhause war. Ihr Schicksal. Ob sie hierher gehörte.

Aye, und was war mit Rhys?

Was soll mit ihm sein?, antwortete sie der verflixten inneren Stimme und weigerte sich, jetzt an ihn zu denken oder über den winzigen Anflug von Bedauern zu grübeln, der sich in ihr Bewusstsein geschlichen hatte. *Denk nicht daran*, mahnte sie sich und ging weiter. Ein Junge lief an ihr vorbei, er jagte eine Katze, und Tara packte ihn am Arm. »Wo ist die Kapelle?«, fragte sie, und der Junge, mit einem Schopf dichten, roten Haares, Sommersprossen und einigen Zahnlücken, blieb stehen.

»Die Kapelle?«

»Ja, und Vater Simon.«

»Ihr meint sicher Vater Alden.«

»Nein, sein Name ist Simon.« Es gelang Tara, zu lächeln.

»Aber Vater Alden ist ... oh.« Große braune Augen weiteten sich verständnisvoll. »Ihr meint den tauben Alten, nicht wahr?« Noch ehe Tara antworten konnte, nickte er heftig mit dem Kopf. »Oh, er ist nicht im Schloss. Er wohnt drüben in dem Turm, ein Stockwerk hoch oder zwei, hat meine Mum gesagt.« Er deutete mit einem schmutzigen Finger auf einen rechteckigen Turm, der sich über den Zinnen erhob. »Er redet nicht, müsst Ihr wissen.«

»Ich … das habe ich gehört. Danke.«

Sie eilte über den Schlosshof, vorüber an einem Kräutergarten und an der Hütte des Armbrustmachers, wo die Armbrüste für die Schlacht aufgestapelt waren. Sie schluckte schwer, dann lief sie um einen Heuwagen herum und griff nach der Tür. Aus dem Zwinger begannen die Hunde zu bellen. Über ihr wurden Häute über die hölzernen Zäune auf den Zinnen gespannt, um sie gegen brennende Pfeile unempfindlich zu machen.

Die Bedrohung des Krieges lastete in der Luft. Sie erreichte die Tür, riss sie auf und rannte fast die Wendeltreppe hinauf. Ihr Herz klopfte laut, und ihr Hals wurde ganz trocken. Schon bald erreichte sie ein Stockwerk, in dem eine Tür ein wenig offen stand. Durch die Öffnung erkannte sie im flackernden Licht einer Kerze einen Priester, barhäuptig und mit angespanntem Gesicht kniete er auf dem Boden. Seine Augen waren geschlossen, seine Schultern gesenkt, und seine Lippen bewegten sich, ohne dass ein Ton aus seinem Mund kam.

Sie wusste, das war Vater Simon, der einzige Mann, der die Wahrheit über ihre Vergangenheit kannte.

»M'lord, wir haben Euer Pferd gefunden.«

Der Soldat, ein anmaßender Jüngling mit Namen Jason, kam mit großspurigen Schritten in die große Halle.

»Mein Pferd?«, wiederholte Tremayne.

»Aye, Sire. Gryffyn. Wir haben nach diesem Tunichtgut James gesucht, und dabei haben wir das Pferd gefunden. In Lebensgröße stand es vor uns.«

Tremayne sprang aus seinem Sessel und packte den unverschämten Jungen an seiner Tunika. »Wenn das ein Spaß sein soll …«

»Nein …«, jammerte der Junge, und seine Großspurigkeit war plötzlich verschwunden. Er sah aus, als würde er sich gleich in die Hose machen.

»Wo?«

»Im Wald vor dem Schloss. Wir haben ihn zurück in den Stall gebracht. Wir dachten, Ihr würdet gern ...«

»Dummkopf!« Spucke flog aus Tremaynes Mund, so wütend war er. »Wenn das Pferd hier ist, dann ist Rhys auch hier!« Er ließ den Jungen los und wünschte, er könnte seinem Halbbruder den Hals rumdrehen. »Sucht die Umgebung ab, das Schloss ... und ...« Sein Kopf dröhnte, der Schmerz brannte hinter seinen Augen. »Warte ... bring das Pferd dorthin zurück, wo du es gefunden hast.«

»Was?« Jason rieb sich die malträtierte Brust.

»Ja, ja, der Bandit wird zurückkommen. Nimm Verstärkung mit. Lasst das Pferd dort, wo es war. Versteckt euch im Wald, und wenn Rhys zurückkommt, nehmt ihn gefangen!« Mit Riesenschritten stürmte er durch das Schloss zur Unterkunft von Regan. »Nehmt die besten Männer, zwanzig – und macht keinen Fehler.« Er wirbelte herum, als Jason hinter ihm herlief. »Wenn euch Rhys noch einmal durch die Finger schlüpft, dann wird jeder im Schloss darunter leiden, ganz besonders du!«

Konnte es sein? Konnte sich sein Glück endlich gewendet haben? Bei dem Gedanken, dass sein Halbbruder durch das Schloss schlich, hob sich sein Magen. Aber er würde gefangen werden. Diesmal ganz bestimmt! »Durchsucht das Schloss, jeden Winkel. Holt ihn heraus. Wenn wir ihn hier nicht fangen, werden wir ihn erwischen, wenn er zu seinem Pferd zurückkommt.« Er rieb sich die Hände. Endlich. Endlich!

»Aber was ist mit Lord Cavan von Marwood?«, fragte Jason, als sie um eine Ecke bogen. Die Binsenlichter flackerten, als sie vorüberhasteten. »Marschiert seine Armee nicht nach Twyll?«

»Es ist noch immer Zeit genug«, erklärte Tremayne. »Zuerst fangen wir den Bastard, dann werden wir Cavan von Marwood das geben, was er verdient. Fürchtet euch nicht.«

Er riss die Tür zu Regans Unterkunft auf und überraschte

den Konnetabel dabei, wie er gerade die Klinge seines Schwertes schärfte. »Es ist Zeit«, erklärte er, als Regan aufblickte. »Der Bastard ist in unserer Reichweite.« Sein Blick hielt den des Konnetabels gefangen. »Fangt ihn, Sir Regan, sucht ihn, und bringt ihn zu mir.« Er erklärte ihm seinen Plan, und der Konnetabel hörte auf, sein Schwert zu schärfen.

»... also besitzt er die Unverfrorenheit, sich nach Twyll zu schleichen«, beendete Tremayne seinen Bericht. »Dafür wird er mit dem Leben bezahlen.« Er starrte Regan an und ballte die Hand zur Faust. »Diesmal, Konnetabel, solltet Ihr nicht versagen.«

12

Als sich die Tür öffnete, hörten die Lippen des Priesters auf, sich zu bewegen. Er kniete noch immer auf dem Boden, sein Gesichtsausdruck war hart und verärgert, dann drehte er den Kopf und blickte über seine Schulter.

»Entschuldigt mich, Vater«, sagte Tara schüchtern. »Ich würde gerne mit Euch reden.«

Langsam richtete er sich auf, als wäre jede Bewegung schmerzhaft, dann stand er vor ihr. Seine Augen waren tief eingesunken, sie blickten gequält und ausdruckslos, sein Haar war dünn, sein Körper kaum mehr als ein Skelett. Er nickte kurz, ermunterte sie, zu sprechen, dabei sah er sie aufmerksam an. Mit einer Handbewegung bat er sie in sein kleines Zimmer.

»Ihr seid Vater Simon?«, fragte sie und trat in das kleine, asketische Zimmer mit dem alten Steinboden und den glatten, dicken Wänden. Kein Fenster ließ Licht in den Raum. Nur die flackernde Flamme einer langsam herunterbrennenden Kerze, die auf einem schmalen Tisch brannte, gab ein wenig Licht.

Er nickte und betrachtete sie ohne ein Wort. Tara lief ein Schauer über den Körper. Das dunkle Zimmer und der schweigende, magere Mann standen in einem eigenartigen Kontrast zu den beinahe hektischen Aktivitäten im übrigen Schloss.

»Ich komme zu Euch von Lodema.«

Sein Atem wich pfeifend durch die Zähne. Lange zögerte er. Seine dünnen, grauen Augenbrauen zogen sich hoch, und Furcht, so dunkel wie die Seele eines Dämonen, schlich sich in seine Augen. Er schüttelte den Kopf, als hätte er nie von ihrer Mutter gehört, doch konnte er den Schimmer des Wiedererkennens nicht verleugnen, ein Schatten des Wissens. Mit einer Hand griff er in seine Tasche und umfasste die Perlen seines Rosenkranzes.

»Aye, Vater, ich bin Tara, Lodemas Tochter, das Baby, das Ihr in einem Korb zu ihr gebracht habt.« Noch immer schüttelte er den Kopf, jetzt noch heftiger. Er hielt seine freie Hand hoch, um sie zum Schweigen zu bringen, doch sie war nicht so weit gekommen, hatte nicht all das erduldet, um jetzt zu schweigen. »Meine Mutter, Lodema ... sie ... sie ... hat mir erzählt, dass ich nicht ihr leibliches Kind bin, dass ich von Euch zu ihr gebracht wurde, als Ihr Priester hier in Twyll wart. Sie dachte, ich sei die Tochter von Lord Gilmore und Lady Farren, und sie zeigte mir den Ring – den Smaragdring und die Münzen ... und den verblichenen alten Korb, in den ich gepackt war, als Ihr mich zu ihr gebracht habt.«

»Nein«, formte er das Wort mit dem Mund, doch er sprach nicht. Er zog die andere Hand aus der Tasche und legte beide Hände aneinander, flatternd bewegte er sie von einer Seite zur anderen und brachte die Flamme der Kerze dazu, wild hin und her zu flackern, worauf die Schatten an der Wand ebenso wild tanzten.

»Wollt Ihr damit sagen, dass ich nicht Gilmores Tochter bin?«

Er blinzelte, als wäre er verwirrt und würde nachdenken.

»Habt Ihr mich nicht in einen Wagen geladen, an dem Tag, als ich geboren wurde – an dem Tag, als meine Eltern von Merwynn ermordet wurden?«, verlangte sie zu wissen, und es bildete sich ein dicker Kloß in ihrem Hals bei dieser entsetzlichen, tragischen Vorstellung. »Ihr seid mit Blut auf Eurer Kleidung zu ihr gekommen, mit einem Kind und einem Ring.« In ihrer Leidenschaft war ihre Stimme lauter geworden, mit dem Finger zeigte sie auf ihre Brust. »Dieses Kind war ich«, flüsterte sie. »War das nicht so?«

Wieder schüttelte er heftig den Kopf, und jetzt glaubte Tara, Schritte auf der Treppe gehört zu haben.

Schnell griff Vater Simon nach ihrer Hand und zog ihre Finger zu der Kerze. Seine Haut war kühl und trocken, so rau wie Pergament. Er hob ihre Hand und runzelte die Stirn.

»Ich weiß, ich weiß ... ich trage den Ring nicht, und ich habe ihn auch nicht mehr. Er wurde mir weggenommen.« Sie schluckte und starrte in seine ungläubigen Augen, die durch die herunterhängenden Augenlider zum Teil verdeckt waren. »Aber Lodema hat ihn mir gegeben, das schwöre ich. Ich bin das Mädchen, das sie großgezogen hat. Aber nur Ihr könnt mir sagen, ob ich die Tochter von Twyll bin.«

Seine Haut verlor die wenige Farbe, die sie noch hatte. Schnell bekreuzigte er sich und bedeutete ihr, dass sie gehen sollte.

»Nein.«

Wut trat in seine Augen. Seine Schultern strafften sich. Er überragte sie, und er hätte sie eingeschüchtert, hätte sie nicht die Furcht in seinem Blick erkannt.

»Könnt Ihr Euren Schwur des Schweigens nicht brechen?«, fragte sie.

»Er hat keine Zunge« flüsterte eine andere Stimme.

Tara wäre vor Schreck fast umgefallen. Sie wirbelte herum, ihr Herzschlag jagte, und sie stand einem Jungen gegenüber, der in der Türöffnung erschienen war – einem dünnen, nüchtern aussehenden Jungen von etwa zehn Jahren, der sie misstrauisch betrachtete.

»Was hast du gesagt?«

»Er hat sie herausgeschnitten«, sagte der Junge, schlüpfte geräuschlos ins Zimmer und schloss die Tür leise hinter sich. Vater Simons Gesicht versteinerte. »Er selbst hat das getan.«

Tara wich zurück bei diesem entsetzlichen Gedanken. »Nein«, sagte sie und starrte den Priester ungläubig an. »Nein ...«

»Warum, glaubt Ihr, spricht er nicht?«

»Er hat einen Schwur des Schweigens abgelegt, seine ganz eigene, private Kommunikation mit Gott ...« Sie schluckte und ihr wurde ganz übel bei dem Gedanken, dass dieser Mann sich selbst entstellt hatte. »Dies ... dies ist wahr?«, flüsterte sie und legte die Hand auf die Brust, als sie dem alten Mann in die Augen sah.

Er zuckte erschöpft mit einer Schulter, doch in seinem gequälten Blick entdeckte sie einen Funken von Trotz.

»Aber warum hat er das getan?«

»Um seine Geheimnisse zu bewahren, natürlich«, sagte der Junge.

»Und woher weißt du das alles?«, wollte sie wissen und wunderte sich über die Frechheit des Jungen. Energisch hob er den Kopf, Rebellion lag in seinem Blick, und ihr wurde klar, dass er viel älter war, als er es den Jahren nach sein sollte. Die Erfahrung, so nahm sie an, war sein Lehrer gewesen.

»Ich weiß es eben.«

»Woher?«

»Ich weiß alles.«

Unverschämter Kerl. »Wirklich? Und wie hast du das geschafft, indem du ... indem du an Türen gelauscht und durch Schlüssellöcher geblickt hast?«

»Manchmal«, gestand er. Es schien ihm zu gefallen, sie zappeln zu lassen.

»So, wie du auch jetzt gelauscht hast.«

»Aye.«

»Wer bist du?«

»Quinn.« Er strich sich das dunkle Haar aus dem Gesicht und hob stolz das Kinn, als müsste sie von seiner Antwort wissen, dass er jemand war, mit dem sie zu rechnen hatte. Als sie nicht gleich reagierte, besaß er die Unverschämtheit, frech eine Augenbraue hochzuziehen, und für den Bruchteil einer Sekunde erinnerte er sie an Rhys, und ihr Herz schmerzte. »Ich werde eines Tages der Baron sein.« Den Satz hatte er ohne jegliche Emotion gesagt, als wäre es eine schlichte Tatsache, etwas, dem man nicht widersprechen konnte.

Dieser Junge war der Sohn von Lord Tremayne? Jetzt begriff sie auch seine Arroganz, denn er glaubte – nein, er *wusste* –, dass er eines Tages über Twyll herrschen würde. Es war sein Geburtsrecht, wenigstens glaubte er das.

»Wer seid Ihr?«, wollte er wissen.

Vater Simons Augen weiteten sich, seine Lippen verzogen sich verärgert, und Tara hatte plötzlich das Gefühl, als würde sie auf einer schmalen, brüchigen Brücke gehen, die sich über einem dunklen, gähnenden Abgrund spannte, der sie verschlingen würde, wenn sie stolperte.

»Tara … von Gaeaf. Ich bin die Tochter einer alten Freundin von Vater Simon.«

Der Junge warf dem Priester einen Blick zu, als suche er eine Zustimmung, und Vater Simon nickte knapp.

»Er spricht mit niemandem.« Der Junge war wirklich hartnäckig.

»Nur mit dir«, erriet sie. »Aber wie kann er das, wenn er keine Zunge hat?«

»Es gibt andere Möglichkeiten«, erklärte der Junge und grinste schelmisch. »Wenn man nur klug ist, sie herauszufinden.«

»Und das bist du?«

Er antwortete nicht, und Tara musste sich in Erinnerung rufen, dass er nicht mehr als nur ein Junge war. Nein, dieser kleine Emporkömmling war viel arroganter und weiser, als es seinem Alter zukam. Er war ein Junge, der weit mehr wusste, als er verriet. Er hielt die Hand hoch, dann legte er einen Finger auf die Lippen. Draußen auf der Wendeltreppe aus Stein hörte man Schritte, und Quinn schlich geräuschlos wie ein Schatten, aus dem Zimmer und verschwand in der Dunkelheit.

Sie wandte sich zu Vater Simon um, und er deutete hastig auf die Stelle hinter der Tür. Als hätte er das schon tausendmal getan, tat er so, als würde er den Aufruhr auf der Treppe gar nicht hören, er sank auf die Knie und nahm sein Gebet wieder auf. Stiefel donnerten die Treppe hinauf – der Klang von vielen Füßen. Taras Herz klopfte laut. Sie steckte eine Hand in die Tasche und umfasste den Griff ihres Dolches, ihre Handflächen waren plötzlich feucht. Sie hielt den Atem an und drängte sich gegen die Wand, als der Klang von Stimmen sie erreichte.

»Du, Jack, gehst hinauf auf den Wachturm, sprichst mit dem Wachmann dort. Frage ihn, ob er den Banditen gesehen hat«, befahl eine tiefe Stimme.

Den Banditen? Sicher meinten sie doch nicht Rhys! Sie strengte sich an, der Unterhaltung zu lauschen.

»Er ist nicht hier, das sage ich dir. Jemand hätte ihn gesehen.«

»Genau wie man ihn gesehen hat, als er das Pferd des Lords gestohlen hat?«, entgegnete die erste Stimme verächtlich.

»Das war Henrys Fehler.« Jemand schnaufte. »Der Stallmeister hat für seinen Fehler bezahlt, wenn du mich fragst. Wie konnte er nur zulassen, dass der Bastard Bandit ihm einen solchen Streich gespielt hat? Und jetzt mach, dass du weiterkommst!«

O Gott, Rhys war hier. In Twyll. Wahrscheinlich suchte er sie. Und Lord Tremayne wusste bereits davon und suchte nach ihm. Tara war voll schlechten Gewissens, ein heißes Schuldgefühl ergriff sie.

»Also gut, also gut«, gab die eine Stimme nach. »Ich gehe nach oben und spreche mit dem Wachmann, aber das ist alles umsonst, das sage ich dir.« Die Schritte kamen näher. Taras Herz klopfte heftig, Angst stieg in ihr auf. Vater Simon, der mit dem Rücken zur Tür kniete, senkte den Kopf und begann wieder zu beten. Seine Lippen bewegten sich geräuschlos, als er den Rosenkranz durch die Hände gleiten ließ, der aus seiner Tasche hing.

»Ahh, Vater«, dröhnte die Stimme, und Tara zuckte zusammen, als einer der Soldaten an der halb offenen Tür stehen blieb. »Wenn ich kurz mit Euch reden könnte …«

Vater Simon hob die Hand und unterbrach den Mann damit, während er sein Gebet fortsetzte. Tara fühlte, wie ihr der Schweiß ausbrach. Sie hörte ein Rascheln, als würde der Soldat von einem Fuß auf den anderen treten. Sie lugte durch den Spalt zwischen den Türangeln und erkannte den Mann nur undeutlich. Sein Gesicht war im Schatten nicht recht zu sehen, doch war er groß und breit, dass er die ganze Türöffnung ausfüllte. Er rieb sich besorgt das Kinn und wartete.

»Aye, nun gut«, murmelte er. »Ich störe Euch nicht gern, ich sehe ja, dass Ihr betet und so, aber …«

»Komm schon, Tim«, hörte man eine andere Stimme von draußen. »Im Zimmer des Vaters ist niemand.«

Tim nickte, dann zögerte er und verschwand schließlich von der Tür. Die Schritte wurden leiser, und Tara stieß langsam den Atem aus.

War es möglich? War Rhys im Schloss? Oh, süße Heilige Mutter, sie hoffte es nicht. Sie biss sich auf die Unterlippe und wartete, bis es wieder ganz still war im Turm. Vorsichtig schlich sie hinter der Tür hervor und trat in den kleinen Kreis, der von dem flackernden Licht der Flamme erhellt wurde.

»Bitte, Vater Simon«, sagte sie, und war sicher, dass dies ihre einzige Möglichkeit war, die Wahrheit herauszufinden. »Sagt mir, habt Ihr das Kind aus diesem Schloss geholt und es zu Lodema gebracht?« Unendliche, quälende Minuten fuhr er in seinem Gebet fort. Tara wartete, bis sie es nicht länger ertragen konnte. Als sie gerade gehen wollte, weil sie sicher war, dass er ihre Frage niemals beantworten würde, wandte er sich um und starrte sie aus seiner knienden Position an. Ihre Blicke trafen sich, hielten einander gefangen, und er runzelte seine schütteren Augenbrauen und nickte leicht. »Aye«, formte er mit dem Mund, dann drehte er sich wieder von ihr weg und betete weiter.

Tara stand wie erstarrt. Also war es die Wahrheit. Sie war das Kind, das bei der Geburt entwendet worden war. Konnte sie das glauben? Und wenn es tatsächlich wahr wäre? Änderte das etwas? Nein. Nichts. »Aber wie …«

Er runzelte die Stirn und betete weiter.

»Bitte, Vater Simon, ich muss wissen …«

Er fuhr ungeduldig mit der Hand durch die Luft und deutete zur Tür, ohne sie noch einmal anzusehen. Seine Lippen bewegten sich im Gebet, und Tara wurde klar, dass sie keine andere Wahl hatte, als zu gehen. Schon bald würden die Soldaten zurückkommen, und sie konnte das Risiko nicht eingehen, in diesem kleinen Raum gefangen zu sein, wo es keinen Ausgang gab und auch kein Versteck.

Also, was machte es letztlich, dass sie hier geboren worden war? Abgesehen davon, dass der Priester mit seiner Bestätigung ihre Neugier befriedigt hatte, hatte sich gar nichts geändert.

Bis auf die Tatsache, dass du mit deiner sturen Dickköpfigkeit Rhys in Gefahr gebracht hast.

Jede Freude, die sie vielleicht gefühlt hätte, weil sie erfahren hatte, dass sie wirklich die Tochter von Lord Gilmore und Lady Farren war, verschwand schnell bei der entsetzlichen Erkenntnis, dass sie Rhys ganz sicher in Gefahr gebracht hatte. Sie musste ihn finden und ihn warnen.

Er hätte dir ja nicht zu folgen brauchen, Tara. Das war schließlich sein eigener Entschluss.

Doch sie konnte sich nicht von diesem Vorwurf befreien. Der Gedanke, dass er ihretwegen gefangen werden könnte, machte sie ganz krank. Sie huschte die Treppe hinunter. Sicher, er hatte sie gefangen gehalten und hatte ihr den Ring gestohlen, doch er hatte sich auch Sorgen um ihre Sicherheit gemacht und hatte sie gewarnt, nicht nach Twyll zu reiten. An der Tür des Turmes blieb sie kurz stehen, holte tief Luft und schlüpfte dann hinaus in den kalten, grauen Vormittag. Der Wind war rau und kalt, er trieb trockene Blätter, Zweige und Federn vor sich her über den Schlosshof. Er traf sie ins Gesicht und zerrte am Saum ihres Mantels.

Wie konnte sie Rhys nur finden? Obwohl sie offensichtlich als Tochter Lord Gilmores geboren war, so war ihr dieses Schloss doch fremd. Sie wusste nicht, wo sie sich verstecken konnte, und sie konnte auch niemanden fragen, ohne Misstrauen zu wecken. Aber sie musste ihn finden, musste wissen, ob er in Sicherheit war.

Zu spät, Tara, viel, viel zu spät. Schon jetzt suchten Soldaten nach ihm, überall innerhalb der dicken Mauern. Sie durchkämmten alle Zimmer, blickten hinter jede Tür und bohrten die Schwerter in die Karren voller Korn und Heu, sie ließen bei ihrer Suche kein Versteck aus.

Bandit. Bastard. Geliebter.

Das Herz tat ihr weh, und ihr wurde klar, dass sie sich hoffnungslos in diesen Schurken verliebt hatte.

»Dummkopf«, murmelte sie leise vor sich hin. Sie zog die Kapuze über den Kopf und versuchte, unter all den Händlern und Arbeitern, die den Schlosshof bevölkerten, nicht aufzufallen. Sie lief zügig den ausgetretenen Weg in der Nähe des Schlachthauses entlang, wo der Metzger gerade Schweinefleisch in Salz einlegte. Dort entdeckte sie Männer mit Schwertern, Köchern und Bögen, die über die Wege zwischen den Hütten und Pferchen des Hofes eilten. Die ruhelose Energie, die sie zuvor gefühlt hatte, die Anspannung in der Festung, knisterte wie die Luft vor einem Gewitter. Die Geräusche der Äxte, mit denen das Holz gehackt wurde, der Säge, die sich durch dicke Stämme fraßen und der Hämmer, wurden unterbrochen von scharfen Befehlen, von gezwungenem Gelächter und den Schreien der Pfaue. Mütter mit ernsten Gesichtern schoben ihre Kinder vor sich her, während sie Vorräte zu den Soldaten brachten.

Einige Frauen warfen ihr neugierige Blicke zu, Tara las die Fragen in ihren Augen, doch sie waren viel zu beschäftigt, um zu fragen, wer sie wohl war und was sie im Schloss zu erledigen hatte.

Also, wo konnte Rhys sein in diesem Labyrinth von einem Schloss? Sie blickte über den Schlosshof. Der Bauer mistete die Ställe aus, ein Mädchen trieb am Rande des Teiches Gänse vor sich her. Federn flogen, und eine Gans schnatterte besonders laut, als quietschende Wagen ratternd über die unbefestigten, lehmigen Wege fuhren. Irgendwo quiekte ein Schwein, während Soldaten mit verbissenen Gesichtern die Hütten durchsuchten, stehen blieben, um die Leute auszufragen und mit Adleraugen auch in die entferntesten Winkel des Schlosses zu blicken schienen.

Rhys würde ihnen niemals entkommen.

Das wäre ganz unmöglich.

»Hey!«, hörte sie jemanden rufen, und ihr Herz blieb stehen. »Was für Geschäfte habt Ihr hier zu erledigen?«, dröhnte eine tiefe Männerstimme. Ertappt wandte sie sich um, eine vage Entschuldigung lag ihr auf der Zunge, doch dann stellte sie fest, dass der Soldat einen Bauern mit einem leeren Wagen angesprochen hatte. Sie duckte sich hinter einen Heuhaufen, dann griff sie in die Tasche, in der sie ihren Dolch versteckt hatte. Sie dankte der Heiligen Mutter, dass sie ihn nicht auch in den Eimer geworfen hatte, zusammen mit ihrem kostbaren Feuerstein, als sie aus dem Gasthof geflohen war.

»Psst.«

Tara erstarrte.

»Lady …«

Sie blickte über ihre Schulter und entdeckte Quinn, der sich hinter einem Pfosten in der Nähe des Einganges zu einer dunklen Hütte versteckt hatte. Er winkte ihr zu, zu ihm zu kommen, dann verschwand er durch den schmalen Eingang. Tara zögerte, doch dann sagte sie sich, dass sie von dem Jungen nichts zu befürchten hatte. Er war schließlich nur ein Kind.

Aye, aber er ist der Sohn von Baron Tremayne, und jetzt, wo er weiß, wer du bist, ist er dein eingeschworener Feind. Vielleicht führt er dich ja in eine Falle, die sein Vater gestellt hat.

Aber warum hatte er sie dann im Turm gewarnt?

»Nun?«, wollte der Wachmann wissen.

»Nein, ich habe den Banditen Rhys nicht gesehen.« Eine Frau mit einer hohen Stimme auf der anderen Seite des Heuhaufens wurde gerade von einem Soldaten ausgefragt.

»Seid Ihr auch ganz sicher?« Der Soldat rückte näher.

»Nicht einmal seinen Schatten habe ich gesehen, das schwöre ich Euch. Er ist ein Mann, den eine Frau nicht so schnell wieder vergisst. Wenn ich ihn gesehen hätte, Sir Ewan, dann würde ich mich ganz bestimmt daran erinnern.«

»Hmm«, brummte der Soldat, dann spuckte er aus. »Also habt Ihr nichts Ungewöhnliches gesehen?«

»Das habe ich nicht gesagt, Ewan«, antwortete die Frau und versuchte mit dem Soldaten zu flirten. »Ihr legt mir Worte in den Mund. Ich habe nur gesagt, ich habe Rhys nicht gesehen, aber heute Morgen war eine fremde Frau im Schloss. Ich habe sie gesehen, und meine Tochter Isabel hier hat sie auch gesehen … nicht wahr, Liebes?«

»Aye«, hörte Tara ein dünnes Stimmchen.

Tara erstarrte.

»Schwarzes Haar hatte sie – so schwarz wie die Schwingen eines Raben war es, und wild gelockt. Das konnte man erkennen.« Die Frau schien nachzudenken, und Tara warf einen hastigen Blick zu den Pferdchen und Hütten, suchte nach einem Ort, an dem sie sich verstecken konnte. »Sie hatte ein hübsches Gesicht und große Augen – ich kann nicht sagen, welche Farbe sie hatten. Die Kapuze war über ihren Kopf gezogen, als hätte sie etwas zu verbergen.«

»Eine Frau, sagt Ihr?«

»Aye! Aye! Seid Ihr taub, Ewan? Ich sage Euch, es ist eine fremde Frau im Schloss – eine Schönheit ist sie, aber ich habe sie noch nie vorher gesehen, und Ihr wisst, Ewan. Ich kenne hier jeden.«

»Ich weiß, dass Ihr so eine Art habt, großzügig mit der Wahrheit umzugehen, Sylvie. Ihr fertigt nicht nur die Kerzen für das Schloss, Ihr seid auch immer für eine gute Geschichte zu haben.«

»Diesmal nicht, das schwöre ich. Sie benahm sich eigenartig, wenn Ihr wisst, was ich meine. Sie versuchte, nicht die Aufmerksamkeit auf sich zu ziehe aber sie ... sie ist in den Wachturm gegangen – dort drüben, in den nördlichen Turm. Ich habe gesehen, wie sie durch die Tür geschlüpft ist.«

In Tara stieg dunkle Angst auf.

»Ist das nicht so, Liebling?«, fragte die Frau, und ein piepsiges Stimmchen bestätigte ihre Rede:

»Ja, ich habe sie auch gesehen. Sie hatte einen schwarzen Umhang an, einen ganz langen.«

»Nun, das ist sehr interessant«, stimmte der Mann den beiden zu. »Eine hübsche Frau mit schwarzem Haar und einem langen Umhang?«

»Aye, und sie war zierlich. Es war nicht viel dran an ihr. Aber Ihr würdet Euch daran erinnern, wenn Ihr sie gesehen hättet, das sage ich Euch. Ihr habt ein Auge für hübsche Mädchen, nicht wahr, Ewan?«

Er lachte und begann dann zu husten. Tara blickte zu der Tür, hinter der Quinn verschwunden war. Konnte sie es riskieren, ihm zu folgen? Als der Soldat sich fertig geräuspert hatte, meinte er: »Wenn diese Frau wirklich so zierlich ist, dann wird sie sicher keine Schwierigkeiten machen. Ich werde besser mal im Turm nachsehen ...«

»Oh, nein. Dort ist sie nicht mehr. Ich habe gesehen, wie sie wieder aus dem Turm gekommen ist«, erklärte das Kind. »Vor einer Weile.«

Oh, lieber Gott, dachte Tara, und ihr Herz klopfte lauter als der Hammer des Zimmermannes. Wenn sie befragt wurde und man herausfand, dass sie wirklich die Tochter des ermordeten Barons und seiner Frau war, dann würde sie ganz sicher wegen Hochverrates eingesperrt – vielleicht sogar gehängt. Man konnte nicht sagen, welche Folter der Baron sich für sie ausdenken würde – und wenn sie im Verlies eingesperrt wurde, konnte sie Rhys nicht helfen. Sie war gezwungen, dem Jungen zu vertrauen.

Sie flüsterte ein inniges Gebet zur Mutter Erde, und mit der Furcht, dass sie eine tödliche, gut geplante Falle tappte, schlüpfte sie geräuschlos durch die dunkle Öffnung, durch die Quinn verschwunden war, und blieb dann einen Augenblick stehen, bis ihre Augen sich an die Dunkelheit gewöhnt hatten.

»Das ist es also – das Juwel, das so viele Menschen begehren?« Cavan trat zu dem kleinen Fenster seines Privatzimmers und hielt den Ring in das wenige Licht, das sich nun in den Facetten des Smaragdes spiegelte. Dicke und sehr kostbare Wandbehänge mit Bildern von hübschen, leicht bekleideten Mädchen in bunten Gärten, hingen an den weiß gekalkten Wänden. Kerzen erhellten jede Ecke des Raumes, und ein helles Feuer brannte in dem großen Kamin. Ein breites Bett, mit einer Pelzdecke bedeckt, stand in einer Ecke, und in der Nähe des Kamins gab es einen Tisch mit zwei Stühlen. Über den Flur drangen die Musik einer Harfe und Bruchstücke einer Unterhaltung.

»Aye, der dunkle Smaragd von Twyll.«

»Und er besitzt magische Fähigkeiten?«, fragte Cavan, und

aus seiner Stimme klang Skepsis. Er runzelte die Stirn und überließ es Abelard, herauszufinden, was in seinem gierigen kleinen Verstand vor sich ging.

»Das sagt man.«

»Aber Ihr habt es noch nicht mit eigenen Augen gesehen.«

»Nein.«

»Woher habt Ihr diesen Ring?«

Mit dieser Frage hatte Abelard gerechnet. »Wisst Ihr denn nicht, dass ich ein Dieb bin?«

»Aye, und ein Schuft und ein Schläger und ein Bandit, ein Taschendieb und vielleicht sogar ein Mörder«, erklärte Cavan ohne große Gefühlsregung. »Dann soll ich also annehmen, dass Ihr ihn gestohlen habt?« Cavan umschloss den Ring mit der Faust, als würde er, wenn er ihn besonders fest hielt, die Geheimnisse erfahren, die er in sich barg.

»Aye.«

»Von wem?« Die wehmütige Melodie der Harfe hörte auf, doch die anderen Geräusche aus dem Schloss – Rufe, Gelächter, Schritte – waren durch die dicken Mauern nach wie vor zu hören.

»Macht das denn etwas aus? Wenn Ihr wirklich der rechtmäßige Erbe von Twyll seid, dann habt Ihr jetzt auch den Ring. Viele andere haben ihn vielleicht eine Zeit lang besessen, aber jetzt gehört er Euch.«

»Für welchen Preis?« Cavan warf den Ring in die Luft und sah zu, wie er aufleuchtete, als er hochflog. Dann fing er ihn wieder und schien sein Gewicht zu prüfen. »Eine kleine Baronie für Euch und Euren Freund. Ist das richtig?«

»Das scheint angemessen«, meinte Abelard.

»Wo ist denn Euer Freund im Moment?«, fragte Cavan. »Ich dachte, er würde uns bei der Belagerung helfen. Wir werden in der Morgendämmerung losreiten.«

»Er wird hier sein«, versprach Abelard, und Cavan schnippte mit den Fingern und bestellte bei einem der Pagen, die in der

Nähe der Tür herumlungerten, mehr Wein. »Zwei Becher, und zwar vom Besten im Keller. Bring ihn in die große Halle«, befahl er dem diensteifrigen Jungen, der nur ein paar Jahre jünger war als der Herrscher von Marwood. Der Page rannte aus dem Raum, um seinen Befehl auszuführen.

Cavan hielt inne, um einen tiefroten Umhang umzulegen und ihn zuzubinden. »Kommt«, forderte er dann und schlug Abelard aufmunternd auf den Rücken. Der alte Mann fühlte, dass der junge Lord ihm einen Streich spielen wollte, dass ihr Handel – jetzt, wo Cavan den Ring besaß – nicht so solide war, wie es schien. »Wir werden feiern, obwohl ich Euch sagen muss, dass ich enttäuscht bin, dass Eure – wie habt Ihr sie doch gleich genannt – Armee von Dieben und Banditen nicht bei Euch ist. Waren sie nicht Teil unseres ursprünglichen Handels?«

»Aye.« Abelard war besorgt. Was war mit Kent, Rosie, Leland und den anderen geschehen? Waren sie in Sicherheit? Was war mit dem einfältigen Mädchen, Täubchen? War ihnen etwas Entsetzliches zugestoßen? Bei dem Gedanken daran hob sich sein Magen, und bittere Gallenflüssigkeit stieg in ihm hoch. »Es hat ein paar Schwierigkeiten gegeben.«

»Die gibt es doch immer«, meinte Cavan, mit mehr Weisheit, als sein Alter es eigentlich erwarten ließ. »Die gibt es doch immer.« Zusammen gingen sie durch das Schloss, die Treppe hinunter in die große Halle, wo nicht nur Wein auf sie wartete, sondern auch Platten mit saftigem Lachs und Hecht. Und zwei Frauen – wunderschöne Mägde, die erröteten und Abelards neugierige Blicke mieden, als er sich auf eine Bank setzte.

Der Page hatte schon die Wünsche seines Lords erfüllt.

»Ah, Belinda und Kate«, rief der Lord von Marwood mit einem Lächeln und stellte Abelard die beiden Frauen vor. »Sie werden bis zum Morgen bei uns bleiben, wenn wir losreiten und das Heer einholen.«

»Das Heer ist bereits losmarschiert?«, fragte Abelard, obwohl er das bereits vermutet hatte, weil es im Schloss ruhiger war als bei seinem letzten Besuch. Als er in den Schlosshof geritten war, war ihm aufgefallen, dass all die Waffen und die Soldaten, die er bei seinem letzten Besuch in Marwood gesehen hatte, nicht mehr da waren.

»Sie sind in der Dämmerung losmarschiert. Es wird nicht schwierig sein, sie einzuholen, denn das Katapult und die Ramme sind sehr langsam. Wenn wir sie erreichen, werden sie schon in der Nähe von Twyll sein. Macht Euch keine Sorgen«, fügte er schnell hinzu und versuchte, Abelards Bedenken zu verscheuchen. »Wir werden nichts von dem Angriff verpassen.« Sein Lächeln war grausam, und Abelard stellte wieder einmal seine eigene Entscheidung in Frage, sich mit diesem überheblichen Jüngling verbündet zu haben. »Sucht Euch eine der beiden aus. Jedes der Mädchen wird alles tun, was Ihr von ihr verlangt.« Er steckte ein Stück Fisch und Brot in den Mund. »Oder, wenn Ihr möchtet, könnt Ihr sie auch beide haben.« Er zuckte lässig mit den Schultern. »Es gibt noch genügend andere für mich.«

Abelard musterte die beiden errötenden Mädchen. Er hatte genügend Frauen besessen, einige von ihnen waren so jung und unschuldig gewesen wie diese beiden hier. Doch als die Jahre vergangen waren, gelüstete ihn nicht länger nach üppigen jungen Mädchen, an deren Namen er sich später nicht einmal würde erinnern können.

Cavan grinste. »Aber verbraucht nicht all Eure Kraft heute Nacht«, warnte er ihn und wedelte mit dem fettigen Messer herum. »Morgen werdet Ihr stark und listig sein müssen. Ganz besonders, wenn wir Tremayne von Twyll ohne Eure Armee oder den Bastard Banditen schlagen wollen.« Er spülte den Fisch und das Brot mit einem Schluck Wein aus seinem Becher hinunter, dann wischte er sich mit dem Ärmel seines Umhanges das Fett und den Wein vom Mund. »Was glaubt Ihr wohl, wo Euer Freund Rhys ist?«, bohrte er nach.

Abelard schüttelte den Kopf. »Das weiß ich nicht«, gestand er. »Aber er wird kommen und mit uns reiten.«

»Wird er das?« Cavan schien das keine Sekunde lang zu glauben. Er tätschelte Kate – oder war es Belinda – den Busen, dann seufzte er. »Wir wollen hoffen, dass Ihr Recht behaltet, mein Freund«, sagte er.

Abelard antwortete nicht. Rhys hatte sich verändert in der letzten Zeit. Und das alles nur wegen dieser Hexe. Bei den Göttern, diese Frau hatte den Verstand seines Freundes benebelt, und wenn er nicht vorsichtig war, würde sie alles ruinieren.

»Halt!« Eine dröhnende Stimme drang durch den Wald. Das Echo brach sich an den umstehenden Bäumen.

Verdammt! Rhys duckte sich tief in den Sattel und trat die Stute, die er von einem Farmer gestohlen hatte, als sein Pferd lahmte, in die Seiten. Das kleine Pferd stürmte los über den lehmigen Pfad, Erdbrocken flogen hoch. Bäume und Wiesen flogen vorüber, und der kalte Wind peitschte sein Gesicht.

»Halt, habe ich gesagt!« Der Soldat, der ihn entdeckt hatte, verfolgte ihn.

»Schneller, verdammt!«, brummte Rhys, und seine Finger schlossen sich fester um die Zügel, als er das Pferd um ein Piniendickicht lenkte – und einen umgestürzten Baum entdeckte, der etwa hundertfünfzig Meter vor ihm den Weg versperrte.

Vögel flogen aus dem Unterholz auf und stiegen kreischend in den Himmel.

»Du schaffst es«, drängte er das Pferd, und es lief noch schneller. Er war so nahe an Twyll, so verdammt nahe! Und jetzt hatte dieser Wachmann ihn entdeckt. Verdammtes Pech!

Rhys warf einen Blick über seine Schulter zurück und entdeckte den Reiter, einen großen Mann, der die Farben von Twyll trug. Er saß auf einem schnellen braunen Ross, das in einem irrwitzigen Tempo immer näher kam.

Seine weiße Stute würde niemals in der Lage sein, dem schnelleren Pferd zu entkommen.

»Halt! Ihr da!«

Niemals! »Los doch, los doch«, murmelte er.

Ssst! Ein Pfeil flog durch die Luft und zischte ganz nahe an seinem Kopf vorbei. Er trat das Pferd noch fester in die Seiten und galoppierte auf die umgestürzte Eiche zu.

Plopp! Ein weiterer Pfeil traf die Rinde einer knorrigen Tanne.

»Verflixte Hölle«, grollte er und bewegte sich im Rhythmus mit seinem Pferd, während er dem umgestürzten Baum immer näher kam.

Wachteln flogen auf. Ein Kaninchen hoppelte verschreckt in die verfilzten Beerenranken, trockene Äste und Blätter raschelten. Der Wind pfiff, und die Wolken verdeckten die Sonne, als die umgestürzte Eiche vor ihnen ständig größer zu werden schien.

Das Pferd sammelte all seine Kräfte, dann sprang es los und flog über den vertrockneten Stamm. Als es landete, schlug Rhys es kräftig auf das Hinterteil und ließ los. Er krachte zu Boden, eine Schulter traf einen Stein. Schmerz explodierte in seiner Schulter. Er biss die Zähne zusammen und rutschte zurück, in den Schutz des breiten Stammes. Dort versteckte er sich, als das Dröhnen der Hufe immer näher kam. Er tastete über den Boden und fand einen Stein, der genau in seine Handfläche passte. Schwer atmend ignorierte er den teuflischen Schmerz in seiner linken Schulter, dann bereitete er sich vor.

»Verdammter Kerl!«, fluchte der Soldat, und das Pferd raste weiter, und der Boden erbebte. Rhys wartete, er lauschte und hörte, wie sich der Rhythmus des Hufschlags veränderte, dann sah er, wie das dunkle Pferd lossprang.

Er packte den Stein und legte seine ganze Kraft in den Wurf. Er traf das Tier an der Schulter. Mit einem erschrockenen Wiehern strauchelte das Pferd. Seine Hufe trafen den Baumstamm, er splitterte.

»Hey ...was ...?« Das Tier stürzte, zusammen mit dem Soldaten, man sah nur noch ein Durcheinander von Armen, Beinen und Hufen. Schreie erfüllten die kalte Winterluft. »Oooo-aaauuu – oh, verdammt!«, schrie der Mann. Er lag unter dem gefallenen Tier und brüllte vor Schmerzen.

Rhys hechtete vor, als der verängstigte Hengst sich herumrollte. Den grausamen Schmerz in seiner Schulter ignorierend, griff er nach dem Arm des Soldaten, nahm ihm das Schwert, den Köcher mit den Pfeilen und den Bogen ab und ließ ihn dann einfach liegen.

Rhys kümmerte sich nicht darum, ob der Mann noch lebte oder tot war. Als der Hengst mit panischem Blick zitternd wieder auf die Beine kam, packte er die Zügel, schlang sie um die Hand und sprang neben das losstürmende Tier. Es zog ihn mit sich, doch Rhys ließ nicht los. Schmutz, Lehm, Blätter und Zweige flogen an ihm vorbei, doch er gab das Pferd nicht frei. Als es langsamer wurde, zog er sich mit schmerzverzerrtem Gesicht in den Sattel.

»Verdammte Hölle. Ihr könnt mich nicht einfach hier liegen lassen, Bastard!«, hörte er den verwundeten Krieger schreien, und aus seiner Stimme klang pure Verzweiflung.

Rhys stellte sich taub. Sein neues Pferd war stark und schnell. Auch wenn das Tier noch immer in Panik war und wild zwischen den Bäumen hindurchpreschte, so war es doch unverletzt. Rhys hatte den Anflug eines Schuldgefühls, weil er den Mann einfach liegen ließ, doch dann dachte er daran, dass dieser Mann, wenn er nur ein wenig besser gezielt hätte, ihn mit Freuden umgebracht hätte, um danach die Belohnung zu kassieren, die Tremayne auf den Kopf seines Halbbruders ausgesetzt hatte.

Jetzt, wo er mit Pfeilen, Bogen und einem zweiten Schwert ausgestattet war, war Rhys bereit. Er würde die Tore von Twyll erstürmen, wenn es sein musste. Denn er hatte die Absicht, Tara zu finden, noch ehe die Sonne unterging. Und niemand – nicht einmal Abelard und seine Gier oder Lord Tremayne und sein Hass oder Satan persönlich – würde ihn aufhalten.

Gott war sein Zeuge, er würde sie finden.

Minuten später war er nahe den Mauern von Twyll, und er fühlte die Erregung, die ihn ergriff. Durch die Tannen und Eichen entdeckte er das riesige Schloss, das wie ein Drachen mit stacheligem Rücken auf dem Hügel thronte. Eine leuchtende Standarte flatterte auf dem höchsten Wachturm im Wind, und der Rauch von den Herden und Feuern innerhalb der dicken Mauern kräuselte sich wie zerfetzte Wolken zum Himmel und verdeckte die schwache Wintersonne.

Irgendwo tief innerhalb der Mauern dieses Monsters einer Festung befand sich Tara. Das wusste er.

Furcht stieg in ihm auf. Was wäre, wenn Tremayne sie bereits entdeckt hatte? Wenn er sie gefangen genommen hatte? Rhys erinnerte sich an die Verliese unter den Türmen, an den modrigen, verrottenden Geruch und die Verzweiflung derer, die dort eingesperrt waren, an die schmerzlichen Schläge mit der Peitsche.

Nicht Tara, bitte, nicht Tara. Er dachte an die sanften Linien ihres Rückens, an ihre makellose Haut.

Zum ersten Mal seit unzähligen Jahren schickte der Bastard ein Gebet zu einem Gott, dem er nicht vertraute.

Am Rand des Waldes zügelte er sein Pferd und führte den großen Braunen um das Schloss herum, durch die Büsche und die Bäume. Bemüht, die Straßen zu vermeiden, suchte er nach einem Ort, an dem er sein Pferd verstecken könnte, um sich dann einen Weg in die massive steinerne Festung zu suchen. Das hatte er bereits oft genug getan, und er kannte die Menschen im Inneren des Schlosses, die ihm helfen würden. Doch nahm er an, dass wegen des bevorstehenden Angriffes von Cavan die Wachen, die sonst so leicht abzulenken waren, jetzt doppelt vorsichtig waren. Er würde äußerst listig sein müssen.

Er bog um eine Biegung des Weges, und sein Pferd richtete die Ohren auf. Es schnaubte, und seine Muskeln zitterten.

Durch einen Vorhang aus Nebel entdeckte Rhys einen anderen Hengst. Gryffyn war an einen dünnen Baum gebunden, einen Fuss hatte er angewinkelt, sein glattes Fell war voller Lehm, er hob den Kopf. Der Wind fuhr durch seine Mähne. Leise wieherte er auf.

Rhys' Herz wurde leicht.

Vielleicht war Tara in der Nähe.

Es bestand noch immer die Möglichkeit, dass er sie gefunden hatte, ehe sie so dumm war, das Schloss zu betreten.

Er wollte gerade absteigen. Sicher war Tara in der Nähe, oder sie würde zu dem Pferd zurückkehren ...

Ein Schauer rann ihm über den Rücken, als er daran dachte, dass dies vielleicht eine Falle war. Ein Ast knackte.

Tara?

War sie doch in Sicherheit? Hoffnung durchflutete seinen Körper, er blickte zu der Lichtung, wo ein wenig Sonnenlicht die dunklen Schatten vertrieb.

Jeder Muskel in seinem Körper spannte sich an, als die Hoffnung zur Furcht wurde.

Angespannt, bereit zuzuschlagen, griff er nach seinem Schwert.

Zu spät.

Zwanzig Soldaten traten hinter den Bäumen und Büschen hervor. Jeder einzelne von ihnen trug die Farben von Twyll.

Verdammte Hölle!

Wie hatte er nur so blind sein können?

Er biss die Zähne zusammen und hielt den Mund. Auf keinen Fall würde er nach Tara fragen. Vielleicht wussten sie ja gar nichts von ihr.

Die Bogenschützen waren alle bereit, ihre Bögen hatten sie

gegen die Schultern gedrückt, zwanzig Pfeile zielten direkt auf sein Herz.

»Wenn Ihr noch ein wenig Verstand in Eurem elenden Kopf habt, werdet Ihr Euch nicht bewegen«, sagte ein großer Mann, der Anführer der Gruppe. Rhys erkannte in ihm Regan, Tremaynes Konnetabel. Er hatte blondes Haar und kalte, eidechsenhafte Augen in einem leidenschaftslosen Gesicht. Mit seiner tödlichen Armbrust zielte er auf Rhys. »Und jetzt steigt von Eurem gestohlenen Pferd, Bandit, und zwar schnell. Der Baron möchte mit Euch reden.«

13

Tara kniff die Augen zusammen, als sie den Raum betrat. Er war so dunkel wie ein Grab und roch nach Heu und Korn. Staubig. Trocken. Kein Licht fiel hinein, doch das Geräusch von raschelnden Pfoten verriet ihr, dass die Ratten des Schlosses hier ein feines Leben führten.

»Hier entlang«, raunte Quinn, und sie fühlte seine Finger, die nach ihrer Hand griffen. Mit ihrer freien Hand berührte sie grob gewebte Säcke mit Korn, die in diesem Lagerraum untergebracht waren. Quinn schlüpfte ohne zu zögern, zwischen den aufgestapelten Säcken hindurch und um einige Fässer herum. Sie roch Zwiebeln und Äpfel, die für den Winter zusammen mit dem Korn hier gelagert waren. Ab und zu fühlte sie einen Pfosten, und einige Male berührten ihre Finger das raue Flechtwerk der Mauern.

Quinn bewegte sich rasch, seine Richtung änderte er oft, geschickt manövrierte er sich zwischen den Mengen der gelagerten Vorräte hindurch. Tara stolperte blind hinter ihm her zu ihrem unbekannten Ziel. Er führte sie durch Flure und Türen, um Pfeiler und Kisten herum.

Es war schwer zu atmen, denn die Luft war abgestanden – so schal wie der Tod.

»Wartet hier«, befahl er endlich und ließ ihre Hand für einen Moment los. Er legte ihre Finger gegen einen Pfosten, von dem das Holz abgesplittert war. »Ich bin gleich wieder da.«

»Nein …«

Aber da war er schon verschwunden, seine leisen, beinahe geräuschlosen Schritte waren nicht mehr zu hören. Tara hustete und versuchte, sich nicht von der Angst überwältigen zu lassen. Wenn er sie hier zurückließ, würde sie niemals wieder ihren Weg aus diesem dunklen Grab herausfinden – sie würde niemals wieder das Tageslicht sehen.

Natürlich wirst du das, Tara. Fürchte dich nicht. Denke an Rhys.

Sie hörte jemanden grunzen, dann rutschte etwas Schweres – vielleicht ein Sack mit Korn oder ein Fass – über den Boden. Ketten klirrten, und man hörte das Knirschen von Metall auf Metall. »Verdammt«, murmelte Quinn leise. Noch einmal knirschte etwas, dann hörte man das Geräusch alter, verrosteter Türangeln.

Es dauerte nur Sekunden, bis er wieder bei ihr war und ihre Hand nahm. »Wohin gehen wir?«, flüsterte sie.

»An einen sicheren Ort.«

Genau darüber machte sie sich Sorgen, während er ihr Handgelenk umfasste und sie mit sich zog. »Folgt mir«, forderte er sie auf. »Die Leiter hinunter.«

Er kniete sich hin und führte ihre Hand, bis sie das Loch im Boden fühlen konnte.

»Es ist ein alter Eingang in das Verlies«, erklärte er.

»Und du hast den Schlüssel dazu?«, fragte sie.

»Aye. Auch ich bin ein Dieb.«

»Ich bin kein …«

»Ich spreche nicht von Euch.« Er ließ ihre Hand wieder los.

»Hat sonst noch jemand einen Schlüssel?«, wollte sie wissen.

»Folgt mir.« Ohne ihre Frage zu beantworten, schlüpfte er durch das Loch, seine Stiefel kratzten leise über das Metall. »Schließt die Tür.«

Tara zögerte nur eine Sekunde. Der Junge kannte den Weg durch das Schloss, und sie konnte das Risiko nicht eingehen, entdeckt zu werden. Nicht, ehe sie herausfand, dass Rhys nicht gefangen genommen worden war … oder noch etwas viel Schlimmeres passiert war. Sie atmete tief durch und schob sich dann durch die Öffnung.

Die Sprossen der Leiter waren verrostet, das Metall war rau unter ihren Fingern. Sie hörte, dass irgendwo Wasser tropfte und roch feuchte Erde. »Vorsichtig«, flüsterte der Junge, als sie an dem Griff am Ende eines verrottenden Seils zog und die Tür über ihrem Kopf sich mit einem leisen, aber deutlichen Geräusch schloss. Wenn irgendjemand einen Sack Korn oder ein Fass Wein über die Öffnung stellt, würden weder sie noch Quinn in der Lage sein, sie wieder zu öffnen. Wenn es keinen anderen Ausgang zu diesem Tunnel gab, waren sie verloren.

Gerate nicht in Panik. Der Junge scheint zu wissen, was er tut. Aye, aber er ist doch nur ein Junge.

Auf keinen Fall würde sie sich von Furcht überwältigen lassen, sie durfte weder ihr Herz noch ihren Kopf beeinflussen, gebot sie sich, während sie die Leiter weiter hinunterkletterte. Als ihre Füße den Boden berührten, bemerkte sie, dass dieser Boden nicht länger aus Stein war, sondern aus gestampfter Erde. Die Wände waren aus Steinquadern, doch schienen sie zu verfallen. »Schnell«, befahl Quinn und griff wieder nach ihrer Hand. Sie folgte ihm, obwohl er sie genauso gut in den sicheren Tod hätte führen können. Ihre einzige Verteidigung war ihr Verstand, ihre schnelle Zunge und der kleine Dolch, den sie in ihren Stiefel geschoben hatte.

Sie waren jetzt unter dem Schloss, in einem Tunnel, der sich in zwei Richtungen gabelte. Sie erreichten eine Treppe, diesmal aus Brettern gefertigt. »Es sind dreizehn Stufen«, informierte Quinn und führte sie weiter. Sie wäre beinahe gefallen, doch zählte sie die Stufen, bis sie wieder festen Boden unter den Füßen hatte.

»Wo sind wir?«, flüsterte sie.

»In einem alten Teil des Schlosses«, antwortete er, und sie glaubte ihm. Der unterirdische Flur war voller Staub, der ihr in die Nase stieg, überall gab es Spinnweben, die ihr ins Gesicht und in die Haare wehten. Sie hörte das Geräusch von raschelnden Pfoten und stellte sich vor, dass Ratten vor ihnen davonliefen. Ihre Stiefel trafen auf Steine und Abfall. »Kommt, beeilt Euch«, drängte Quinn. Sie folgte diesem eigenartigen Jungen und fragte sich, ob er sie wohl in die Freiheit führte oder in den sicheren Tod.

»Wo ist denn dieser sichere Ort?« Die Luft war stickig und voller Staub, es fiel ihr schwer zu atmen.

»Wo jemand ist, mit dem wir uns treffen müssen.«

»Wer?« Sie wäre beinahe stehen geblieben, doch seine Hand, die jetzt zu schwitzen begann, zog sie unerbittlich weiter.

»Das werdet Ihr schon sehen.«

Der Tunnel führte abwärts, und andere Flure zweigten von ihm ab. Tara tastete mit einer Hand an der Wand entlang und fragte sich, wohin die Flure in diesem Labyrinth wohl führen mochten, als sie an Weggabelungen vorübergingen, in denen die Luft kühler und frischer war.

Sie dachte gerade, dass es sicher viel besser gewesen wäre, in dem Schlosshof zu bleiben, im Tageslicht, um zu versuchen, eigenständig den Soldaten aus dem Weg zu gehen. Warum sollte sie diesem Jungen vertrauen? Immerhin war er der Sohn des Barons.

Und gerade das war eigenartig. Warum war er nicht Page in einem anderen Schloss und erlernte die Pflichten eines Ritters?

Warum führte er sie durch dieses Labyrinth unter der Festung? Der Tunnel bog nach rechts ab, und sie begannen, langsam bergauf zu gehen, ohne die Hilfe von Treppen.

Endlich, als Tara glaubte, die stickige, abgestandene Luft keinen Augenblick länger einatmen zu können, erreichten sie eine weitere Tür, öffneten sie und betraten ein Zimmer, das von drei kleinen Kerzen erhellt wurde. Und dort saß auf einem Lager aus alten Säcken, umgeben von Stapeln von Waffen – Armbrüsten, Langbögen, Pfeilen, Bolzen und Stapeln von Steinen, ein Mann, den sie noch nie zuvor in ihrem Leben gesehen hatte.

»Wer ist das?«, fragte er, sprang auf und betrachtete sie misstrauisch. Er war sehr groß. In dem schwachen Licht des Raumes sah sein Gesicht aus wie gegerbtes Leder, und sein Blick war hart. Selbstsicher. Ein kleiner Lufthauch drang durch die Ritze zwischen den Steinen in den Wänden.

»Sie heißt Tara. Man sagt, sie sei eine Hexe. Sie war bei Vater Simon, und die Soldaten haben nach ihr und dem Banditen gesucht.«

»Ihr wart bei Rhys?«, fragte der Mann.

»Nein«, erklärte sie und traute ihm keine Sekunde. Sie hörte das stete Tropfen von Wasser, das an einer Wand hinunterrann. »Ich bin allein gekommen.«

»Aber die Soldaten suchen ihn«, beharrte der Junge. »Man hat das Pferd gefunden, das er aus dem Schloss gestohlen hat.«

»Dann stimmt etwas nicht.« Der Mann legte die Hand auf den Griff seines Schwertes und lief unruhig in dem Raum hin und her.

Erleichterung erfasste Tara. »Dann werden sie Rhys nicht finden. Ich bin auf Gryffyn hierher geritten.«

»Auf Tremaynes Pferd? Auf dem Pferd, das Rhys gestohlen hat?«

»Aye«. Sie nickte und fühlte sich, als hätte man ihr ein schweres Gewicht von den Schultern genommen.

»Und wie habt Ihr das Pferd dem Banditen abgenommen?«

»Ich ... ich habe ihm einen Streich gespielt«, gab sie zu und fragte sich, wie viel sie diesem Mann verraten sollte, der sich mit dem eigenartigen Sohn von Lord Tremayne angefreundet hatte.

»Wirklich? Das ist nicht einfach.« Also glaubte er ihr nicht. Aber das war ihr egal. »Und wie kommt es, dass Ihr Rhys so gut kennt?«

»Ich war seine Gefangene.«

»Und es ist Euch gelungen, zu entkommen?«

»Ich habe doch gesagt, sie ist eine Hexe!«, erklärte Quinn stolz.

»Wenn sie eine Hexe ist und all die Kräfte besitzt, die sie einsetzen kann – Kräfte, die ihr geholfen haben, Rhys zu entkommen, warum ist sie dann hier bei dir und mir, Quinn, mein Junge, wie? Warum ruft sie nicht die Geister an und lässt sich von ihnen von hier wegbringen?«

»Vielleicht möchte sie ja hier sein.« Der Junge ließ sich von dem Argument des älteren Mannes nicht beeindrucken.

Tara hatte keine Zeit zu verschwenden. »Wer seid Ihr?«, wollte sie wissen. »Und warum seid Ihr hier und versteckt Euch wie eine Maus im Untergrund?«

»Ich, Lady«, erklärte der Mann, und seine weißen Zähne blitzten, als er ihr sein Gesicht zuwandte, »bin ein Spion.«

Ihre Muskeln spannten sich an. Das Messer presste sich gegen ihr Bein. »Ein Spion? Für wen?«

Einer seiner Mundwinkel zog sich zu einem spöttischen Lächeln hoch. »Für den, der das meiste bezahlt.«

»Ein Söldner.« Sie sprach das Wort voller Verachtung aus. Sie konnte nichts anfangen mit Männern, die ihre Seele für ein paar Münzen verkauften, für Krieger, die keinen Grund, keinen Glauben hatten, für Soldaten, die bis zum Tode kämpften, aber kein Herz hatten.

»Das kann man sagen.«

»Habt Ihr auch einen Namen?«

»James.«

Hatte sie nicht gehört, wie Rhys diesen Mann erwähnt hatte? Der Name kam ihr bekannt vor, als hätte sie gehört, wie Rhys und Abelard über ihn gesprochen hatten. Aber James war ein gewöhnlicher Name – viele Männer hießen so. Sie konnte sich irren. »Was tut Ihr hier?«

»Ich warte.«

»Worauf?«

»Auf Rhys, Abelard und Cavans Armee.« Er rieb sich die Hände und nahm seinen unruhigen Gang wieder auf. »Ich fürchte, es ist etwas schief gegangen.« Er wandte sich zu ihr um und musterte sie von Kopf bis Fuß, dann runzelte er verächtlich die Stirn, als würde ihm das, was er sah, nicht gefallen. »Was bringt Euch hierher?«, hakte er nach. »Jeder weiß, dass es Krieg gibt, und dennoch kommt Ihr hierher, um mit einem Priester zu reden, der nicht sprechen kann.«

»Ich dachte, er würde vielleicht sein Schweigegelöbnis für mich aufgeben«, gab sie zu und wusste, dass sie ihm zu viel verriet, doch sie konnte die Worte nicht zurückhalten. Sie machte sich Sorgen um Rhys. Sie brauchte einen Verbündeten, und dieser Mann – dieser Spion – war der Einzige, den sie hatte. Nun, es sei denn, sie zählte den Jungen nicht.

»Sein Schweigegelöbnis?« Der Spion schüttelte den Kopf. »Das wird er wohl nicht können.«

Tara rieb sich die Arme, denn ihr war kalt – und sie wusste, was er sagen würde. »Er kann gar nicht sprechen, müsst Ihr wissen.« Er schüttelte den Kopf, dann sprach er weiter. »Vater Simon hat seine Zunge herausgeschnitten … oh, vor ungefähr zehn Jahren.«

»Quinn hat mir das gesagt.« Sie blickte zu dem Jungen und sah, wie der Schein des Kerzenlichtes auf sein Gesicht fiel. Er war noch so jung und hatte schon so viel Schmerz ertragen, dachte sie.

»Ja. Simon hat sich mit seinen eigenen Händen zum Schweigen gebracht.«

Ihr Magen verknotete sich. »Aber … warum?«

»Das weiß niemand. Nur Simon. Doch er wird es nie verraten. Die meisten Menschen denken, dass er nicht spricht, weil er einen heiligen Pakt mit Gott geschlossen hat. Aber die Wahrheit ist, Lady, dass er schweigt, weil er einige Geheimnisse kennt. Geheimnisse, die er nur mit dem Teufel teilt.«

Tara nickte angespannt und fühlte plötzlich ein grundloses Schuldgefühl, denn sie kannte mindestens eines der Geheimnisse, von denen dieser Mann sprach – dass sie die Tochter von Lady Farren und Lord Gilmore war. Simon hatte ihr Leben gerettet, er hatte sie als Baby gestohlen.

Aber wenn das sein dunkelstes Geheimnis war, warum hatte er dann neun Jahre gewartet, bis er sich die Zunge herausgeschnitten hatte? Ein Schauer lief durch ihren Körper, und sie schob diesen Gedanken weit von sich.

»Warum wolltet Ihr mit Simon sprechen?«, fragte James.

»Er kannte meine Mutter.«

James betrachtete sie in dem flackernden Licht der Kerzen. »Wenn Ihr nur mit Simon sprechen wolltet, warum seid Ihr dann Quinn in die Katakomben gefolgt?«

»Sie denkt, sie sei die Tochter von Lord Gilmore«, platzte Quinn heraus.

»Das hast du gehört?«, fragte Tara überrascht. Der Junge hatte sich nicht anmerken lassen, dass er wusste, dass sie die rechtmäßige Erbin des Schlosses war, über das jetzt sein Vater herrschte.

Quinn hob das Kinn ein wenig und reckte sich voller Stolz.

»Ist das wahr?«, fragte James.

»Aye.« Sie hatte keinen Grund, zu lügen. Nicht jetzt.

In dem flackernden Licht zogen sich James Augen zusammen. »Dann habt Ihr den Stein? Den dunklen Smaragd von Twyll?«

»Er wurde mir gestohlen«, erklärte sie voller Bitterkeit, obwohl ihr verräterisches Herz sanft wurde, wenn es sich um Rhys handelte.

»Und was ist dann mit Cavan? Warum glaubt er, dass er der Sohn von Gilmore ist?«

»Das hat ihm Lord Innis gesagt«, erklärte Quinn. »Ich habe gehört, wie darüber gesprochen wurde.«

»Jesus Christus, hast du deine Ohren in den Wänden?«, fragte James, und das Gesicht des Jungen verdunkelte sich.

»Vielleicht bin ich ja ein besserer Spion als Ihr, Sir James«, meinte er entrüstet. »Wenigstens verstecke ich mich nicht unter der Erde wie ein verängstigtes Kaninchen.«

»Das werde ich auch nicht tun. Nicht länger«, versicherte ihm James.

Tara verstand nicht, welche Bindung diese beiden ungleichen Verbündeten zusammenhielt. »Bist du denn nicht deinem Vater treu ergeben?«, fragte sie Quinn.

Das Gesicht des Jungen verzog sich grimmig. »Ich bin ihm sehr treu ergeben«, erklärte er heftig, und James lachte.

»Ihr müsst wissen, M'lady – Tochter von Lord Gilmore –, sein Vater ist nicht der Baron von Twyll.«

»Aber ...«

»Warum, glaubt Ihr, hat sich Vater Simon die Zunge abgeschnitten?«, spottete James. »Euretwegen – wenn Ihr wirklich diejenige seid, die Ihr zu sein glaubt – oder wegen etwas anderem, etwas, das vielleicht noch ein wenig gefährlicher ist?«

Langsam verstand Tara.

»Aye, Quinn hier ist der Sohn von Rhys.«

Sie wusste nicht, was sie sagen sollte, denn Schmerz, ein unwahrscheinlicher Schmerz, der nichts mit ihrem Verstand zu tun hatte, überfiel sie. Der Gedanke, dass Rhys der Vater eines Kindes war, eines Kindes mit einer anderen Frau, brannte in ihrer Seele.

»Was glaubt Ihr wohl, würde mit dem Jungen passieren,

wenn Lord Tremayne das herausfinden würde, wie?«, fragte James.

»Er würde ihn umbringen«, flüsterte sie und dachte an Tremaynes Ruf, grausam zu sein, während sie gleichzeitig in die Augen des Kindes starrte – in die Augen des Kindes von Rhys. Der Junge war der Mittelpunkt von allem. Er war die Person, die in der höchsten Gefahr schwebte.

»Das wäre das Mindeste. Also, Lady, wir haben eine Aufgabe zu erledigen. Irgendwie müssen wir Quinn retten, Rhys warnen, das er in eine Falle läuft – denn die Wachen haben sein Pferd gefunden und werden dort auf ihn warten. Dann müssen wir die Gefangenen aus dem Verlies befreien – die Gefangenen, die man in Broodmore gemacht hat.«

»Broodmore?«, flüsterte sie. »Ihr meint ...« Sie hielt inne, als sie begriff.

»Alle Männer, die sich mit Rhys und Abelard verbündet haben, sind jetzt hier im Gefängnis.«

»Und die Frauen?«

James nickte und blickte düster. »Niemand ist entkommen. Außer mir. Mit Quinns Hilfe ist es mir gelungen, in dem Durcheinander, als so viele eingesperrt wurden, zu entkommen.«

»Und jetzt fühlt Ihr Euch verpflichtet, sie zu befreien?«, fragte sie.

»Nein. Das ist ein Teil meiner Aufgabe. Ich helfe ihnen, wir retten Rhys, öffnen die Tore von Twyll für Cavan, und ich werde bezahlt. Ihr habt dafür gesorgt, müsst Ihr wissen, denn ich denke, dass man mir für all meine Dienste den dunklen Stein geben sollte.«

Tara war das Schmuckstück leid und auch die Geschichten der magischen Kräfte und des Erbes, die damit verbunden waren. So weit sie das sah, war der Ring verflucht. Wer auch immer ihn besaß, kämpfte darum, ihn zu behalten: Wer auch immer ihn haben wollte, war bereit, Blut zu vergießen, um ihn zu bekommen. Der dunkle Smaragd von Twyll brachte nur Kummer, Eifersucht und Gier. »Wenn Ihr ihn erhalten könnt, von demjenigen, der ihn im Augenblick besitzt, dann sollt Ihr ihn haben«, flüsterte sie. »Aber lasst uns nicht den Wagen vor das Pferd spannen. Zuerst müssen wir Rhys und die Gefangenen retten.«

»Aye.« Er griff in den Stapel mit Waffen und reichte ihr ein Schwert. »Sobald es dunkel ist, werden wir zuschlagen und die Gefangenen freilassen.«

»Und Rhys?«

»Lasst uns hoffen, dass er seinem Verstand gehorcht und nicht so dumm ist, Euch hierher zu folgen. Jetzt gibt es allerdings noch eine Frage, M'lady. Wenn Ihr die Tochter von Gilmore seid, wer ist dann Cavan von Marwood?«

»Ein Betrüger«, erklärte Quinn und griff nach einem Dolch.

James grinste schräg, im goldenen Licht der Kerzen sah sein Lächeln böse aus. »Das sind wir doch alle, Junge. Das sind wir doch alle.«

Der Himmel sah aus, als würde es bald wieder regnen. Dunkle Wolken türmten sich auf und schoben sich vor die Sonne. Der Wind weht in heftigen Böen über den Schlosshof, er zerrte an den Röcken der Frauen und wehte Kapuzen von den Köpfen, während Männer und Frauen noch eiliger als vorher ihre Aufgaben erledigten.

Tremayne war fuchsteufelswild, er versuchte, seinen Zorn im Zaum zu halten, doch das war unmöglich. Er hatte mit dem verdammten Armbrustmacher gesprochen, Albert, einem elenden, ständig schlecht gelaunten Mann, der für einen hohen Preis Armbrüste herstellte. Der Baron war empört, weil so wenige neue Waffen hergestellt worden waren. Albert, ein drahtiger Mann mit pockennarbiger Haut und schmalen Lippen, hatte hartnäckig darauf bestanden, dass es Zeit brauchte und Geschicklichkeit, eine wirklich verlässliche Waffe herzustellen.

Dann hatte er behauptet, dass er sicher war, bestohlen worden zu sein, obwohl er nicht verriet, von wem. Tremayne vermutete, dass der alte Mann ganz einfach faul war. Wie die meisten Arbeiter in Twyll. Er blickte nach oben auf den Mauergang und zu den Türmen und stellte fest, dass die hölzerne Umrandung beinahe fertig gestellt war. Und zwar gerade rechtzeitig. Cavans Armee war bereits unterwegs, wenn er Red glaubten sollte, dem nutzlosen Spion. Tremayne betrachtete die Arbeit, er sah zu, wie die Tierfelle über die Latten gezogen wurden. Schon bald würden sie mit Wasser getränkt, falls dieser Hundesohn Cavan die Kühnheit besitzen würde, brennende Teerpfeile über die Mauern zu schießen.

»Verdammte Hölle«, brummte er und trat nach einer Katze, die sich um ein Wagenrad drückte und die Frechheit besaß, seinen Weg zu kreuzen. »Aus dem Weg.« Mit einem empörten Fauchen machte die Katze einen Buckel, verschwand durch das hohe Gras auf dem Schlosshof und dann durch einen Spalt in der Mauer in den Schuppen, in dem die Ochsen untergebracht waren.

Würde denn nichts so laufen, wie es sein sollte?

»Stimmt etwas nicht M'lord?« Es war die übertrieben fromme und ruhige Stimme von Vater Alden, der über den Weg von der Kapelle kam. Seine Robe, die so fein war wie die eines Königs, wehte hinter ihm her, sein Gesicht war rund, und der Gesichtsausdruck so ernst, dass Tremayne ihn am liebsten geschüttelt hätte. Wusste er denn nicht, dass das Schloss bedroht wurde? Wusste er nicht, dass dieser Bastard Bandit sich gegen alle verschworen hatte? Es gab Spione im Schloss, und man redete von dem dunklen Smaragd von Twyll und seinen magischen Kräften, und Cavans Armee war entschlossen, all das zu zerstören, an dem Tremayne etwas lag. Vater Alden zog seine Robe am Hals zusammen. »Ihr scheint verärgert zu sein.«

»Wirklich?«, antwortete Tremayne zynisch, gerade als die ersten Tropfen vom dunklen Himmel fielen.

Wieder lächelte Vater Alden dieses huldvolle, herablassende Lächeln, das Tremayne dem Mann am liebsten aus dem Gesicht geprügelt hätte. »Vielleicht wäre ein ruhiger Augenblick in der Kapelle …«

»Die Soldaten kehren zurück!«, rief einer der Wachmänner von dem Turm neben dem Haupttor, und das Fallgatter, das in Erwartung von Cavans Angriff heruntergelassen worden war, ratterte nach oben.

Tremayne wirbelte herum und ignorierte den Priester. Hufe klapperten, der Boden bebte, als Pferde und Reiter in den Schlosshof galoppierten. Ihr Anführer war Regan, seine Augen leuchteten triumphierend. Mit einer Hand hielt er die Zügel des ihm folgenden Pferdes. Auf dem Tremayne so gut bekannten Pferd saß ein Gefangener, die Hände waren hinter seinem Rücken zusammengebunden, ein Knebel steckte in seinem Mund, und seine Augen blitzten zornig. Seine Hose war zerrissen, Blut und Lehm bedeckten seine Tunika. Sein Gesicht war zerkratzt und geschwollen, und die Narbe, die durch seine Augenbraue ging, schien zu pulsieren.

Rhys! Endlich!

Tremayne lächelte breit, als er den Bastard, seinen Halbbruder, erkannte. Endlich! Oh, bei den Heiligen, am liebsten wäre er auf die Knie gefallen und hätte zu Gott, Maria und Jesus gebetet und zu jeder anderen Gottheit, die ihn hörte.

In der Nähe des Teiches zog Regan die Zügel seines Pferdes an, und das Ross blieb stehen. Das Pferd hinter ihm wäre fast mit seinem Pferd zusammengeprallt. Beinahe wäre Rhys vom Pferd gefallen. Beinahe.

»M'lord!« Siegessicher stieg Regan von seinem Pferd und sprang auf den Boden. »Wir haben den Gefangenen im Wald erwischt. Er war genau dort, wo Ihr es vermutet habt, bei Eurem Pferd.« Regan warf die Zügel seines Pferdes einem Pagen zu; der auf ihn zurannte. Der Stallmeister, Henry, folgte ihm dicht auf, bereit, sich um die Pferde zu kümmern.

Tremayne musterte einen Moment Gryffyn, dessen Zügel ein anderer Soldat hielt. Das Tier schien unbeschädigt. Stolz und schweißbedeckt hob es den Kopf, Schmutz bedeckte sein Fell, doch seine Augen waren so hell wie immer. Es richtete die dunklen Ohren auf und stieß den Atem aus. Mit dem feurigen Temperament, das so vielen der Pferde aus Twyll fehlte, zerrte es an seinen Zügeln.

Einige der Leute im Schloss hörten auf zu arbeiten. Tremayne fühlte die sensationslüsternen Blicke, die sich auf die Soldaten richteten. Einige Männer kamen näher. Kinder lugten hinter den Röcken ihrer Mütter hervor, als die Näherinnen und die Bierbrauerinnen in ihrer Arbeit innehielten und neugierig rüberspähten.

»Bringt den Banditen zu mir«, befahl Tremayne.

Regan und zwei der anderen Soldaten, die von ihren Pferden gestiegen waren, zerrten Rhys von seinem Pferd und schubsten ihn vor sich her.

»Nehmt ihm den Knebel ab.«

Einer der Männer band den Lappen los, der Rhys Mund verstopfte.

Die Hämmer hörten auf zu klirren, das Rad des Töpfers drehte sich nicht länger, die Unterhaltung an den Färbebottichen hörte auf, und sogar die Gänse und Enten schienen aufzuhören zu schnattern. Nur die Mühle drehte sich weiter im Wind, ihre Räder knarrten, die Segel flatterten. Irgendwo im Zwinger bellte ein Hund.

Mit steifem Rücken, doch ganz und gar nicht gebrochen, trat Rhys vor Tremayne. Arroganz strahlte von ihm aus, er hielt seinem Blick stand, auch wenn eines seiner Augen beinahe zugeschwollen war. Regen rann über sein Gesicht und aus seinem Haar.

»Also, Bastard, dein Glück hat dich endlich verlassen«, stellte Tremayne vergnügt fest, und sah den Mann an, den er schon beinahe sein ganzes Leben lang gehasst hatte. Als Sohn der Dirne seines Vaters, hatte Rhys Tremayne nicht nur Merwynns Aufmerksamkeit gestohlen, er hatte ihn auch ständig an den Mangel an Treue seines Vaters zu seiner Mutter erinnert. Und als wäre das noch nicht genug, um in Tremaynes Seele den Hass zu wecken, so war da auch noch Anna gewesen – die wunderschöne, lügnerische Hündin, seine Frau.

Rhys antwortete nicht. Er verzog ein wenig den Mund, als würde die ganze Sache ihn belustigen. *Belustigen!*

Tremaynes Blut kochte. Er ballte die Hände zu Fäusten. »Begreifst du nicht, dass du jetzt mein Gefangener bist? Dass dein Leben in meiner Hand liegt?«

Rhys' Lippen verzogen sich. Der Wind fuhr ihm durch sein Haar. Seine Augen blitzten respektlos. »Niemals.«

»Du warst schon immer ein Schwachkopf«, knirschte Tremayne.

Wieder schwieg Rhys. Das Zaumzeug seines Pferdes klirrte, und ein paar Enten landeten platschend auf dem Teich. Doch die Menschenmenge, die sich inzwischen versammelt hatte, die Bauern und die freien Männer, die so fleißig gearbeitet hatten, ehe die Suchmannschaft zurückgekehrt war, hatten mit ihrer Arbeit völlig aufgehört. Einer der Bauern stützte sich auf seine Schaufel, der Schmied war aus seiner Hütte getreten, die Zimmerleute auf den Zinnen hatten ihre Hämmer beiseite gelegt und sahen aus der Höhe auf den Schlosshof hinunter. Jungen, die Feuerholz oder Fische herbeischleppten, blieben auf dem Weg zur Küche stehen, und die Mädchen, die den Hühnern Körner und Austernschalen vorgeworfen hatten, vergaßen ihre Aufgabe.

Tremayne fühlte, dass sich alle Augen auf ihn richteten, er wusste, dass sich alle fragten, wie er wohl reagieren würde. Alle wollten wissen, was jetzt geschehen würde, nachdem der Verräter gefangen worden war. Rhys hatte Tremayne einmal Hörner aufgesetzt, er hatte sich einen Ruf als Bandit und Dieb gemacht, er hatte jeglichen Gesetzen abgeschworen, und als

Tremaynes Halbbruder, als der Sohn einer Dirne, hatte er sich dem Baron bei jeder Gelegenheit widersetzt. Jetzt war die Zeit der Gerechtigkeit gekommen.

Tremayne juckten die Finger, am liebsten hätte er sie Rhys um den Hals gelegt und zugedrückt, bis kein Leben mehr in seinem Körper war. Doch es war dringend erforderlich, dass Tremayne fair und gerecht erschien, gerade jetzt, wo das Schloss angegriffen werden sollte, wo Spione sich in den Mauern von Twyll aufhielten und die Ergebenheit der Menschen so wichtig war. Er musste ein Herrscher sein, auf den sich alle verlassen konnten.

»Werft ihn in den Kerker«, befahl er dem Konnetabel und wischte sich den Regen aus dem Gesicht.

»Zusammen mit den anderen?«

»Nein – allein. Trennt ihn von den anderen Halunken und Dieben seiner Bande.«

Rhys' Schultern spannten sich an, er wurde aufmerksam, und eine Sekunde lang blickten seine Augen fragend. »Ah, Bruder, hast du das denn nicht gewusst?«, fragte Tremayne, und seine Befriedigung war wie warme Butter, die in einem leeren Magen schmilzt. »Diejenigen, die du in Broodmore zurückgelassen hast, damit sie für sich selbst sorgen sollten, sind jetzt meine Gefangenen.«

Rhys' Lächeln verblasste. Die Linien um seinen Mund wurden weiß und gruben sich tief ein.

»Ah, nun, ich sehe, du hast das nicht gewusst. Auch sie werden vor mich gebracht und als die Verräter verurteilt werden, die sie sind. Ihr Leben hast du auf deinem Gewissen, Bruder.« Er sah, dass er Rhys endlich getroffen hatte, deshalb konnte er nicht umhin, das auszukosten. »Und ihr Schicksal wird noch lange vor deinem eigenen entschieden werden, damit du ihre Strafen hören kannst und damit du zusehen kannst, wie sie bestraft werden.« Er faltete die Hände hinter dem Rücken und lief vor der Gruppe von Soldaten auf und ab, die in der Nähe ihrer Pferde standen. »Das wird interessant werden, nicht wahr? Denn allein du bist der Grund dafür, dass sie hier sind, der Grund dafür, dass sie eingesperrt wurden.« Rhys' Muskeln spannten sich an, seine Augen blitzten wütend, während der Wind stärker wurde und sich zum Sturm wandelte.

Oh, es war das lange Warten wert! »Jawohl, Bastard, wenn du nicht gewesen wärst, dann wären all die Männer und Frauen – oh, du weißt doch, dass auch eine Frau und ihre Tochter bei der Bande sind, die sich mit den Männern und dir zusammengetan haben? Ja, ich sehe, du weißt Bescheid. Nun ja, wenn du nicht gewesen wärst, dann wären sie jetzt alle frei. Ich hätte gar keinen Grund gehabt, sie zu verfolgen. Doch wie die Dinge jetzt stehen, habe ich keine andere Wahl, als sie zu bestrafen. Jeden Einzelnen von ihnen. Auch das Mädchen.«

Eine kleine Ader an Rhys' Schläfe pulsierte.

Tremayne deutete auf den Turm über dem Kerker. »Bringt ihn weg.«

»Entschuldigung, Lord«, mischte sich Regan ein.

»Was ist?«, schnauzte Tremayne ihn an. Konnte ihm denn nicht einmal ein Mann gehorchen, ohne Fragen zu stellen?

»Es stimmt, dass wir ihn in der Nähe der Lichtung gefunden haben, auf der Gryffyn angebunden war, doch da war auch noch ein zweites Pferd. Das Pferd von Sir Giles. Wir haben Sir Giles verwundet im Wald gefunden, und bei ihm war noch ein weiteres Pferd, ein weißer Zelter« – er deutete auf eine schmutzige Stute, deren Zügel ein bärtiger Soldat in der Hand hielt. »Er lief frei herum.«

Tremayne verzog das Gesicht.

»Drei Pferde. Zwei Reiter«, sagte Regan.

Tremayne fühlte einen Anflug von Furcht, er blickte zu Rhys, dessen Gesicht wie versteinert war, als wäre er plötzlich entschlossen, dass seinem Gesicht keine Gefühlsregung anzusehen war.

»Es ist möglich, dass es einen Eindringling im Schloss gibt – jemand anderer als er«, meinte Regan.

»Noch einer?«, murmelte Tremayne vor sich hin, und seine Furcht begann Gestalt anzunehmen. Hatte er nicht das Gefühl gehabt, als würde ihm jemand durch das Schloss folgen? Hatte er nicht das Gefühl, dass ihm ständig jemand über die Schulter sah, zu den unmöglichsten Zeiten? Hatte er nicht Schritte gehört, die immer wieder vor ihm davonliefen. »Aber wer?«

»Vielleicht Sir James. Er ist noch nicht entdeckt worden«, meinte Regan, doch es klang nicht so, als sei er davon überzeugt.«

»Oder die Frau«, bot ein anderer Soldat mit einer schmalen Nase und grauem Haar an, das ihm bis zu den Augen reichte.

»Frau?«

»Aye, die Kerzenmacherin und ihre Tochter haben heute Morgen im Schlosshof eine Frau mit schwarzem Haar entdeckt – eine Frau, die Sylvie nicht kannte.«

Bildete Tremayne sich das ein, oder war Rhys wirklich blass geworden? Jetzt lag nicht länger das überhebliche Lächeln auf den Lippen des Gefangenen. »Eine dunkelhaarige Frau? Eine Fremde?« Er erinnerte sich an die Unterhaltung, als Rhys seinen Soldaten in dem nebligen Tal entkommen war, kurz nachdem er Gryffyn gestohlen hatte. Man hatte behauptet, dass er in inniger Umarmung mit einer schwarzhaarigen Frau gesehen worden sei. War das dieselbe Frau, von der das gefangene Mädchen behauptete, sie besitze den geheimnisvollen Ring? »Weißt du, von wem er spricht?«, fragte er und genoss jede Sekunde dieser Situation.

Der Hurensohn schien sich nicht aus der Ruhe bringen zu lassen. »Ich kenne viele Frauen.«

»Aber diese, sie war bei dir, glaube ich. An dem Bach in dem Tal in der Nähe von Gaeaf, als du meinen Soldaten entkommen bist.«

Rhys antwortete nicht.

»Meine Männer haben sie gesehen. Und dich. Sie behaupten, ihr hättet euch umarmt. Sie hat einen Ring bei sich, nicht wahr? Und es könnte sein, dass dieser Ring einen dunklen Stein hat, der dem dunklen Smaragd von Twyll sehr ähnlich ist.«

»Das ist nur ein Märchen.« Rhys schien unbeeindruckt. Er blinzelte nicht einmal. Wie ein Adler, der sich auf seine Beute konzentriert, starrte er Tremayne an. Er schien den Regen gar nicht zu bemerken, der über sein Gesicht rann und sich in seinen Augenwimpern fing. Er konnte die Tropfen nicht einmal wegwischen, weil seine Hände gebunden waren.

»Aber das Kind – wie war doch gleich ihr Name?«, fragte Tremayne, obwohl er den Namen sehr gut kannte, als er mit den Fingern schnippte. »Peony. So hieß sie. Sie hat von einer Frau geredet, doch nannte sie sie eine Hexe. Sie sagte, sie hätte von einem Ring gehört mit einem dunklen Stein, über den du mit deinem Freund Abelard gesprochen hast. Dieses Mädchen, sie war sicher, dass du von dieser Frau verhext worden bist.«

Wieder zuckte der Gefangene nicht mit der Wimper. »Sie ist ein Kind, ihr Kopf ist voller Fantasien. Sie sieht das, was sie sehen will.«

»Sie glaubt, dass du in die Hexe verliebt bist.«

Hatte Rhys nicht die Zähne zusammengebissen? »Dann irrt sie sich.«

»Also hast du keinen Grund, dir Sorgen zu machen, nicht wahr?« Tremayne glaubte dem Verräter nicht ein Wort. Er blickte zu den Soldaten, die noch immer auf ihren Pferden saßen. »Sucht sie«, befahl er. »Bringt sie und diesen verdammten Ring zu mir.« Wieder pulsierte die Ader an Rhys' Schläfe heftig, und die Narbe, die über sein Gesicht lief, war so weiß wie der Schnee im Winter. Tremayne hätte beinahe gelächelt. Ah, die Rache war so süß. Er würde sie lange genießen. Er musterte jeden Einzelnen seiner Soldaten. »Und enttäuscht mich nicht.«

Regan besaß den Nerv, sich zu räuspern. »Und was ist mit

Cavan?«, fragte er. »Red ist mit der Neuigkeit zurückgekehrt, dass seine Armee immer näher rückt. Sie sind gut ausgerüstet, mit einer Schleuder, die groß genug ist, riesengroße Steine und tote Schweine über die Mauern des Schlosses zu schleudern, mit einer Ramme, um das Fallgitter aufzustoßen, und Schilden für ihre Bogenschützen und Mineure, hinter denen sie sich verstecken können, wenn sie das Schloss belagern.«

»Ich habe Cavan nicht vergessen!«, fuhr Tremayne auf, und der gallige Geschmack nach Rache lag auf seiner Zunge. »Aber was gibt es für eine bessere Art, ihm den Wind aus den Segeln zu nehmen, als zu beweisen, dass er nicht der Sohn von Gilmore ist?« Als er innehielt, hörte er die geflüsterte Unterhaltung zwischen einigen seiner freien Männern und den Leibeigenen, die schon lange genug gelebt hatten, um von dem Stein und dem verschwundenen Erbe zu hören und daran zu glauben. »Wenn wir diese Frau mit dem Ring finden, dann wird sein Anspruch, Herrscher von Twyll zu sein, zunichte gemacht sein. Ich habe einen Plan, um ihn aufzuhalten. Und jetzt …« Er blickte die Männer und Frauen an, die sich in einem weiten Kreis um ihn herum versammelt hatten. Er betrachtete ein Gesicht nach dem anderen und fragte sich, wer unter ihnen wohl ein Verräter war. »Ihr alle! Zurück an die Arbeit. Wir haben nicht mehr viel Zeit.« Seine Stimme klang gefährlich, und alle zerstreuten sich, um ihrer Arbeit nachzugehen. Es dauerte nur Sekunden, da schnaufte der Blasebalg in der Hütte des Waffenschmieds wieder, der Hammer des Stellmachers dröhnte, und die Soldaten stiegen von ihren Pferden und überließen es Henry und einigen Stallburschen, sich um die Pferde zu kümmern. Karren rollten, Wagen knarrten, und die Stimmen summten.

»Kann ich Euch kurz sprechen, M'lord?«, fragte Henry, der Stallmeister, ein Mann, den Tremayne verabscheute. Wäre nicht seine einzigartige Fähigkeit, selbst das temperamentvollste Pferd an Zaumzeug und Sattel zu gewöhnen, so hätte Tremayne ihn schon vor Jahren davongejagt. Aber er war leider der beste Pferdekenner in ganz Twyll, vielleicht sogar in ganz Wales. »Ich würde gern mit dem Gefangenen sprechen – nur ein Wort.«

Tremayne zog misstrauisch die Augen zusammen, er nickte und beobachtete, wie Henry die Zügel des Pferdes, die er in der Hand hielt, einem Pagen reichte. Dann rollte er die Ärmel hoch und trat mit entschlossenen Schritten auf Rhys zu. Hass loderte hell in den Augen des untersetzten Mannes.

Zwei Soldaten hielten den Gefangenen nach wie vor fest. Drei Schritte vor Rhys blieb Henry stehen, er streckte den Arm und zeigte ein frisches Brandzeichen in seiner Handfläche, das Tremayne befohlen hatte. »Das ist der Dank dafür, dass ich das Pferd des Barons an Euch verloren habe«, knurrte er.

Rhys rührte sich nicht.

»Man nennt Euch einen Bastard, und ein Bastard seid Ihr auch!« Henry machte zwei Schritte rückwärts, dann spuckte er aus. Die Spucke flog durch die Luft und landete auf Rhys' Hals, von wo sie nach unten tropfte.

Rhys verlor die Beherrschung bei dieser Beleidigung. Er fluchte unflätig, dann sprang er vor. Die beiden Soldaten konnten ihn nicht länger halten. »Geh zur Hölle!«, schrie Rhys. Er warf sich auf Henry und beide fielen zu Boden. Der Kampf war ungleich.

Männer riefen. Frauen schrien. Henry ballte die Faust und schlug damit gegen Rhys Kiefer.

Krach! Rhys' Kopf flog zurück. Seine Hände nützten ihm nichts, denn sie waren hinter seinem Rücken festgebunden. Doch trat er heftig um sich, und die beiden Männer wälzten sich im Schmutz, schlugen und traten. Die Soldaten sahen zu und jubelten, angefeuert von dem Anblick und dem Geruch des Blutes.

»Gib es ihm, Henry! Der Bastard hat es verdient!«

»So ist es richtig! Schlag noch einmal zu!«

»Pass auf seine Füße auf! Himmel, sieh doch nur, wie der zutritt!«

Eine Gruppe von Bauern blieb stehen, während die beiden Männer miteinander kämpften, auf dem Boden rollten, keuchten und das Blut aus ihren Nasen und Wunden floss. Schweiß und Regen strömte über ihre Gesichter, Lehm bedeckte ihre Kleidung. Wenn man ihnen genügend Zeit ließ, dachte Tremayne mit einem Anflug von heiterer Zufriedenheit, würden die Männer beginnen, Wetten abzuschließen, und Rhys würde sterben. So hart es auch war, er musste diesen Kampf leider abbrechen.

»Genug!« befahl Tremayne.

»Hört auf, ihr beiden.« Ein Wachmann trat halbherzig vor und zog Henry von Rhys herunter. Doch der Gefangene sprang ihn noch einmal an, und ein anderer Mann, den Tremayne nicht so genau kannte, zerrte ihn zurück. Beide Männer standen schließlich wieder, sie atmeten schwer und sahen einander voller Hass an, ihre Nasenflügel blähten sich.

»Schafft ihn weg!« Tremayne winkte den Wachen zu, Rhys in den Kerker zu werfen.

Zwei kräftige Ritter zerrten Rhys zu dem rechteckigen Nordturm, der sich über den Zinnen erhob, und unter dem der Kerker lag.

Tremayne blinzelte in den eisigen Regen, der vom Himmel fiel. Die schwarzen Wolken waren kein gutes Vorzeichen – im Winter musste man mit Eisregen rechnen –, doch die wenigen Minuten des Jubels und der Zufriedenheit, die er bei der Gefangennahme von Rhys gefühlt hatte, waren schnell wieder verschwunden.

Es gab noch so viel zu tun.

Zunächst einmal musste er die Frau finden – oder war sie wirklich eine Hexe?

Tremayne rief sich ins Gedächtnis, dass er nicht an Hexerei und dunkle Mächte glaubte. Doch obwohl er sich nicht vor

Unsterblichen, Geistern oder den Kreaturen der Nacht fürchtete, so fand doch ein winziger Funke von Furcht den Weg in seinen Verstand, ein eigenartiges Gefühl eisiger Verzweiflung ließ seine Seele erstarren.

Selbst jetzt, auf dem Schlosshof, umgeben von den Männern und Frauen, die geschworen hatten, ihm treu ergeben zu sein, fühlte er die unsichtbaren Blicke auf sich, fühlte, wie sich ein Aufruhr gegen ihn formierte, er spürte, dass er niemandem trauen durfte. Wer waren die Verräter? Regan, sein Konnetabel? Der alte Koch, der regelmäßig seinen eigenen Sohn ohrfeigte? Red, der nur mit der Nachricht zurückgekehrt war, dass Cavan näher kam? Der brummige Albert, der nicht genügend Armbrüste herstellen konnte? Henry, der Stallmeister, der fest geschlafen hatte, als man Gryffyn unter seiner Nase weg gestohlen hatte und der jetzt den Bastard beinahe zu Tode geprügelt hatte? Der alte Percival, der sich nur dann auf seinen Stock stützte, wenn er glaubte, damit Mitleid zu erregen? Mary, die Küchenmagd, die ihn in seinem eigenen Bett glücklich zu machen versuchte und die doch ständig versagte? Wer? *Wer?*

Als hätten sich die Tore des Himmels plötzlich geöffnet, so wurde der Regen zum Sturzbach. Eisige Tropfen fielen zu Boden, und die Pfützen wurden größer, während Rhys, der von den beiden stärksten Männern des Schlosses gehalten wurde, im Turm verschwand.

Er würde natürlich gefoltert werden müssen, denn wie sonst sollte er ihm die Zunge lösen und herausfinden, wer mit ihm unter einer Decke steckte?

Doch Rhys hatte es bereits einmal überlebt, beinahe zu Tode gepeitscht zu werden. Er hatte die härtesten körperlichen Strafen erduldet, die Tremayne sich für ihn ausgedacht hatte, und sein Wille war nicht einmal gebrochen worden.

Nein, entschied der Lord von Twyll, während sein Mantel sich mit Regenwasser vollsog, der einzige Weg, Rhys zum Reden zu bringen, war, denen, um die er sich sorgte, mit körperlichem Schaden zu drohen. Wenn Tremayne befahl, dass einige seiner Männer gehängt oder ausgepeitscht wurden oder dass die Frau Rose und ihre eigenartige Tochter gebrandmarkt wurden oder den Soldaten als Dirnen zur Verfügung gestellt werden sollten, würde Rhys sein Schweigen vielleicht brechen. Bei dem Gedanken fletschte Tremayne die Zähne, denn Peony war noch jung. Aber dies war nicht die rechte Zeit, schwach zu werden. Immerhin stand momentan seine ganze Baronie auf dem Spiel.

»M'lord.« Percivals schwache Stimme riss ihn aus seinen Träumen. »Lasst uns hineingehen, denn es ist an der Zeit, dass Ihr einen Plan macht. Cavans Armee kommt immer näher.«

»Aye. Es ist höchste Zeit, alter Mann«, brummte Tremayne und ging auf das Schloss zu. Seine Stiefel sanken in dem Lehm ein, doch das bemerkte er kaum. »Die Männer, die hinausgehen sollen, um Cavans Armee in einen Hinterhalt zu locken, werden noch etwas länger im Schloss bleiben«, dachte er laut nach.

»Wenn Ihr das wünscht, M'lord.«

»Das tue ich. Zuerst werden wir die Hexe finden. Ich möchte, dass jeder Soldat das Schloss durchsucht, bis sie entdeckt worden ist.«

Zusammen gingen sie die Stufen zu der großen Halle hinauf. »Und was ist, wenn sie nicht gefunden wird?«

»Sie wird gefunden.«

»Sie ist doch nur eine Frau – ein Ärgernis, mehr nicht.«

»Nein, Percival, hier irrt Ihr Euch.« Tremayne ignorierte den Gruß von dem Wachmann an der Tür, er ging zum Feuer, warf seinen Umhang ab und ließ ihn auf die Bank fallen, von wo aus das Wasser in die Binsen tropfte. Er fragte sich, ob er seinem alten Freund vertrauen konnte oder ob auch er ein Judas war, wie so viele andere. »Diese Frau zu finden ist der Schlüssel, mit dem der Bastard geschlagen werden kann und die Verräter entdeckt werden können, die sich mit ihm verbündet haben.« Er hob einen Finger bei dem Gedanken. »Wenn Rhys weiß, dass wir sie haben und dass ihr Leben in Gefahr ist, dann wird er seine Spione ans Messer liefern, um sie zu retten.«

Percival seufzte tief auf, dann zog er seine Kapuze vom Kopf. Sein Gesicht war von der Kälte rot angelaufen, seine Lippen hatten die Farbe einer Muschelschale angenommen. »Das glaube ich nicht. Er ist diesen Männern treu ergeben. Er wird nicht so viele Leben opfern für ein Leben.«

»Aber eine Frau verändert das Denken eines Mannes.« Er dachte an Rhys' Betrug, daran, wie der Bastard jede Bestrafung akzeptiert hatte, nur um Anna zu retten, vor so vielen Jahren. »Rhys würde lieber sterben, er würde zum Verräter an all denen werden, die ihm vertrauen, er würde jeden Schatz und jeden Freund aufgeben, um die Frau zu retten, die er liebt.«

»Und Ihr glaubt, dass er diese Frau liebt?«

»Nein, Percival, das glaube ich nicht«, sagte er und fragte sich, warum die Wärme des Feuers seine Haut erwärmen konnte, aber es ihr nicht gelang, den Winter aus seiner Seele zu vertreiben. »Nein, ich weiß es.«

Er entdeckte einen Pagen, schnippte mit den Fingern und bestellte Wein für sich und den alten Mann. Es stimmte. Er wusste, dass Rhys diese Frau liebte, und dieser beunruhigende Gedanke bescherte ihm nur den Anflug der Freude, die er fühlte, seit er den Bastard in Ketten gesehen hatte.

»Wissen wir denn, warum diese Frau es gewagt hat, hierher zu kommen?«, dachte er laut nach, dann schüttelte er den Kopf, denn er konnte diese Frage nicht beantworten. Besaß sie den magischen Stein, den dunklen Smaragd von Twyll? War sie die Tochter von Lord Gilmore und Lady Farren? Wenn das so war, wo war sie denn all die Jahre gewesen, und warum sollte sie ausgerechnet jetzt erscheinen, nachdem auch Cavan seinen Anspruch angemeldet hatte?

Der Page kam mit zwei Bechern Wein zurück, einen reichte er Tremayne, den andern dem alten Mann. Percival nahm einen großen Schluck. »Aaahh«, seufzte er zufrieden, als der Wein durch seine Kehle rann. »Und sie besitzt den Stein, um zu beweisen, dass sie die Tochter von Gilmore ist?«

»Wenn man dem Mädchen glauben kann«, brummte Tremayne.

»Also ist sie hier, um Schwierigkeiten zu machen?«

»Warum sonst?« Tremayne lief vor dem Kamin auf und ab und störte die Hunde, die mit den Schwänzen in die Binsen klopften und faul zu ihm aufsahen. Wertlose, gefräßige Viecher.

»Um die Wahrheit herauszufinden?«

»Vielleicht.«

»Aber von wem?«

Tremayne trommelte mit den Fingern gegen seinen Becher und dachte nach. »Sie wurde in der Nähe des Wachturms gesehen, in dem der alte Vater Simon lebt, nicht wahr?«

»Sylvie, die Frau des Metzgers, behauptet, dass sie gesehen hat, wie sie aus dem Turm kam. Sie und ihre Tochter, die kleine Isabel, haben die Frau beide gesehen. Von Sylvie weiß man, dass sie gern Geschichten erzählt, aber diesmal scheint sie die Wahrheit zu sagen über eine wunderschöne fremde Frau, die im Nordturm gewesen ist.«

»Also muss diese Frau – diese Fremde – sich mit jemandem getroffen haben oder den alten Priester besucht haben«, dachte Tremayne weiter laut nach. »Niemand sonst ist in diesem Turm.«

»Abgesehen von dem Wachmann. Und Quinn.«

»Quinn? Tremayne erstarrte. Bilder von dem Jungen, der immer im Schatten herumlungerte, stiegen in ihm auf und schlichen sich in verbotene, falsche Regionen seines Kopfes.

»Aye, der Junge verbringt viel Zeit mit dem alten Priester.«

Das stimmte. Ein dicker Kloß bildete sich in Tremaynes

Magen. Sein eigener Sohn würde doch sicher nicht ... nein, so etwas wollte er nicht denken. Niemals!

»Also suchte die Frau den alten Priester auf. Warum?« Tremayne runzelte die Stirn und wunderte sich über diese Wendung der Dinge. Ein neuer Gedanke, warm und süß wie Honig in der Sonne, kam ihm und vertrieb alle Ängste. Er würde Rhys umbringen müssen.

Es gab keine andere Wahl, als den Verräter zu hängen, doch das war zu einfach, zu schnell und zu schmerzlos für einen Verbrecher, der ihm so viele Qualen bereitet hatte. Er musste leiden und die Pein der Erniedrigung fühlen, die Tremayne ertragen hatte, nicht nur, als der Bastard von dieser Dirne geboren worden war, sondern auch später, als er die Frechheit besessen hatte, Anna zu vergewaltigen, die Frau, die Tremaynes Braut gewesen war.

Wäre es nicht wunderbare, herrliche Gerechtigkeit, wenn er mit dieser Frau schlief, die Rhys liebte – mit dieser Hexe? »Ihr sagt, die Frau sei wunderschön?«, fragte er und blickte zur Decke, die vom Rauch ganz dunkel und voller Spinnweben war.

»Die wenigen Leute, die sie gesehen haben, behaupten das.«

Zum ersten Mal seit langer Zeit regte sich Tremaynes Männlichkeit. Der Gedanke, diese besonders ansehnliche Frau zu besteigen – die Hexe des Bastards –, die genug Mut hatte, sich in das Schloss zu schleichen, brachte ihm die nötige Anspannung in den Unterleib. Unerwartet versteifte sich sein Glied ein wenig.

Vielleicht war dieses Frauenzimmer die Einzige, die seinen Schwanz wieder zu Leben erwecken konnte. Ah, es wäre eine süße, süße Rache.

»Ruft den Wachmann, Vater Simon und alle anderen, die heute in dem Turm waren. Ich will mit ihnen allen sprechen.«

»Und Quinn?«

Tremayne zögerte. Dann nickte er. »Aye, den Jungen auch.«

Hatte er wirklich gehört, wie im Flur jemand scharf den Atem einzog oder war das wieder seine übereifrige Einbildung gewesen? Ganz egal. Andere, viel angenehmere Gedanken beschäftigten ihn jetzt. »Wäre es keine bittere Wendung der Dinge für Rhys, wenn ich nicht nur mit dieser Frau schlafen, sondern sie sogar heiraten würde?«, fragte er plötzlich, als ihm dieser Gedanke kam.

»Sie heiraten?«

»Ihr habt doch immer behauptet, dass ich eine Frau brauche.«

»Aber ... aber ... Ihr kennt doch diese Frau gar nicht!«, stotterte Percival. »Sie ... sie könnte den dunklen Künsten nachgehen oder die Geister anrufen oder ...«

»Sie besitzt den dunklen Smaragd, nicht wahr?«, unterbrach Tremayne ihn. »Was ist, wenn sie wirklich die Tochter von Lady Farren und Lord Gilmore ist?« Er nahm einen großen Schluck von seinem Wein und fühlte endlich, wie sich sein Blut langsam erwärmte. »Wäre es nicht weise, diese beiden Häuser zu vereinigen – zusammen mit meinem Feind zu herrschen, anstatt ihn zu bekämpfen?«

»Aber Ihr wisst doch gar nicht, ob sie die wirkliche Erbin ist, und Ihr wisst auch nicht, ob sie damit einverstanden wäre.«

»Oh, sie würde schon einverstanden sein.« Dessen war Tremayne sicher. »Es gibt Möglichkeiten, sich ihres Einverständnisses zu versichern.«

»Ich denke nicht ...«

»Schickt nach dem Wachmann und dem Priester und all den anderen Menschen, die heute in dem Turm waren.« Je verlockender Tremayne sein Plan erschien, desto ungeduldiger wurde er. Das wäre einfach perfekt. »Wir müssen die Frau finden. Sofort!«

»Vater Simon ...«

»Ich weiß, ich weiß. Er spricht nicht, aber heute wird das anders sein.«

»Und was ist mit Eurem Sohn?«

Tremayne blickte düster in den Becher mit dem blutroten Wein. Was hatte dieser Junge an sich, das ihn dazu brachte, ständig die Gesellschaft des schweigenden alten Mannes Gottes zu suchen? Es war eigenartig. Aber alles an Quinn war eigenartig. Er schien viel älter, als er es den Jahren nach sein sollte, oft starrte er Tremayne mit trübem, gequältem Blick an. »Aye, sucht auch ihn.« Vielleicht hatte der Junge etwas gesehen. Tremayne trank seinen Becher leer. Er atmete den Geruch nach Hunden, Rauch und nasser Wolle ein, während sein Mantel langsam trocknete, dann hörte er den Hauch von Schritten, die sich im Flur entfernten.

Beobachtete ihn jemand?

Ein Mann, dem er vertraute?

Ein Spion? Von Cavan von Marwood?

Einer der Informanten von Rhys?

Eines der Klatschweiber?

Wer?

»Weg mit Euch«, befahl er Percival. Er stellte den Becher auf den Tisch. »Und sprecht noch einmal mit Regan. Findet heraus, warum wir die Frau noch nicht gefunden haben. Bei den Zähnen Gottes, wie schwer kann es schon sein, sie zu finden?«

»Vielleicht ist sie eine Hexe und hat das Schloss verzaubert.«

»Aye«, spottete Tremayne. »Und vielleicht bin ich Llywelyn ap Gruffydd, der letzte wahre Prinz von Wales.«

14

»Sie haben ihn gefangen.« Quinn atmete rasselnd, als er in das dunkle Zimmer gestürzt kam, in dem Tara, wie es ihr schien, schon seit Stunden gefangen war. Schwer keuchend wäre er beinahe über den Stapel mit den sechs Armbrüsten gefallen, stattdessen stolperte er gegen die Wand.

»Wen?«, fragte sie erschreckt, doch sie kannte die Antwort bereits. Ihr Herz blieb beinahe stehen, die Knie gaben nach. *Nein! Nein! Nein!*

»Rhys. Den Banditen. Meinen ...meinen Vater ...« Das letzte Wort kam ihm nur schwer von den Lippen.

»Nein, oh ... Rhys«, schluchzte sie und weigerte sich, dem Jungen zu glauben. Ihr Herz schien zu brechen, doch sie versuchte trotz allem, nachzudenken. Sie mussten ihn retten. Irgendwie. Auf irgendeine Art.

»Weiter.« James war wesentlich gelassener, er fuhr fort, die Waffen, die er und der Junge mit Hilfe einiger ungenannter Freunde gestohlen hatten, an der Wand aufzustapeln.

»Er soll in den Kerker gebracht werden und sie – die Soldaten – suchen nach Euch.« Er starrte Tara an.

»Nach mir?«, fragte sie stirnrunzelnd.

»Dann sind wir schon zwei. Sie suchen auch nach mir.« In dem flackernden Licht steckte James Pfeile in die Köcher.

»Nein, drei. Tremayne hat befohlen, auch nach mir zu suchen, und nach Vater Simon und den Waffen und nach jedem, der heute im Turm war.«

»Lieber Gott.« Tara war außer sich. Warum nur war sie ein solcher Dummkopf gewesen? Nur für ihr eigenes Schicksal hatte sie sich interessiert. Und was machte das schon? Der Gedanke, dass Rhys eingesperrt war, stürzte sie in bittere Verzweiflung.

Das ist dein Fehler, Tara. Deiner. Er ist dir hierher gefolgt, rief ihr diese entsetzliche, nagende Stimme ins Gedächtnis. Sie war dabei gewesen, die Bolzen für die gestohlenen Armbrüste aufzustapeln, doch jetzt hielt sie in ihrer Arbeit inne, ließ die kurzen, schweren, mit Widerhaken besetzten Waffen fallen und konzentrierte sich auf den Jungen.

»Wo ist Rhys jetzt?«, fragte sie ihn.

»Im Verlies unter dem Nordturm.«

»Bei den anderen?«, fragte James.

»Aye.« Quinn nickte so vehement, dass eine Kerze zu flackern begann und zu erlöschen drohte. »Aber er wird in eine gesonderte Zelle gesperrt.«

»Gut.«

»Gut?«, empörte sich Tara. »Nichts daran ist gut.« Sie war nicht länger fähig, auch nur eine Minute länger hier eingesperrt zu sein, unruhig lief sie in dem kleinen Raum auf und ab. Es musste einen Weg geben, Rhys zu befreien. Es musste einfach so sein.

»Wir werden es folgendermaßen machen«, begann James. »Aber wir müssen schnell arbeiten. Sobald es dunkel wird, müssen wir dieses Zimmer mit den Waffen verlassen und sie an die Leute verteilen, die sich mit uns verbündet haben.«

»Gibt es viele davon?«, fragte Tara und wagte kaum zu hoffen. Sich in dieser feuchten Gruft zu verstecken und zu wissen, dass sie nichts tat, während die Kerzen herunterbrannten und es von den Wänden tropfte, machte ihre Nervosität nur noch ärger.

»Einige.« James verzog den Mund zu einem ironischen Lächeln.

»Wer sind sie?«

»Das weiß nur ich«, erklärte er mit einer Endgültigkeit, die ihr sagte, dass er seine Geheimnisse niemals verraten würde. »Warum suchen die Soldaten nach der Lady?«, fragte er den Jungen.

»Man sagt, sie ist eine Hexe. Das Mädchen – Peony –, sie

hat Tremayne erzählt, dass Tara einen magischen Ring besitzt, den sie dazu benutzt hat, Rhys zu verzaubern.« Er sprach Tremaynes Namen voller Verachtung aus, und Tara wunderte sich über diesen eigenartigen Jungen, einen Jungen, der sich gegen den Mann stellte, der ihn großgezogen hatte, ein Kind, das die Tatsache zu begrüßen schien, dass er von einem Banditen gezeugt worden war. Auf seine eigene Art war Quinn genauso seltsam wie Peony, das liebeskranke Mädchen, das Rhys anbetete und bereit war, alles zu tun, um sein Herz zu gewinnen.

»Ist das wahr?«, fragte James, und Tara schüttelte den Kopf. »Habt Ihr diesen Ring?«

»Nein, aber ich hatte ihn«, gab sie zu und kam sich vor wie ein Schwachkopf. »Er ... er wurde mir gestohlen.«

»Gestohlen?«

»Von Rhys.«

»Der Meisterdieb.« James, der auf dem Boden hockte, schaukelte auf den Füßen hin und her und achtete nicht länger auf den Stapel mit Armbrüsten, die er gerade gezählt hatte. »Also hat Tremayne jetzt den Ring.«

Tara zögerte. »Rhys hatte vor, ihn Abelard zu geben. Ich weiß nicht, ob er das bereits getan hat.«

James seufzte. »Aber Tremayne glaubt, dass Ihr ihn noch habt?«

»Das weiß ich nicht.«

»Da ist noch mehr«, berichtete Quinn weiter. »Ich habe gehört, wie Tremayne Percival erzählt hat, es wäre süße Gerechtigkeit, wenn er ...wenn er ... mit der Lady zusammen wäre, als eine Art Rache an Rhys und ... und meiner Mutter. Er ... er hat sogar von einer Ehe gesprochen.«

»Ehe«, flüsterte Tara entsetzt und benommen. Bei diesem Gedanken hob sich ihr Magen.

»Aye, weil er mit meiner Mutter verheiratet war und sie hat Rhys geliebt, und ... und es wäre nur fair ...« Quinns

Stimme brach, und sein Unterkiefer zitterte kurz, ehe er sich wieder in der Gewalt hatte, doch in dieser Sekunde entdeckte Tara einen Schimmer von dem wirklichen Jungen, der verzweifelt suchte, sich selbst zu schützen, indem er so hart wie ein Mann war.

»Denk nicht daran«, sagte sie leise und widerstand dem Wunsch, ihm mit der Hand durch sein Haar zu fahren oder den jungen Körper an sich zu ziehen und ihn zu trösten. Auch wenn er noch so furchtlos und schlau schien, so war Quinn doch in erster Linie ein Junge.

Ein Junge, der sein Leben aufs Spiel setzte, um den Mann auszuspionieren, der davon überzeugt war, ihn gezeugt zu haben. Und jetzt brachte er Neuigkeiten von Rhys. Das Schuldgefühl presste ihr Herz so fest zusammen, dass es schmerzte, und alle Farbe war aus ihrem Gesicht gewichen. »Vielleicht sollte ich mit dem Lord verhandeln.«

»Ihr?« James, der gerade die Armbrüste aufheben wollte, hielt mitten in der Bewegung inne. »Warum?«

»Vielleicht lässt er dann Rhys und die anderen frei ...«

»Und warum sollte er das tun? Habt Ihr den Stein?«

»Nein. Aber ... wenn das, was Quinn sagt, die Wahrheit ...«

Quinn nickte heftig. »Das ist es. Ich schwöre es, auf das Grab meiner armen Mum.«

»Ich weiß, ich weiß. Ich zweifle ja gar nicht daran«, versicherte Tara ihm.

»Es würde nichts nützen, wenn Ihr Euch ergebt. Ohne den Stein habt Ihr gar keine Macht, mit ihm zu verhandeln. Es sei denn, Ihr seid damit einverstanden, ihn zu heiraten.«

Der Gedanke ließ ihr sofort die Galle aufsteigen. Sie hatte Tremayne von Twyll noch nie gesehen, doch hatte sie von seiner Grausamkeit gehört, nicht nur von Rhys, sondern auch von anderen. Hatte nicht ihre eigene Mutter sie vor ihm gewarnt? *Oh, Lodema, ich vermisse dich so sehr.* Sie rieb sich die

Arme und versuchte, nachzudenken. Es musste einen Weg geben, Rhys zu retten. Alle anderen zu retten.

»Wenn Ihr zu Tremayne geht, dann würden wir nur noch einen Gefangenen mehr befreien müssen«, erklärte James. Er deutete auf den Stapel mit den Waffen. »Wir werden zunächst einmal diese hier näher an die Tür zum Schlosshof bringen, in die Ställe. Dann sind wir bereit.«

»Wofür?«, fragte sie und war noch immer nicht sicher, ob sie diesem Mann vertrauen konnte, der zugegeben hatte, ein bezahlter Söldner zu sein.

»Für Tremaynes Ende.« Seine Augen blitzten in dem halbdunklen Raum. »Kommt jetzt. Wir haben keine Zeit zu verlieren. Nehmt so viele Waffen, wie Ihr könnt und folgt mir. Quinn, du auch.«

Tara griff nach einigen Langbögen. James schleppte zwei der sechs oder sieben Armbrüste, die er gestohlen hatte, und Quinn hängte sich zwei Köcher, gefüllt mit Pfeilen über den Rücken.

Morrigu, hilf uns. Hilf uns allen, betete Tara insgeheim, während sie so tat, als sei sie mit James Plan einverstanden.

Aber sie war ganz und gar nicht davon überzeugt, dass es die richtige Antwort war, ihr Schicksal mit dem von Lord Cavan zu vereinen. Der neue Lord von Marwood war ein Schwindler, der es auf die Baronie von Twyll abgesehen hatte, ein Krieger, der sich nur für seinen eigenen, selbstsüchtigen Gewinn interessierte.

Sollte James' Plan versagen, würde sie nicht zulassen, dass er sein Leben für sie gab. Wieder schickte sie ein Gebet zum Himmel und hoffte, dass Gott ihr zuhörte.

Rhys stolperte die Treppe hinunter. Der Gestank des Kerkers waberte durch die Luft.

Jeder Knochen in seinem Körper schmerzte. Sein Kopf dröhnte. Seine Muskeln fühlten sich an, als seien sie zu Brei zerschlagen. Aber der Kampf war jede Wunde und jeden Schnitt wert gewesen, den er davongetragen hatte. Jeder Schlag gegen sein Kinn und selbst die Spucke, die über sein Gesicht gelaufen war, war eine Erniedrigung, die er gern noch einmal ertragen hätte, denn jetzt besaß er, versteckt in seiner Hand, eine Waffe.

»Hier herein mit dir!« Der fette Gefängniswärter öffnete eine Zellentür und schubste ihn hinein, dann öffnete er die Kette, mit der ihm die Hände hinter dem Rücken gefesselt waren. Rhys umklammerte die mit Widerhaken versehene Pfeilspitze so stark mit der Faust, dass sie sich in seine Haut grub und er zu bluten begann.

»Der Lord wird mit Euch reden wollen, also säubert Euch in dem Eimer dort und seht zu, dass Ihr anständig ausseht.«

Rhys antwortete nicht, er hielt seine winzige Klinge fest. Die Wände des Verlieses stanken nach Verwesung und Abfall, sie waren geschwärzt vom Rauch und der Verzweiflung der Seelen ohne jede Hoffnung und brachten Erinnerungen zurück, die er seit Jahren in sich verschlossen hatte. Er malmte mit den Zähnen, als er daran dachte, dass er damals in genau dieser Zelle gewartet hatte, dass er gehört hatte, wie Tremayne die Treppe hinuntergepoltert kam und dass er gewusst hatte, welches Schicksal ihn erwartete. Die Pfosten, an die er damals gebunden worden war, um ausgepeitscht zu werden, standen noch immer an derselben Stelle, bereit für das nächste Opfer, das sein Halbbruder bis zur Unterwerfung würde auspeitschen lassen.

Das kleine Stückchen Metall, das Henry ihm während ihres Kampfes zugesteckt hatte, würde seinen Weg aus diesem Verlies bedeuten. Seine Freiheit. Und auch die Freiheit der Männer und Frauen, die seinetwegen hier waren. Eine einfache Pfeilspitze würde ihm einen Vorteil verschaffen, damit er Tara finden könnte und sie erretten vor …

»Sir Rhys!« Die Stimme eines Mädchens. Über seine Schulter blickte er zur nächsten Zelle und entdeckte Täubchen, deren Gesicht so weiß war wie der Tod, ihr Haar war schmutzig und zerzaust. Sie starrte ihn mit großen, furchtsamen Augen an. »Was ist geschehen?« Sie stolperte über die alten Knochen und das schmutzige Stroh auf dem Boden der Zelle, als sie auf ihn zugelaufen kam und sich gegen die rostigen Stäbe der Zelle warf. Ihre kleinen, schmutzigen Hände umfassten das kalte Metall, sie sank auf die Knie und drückte ihren Körper so nahe zu ihm wie nur möglich. »Wie hat man Euch gefangen?«, flüsterte sie, und ihr schmales Gesicht verzerrte sich qualvoll.

»Psst, Mädchen.« Rosie kam zu ihnen hinüber und seufzte. Mit einer schnellen Bewegung bekreuzigte sie sich. »Die Heiligen seien mit uns«, murmelte sie. Voller Verzweiflung schüttelte sie den Kopf, als sie Rhys betrachtete. »Ich habe geglaubt, wirklich geglaubt, dass wir noch immer eine Chance hätten, solange Ihr frei seid, aber jetzt …«

»Hey! Er hat uns verlassen! Er hat uns den Wölfen zum Fraß vorgeworfen, das hat er getan!« Eine Stimme, die Rhys als die von Leland wieder erkannte, tönte durch den dunklen Raum. Binsenlichter brannten und warfen nur einen schwachen Schein. Der Rauch kräuselte sich zu der geschwärzten Decke, er drang durch die Zellen, hing an den Wänden und lag in der abgestandenen Luft dieses erstickenden Käfigs.

»Still!« Diesmal war es die Stimme von Kent. »Wir sind bei Euch, Rhys!«

Eine andere Stimme, die von Benjamin, stimmte ihm zu. »Aye, Rhys, Ihr könnt mit mir rechnen.«

»Und mit mir!«

»Hmmm.«

»Haltet den Mund! Ihr seid Gefangene.« Der Wärter spuckte auf den Boden vor Rhys' Zelle. »Ihr könnt euch Treue schwören von jetzt bis in alle Ewigkeit, aber das zählt nicht mehr. Die Hälfte von euch werden in einer Woche tot sein, der Rest wird noch eine Weile länger verrotten und dann auch sterben.« Er kratzte sich über die Bartstoppeln auf seinen feisten Wangen. »Und jetzt redet nicht mehr, denn sonst werde ich dafür sorgen, dass ihr einen oder zwei Tage nichts zu essen bekommt.«

»Der Fraß, den ihr uns hier gebt, ist nicht einmal gut genug für die Schweine des Schlosses«, meldete sich Rosie empört. »Wenn allerdings der Lord mir erlauben würde, in der Küche zu helfen …«

»Damit Ihr ihn vergiftet?« Der Wächter lachte.

»Und Euch auch«, erklärte Rosie frech, als würde sie mit diesem widerwärtigen Tier flirten, der die Schlüssel zu den Zellen hatte.

»Nun, du hast Courage, Frau, das muss man dir lassen. Vorsichtig, denn sonst könnte ich zu dir reinkommen und mich ein wenig mit dir vergnügen.«

»Oh, das würdest du tun?«, fragte Rosie und lachte. Rhys traute seinen Ohren kaum. Rosie war keine Frau, die ihre Reize spielen ließ. Viele Männer hatten es in den letzten Jahren bei ihr versucht, doch sie hatte jeden Einzelnen von ihnen abgewiesen und behauptet, dass kein Mann ihren armen, lieben verstorbenen Mann würde ersetzen können.

»Aye, und auch mit deiner Tochter.«

»Nein!« Jetzt lag kein Anflug von Lachen oder Flirt mehr in ihrer Stimme. »Wenn du mich willst, dann werden wir sehen, ob du Manns genug bist, um mit mir fertig zu werden. Aber wenn du meine Tochter anrührst, dann werde ich dir die Eier abreißen und sie dir mit meinen eigenen Händen in den Hals schieben.«

Der Wächter trat vor Rosies Zelle. »Oder auch mit deinem Mund in deinen Hals, Frau?«

»Vielleicht.«

Rhys schüttelte sich voller Widerwillen. Er öffnete den Mund, um etwas zu sagen, doch der Blick, den Rosie ihm zuwarf, brachte ihn zum Schweigen.

Sie rückte ihr Halstuch zurecht und ließ eine Locke ihres langsam grau werdenden roten Haares darunter hervorlugen. »Man weiß nie, was eine Frau für den richtigen Mann zu tun bereit ist.«

Der Wächter dachte einen Moment angestrengt nach, und in den Zellen war es totenstill. Täubchen starrte ihre Mutter wie betäubt an.

»Denkt nicht daran, mir einen Streich zu spielen«, warnte der Wärter und ließ seinen Blick durch das Innere der Zelle gleiten. »Rosie würde sich mir doch nur hingeben, wenn sie glaubt, sie könnte eine Möglichkeit zur Flucht bekommen.«

»Nein!«, wehrte Rosie entrüstet ab. »Es ist nicht meine Freiheit, um die ich verhandele. Aber ich würde mich dir hingeben, wenn meine Tochter verschont werden könnte. Das ist mein Versprechen.«

»Mum, nein …«, rief Täubchen.

»Still!« Der Wärter runzelte die Stirn, und Rhys stellte sich trotz der Schmerzen lebhaft vor, welcher Kampf im Kopf des fetten Mannes vor sich ging. Konnte er einer Frau vertrauen, die die Gefangene des Barons war – nein. Aber würde sie sich für das Leben ihrer Tochter opfern? Es war schwer, nicht zu glauben, dass eine Mutter alles tun würde, damit ihr Kind verschont wurde.

Rhys kannte die Antwort nicht, aber der Gedanke allein genügte, um sein Blut zum Kochen zu bringen, und seine Faust schloss sich noch fester um das scharfe Stück Metall, das seinen einzigen Weg zur Rettung aus diesem Verlies bedeutet.

Er würde Kraft sammeln und dann zuschlagen.

Bald.

Noch ehe Rosie etwas Dummes tat.

Und noch ehe man Tara entdeckte.

»Twyll liegt hinter dem Hügel.« Cavan, der auf einem rotbraunen Schlachtross mit einer weißen Blesse und weißen Beinen saß, deutete auf einen bewaldeten Hügel, während seine Armee nicht weit von ihm um eine Wegbiegung zog. Es war kurz vor der Abenddämmerung, und der Himmel war finster von Wolken, aus denen stetig der Regen prasselte.

»Ich bin schon oft genug dort gewesen«, bemerkte Abelard, doch er konnte das Gefühl nicht unterdrücken, dass er sein Schicksal auf die falsche Seite gesetzt hatte. Aye, er hasste Tremayne, und sein abgehackter Zeigefinger war nur ein Teil seines Zorns. Doch in der Zeit, die er mit Cavan zusammen verbracht hatte, hatte er festgestellt, dass der junge Herrscher außer seinen eigenen Interessen keine anderen hatte.

Genau wie du, besonders, als du noch jünger warst, dachte er, als sie beide zu den Truppen ritten.

Warum warst du so dumm, ihm den Ring anzuvertrauen? Was ist, wenn er dich betrügt? Oder wenn er die Schlacht verliert? Du hast ein Vermögen aufgegeben für die Möglichkeit, Tremayne zu zerstören.

Aye, und es wäre es auch wert.

Lange hatte Abelard auf diese Schlacht gewartet, jetzt roch er sie förmlich, sie lag in der Luft – der Geruch des Krieges, der geführt werden würde, die erhöhte Anspannung in den Männern, die nervöse Unterhaltung, von der jeder glaubte, dass es die letzte sein könnte. Und dennoch dachte jeder von sich, dass er unsterblich war, und jeder harrte fieberhaft auf die Möglichkeit, das zu beweisen.

Als sie um die nächste Biegung kamen, sah Abelard zum ersten Mal die Größe des Heeres. Hunderte von Fußsoldaten, Dutzende Ritter auf ihren Pferden, Wagen voller Vorräte. Die Räder der Wagen drehten sich langsam durch den Schlamm, die Ochsen und Pferde strengten sich an in ihrem Joch, und der schwere Rammbock kam auf seinen kleinen lehmbedeckten Rädern nur sehr langsam voran.

»Es wird eine Ewigkeit dauern«, brummte Cavan, und sein gut aussehendes Gesicht verzog sich verärgert. Abelard hatte so etwas schon oft gesehen – junge Kerle, die ihre erste Schlacht und den Geschmack des Blutes kaum erwarten konnten, sie hatten keine Geduld für eine gut ausgeklügelte Strategie.

Cavan ritt mit seinem hochgezüchteten Pferd zu dem Wagenmeister, der das Ochsengespann führte, das den Rammbock zog. »Sorgt dafür, dass diese Biester schneller sind!«

»Sie schaffen es jetzt schon kaum, M'lord. Mehr kann ich nicht tun.«

Abelard stimmte ihm zu. Er sah, wie die beiden Tiere ihre gemeinsame Kraft gegen das Joch stemmten. Die riesigen Muskeln spannten sich an, Köpfe und Hörner waren gesenkt und die Zungen hingen ihn aus dem Maul. Während der Regen auf ihr Fell trommelte, kämpften sie sich durch den Lehm voran.

»Dann sorgt dafür, dass einige Männer beim Schieben helfen und die Räder säubern!« Cavans Schlachtross, ein zu ängstliches Tier, tänzelte und bäumte sich auf, während er versuchte, es zurückzuhalten. »Du und du – ja, du!«, befahl er und deutete auf einige der Fußsoldaten, die hinter dem Karren hertrotteten. »Helft diesem Mann. Wir haben nicht viel Zeit!«

Die Räder der vielen Karren knarrten und gruben tiefe Furchen in die Erde. Die Hufe der Hunderte von Pferden verwandelten den Weg in Matsch. Riesige Haufen von Mist wurden niedergewalzt, und Cavans Armee, mächtig und bereit für die Schlacht, bewegte sich behäbig und gleichzeitig todverheißend vorwärts.

Nach Twyll.

Zu Tremayne.

Zu einem letzten Gefecht.

Abelards Finger in seinen Handschuhen schwitzten vor Spannung, während der kalte Winterregen über seine Wangen und seine Nase rann. Er blinzelte gegen die eisigen Tropfen an und begrüßte das Unwetter, denn er fand, dass die frühe Dunkelheit ein gutes Omen war.

Blitze zuckten am Himmel, und der Donner grollte über das Land und machte die Pferde nervös.

Aye, ein sehr gutes Zeichen.

Morgen um diese Zeit würde Tremayne von Twyll geschlagen sein – oder Abelard wäre tot.

Auf jeden Fall würde die Schlacht, deren Vorstellung den größten Teil seines Lebens hell in seiner Seele gebrannt hatte, endlich vorüber sein.

Er beruhigte sein tänzelndes Pferd und drehte sich leicht im Sattel um. Über dem Regen hörte er eine Bewegung.

Sssst.

Sein Körper zuckte. Schmerz fauchte durch seine Brust. Heiß. Feucht. Irgendetwas stimmte nicht. Er blickte an sich hinunter und entdeckte den Schaft eines Pfeils über seiner rechten Brust. Blut, sein eigenes Blut rann aus der Wunde.

»Ah!«

»Gott!«

Ein Mann schrie gequält auf.

Ein Pferd wieherte.

Plötzlich wandte sich der Schutz der Dunkelheit gegen sie. Soldaten fielen, während Pfeile aus der Deckung der Bäume auf sie regneten.

Abelard griff nach seinem Schwert, doch vor seinen Augen verschwamm die Welt. Er biss sich so fest auf die Unterlippe, dass er Blut schmeckte. Sein schweres Schwert brachte er noch aus der Scheide, doch dann wankte er. Sein Pferd bäumte sich unter ihm auf, es schien zu Boden zu fallen und wieherte vor Entsetzen. Die Dunkelheit hinter seinen Augenlidern schien immer näher zu kommen, und dann entdeckte er einen zweiten Pfeil, der sich in seinen Körper gebohrt hatte. Der metallische Geschmack von Blut erfüllte seinen Mund, und er sank nach vorn und wusste, dass er ganz sicher sterben würde.

»Es ist Zeit!« James schob die Falltür des Stalls auf und schlüpfte hinaus in die Dunkelheit. Tara war gleich hinter ihm, ihr folgte Quinn auf dem Fuße. Sie reichten die Waffen durch das schmale Loch, und auch wenn Tara keine Stimmen hörte und niemanden sah, so fühlte sie doch die Anwesenheit mehrerer Männer.

Als nur noch eine Armbrust übrig war, griff Henry danach, doch Quinn hielt sie fest. »Das ist meine.«

»Sei nicht dumm, du bist doch nur ein Junge.«

»Das ist meine«, beharrte er hartnäckig.

»Also, Junge ...«

»Habe ich nicht den Baron belauscht und Euch seine Pläne verraten?«

»Du bist doch nur ein Junge.« Aber bei der Wiederholung dieser Worte schien James seine Meinung geändert zu haben. »Ach, egal, sei zumindest vorsichtig. Es ist eine schwere Waffe.«

»Aye.«

»Also, ihr kennt eure Positionen«, wandte sich James an die anderen, und man hörte die leisen Schritte, als die Leute durch das Stroh davoneilten. »Ihr beide bleibt bei mir«, befahl er. Und diesmal widersprach auch Tara ihm nicht. Jeder Plan war besser als gar keiner, und allein der Gedanke, dass sie etwas taten, *irgendetwas*, um Rhys zu helfen, ließ sie handeln. Sie half Quinn durch die Öffnung, und dann schloss sie die Falltür wieder und bedeckte sie mit Stroh. In der Dunkelheit konnte sie nur wenig sehen, doch hörte sie das Geräusch von Pferden, Stroh raschelte, als die Tiere sich bewegten, sie schnaubten unwillig, weil sie gestört worden waren. Der wohl bekannte Geruch nach Dung und muffigem Stroh hing in der kühlen, frischen Regenluft.

Sie und Quinn folgten James, sie blieben dicht hinter ihm auf dem Weg durch die stille Festung. Nur wenige Feuer brannten noch in den Hütten auf dem Schlosshof, und der strömende

Regen, auch wenn er so kalt wie der Tod war, bot ihnen einen guten Schutz, hinter dem sie sich verbergen konnten.

Tara wusste, dass in den Türmen Wachposten standen, dass Männer auf den Zinnen patrouillierten und dass Ritter in der Dunkelheit nach irgendwelchen Anzeichen von Schwierigkeiten spähten. Dennoch folgte sie James. Sie schloss die Hand fest um den Griff ihres kleinen Messers und schlich durch die finsteren Schatten auf den Nordturm zu.

Das Herz schlug heftig in ihrer Brust, ihr Atem schien laut genug, um die Toten aufzuwecken, und sie versuchte, ihre fünf Sinne geordnet beisammen zu halten – auch wenn ihr das schwer fiel. Der Gedanke, dass Rhys im Kerker gefangen war und dass sie ihn bald wieder sehen würde, dass sie ihn befreien würde, ihn berühren, beflügelte ihre Schritte, und sie lief schneller über das nasse Gras zum Turm.

Bitte, Gott, beschütze ihn.

An der Tür traf James einen anderen Mann, leise sprachen sie einen Augenblick miteinander. Der Mann nickte, James zog Tara in den Schatten an einer Ecke hinter dem Pranger. »Wartet hier«, raunte er in ihr Ohr.

»Nein …«

»Aye, Ihr müsst uns warnen, wenn jemand kommt.«

Anstatt zu warten, um ihre Antwort zu hören, verschwanden James und der andere Mann die Treppe hinunter. Quinn wollte ihnen folgen, doch Tara hielt ihn am feuchten Stoff seines Umhangs fest. »Wir müssen geduldig sein«, rief sie ihm flüsternd ins Gedächtnis.

»Aber es geht um das Leben meines Vaters.« Mit einer Hand wischte er sich den Regen aus dem Gesicht. Mit der anderen umklammerte er die schwere Waffe.

»Aye, ich weiß. Wir helfen ihm am besten, wenn wir die Tür bewachen.

»Aber doch nicht wir beide«, widersprach er.

»Nein, James hat einen Plan …«

»Er ist nur ein gedungener Söldner«, wehrte Quinn ab. »Das hat er selbst gesagt.«

»Aber du musst warten …«

In der Dunkelheit funkelte der Junge sie eine Sekunde lang an, bis sie ihren Griff ein wenig lockerte. Sobald sie das getan hatte, entriss er ihr den Arm und verschwand. Durch die Dunkelheit lief er auf den Turm zu.

Tara wollte ihm etwas nachrufen, doch geistesgegenwärtig klappte sie den Mund zu und lief durch den Regen hinter ihm her. Sie rutschte auf dem nassen Gras aus. Dieser verflixte Junge! Beinahe hätte sie ihn erwischt, als sie eine Bewegung wahrnahm. Eine dunkle Gestalt, ein Soldat tauchte drohend aus den Schatten auf.

»Halt!«, donnerte der Mann.

Panische Angst erfasste Tara.

»Wer ist da? Oh … du bist das, Junge.«

Tara presste sich gegen die Wand des Turmes und hoffte, dass niemand sie gesehen hatte. Vielleicht konnte Quinn sich irgendwie herausreden, doch sie bezweifelte das. Vorsichtig schlich sie ein Stück näher, den Rücken hatte sie so fest gegen die Mauer gedrückt, dass sie davon überzeugt war, dass sie die Mauer geradezu polierte.

»Was tust du hier, so spät in der Nacht?«, fragte der Wachposten Quinn, doch noch ehe der eine Antwort geben konnte, sprach der Mann weiter. »Sag mal, was ist das? Eine Armbrust? Warum hast du … nein, warte! Du sollst nicht mit der Waffe zielen …«

Fffft.

»Aaaaah!« Der gurgelnde Schrei des Mannes tönte über den Schlosshof.

»Wer ist da?«, rief eine der Wachen auf den Zinnen. Türen wurden geöffnet. Ein Mann brüllte, in der Absicht, das ganze Schloss zu mobilisieren. Quinn schoss vor und raste durch die Dunkelheit auf den Turm zu, doch es war schon zu spät.

Bauern kamen aus ihren Hütten. Die Tür zur großen Halle öffnete sich weit, und Soldaten, die man vor dem Hintergrund des Feuers im Inneren der Halle deutlich erkennen konnte, kamen mit Fackeln auf den Hof gelaufen. Schwerter glänzten.

Taras Herz überschlug sich. Sie waren entdeckt worden. Jetzt war alles verloren.

Mit einem Fingerschnippen befahl ein großer Mann, vermutlich Tremayne, den Männern, nach den Ursachen des Lärms zu forschen. Die Fackeln zischten im Regen, als sie über den Schlosshof liefen, auf den gefallenen Soldaten zu, der noch immer schrie. »Dort unten«, rief einer der Wachposten von den Zinnen. »Im Schlosshof. Jemand ist verwundet. Randall! Der Verbrecher ist da, in der Nähe des Nordturmes. Packt ihn!«

Nein.

Ein Dutzend Soldaten rannten auf sie beide zu, und Tara stürzte zu Quinn und packte ihn am Umhang. »Komm«, befahl sie, griff nach seinem Arm und jagte mit ihm auf die Ställe zu. Sie konnten sich wieder in der Hütte verstecken, wo das Korn gelagert wurde und der Tunnel begann. Nur noch wenige Schritte ... Und wenn sich alles beruhigt hatte, konnten sie zurückkehren zum Kerker und ...

Ein Blitz zuckte vom Himmel und erhellte alles in einem blau-weißen Licht.

»Halt!« Ein riesiger Mann sprang von einem Karren und landete genau vor Tara. Mit einer zischenden Fackeln in der einen und einem glänzenden Schwert in der anderen Hand, versperrte er ihr den Weg. »Was, zur Hölle ...?«, fluchte er, als er in dem schwachen Lichtschein seiner Fackel den Jungen erkannte. »Master Quinn? Und wer seid Ihr?« Eine Sekunde betrachtete er sie stirnrunzelnd, und dann, als würden sich in seinem Kopf die Türen der Erinnerung öffnen, ging ihm ein Licht auf. »Hierher!«, kreischte er. »Hier sind Master Quinn und die Hexe! Sie nimmt ihn als Geisel!«

Nein, schrie alles in Tara. *Nein! Nein! Nein!* Ihre Beine zitterten, doch sie wollte nicht aufgeben. Sie zog Quinn in die andere Richtung. Sie wollte den Jungen doch gar nicht entführen. Niemals. Sie schlitterte über das nasse Gras, schlug Haken wie ein verfolgtes Reh, doch an jeder Ecke versperrte ihr ein Soldat den Weg.

Denk nach, Tara, denk nach! Benutz deinen Verstand! Sie zerrte Quinn zur Kapelle, als eine Hand ihre Schulter packte. *Nein!*

»Kommt mit mir Hexe«, knurrte ein dünner Mann und umklammerte sie eisern. Ein weiterer Soldat kam ihm zu Hilfe. Quinn verlor den Halt, beinahe wäre er gefallen. Die Hunde im Zwinger bellten.

Tara wirbelte zu dem Mann herum, der sie fest hielt. »Lasst mich los«, befahl sie, und ihre Augen bohrten sich in die des Soldaten. »Aye, ich bin eine Hexe, und wenn Ihr mich nicht loslasst, dann werde ich Euch mit einem Fluch belegen, der Euch die Zunge anschwellen und Eure Männlichkeit schrumpfen lässt.«

»Nein …«

»Bei Morrigu, das werde ich tun«, erklärte sie, schüttelte seine Hand ab und sah in dem schwachen rötlichen Licht, wie Zweifel in seinen Blick trat.

»Das ist Unsinn.« Doch seine Stimme bebte ein wenig.

»Wirklich? Dann seid Ihr also gewillt, das Risiko einzugehen?« Sie schloss die Augen und hob einen Arm zum Himmel. Dann flüsterte sie so laut, dass er es hören konnte: »Bei Erde und Wasser, Luft und Feuer, rette mich jetzt und wirf meinen Feind in den See, der die Zunge schwellen und seinen Schwanz …«

»Aufhören!«, befahl eine dröhnende Stimme, und Tara riss die Augen auf. »Also wolltet Ihr meinen Sohn entführen«, knurrte ein großer Mann, dessen Lippen sich über die Zähne zogen. Sie zuckte zurück, denn das war kein Mann, den man einschüchtern konnte. Reiner Hass strömte von ihm aus. »Ihr seid die Hexe des Bastards«, sagte er, und Tara verspürte ein Gefühl bodenloser Verzweiflung. Die kalten, hasserfüllten Augen des Barons von Twyll starrten sie an. Lord Tremayne! Ihr eingeschworener Feind. »Lasst meinen Sohn in Ruhe.«

»Ich bin nicht dein Sohn!«, erklärte Quinn und plusterte sich auf.

Oh, Gott, nein. Nicht jetzt. »Nein, du sollst nicht ...«, warnte Tara ihn und fürchtete, dass die Rache der Hölle sie jeden Moment verschlingen würde.

»Es ist wahr. Ich ... ich wurde von Rhys gezeugt.«

Tremayne wirbelte zu dem Jungen herum und schlug ihm mit aller Kraft den Handrücken ins Gesicht. »Niemals«, warnte er ihn. »Niemals wieder wirst du solch ketzerische Worte aussprechen!«

Blut floss aus Quinns Mundwinkel. Seine Augen blitzten rebellisch, und er spuckte vor die Füße des Mannes, der ihn großgezogen hatte. »Es ist wahr«, erklärte er unbeirrt. »Wenn du mir nicht glaubst, dann sprich mit Vater Simon.«

»Mit dem schweigenden Priester?«

»Deshalb hat er sich die Zunge aus dem Mund geschnitten. Als meine Mum es ihm gebeichtet hat.«

»Nein«, flüsterte Tremayne, doch seine Stimme klang hohl, alle Farbe war aus seinem Gesicht gewichen, und er war blass wie der Mond. Er entdeckte die Armbrust, die der Junge noch immer in der Hand hielt. »Weshalb bist du bewaffnet?«

»Er hat Sir Randall damit verletzt«, berichtete einer der Soldaten, die sich um die Gruppe versammelt hatten. Ihre Schwerter glänzten rot im ersterbenden Licht der Fackeln.

»Simon kann nicht sprechen.«

»Aber ich kann lesen«, verriet Quinn höhnisch. »Und Vater Simon ... er schreibt ein geheimes Tagebuch, von dem er glaubt, dass es erst nach seinem Tode entdeckt wird. Das hat er mir wenigstens gesagt, als er mich mit den Büchern überrascht hat, die er in einem Loch in der Wand des Schlosses versteckt hatte. Das ist seine Art, die Wahrheit weiterzugeben.«

Einige Sekunden lang sprach niemand ein Wort. Der Regen trommelte auf die Erde. Tremayne starrte den Junge versteinert an, sein Gesichtsausdruck änderte sich von Unglauben zu Begreifen und endlich zu rasendem Zorn. Sein Blick fiel auf Tara. Wut entstellte sein Gesicht, und er ballte die Hände zu Fäusten. Eisregen tropfte von seiner Nase. »Bringt den Bastard zu mir«, befahl er den Männern, die ihn umstanden. »In die große Halle. Und«, er deutete mit dem Zeigefinger auf Tara, »bringt auch sie und den Jungen hin. Es ist Zeit, dass die Wahrheit herauskommt.« Dann wandte er sich noch einmal an Tara. Seine Lippen bewegten sich kaum, als er sprach. »Und Ihr, Frau, zeigt mir den Stein. Den dunklen Smaragd von Twyll.«

»Aber den habe ich nicht ...«

»Dann findet ihr ihn besser, und zwar schnell. Das Schicksal dieses elenden Jungen«, er packte Quinn am Nacken, »das Eures geliebten Rhys – o ja, ich weiß von ihm und Euch – und Euer eigenes Leben, hängt von diesem verdammten Stein ab.«

»Halt! Hey!«, tönte da die Stimme des Wachmannes durch den Schlosshof.

»Was ist jetzt schon wieder?«, zischte Tremayne. Man hörte Rufe, das Donnern von Pferdehufen und das Knarren von Rädern von der anderen Seite der dicken Mauern des Schlosses.

»Halt! Wer ist da? Ich habe gesagt – verdammte Hölle!«

Mit einem unheimlichen Pfeifen kam ein riesiger Steinbrocken in den Schlosshof geflogen und landete unter dumpfem Aufprall nur wenige Meter vor den Füßen des Lords.

»Cavan«, giftete Tremayne, und sein Gesicht verzog sich ärgerlich. An eine seiner Wachen gewandt, fragte er: »Ist nicht Regan mit einer Truppe ausgerückt, um den Emporkömmling in einen Hinterhalt zu locken?«

»Aye. Schon vor Stunden.«

»Vielleicht hat man sie entdeckt. Oder sie sind besiegt worden.«

»Ich verfluche das Schicksal!« Tremayne schüttelte die Faust gen Himmel. »Aber jetzt ist Nacht. Nur ein Idiot würde in der Nacht angreifen.«

»Oder ein Mann, der es nicht erwarten kann und der weiß, dass wir überrascht werden ohne das Tageslicht auf unserer Seite«, meinte ein anderer Mann.

»Holt die Teerfässer! Befehlt allen, auf ihre Plätze zu gehen!«

Tara wusste, dass dies ihre Chance war. Sie packte Quinn bei der Hand, und während die Soldaten wie hypnotisiert auf den Felsbrocken starrten, der den Beginn der Schlacht bedeutete, riss sie Quinn mit sich zu den Ställen. Aber es war schon zu spät. Ein aufmerksamer Soldat holte sie ein und bekam sie am Arm zu fassen. Doch nun packte sie mit ihrer anderen Hand den Dolch, wirbelte herum und rammte ihm die Klinge in den Arm.

Mit einem Aufschrei ließ er sie los, doch ein anderer Mann, größer als der erste, schnappte ihr Handgelenk mit seiner Pranke, verdrehte es, und zwang sie, die Waffe loszulassen.

Tremayne stürzte herbei und hielt den strampelnden Jungen fest, von dem er glaubte, er sei sein Sohn.

Bum! Die Wände des Schlosses bebten.

»Was zum Teufel ...« Entsetzen trat in Tremaynes Blick.

Bum! Noch einmal.

Die Erde bebte.

»Das ist die Ramme«, rief Tremayne. »Alle Männer auf ihre Posten! Sofort! Und Ihr«, angewidert musterte er Tara. »Oh, verdammte Hölle, werft sie beide in den Kerker der großen Halle«, befahl er seinen Wachen und deutete auf Quinn und Tara.

Männer und Frauen kamen erschreckt aus ihren Hütten gelaufen. Soldaten strömten aus den offenen Türen der großen

Halle und aus ihren Unterkünften. Kinder schrien, und in dem entstehenden Chaos hörte man saftige Flüche.

Regen rauschte vom Himmel.

Blitze zuckten durch die Nacht.

Pferde wieherten.

Hunde jaulten, und der Donner krachte ohrenbetäubend über dem grässlichen Geräusch der Ramme.

Während Tara und Quinn zur großen Halle getrieben wurden, wurden alle Männer von Twyll zu Soldaten. Sie griffen nach Köchern, trugen Langbögen und schleppten Eimer mit Steinen. Bauern und Händler, freie Männer und Leibeigene kletterten die Treppe der Türme hinauf auf die Zinnen und die Bretterzäune, während die Ramme immer wieder gegen das Haupttor donnerte.

»Bewegt Euch!« Der Wachmann mit den dicken Armen schubste Tara auf das Schloss zu. »Kommt schon!« Taras Gedanken waren bei Rhys, als sie in die große Halle stolperte. War er eingesperrt? War es James gelungen, ihn zu retten? *Lieber Gott, hilf ihm. Hilf uns allen.*

Rhys tat so, als würde er schlafen, doch in Wirklichkeit war jeder Muskel seines Körpers angespannt, während Rosie den feisten Wächter verführte. Der Mann, der total von seinen Fähigkeiten überzeugt war, hatte sich zusammen mit ihr in die von allen Seiten einsichtbare Zelle eingeschlossen und wollte sich vor allen anderen Gefangenen an ihr vergehen.

Täubchen hatte sich in einer Ecke der stinkenden Zelle zusammengekauert. Sie hatte die Arme um die Knie geschlungen und wiegte ihren schmalen Körper vor Entsetzen hin und her.

Und die ganze Zeit über dachte Rhys an Tara. Lebte sie noch? Hatte sie sich irgendwo versteckt? Würde er sie jemals wieder sehen? *Oh, süße, begehrenswerte Frau. Ich würde mein Leben für deines geben.* Sein Körper schmerzte, aye, aber das war nichts, verglichen mit den Qualen in seinem Herzen, wenn er daran dachte, dass sie vielleicht schon tot war oder gefangen von Tremayne. Er schwor sich, zu entkommen und sie zu finden, ihr zu sagen, dass er sie liebte und sie vor jeglichem schlimmen Schicksal erretten würde.

»Ein hübsches Mädchen bist du, Rosie, mein Schatz«, sabberte der Wächter, küsste sie auf den Hals und griff durch den groben Stoff des Kleides nach ihren Brüsten.

Rhys biss die Zähne zusammen. Seine kleine Waffe hielt er fest umklammert und wartete, denn er und Rosie hatten einander einen Blick zugeworfen, und in dem Bruchteil dieser Sekunde hatten sie einander eine schweigende Botschaft übermittelt.

Und jetzt, mit hochgehobenen Röcken, während der dicke Wächter sie abschlabberte, stöhnte sie auf, als sei sie in Ekstase, sie klammerte sich an den Mann und bewegte sich dabei langsam immer weiter rückwärts, auf die Gitterstäbe zu, die ihre Zelle von der von Rhys trennten. »Ahh ... William ... ahhh ...«, stöhnte sie, und ihr Rücken presste sich gegen das Metall.

Der Mann griff nun unter ihre Röcke, sein Gesicht war fleckig rot angelaufen. Er fummelte an seiner Hose, und Rosie seufzte leise, als wäre sie voller Verlangen. Es war Ekel erregend. »Oh, ja«, hauchte sie. »Jetzt ... jetzt ... tu es jetzt!«

Rhys sprang vor. Wie eine Schlange, die zustößt, schnellte sein Arm zwischen den Stäben hindurch, an Rosies Kopf vorbei, und er grub die Pfeilspitze tief in den fleischigen Nacken des Wächters. Blut spritzte auf. Der Mann brüllte ungläubig und griff nach seiner Wunde, nur um festzustellen, wie das Blut zwischen seinen Fingern hindurchsickerte. Rosie langte blitzschnell zu seinem Messer, zog es aus der Scheide und stieß es mit aller Kraft tief in die Brust des Mannes. Mit mehr Geschicklichkeit als Rhys ihr zugetraut hätte, knüpfte sie den Schlüsselring vom Gürtel des Wächters los und warf ihn Rhys zu.

Auf der Treppe hörte man Schritte. Verdammt! Rhys schloss seine Zelle auf, warf die Schlüssel den Männern in einer anderen Zelle zu und suchte dann nach einer Waffe.

Zu spät. Zwei Männer kamen die Treppe hinuntergelaufen. Rhys sprang vor, doch dann entdeckte er, dass er James angriff. Hinter ihm klirrten Schlüssel, Zellentüren wurden geöffnet, und in Windeseile waren alle Gefangenen frei.

»Bei den Göttern, kennt Ihr mich denn nicht mehr?«, schnaufte James, nachdem Rhys seinen Fehler erkannt und ihn wieder freigelassen hatte. »Himmel, was stinkt das hier.«

Rhys hatte keine Zeit für eine Unterhaltung. »Wo ist Tara?«

»Sie wartet am Pranger mit Eurem Sohn.«

»Mit meinem Sohn?« Was redete James da? Eine Sekunde verharrte Rhys verblüfft. Das musste ein Fehler sein …

»Ah, ich sehe, das wisst Ihr noch gar nicht. Nun, es ist jetzt keine Zeit, das alles zu erklären. Ich habe es auch erst vor kurzer Zeit erfahren, aber Quinn, den Tremayne großgezogen hat, ist nicht sein Kind. Wie es scheint, Bastard, war Anna schwanger mit Eurem Kind, als sie Tremayne geheiratet hat. Kommt … schnell jetzt … darüber werden wir später noch reden.

Bum!

Mörtel bröckelte.

Die Wände bebten.

»Das ist die Ramme!«, erklärte James. »Cavan steht vor den Toren. Genau, wie wir es geplant haben.« Er reichte Rhys eine Armbrust. »Oben sind noch mehr Männer. Lasst uns gehen!«

Rhys brauchte keine weitere Einladung. Er flog geradezu die Treppe hinauf, dabei nahm er immer zwei Stufen auf einmal. Die anderen Männer folgten ihm, und in seinem Kopf dröhnte der Gedanke, dass Tara in Sicherheit war und er … er hatte einen Sohn. Annas Junge. Konnte das wahr sein? War Quinn in Sicherheit? Oben an der Treppe stieß er mit der

Schulter die Tür auf, und mit seiner kleinen Armee waffenloser Schläger hinter sich, stürzte er sich in das Durcheinander des Schlosshofes. Der Regen pladderte nach wie vor auf die matschige Erde. Donner grollte. Männer schrien, und Kinder rannten in heller Panik umher. Einige Fackeln warfen ein trübes Licht auf das Geschehen, und ein paar beherzte Soldaten bewachten entschlossen die Zinnen.

Auf unsicheren Beinen lief er zum Pranger und rief ihren Namen. »Tara! Tara!« Niemand versteckte sich hinter dem Pranger, und auch Waffen waren keine mehr dort. Er strich sich ärgerlich das Regenwasser aus dem Gesicht. Suchend wanderte sein Blick über den Schlosshof. Wo war sie?

Und dann, mit verzweifelter Gewissheit, wusste er Bescheid. Die große Halle!

Eine Sekunde lang setzte Rhys' Herzschlag aus. Die Ramme donnerte unbeirrt gegen das Haupttor. Metall knirschte. Bretter krachten. Der Durchbruch würde nicht mehr lange dauern.

»Ich werde durch das Mörserloch über dem Haupttor gehen«, informierte ihn James. »Ich bringe den Wachmann um, lasse ein Seil herunter und hole noch mehr Truppen, wenn das Fallgatter erst einmal zerstört ist. Und das«, so schwor er, »wird das Ende von Tremayne sein.«

Rhys hörte ihm gar nicht zu. Er nahm James sein Schwert ab, und mit der Waffe in der Hand lief er auf das Schloss zu. Plötzlich, nach all den Jahren der Vorbereitung, war es ihm gleichgültig, dass Tremayne der Herrscher von Twyll war, es interessierte ihn nicht, ob sein Halbbruder hundert Jahre alt würde und Baron war. Jetzt ging es nur noch um das Leben der Frau, die er liebte und des Jungen, der vielleicht sein Sohn war.

Tara stand vor dem Herrscher von Twyll. Drei Wachen warteten mit gezückten Schwertern hinter ihr, mit rasiermesserscharfen Klingen, bereit, nicht nur sie, sondern auch Quinn zu ermorden.

»Also habt Ihr gar keinen Stein«, schnauzte Tremayne sie an, und sein Blick glitt gierig über jeden Zentimeter ihres Körpers. Er saß in einem thronähnlichen Sessel auf der Empore und trommelte mit den Fingern auf die Armlehne. »Wo ist denn dieser Stein?«

»Er wurde mir weggenommen.«

»Wie passend.«

»Mein Vater hat ihn!«, meldete sich Quinn, als würde es ihm ein Riesenvergnügen bereiten, den Mann zur Weißglut zu treiben, der ihn großgezogen hatte.

Tremaynes funkelte den Jungen zornig an. »Dein *Vater*«, sagte er verächtlich. »Dein Vater!« Seine Lippen zitterten vor Wut. »Ich habe dich als mein eigen Fleisch und Blut großgezogen. Ich habe für dich gesorgt. Ich habe dich geliebt wie meinen Sohn. Und wie zahlst du mir das zurück? Indem du dich gegen mich wendest!«

»Du hast mich geschlagen!« Blut verkrustete den Mundwinkel des Jungen. »Mein Rücken hat Narben von deiner angeblichen Liebe.«

Genau wie der von Rhys.

»Weil ich versucht habe, dich zu einem Mann zu machen. Oh, warum sollte ich dir das überhaupt erklären? Percival!«, schrie er, und ein älterer Mann mit einem Stock humpelte eiligst herbei. »Wo sind die anderen? Vater Simon und ...«

Bum! Krach!

»Vielleicht sollten wir uns ergeben, Sire«, schlug der alte Mann vor, und sein Blick huschte von Tara zu dem Jungen und wieder zurück.

»Niemals.« Tremayne beugte sich vor, er stützte die Hände auf die Knie und starrte in Taras Augen. Sie erkannte mehr als nur reine Gier in seinem Blick. Wollüstigen Hunger entdeckte sie. Sie konnte kaum schlucken, wollte sich vor ihm schützend zurückziehen, doch verharrte sie mit hoch erhobenem Haupt direkt vor ihm.

»Ich brauche den Stein«, erklärte Tremayne langsam, und sein Blick heftete sich auf ihre Brüste. »Um zu beweisen, dass er nicht der Erbe von Gilmore ist.«

»Ich habe ihn nicht.«

»Wo ist er?«

Sie zuckte mit den Schultern. »Das weiß ich nicht.«

»Ihr hattet ihn einmal in Eurem Besitz.«

»Ich hatte einen Ring. Er wurde mir gestohlen.«

»Von wem?«

»Das weiß ich nicht.«

»Von mir«, ertönte Rhys Stimme durch das Schloss, und Taras Herz jubelte. Sie wandte sich um und sah, wie er hinter einem Vorhang hervortrat, eine Armbrust war direkt auf Tremaynes Brust gerichtet, das Schwert hielt er in der anderen Hand.

»Also Bruder, du bist hier, um mich umzubringen.« Tremayne klang erstaunlich ruhig, er lehnte sich in seinem Sessel zurück, doch war die Feindseligkeit zwischen den beiden geradezu greifbar, und der Geruch des Hasses mischte sich mit dem Geruch des brennenden Holzes, das im Feuer knisterte und knackte. Hunde knurrten, und jeder Soldat im Saal des Schlosses betrachtete mit angehaltenem Atem und fertig für einen Angriff den Eindringling. Den Bastard. Den Halbbruder des Lords. Den Banditen und Verbrecher.

»Denkt nicht einmal daran, den Helden zu spielen, keiner von euch«, warnte Rhys die Soldaten, als hätte er ihre Gedanken gelesen. »Denn sonst ist euer Herrscher tot.«

»Du würdest mich nicht umbringen.« Tremayne schien sicher zu sein. In der nächsten Sekunde sprang er vor wie eine Katze. Er zerrte Tara vor sich wie einen Schild und stand dann so geschützt vor seinem Halbbruder.

Holz splitterte. Das Schloss erbebte. Tara wehrte sich gegen den Mann. Die Armbrust war genau auf ihr Herz gerichtet. »Los«, forderte Tremayne Rhys auf. »Bring uns beide um.«

»Nein!« Quinn warf sich von hinten auf den Mann, der ihn großgezogen hatte, und die Soldaten parierten mit gezückten Schwertern. Tremayne schüttelte Quinn wie ein lästiges Insekt ab, und Quinn kugelte zur Seite.

Wieder krachte die Ramme gegen das Gatter, und dann hörte man plötzlich zahlreiche Schritte auf den Treppen und im Schloss. Männer stürmten hinein, und die Wachen blickten alarmiert auf.

Ein Soldat hatte den Jungen gepackt und hob ihn wie eine Feder hoch.

Tara erschauderte beim strengen Geruch Tremaynes, der ihr viel zu nahe war.

Eine weitere Tür wurde aufgerissen. Ein Wachmann wollte den Eintritt mit der Waffe verwehren, und wurde dafür mit einem Schwertstoß in sein Herz bestraft.

»Ergebt Euch!«, donnerte ein Mann in nasser, lehmiger Kleidung, der mit einer Gruppe Krieger den Raum betrat. Er war jung, sein Haar rabenschwarz, seine Augen sprühten grünes Feuer. »Mörderischer Kerl, wenn dir dein Leben lieb ist, wirst du vor mir niederknien.«

»Cavan«, rief Tremayne verächtlich.

»Lord Cavan«, erklärte sein Gegenüber.

»Dies ist mein Schloss.«

»Das Ihr von meinem Vater gestohlen habt.« In einer Hand hielt Cavan ein Schwert mit einem mit Juwelen besetzten Griff, in der anderen einen feinen Dolch, und an seinem Finger trug er den Ring. Der dunkle Smaragd von Twyll leuchtete im Schein des Feuers.

»Nein!«

»Es ist wahr. Lasst die Frau los, und ergebt Euch«, befahl Cavan. In einem Augenblick des Zögerns lockerte Tremayne seinen Griff um Tara ein wenig, und sie rammte ihm mit aller Kraft den Ellbogen in die Rippen, trat ihm gegen das Schienbein, und als er versuchte, sie festzuhalten, entschlüpfte sie ihm.

Tremayne zog sein Schwert und versuchte sie zu treffen, doch noch ehe er ausholen konnte, schoss Rhys.

Ssst. Der Pfeil flog durch die Luft und drang tief in Tremaynes Brust. Er fiel zurück, sank auf die kalten Steine des Bodens und hauchte mit einem gequälten Stöhnen sein Leben aus.

»Nein!«, krächzte Percival. »Nein, nein, nein!« Er sank auf Tremaynes Körper und vergoss bittere Tränen.

»Es ist vorbei«, erklärte Cavan mit einem zufriedenen Lächeln.

»Noch nicht ganz.« Rhys trat auf den Baron zu. »Ihr seid nicht der wahre Nachkomme von Gilmore. Den Ring habt Ihr gekauft.«

»Wirklich?« In Cavans Augen blitzte ein böses Licht. »Macht das denn etwas aus?«

»Tara ist die wahre Herrscherin.«

»Sie hat keinen Beweis. Ich habe den Stein. Twyll gehört mir.« Er ging schnurstracks auf die Empore zu, in der Absicht, den Sessel des Lords auf der Stelle einzunehmen.

»Wo ist Abelard?«

Cavan runzelte die Stirn. »Tot. Wir sind in einen Hinterhalt geraten. Er ist von mehreren Pfeilen getroffen worden.«

»Nein!« Rhys umklammerte die Armbrust fester.

»Es ist wahr.« Cavan sah in Rhys' von Kummer verzerrtes Gesicht. »Ein Jammer. Aber keine Tragödie.«

Rhys sah aus, als hätte ihm jemand die Seele aus dem Leib gerissen, doch dem neuen Baron von Twyll schien das einerlei zu sein. »Räumt das Durcheinander hier auf«, ordnete er seinen Männern an. »Und werft diejenigen, die mir keine Treue schwören wollen, in den Kerker. Wir werden sie umbringen, jeden Tag einen, bis der Rest begreift. Und Ihr ...«, er blickte Tara voller Hass an, »Ihr, Hexe, werdet die Erste sein.«

»Nein, Cavan, das werde ich sein«, erklärte Rhys und hob sein Schwert.

Cavan lächelte bei dem Gedanken an einen Kampf mit dem berüchtigten Banditen. »So sei es.« Er hob seine eigene, elegante Waffe, und die Menschenmenge in der großen Halle verstummte wie von Zauberhand. Niemand wagte zu atmen.

Blitzartig wollte Cavan angreifen, doch Percival war schneller. Mit einem kleinen Dolch, den er in seiner Hand verborgen hatte, sprang er entschlossen auf, warf seinen Körper auf den des jüngeren Mannes und stieß die Klinge in Cavans Hals.

»Stirb, Bastard«, zischte er.

»Bei den Heiligen, *nein*!« Cavan fiel zu Boden, er fasste sich an den Hals, Blut bedeckte den Ring an seinem Finger, doch aus seiner Tasche rollte ein anderes Schmuckstück, ein weiterer Ring, identisch mit dem, den er an seinem Finger trug.

Tara konnte sich nicht rühren.

Als Cavan seinen letzten Atemzug ausröchelte, fanden seine umwölkten Augen die von Tara, und er flüsterte: »Schwester ... Zwilling.«

Tara erstarrte. Ihr Verstand löste sich von ihrem Körper. Sie glaubte ihm kein Wort, auch nicht, als sie Rhys' starke Arme um ihren Körper fühlte, als sie wusste, dass er es war, der sie auf den Hals küsste und ihr zuflüsterte, dass alles wieder gut werden würde.

Ein Bruder? Ein *Zwillings*bruder? Nein, das konnte nicht wahr sein ... und dennoch lag er hier mit den beiden Ringen ... tot zu ihren Füßen.

»Es ist wahr«, erklärte Henry, der Stallmeister. »Ich war dabei, ich habe den Wagen gefahren, als Vater Simon den Jungen zu Lord Innis von Marwood brachte und dann seine Zwillingsschwester zu dem alten Weib in den Wald.«

»Zu Lodema«, flüsterte Tara.

Die große Halle füllte sich mit Soldaten, Bauern und Arbeitern. Vater Simon stand im hinteren Teil des Raumes, und als Tara ihn ansah, nickte er und bekreuzigte sich, weil seine Aufgabe erledigt war.

»Komm, Junge«, sagte Rhys zu Quinn, und er gab Tara einen Kuss auf den Mund. »Du, Lady, brauchst Ruhe. Und der Junge muss schlafen.«

»Ich werde mich um ihn kümmern«, brummte Rosie, und aus den Augenwinkeln sah Tara, wie die dicke Frau Quinns Hand nahm.

»Komm …« Rhys strich Tara das Haar aus dem Gesicht.

»Nein … ich …« Benommen begann Tara zu weinen. Tränen rannen über ihre Wangen, und Rhys küsste jede einzelne davon weg. Er hob sie hoch und trug sie die Treppe hinauf. »Du bist zu Hause, Tara.«

»Und was ist mit dir?«

Durch ihre Tränen sah sie ihn lächeln. »Ich bin auch zu Hause. Bei dir, Liebling, und bei meinem Sohn. Komm jetzt, Lady von Twyll.«

»Nein … warte … ich kann nicht hier bleiben. Nicht ohne dich. Ich werde keine Lady sein, wenn du nicht der Lord bist.«

Sie hörte Lachen hinter sich und entdeckte James an der Tür.

»Machst du mir etwa einen Antrag, Hexe?«, fragte Rhys, als sie die erste Etage des Schlosses erreicht hatten. Die Binsenlichter brannten nur schwach, es war beinahe dunkel in dem Flur.

»Nein, das ist kein Antrag«, erklärte sie mit dem Anflug eines Lächelns. »Das ist ein Befehl.«

Er lachte und hielt sie noch enger umschlungen. »Du hast eine Nacht Zeit, um mich davon zu überzeugen, dass ich dein Ehemann sein sollte«, flüsterte er in ihr Ohr.

»Nur eine Nacht?«

»Brauchst du mehr?«

»Das glaube ich nicht, Bandit«, gestand sie mit einem schalkhaften kleinen Grinsen. »Das glaube ich nicht.«

Epilog

Tower Twyll

Herbst 1291

Das Baby schrie laut, seine kleinen Lungen strengten sich mächtig an.

»Das ist dein Sohn«, neckte Tara ihren Mann.

»Nicht der deine?«, Rhys drehte sich im Bett um und sah seine Frau an. Ihre Brüste waren voll, ihre Taille noch immer ein wenig rund nach der Geburt ihres Kindes vor zwei Wochen, doch sie war die schönste Frau, die er je gesehen hatte.

Nie zuvor hatte er sich so zufrieden gefühlt. Als Lord von Twyll. *Was für eine große Ironie*, dachte er, als sich die Tür zu ihrem Zimmer öffnete und Lodema, mit dem strampelnden Baby auf dem Arm, das Zimmer betrat.

»Abelard ist schon wieder hungrig«, sagte sie, und Tara strich sich die schwarzen Locken aus dem Gesicht.

»Er ist immer hungrig.«

»Wie sein Bruder«, sagte Rhys, denn es schien in ganz Twyll und Gaeaf nicht genügend Nahrung zu geben, um Quinns Hunger zu stillen.

Lodema lachte leise, als sie ihren Enkel seiner Mutter reichte. »Ich hätte nie geglaubt, dass ich diesen Tag einmal erleben würde«, gab sie zu und ging zum Fenster, um hinauszusehen. Von seinem Bett aus entdeckte Rhys Vater Simon, der um den Schlosshof herum seinen üblichen Spaziergang machte. Ein geheimnisvolles Lächeln lag um den Mund der alten Frau. Ein getupftes Kätzchen kam durch die Tür, spielerisch hüpfte es durch die Binsen und rieb sich am Bein der alten Frau.

»Ah, Luna, du bist zwar nicht so schlau wie die erste Luna, aber du bist ein süßes Ding«, sagte sie, hob das Kätzchen auf und streichelte sein seidiges Fell. »Ich hatte in der letzten Nacht eine Vision«, erzählte sie, als sie zur Tür ging.

»Wirklich?«, Tara hatte sich über ihr Kind gebeugt, das Baby saugte an ihrer Brust und gluckste zufrieden.

»Aye.«

»Wovon?« Tara schien nicht sonderlich interessiert, zärtlich strich sie ihrem Sohn über die weichen Locken.

»Kinder. Für dich. Zweimal Zwillinge. Alles Töchter.«

»Nein.« Tara hob den Blick, um ihre Mutter anzusehen, aber die alte Frau spaßte nicht. »Sechs Kinder wirst du haben, Tara, die beiden Jungen jetzt und zweimal zwei Töchter.« Sie blinzelte ihr zu, dann meinte sie: »Mögen sie dir die grauen Haare bescheren, die du mir angetan hast, Tochter.«

Mit diesen Worten verließ sie leise lachend das Zimmer.

»Sie weiß nicht, wovon sie spricht«, empörte sich Tara, obwohl ihre Stimme wackelte. Rhys lachte und verschränkte seine Hand mit ihrer, die beiden Smaragde in ihren Ringen schimmerten im Morgenlicht.

»Ich würde gern irgendwann eine Tochter haben.«

»Aber nur eine.«

»Vier ist eine gute Zahl.«

»Dann kannst du sie in *deinem* Bauch herumtragen und sie zur Welt bringen«, forderte sie ihn auf, und ihre Blicke trafen sich. Und wie immer, wenn er sie betrachtete, stockte ihm der Atem.

»Das ist nicht möglich.«

»Es sei denn, ich verzaubere dich«, warnte sie und zog anzüglich die rechte Augenbraue hoch.

»Das hast du bereits getan, Hexe«, raunte er und küsste sie auf den Mund. »Das hast du bereits getan.«

Lieber Leser,

ich hoffe, Ihnen hat *Smaragd und Seide* gefallen, die zweite Geschichte in meiner Serie »Dunkler Juwelen«. Ich liebe es, von Schlössern, Magie, riesigen Schlachtrössern und der allumfassenden Macht der Liebe zu schreiben. Während wir uns hier von Tara und Rhys verabschieden, können Sie sich schon auf das dritte Buch dieser Serie freuen, *Im Sturm der Begierde*, die Geschichte von Sheena, einer Frau mit feurig rotem Haar und einem entsprechenden Temperament. Als Tochter eines Barons passt sie sich niemals dem Verhalten einer Schlossherrin an, und als man sie dann fälschlicherweise des Mordes beschuldigt, stiehlt sie sich auf einem Schiff davon, nur um dann von Keegan, dem Kapitän der *Sapphire* gefangen zu werden. Er ist ein Mann mit einem starken Willen, der niemandem, ganz besonders nicht einer starrköpfigen, blinden Passagierin, erlaubt, sein Herz zu berühren. Seine Absicht ist es, sie gegen Lösegeld zurück zu ihrem Vater zu bringen, vor dem sie davongelaufen ist. Jedoch ist die wagemutige Sheena die einzige Frau, die den Eispanzer um sein Herz schmelzen lässt, und ihn dazu bringt, sich dem Schmerz seiner eigenen, tragischen Vergangenheit zu stellen.

Ich denke, Ihnen wird die Geschichte von Abenteuer, Betrug und Liebe gefallen, die genauso ereignisreich und bezwingend ist wie *Rubin und Samt* und *Smaragd und Seide*.

Für mehr Informationen über meine neuesten Veröffentlichungen besuchen Sie mich bitte auf einer Webseite unter www.lisajackson.com.

Ich wünsche Ihnen viele glückliche Lesestunden!

Dank an alle, die mir bei der Entstehung dieses Buches geholfen haben. Ohne Euch hätte ich es nie geschafft!
Ehrlich.
Insbesondere danke ich Ann Baumann, Nancy Bush, Sarah Dicke, Cecilia Oh, Tess O'Shaughnessy, Dave Painter, Sally Peters, Robin Rue und John Scognamiglio.